Mr. Toppit

Vertaald door Mieke Trouw-Luyckx

Charles Elton

Mr. Toppit

2009 Prometheus Amsterdam

Voor Lotte Elton en Abraham Elton

Oorspronkelijke titel *Mr Toppit*
© 2009 Charles Elton
© 2009 Nederlandse vertaling Uitgeverij Prometheus en
Mieke Trouw-Luyckx
Omslagontwerp en illustraties Bloemendaal & Dekkers
www.uitgeverijprometheus.nl
ISBN 978 90 446 1281 3

I

Luke

En uit het Donkerbos doemt Mr. Toppit op, en hij komt niet voor jou, niet voor mij, maar voor ons allemaal.
Het had heel lang geduurd voordat Mr. Toppit ten tonele verscheen, en hoewel het wachten geen probleem was, was de korte duur van zijn optreden dat duidelijk wél voor een kleine coterie van andersdenkenden, die zich eerlijk gezegd bedonderd voelde door het feit dat hij pas opdook in de laatste zin van wat het laatste deel van mijn vaders *Hayseed Kronieken* zou blijken te zijn. Maar ik denk dat de meeste trouwe *Hayseed*-lezers heimelijk wel opgelucht waren dat ze niet waren geconfronteerd met de vrijwel zekere anticlimax van een vastomlijnder optreden van Mr. Toppit. Hoe dan ook, er zijn nog altijd genoeg mensen die me tot in de slaapverwekkendste details vertellen aan welke kant ze in de kwestie Mr. Toppit staan. Ik ben er zelfs heilig van overtuigd dat er overal ter wereld, op alle plekken waar mensen bij elkaar komen om te communiceren en te converseren, van de *Kaffeeklatsche* in Wenen en de directiekamers op Wall Street tot de rotskerken in Ethiopië, altijd wel iemand zijn mening geeft over wat de laatste zin van het laatste boek eigenlijk betekent. Zelf heb ik geen idee.

Als ik me nog een verleden zonder *Hayseed* kon herinneren, zou het in mijn hoofd waarschijnlijk zo'n gouden glans krijgen dat ik alleen maar kon aannemen dat ik het me had verbeeld. In werkelijk-

7

heid bestaat Zonder niet. Hoewel mijn vader pas een paar jaar na zijn dood de heilige status van kinderboekenschrijver kreeg, had hij altijd een bescheiden, maar gestage hoeveelheid boeken verkocht. De naam Luke Hayseed was dan ook niet onbekend bij moderne ouders die vonden dat hun kinderen niet afgeschermd mochten worden van de wreedheden en onzekerheden van het leven, die standaard in de *Hayseed*-boeken voorkwamen. Maar het is ontegenzeglijk waar dat ik in restaurants destijds nog niet door volslagen onbekenden werd aangeklampt, of tijdens borrels in een hoek werd gedreven door mensen die zeiden dat ik hun jeugd had verpest of – veel, veel erger – een bron van inspiratie voor hen was geweest.

Onze moeder, Martha Hayman, heeft altijd beweerd dat iedereen had kunnen aanvoelen dat er iets bijzonders stond te gebeuren. Aan de doeltreffendheid van Martha's magische krachten werd nooit getwijfeld, maar ik denk dat zelfs zij niet had kunnen voorspellen dat Lauries spontane besluit om het 'Hayseed-halfuurtje' in haar radioprogramma in Modesto, Californië, op te nemen de katalysator voor de daaropvolgende gebeurtenissen zou zijn.

Maar tegen de tijd dat Laurie van de radio was opgeklommen naar de televisie – waar ze het nog steeds over *De Hayseed Kronieken* had – kwam je niet alleen de boeken zelf overal tegen, maar struikelde je ook over een boek óver de boeken. Tegen de tijd dat *Hayseed Karma*, oorspronkelijk uitgegeven door een plaatselijk uitgeverijtje in Modesto waarvan het grootste verkoopsucces tot dan toe een gids met fietsroutes in Stanislaus County was geweest, zevenenveertig weken lang in de bestsellerlijsten van *The New York Times* had gestaan, moesten de overgebleven leden van de familie Hayman wel erkennen dat er inderdaad iets heel bijzonders was gebeurd.

Ik heb niet alle spullen in mijn bezit – waarom zou ik? Ik was erbij toen het begon. Ik wás het begin – maar als je boekhandels, cadeauwinkels, computerwinkels, taxfreeshops, postordercatalogi, advertenties in tijdschrift x of y of de speciale aanbiedingen op de achterkant van bepaalde soorten cornflakes uitkamt, zul je wel een paar van de volgende artikelen vinden: de vijf originele pocketboeken (logisch), de box met de vijf originele pocketboeken, het vakantieboek voor de oudere lezertjes, de gebonden luxe-editie met de gekleurde (of ingekleurde – de originelen waren in zwart-wit) illustraties, het gezelschapsspel ('Bepaal met de dobbelsteen aan welke kant je het Donkerbos betreedt'), het *Hayseed*-spel voor de PlayStation ('Durf jij Mr. Toppit te zijn?'), de cornflakeskommetjes van Royal Doulton, de porseleinen beeldjes van Luke, de eierdopjes, de fluorescerende rugzakken, de etuis, het briefpapier, de kerstkaarten, de t-shirts met 'Mijn broer is in het Donkerbos geweest en het enige wat hij van Mr. Toppit mocht meenemen was dit stomme t-shirt' op de rug (waarvoor vermoedelijk geen toestemming is gevraagd – ik zal de advocaten erop zetten), de honkbalpetjes en de sleutelhangers.

Voor mij is het een langzame afdaling naar de merchandisinghel, en telkens wanneer ik daar ben, denk ik aan Lila, want het kwam door haar tekeningen dat ik daar gevangenzat, die eenvoudige pentekeningen die ze praktisch voor niets had gemaakt. De uitgevers hadden haar een vast bedrag geboden, en ze had haar auteursrecht aan hen overgedragen door het eerste het beste contract dat ze onder haar neus kreeg te ondertekenen. Maar goed, dat had ze er wel voor over gehad om haar plaats in de Eregalerij van *Hayseed* veilig te stellen, en al vind ik het nog steeds ongelooflijk, ze schijnt niet rancuneus te zijn, al is zij de enige die er niet steenrijk van is geworden. Tegen iedereen die ze ontmoet – tegenwoordig voornamelijk televisiereparateurs, want ze wacht op haar tweede heup – zegt ze dat ze gewoon blij is dat ze 'er een onderdeeltje' van kon zijn, *ein kleiner Teil des Ganzen*.

De *Hayseed*-tekeningen en haar leven met de familie Hayman vormen alle brandstof die ze nodig heeft om haar 's avonds warm te houden en de dag door te komen. In haar flat, die mijn zus Rachel en ik 'het altaar' noemden, vind je wél alle merchandisingartikelen, die elkaar verdringen naast knipselalbums en foto's in zilveren lijstjes. Ze zou al die spullen moeten vertrappen, verscheuren en tot stof moeten verpulveren als je bedenkt wat de boeken haar hebben aangedaan. Tegenwoordig kan ik het haar bijna vergeven dat ze me als een vlieg in aspic heeft gevangen, dat ze me op de bladzijde (de mok, de theekop, het etui) heeft opgesloten, gekleed in die belachelijke kniebroek, die bijna tot onder mijn oksels kwam en die door het koord van Mr. Toppits ochtendjas omhoog werd gehouden, met de laarzen van de tuinman aan mijn voeten en een versleten strohoed op mijn hoofd.

Die details heeft ze pas later toegevoegd – de tekeningen voor het eerste boek, voordat mijn vader daadwerkelijk de wereld van het Donkerbos had geschapen, waren veel eenvoudiger. In het begin zorgde ze er met haar legendarische opvoedkundige kwaliteiten voor dat ik keurig op de keukenstoel bleef stilzitten: 'Als je zo heen en weer blijft schuiven, teken ik je met één oog en een kale kop, en als je morgen wakker wordt, zie je er in het echt ook zo uit.' Ik zat stil. Haar pen kraste, haar ogen flitsten heen en weer tussen het schetsboek en mij.

Achter me schreeuwde Rachel dan: 'Is het nu mijn beurt? Mag ik nu?'

Ik mocht nooit kijken van Lila. Als ik me naar haar toe boog, legde ze vlug haar handen op het papier. Ik wist pas de volgende ochtend hoe ze me had getekend, als ik naar mijn eigen spiegelbeeld staarde, mijn ogen aanraakte en mijn vingers telde.

Na het eerste boek had ze me steeds minder vaak nodig. Ze had de mal gemaakt en produceerde op haar eigen manier de ene Luke Hayseed na de andere. Ze nam hem van me af (nam mij van me af) en schiep de gelijkenis van een jongen die dapper over het weggetje naar het Donkerbos stapte. Hij wilde altijd verder met zijn queeste om Mr. Toppit op te sporen en te verjagen, al kon Mr. Toppit – zoals Luke door schade en schande had ondervonden – gemeen en grillig zijn en liet hij zich ondanks de laatste zin van het laatste boek nooit echt zien, en al was het Donkerbos zelf, waarvan elk blad, elke tak en elke steen door Mr. T. werd bewoond, een bedompte, angstaanjagende plek.

Geen haar op mijn hoofd die erover zou denken om zoiets te doen.

Toen je nog jong was, of misschien nog niet zo lang geleden, niet zo ver van waar jij woont, of misschien iets dichterbij, woonde Luke

Hayseed in een groot oud huis. Het bos achter zijn huis heette het Donkerbos en Luke dacht dat het van hem was, dat hij de eigenaar was, dat het in zijn bloed zat. Als bomen en bladeren en bruine aarde door bloedvaten konden stromen, stroomden ze door die van Luke. Maar als hij dacht dat hij de enige was die ze in zijn bloed had, had hij het ernstig mis, zo mis als maar zijn kan.

Luister: er zijn een paar regels. Ik heb er geen problemen mee dat mijn jeugd wordt geplunderd, mijn verleden wordt vernield, mijn naam wordt gestolen – niet alleen gestolen, maar erger nog: aangetast, verkleind – maar het moet wel eerlijk blijven.

Ten eerste hadden de boeken moeten voortkomen uit verhaaltjes voor het slapengaan. Ja, zo hoort het te gaan – een verhaaltje dat verzonnen wordt om een bang kind tijdens een onweersbui te troosten, of een denkbeeldig avontuur met een favoriet speeltje in de hoofdrol, of een fantasievolle verklaring waarom sommige dingen op de wereld zijn zoals ze zijn. Deze verhalen, eenvoudig maar betekenisvol, ongestructureerd maar oprecht, raken duidelijk zo'n gevoelige snaar bij het kind (het huilende kind, het lichtgelovige kind, het verrukte kind) dat de bedenker heel zeker weet dat kinderen *overal ter wereld* op dezelfde manier zullen reageren.

Of wat dacht je hiervan: een bescheiden opmerking vooraf, een onoprecht voorwoord waarin de schrijver laat doorschemeren dat hij zich ondanks zijn aangeboren schroom, uiteraard met tegenzin, en zonder veel hoop op succes, na de luide kreten van zijn kinderen ('Nog een verhaaltje!') gedwongen ziet om zijn nederige gekrabbel aan andere kinderen aan te bieden, in de ijdele hoop dat zij er misschien ook enig plezier aan zullen beleven.

Ten tweede hadden deze verhalen voor een deel op waarheid moeten berusten. Ze hadden (op zijn minst) wat informatie moeten bevatten die aannemelijk klonk. Het punt is, Luke Hayseed, *c'est moi*, en zelfs ik weet niet waar het allemaal vandaan komt, al die gebeurtenissen in de boeken. Ik zeg niet letterlijk dat er helemaal niets op waarheid berust. Ik zeg dat ik de verbanden niet begrijp, en juist deze verbanden, of hoe je ze ook wilt noemen – de schakels, de verbindingsstukken, de conductoren, de trechters, de transformators – vormen de leugen die uitgroeide tot *De Hayseed Kronieken*, de leugen die Luke in Luke veranderde.

Een voorbeeld: toen we klein waren, stond er op de hoek van het huis een lavendelstruik. In de zomer zagen de bloemen zwart van de bijen, die rondvlogen, zoemden en op de struik gingen zitten. Ik zat er uren naar te kijken, tot er op een gegeven moment iets belangrijks tot me doordrong. Dit is wat ik besefte: ze wilden daar niet zijn en ze konden er zelf niets aan veranderen. Dit is wat ik deed: ik haalde ze van de struik en zette ze in een ander deel van de tuin in de schaduw van een boom. Ik pakte ze op, hield hun beide vleugels tussen mijn duim en wijsvinger, legde ze op mijn handpalm en droeg ze door de tuin naar de boom die ik had uitgekozen, de plek waarvan ik heel zeker wist, zo zeker dat ik er zelfs nu nog een moord voor zou doen, dat ze daar wilden zijn. En ik ben nooit gestoken.

In het tweede boek, *Groene Gaarde*, waarin de invloed van Mr. Toppit voelbaar wordt, gebeurt het volgende:

Luke Hayseed wist niet zeker of de nacht op zijn laatste benen liep of dat de dag zijn eerste stapjes zette. Hoe dan ook, hij zat rechtop in bed. Hij wist dat Mr. Toppit in zijn kamer was geweest. Mr. Toppit was niet door het raam naar binnen gekomen. Luke had het raam dicht gelaten – dat deed hij altijd, al zou Mr. Toppit het veel te doorzichtig vinden om door het raam naar binnen te klimmen, zelfs als dat raam zo hoog zat dat Mr. Toppit een uitslover kon worden genoemd als hij erdoor naar binnen was gekomen. Maar hij was in de kamer geweest, dat wist Luke zeker. Hij zag het aan de bij. Op Lukes nachtkastje, naast de lamp met de ganzenhals, lag een dode bij die een vleugel miste. Zijn lijfje was omgekruld en zijn zebrastreepjesvacht zag er dof en stoffig uit. Nu kwam het vaak voor dat er zomaar onbekommerd dode insecten in huis lagen – vliegen of pissebedden of zilvervisjes of oorwurmen of soms zelfs vlinders. Maar deze bij zag er helemaal niet onbekommerd uit. Hij had juist een opvallende precisie. Dit insect was niet

12

spontaan ergens gaan liggen en doodgegaan waar het wilde. Deze
bij was neergelegd voor het effect.

Bij Mr. Toppit waren de zaken nooit eenvoudig, en meestal ge-
bruikte hij meer dan één aanwijzing om duidelijk te maken wat
hij wilde. Luke stapte uit bed. Het was koud in zijn kamer en in
zijn pyjama voelde hij zich nogal kwetsbaar, al wist hij best dat
kleren op zich geen bescherming tegen Mr. Toppit boden.

De aanwijzing – niet dat Mr. Toppit ooit duidelijk iets aanwees –
lag in de deuropening, en Luke had haar binnen een seconde ge-
vonden. Te makkelijk, dacht hij al, maar toch kon hij het niet la-
ten om zich te bukken en het takje lavendel van het vloerkleed te
rapen. Hij hield het onder zijn neus en rook het laatste restje reuk,
waar niet veel van over was.

Het was duidelijk de bedoeling dat hij zou denken dat het takje er
al een poosje lag, alsof het per ongeluk uit een vaas met uitgebloei-
de bloemen was gevallen die uit zijn kamer was gehaald. Maar er
stonden nooit bloemen in zijn kamer – sterker nog, er stonden
nooit bloemen in huis, al hadden ze er nog zoveel in de tuin. Ge-
plukte bloemen gingen snel dood, zeker als ze naar binnen werden
gehaald. De tuin was een heel andere wereld, een wereld die – naar
Lukes smaak – te dicht bij het Donkerbos lag, Mr. Toppits domein.
Maar Luke wist wat hem te doen stond, want inmiddels was het
hem duidelijk wat Mr. Toppit van hem wilde, al wist hij niet altijd
waarom. Hij wist wat het verband tussen de bij en de lavendel was.
Het drong tot hem door terwijl hij daar zo stond in zijn pyjama,
in de deuropening, in het besef dat hij in groot gevaar was.

Dit is trouwens een van de beroemdste scènes uit de boeken – een
scène die het warme gevoel van een collectief geheugen ken-
schetst, vooral als het wordt gedeeld door onbekenden op lange-
afstandsvluchten die de pech hebben om door terroristen te worden gekaapt. 'Niet gek geworden dankzij *Hayseed*', meldde een
krantenkop na de bevrijding van het vliegtuig dat drie dagen kwij-
nend op een voormalige militaire landingsbaan in de woestijn had
gestaan. Op het journaal vertelden de twee betreffende overleven-

den, een dierenarts uit Portsmouth en een lekenpredikant van de zevendedagsadventisten, glimmend van opluchting aan de cameraploeg hoe ze zich door hun beproeving heen hadden geslagen. 'Jezus, ik dacht dat we het wel konden schudden,' schreeuwt de opgetogen dierenarts, wiens gezicht vervaagt als de cameraman hem scherp in beeld probeert te houden. De zevendedagsadventist weet in de chaos op het vliegveld rustig te blijven en slaagt er met enige moeite in om geen lelijk gezicht te trekken bij het woord 'jezus', al stel ik me zo voor dat vier dagen opsluiting in een vliegtuig met tweehonderdtachtig andere passagiers, een luchtvochtigheidsgraad van negentig procent en vier verstopte wc's het geloof van iedere predikant op de proef zou stellen, leek of niet.

'Toen Moestafa – zo noemden we de leider, de man met het grote geweer en het oranje masker – de oude vrouw meenam en in de cockpit doodschoot, dachten we allemaal dat ons laatste uur had geslagen. Iedereen gilde en Jonathan,' – hij stootte zijn nieuwe vriend aan om ons te laten weten over wie hij het had – 'Jonathan keek naar mij, we hadden nog niet veel gezegd, niemand had veel gezegd sinds... nou ja, je weet wel, en hij zei: "Herinner je je Luke Hayseed en de bijen nog?" en dat brak min of meer het ijs en we lagen allebei in een deuk. Het was gewoon de manier waarop hij het zei.'

Jonathan, die ook graag even in de aandacht wil staan, onderbreekt hem hier. 'Als ik op de proef word gesteld, denk ik altijd aan dat moment waarop hij met de bijen in zijn hand het grasveld oversteekt...' – de dierenarts knikt heftig met zijn hoofd, 'ja, ja' – '...en dan lijkt het allemaal niet zo...' Wat, Jonathan, wat? Ik vind het belangrijk om dat te weten, maar precies op dat moment komt een bende artsen met een brancard het beeld in stormen en worden de twee mannen bijna omvergelopen.

Het is niet te verstaan wat de interviewer daarna zegt, al hangt de microfoon als een schurftige kat boven in beeld. De dierenarts komt plotseling in actie: 'Mijn familie, mijn kinderen, op bezoek gaan bij mijn vader en moeder. Een bad nemen. En ik ga die video halen om hem aan mijn kinderen te laten zien.' En dan kijken Jonathan en de dierenarts elkaar met een stralende lach aan, vrienden voor het leven, verbonden door hun gezamenlijke herinnering aan de dappere Luke en de Bijen.

Ik stond perplex. Het was waar dat de bijenscène in de televisieserie eng was – veel enger dan in het boek – maar als degene die de bijen vervoerde, vind ik, in elk geval als je alles in verhouding probeert te zien, een groep terroristen die door het gangpad van een gestrand vliegtuig paradeert, dreigend met een buitensporige hoeveelheid vuurkracht die niet alleen in koelen bloede tegen de oude dame in de cockpit was ingezet, maar ook tegen twee onfortuinlijke Nederlanders wier lichamen door de nooduitgang naar buiten waren gegooid, toch net even iets enger dan de bijen.

Maar ach, wat weet ik ervan, ik ben Luke Hayseed maar – en het is waar dat er even opschudding ontstond toen de video van de tv-serie werd uitgebracht, en een landelijke krant belangstelling kreeg voor de kruistocht van een lerares die een verbod wilde op alle video's die scènes bevatten waarvan kinderen van streek konden raken. De *Hayseed*-video's stonden ook op haar zwarte lijst, en haar boosheid was vooral tegen deze serie gericht omdat haar zesjarige zoon kennelijk door een bij was gestoken *terwijl hij naar die aflevering keek*. De absurde toevalligheid leek haar te ontgaan, maar het jongetje zette het nu op een krijsen als hij een tv zag, want je kon nooit weten wat er nu weer uit het toestel zou komen om hem aan te vallen. '*Dit kan elk kind overkomen,*' zei ze tegen de presentator van een middagprogramma. Haar stem trilde van verontwaardiging.

Ik vond het prachtig. Lila, die zich ongevraagd tot onze archivaris had opgeworpen, speurde dagelijks de kranten af om alle verwijzingen naar deze opmerkelijke discussie te zoeken, en kopieerde ze in viervoud: Martha, Rachel en ik kregen allemaal een exemplaar en het vierde – het belangrijkste – ging in wat Lila 'Het Grote Hayseed Boek' noemde, een album met een leren kaft dat altijd in haar flat werd bewaard. Een heerlijk, warm gevoel maakte zich van me meester: eindelijk wat gerechtigheid op de wereld – jarenlange dure therapie voor een generatie kinderen die met de video was opgegroeid, kinderen die met hun handen voor hun ogen, turend door een spleetje tussen hun mollige vingertjes, onder het aanzwellende gezoem op de soundtrack (of misschien zelfs bij hen in de kamer) hadden gegild: 'Straks wordt hij geprikt, straks wordt hij geprikt!'

En op het scherm waggelt Luke 3 – laten we even de pikorde vaststellen: ik ben Luke 1, Lila's versie is Luke 2, en Toby, het kindsterretje met wiens carrière het na de serie zo spectaculair bergafwaarts ging en bij wie de geruchten over aids nu als gieren om het hoofd cirkelen ('Uitgemergeld tv-personage Luke Hayseed – schokkende foto's') is Luke 3 – door de tuin, waarbij zijn dappere-maar-bange gezicht wordt afgewisseld met close-ups van superbijen ter grootte van ratten, die met hun steek duidelijk een reus zouden kunnen vellen. Zoek het verschil, zoek de fout. Hier komt-ie: de moedige, pittige Luke 3 overwint zijn begrijpelijke angst (hij weet dat hij in groot gevaar was) om deze angstaanjagende, ondankbare taak uit te voeren voor de nooit tevreden (zo blijkt later) Mr. Toppit.

Luke 1, van wie 'moed' en 'pit' nog verder af staan dan de planeet Venus, vervult deze taak zonder dapperheid of angst. Hij doet het omdat hij weet dat het goed is, en juist die overtuiging geeft zijn daad een waardigheid die bij Luke 3 zozeer ontbreekt dat je mond ervan openvalt.

Maar waar het mij om gaat is dit: het waren mijn bijen, en ik kan me niet herinneren dat ik ze aan de wereld heb aangeboden.

Er was een gezin. Wij. Mijn vader en moeder, en Rachel en Luke, de kinderen Hayman die de kinderen Hayseed werden. Rachel ging er heel anders mee om dan ik, maar haar problemen waren dan ook heel anders dan de mijne.

De laatste keer dat ik Rachel echt meemaakte, in een van de vele klinieken die zo vertrouwd voor haar waren geworden, waar ze als een bevoorrechte gast in een restaurant naar haar gebruikelijke tafeltje werd gebracht als er sprake was van een ontkenningsfase, herstelperiode, remissie, terugval of verblijf in haar unieke eigen wereldje – het raakpunt van alle vijf –, had ze eindelijk een toestand van volledige impasse bereikt: ze deed helemaal niets meer. Volgens mij wilde ze op één plaats in haar hoofd blijven. Claude zei eens: 'Rachel heeft drugsdealers zoals andere mensen accountants of tandartsen hebben.' Hij kon het weten, want hij had ze aan haar voorgesteld. Jarenlang zat ze afwisselend aan de pepmiddelen en kalmeringsmiddelen, en gebruikte ze drugs om zich lekker te voelen of zich niet zo rot te voelen. Als een schaker was ze zich bewust van elke zet en van elke zet daarna. Ze probeerde haar lichaam altijd te doorzien en paste haar zetten aan, om de perfecte combinatie te krijgen die haar op die ene plaats zou houden. Ik denk dat de talloze permutaties haar uiteindelijk te veel werden, dat ze de oneindigheid in tolden en zich met een angstaanjagende snelheid groepeerden en hergroepeerden. Alles veranderde al het andere – een gerookte sigaret, een gedragen jurk, een gesnoven lijntje, een geopende deur, een uitgesproken voorkeur, een overgestoken straat – tot ze nog maar één manier zag om er gewoon te *zijn*, en dat was nietsdoen, gewoon doodstil op een stoel blijven zitten.

De verpleegster die me naar haar kamer bracht, zei dat ze goed meewerkte met eten – wat betekende dat ze zich gewillig liet voeren – en dat ze zich zonder verzet in en uit bed liet tillen. Maar ze wilde niemand aankijken en gaf ook geen antwoord als haar iets werd gevraagd. Als ze iets moest doen wat ze niet wilde, bedekte ze haar ogen en oren met haar handen en rolde ze zich op tot een bal, maar ze gaf geen kik. Ik vroeg maar niet hoe ze elke dag haar behoefte deed, want ik vermoedde dat daar luiers bij kwamen kijken.

Het was lang geleden dat ik haar had gezien. Ze zat in een rechte leunstoel naar buiten te staren, maar toen ik bij haar knielde en haar hand pakte, zag ik dat ze nergens naar keek. 'Heb je zin om met me te praten, Rach?' vroeg ik. 'Het hoeft niet, als je niet wilt.'

Het was duidelijk dat ze geen woord zou zeggen, maar misschien reageerde ze wel even op mijn aanwezigheid door me een zacht kneepje in mijn hand te geven. Of niet. Het was moeilijk te zeggen.

Wat een doorgewinterde toneelspeelster, dacht ik opeens. Ik wist het en zij wist het ook. We speelden weer een spelletje – wie het langst kan staren zonder te lachen. Het was een spelletje dat we als kinderen vaak hadden gespeeld, maar dat kon ze nu duidelijk niet toegeven, niet nu ze weer werd omringd door een falanx van psychen die haar zover probeerden te krijgen dat ze zich weer enigszins normaal ging gedragen, en die – tot mijn moeders woede – werden betaald uit de cascade aan royalty's van de boeken en etuis en eierdopjes.

'We zouden dit hoofdstuk van je leven "Saluut aan Catatonië" kunnen noemen. Wat vind je daarvan?' vroeg ik. Geen reactie. '"Portret van de knutselaar als jonge vrouw?"'

Zag ik haar mondhoeken een stukje omhooggaan? Ik speelde met de gedachte om haar te kietelen – daar had ze als kind altijd op gereageerd – maar toen bedacht ik dat ik haar haar waardigheid niet mocht afnemen, als dat het juiste woord was.

Op dat moment zag ik iets vreemds. Onder haar stoel was een hoekje van een boek zichtbaar, dat ik meteen herkende aan het stuk stofomslag dat ik kon zien. Het was *Donkerbos*, het laatste deel van de serie, met een tekening van Lila waarop Lukes rug en hoofd in een hemels geel licht baadden en heel klein leken naast een enorme, dreigende muur van bomen, die zich in tweeën splitste om een vreemd schijnsel in de duisternis te openbaren. Eigenlijk had iedereen het boek wel kunnen herkennen, want er bestond een pastiche van de illustratie op de hoes van een solo-elpee, eveneens *Donkerbos* geheten, van een lid van Yes wiens gepermanente lokken de plaats van Lukes bloempotkapsel innamen. Lila had het album als kerstcadeautje naar me opgestuurd, met een gele post-it op de voorkant waarop ze had geschreven: 'Geen mooier compliment dan imitatie – vrolijk kerstfeest van de gecomplimenteerde aan de geïmiteerde!' Het puntje onder het uitroepteken was een piepklein lachend gezichtje, dat verdacht veel op Luke leek. Ach ja, ze kwam niet vaak buiten.

Hoe dan ook, ik raapte het boek op en hield het voor haar neus. 'Is dit van jou? Ben je het aan het lezen?' Er kwam geen antwoord. Dit riep een interessante vraag op: was Rachel alleen achter gesloten deuren zwijgzaam en roerloos? Dook ze, zodra de psychen en de artsen de kamer hadden verlaten, in een geheim leven waarin ze de gelukkige *Hayseed*-tijd herbeleefde, en sloeg ze de bladzijden van het boek om met de hartstocht die ze doorgaans voor al haar andere geheime levens bewaarde? Of had een van de invalverpleegkundigen, die niet precies wist wat er met Rachel aan de hand was en dacht dat ze met een amnesiepatiënt te maken had, een poging gedaan om Rachel met vertrouwde dingen te omringen en zo haar geheugen op te frissen? Bij een ander had dat bijvoorbeeld een lievelingsliedje kunnen zijn, of een stemopname van een dierbare, die voortdurend als een zoetsappige sprekende klok werd afgedraaid. Het had ook een selectie van familiefoto's naast het bed kunnen zijn, zodat die wezenloze blik, als hij eindelijk werd scherpgesteld, op helder gekleurde afbeeldingen van een bepaalde zomer, een bepaald kerstfeest, lachende baby's of liefhebbende ouders zou vallen.

Maar Rachel wilde zich helemaal niet bewust worden van haar oude leven. Haar huidige toestand was juist veel fijner. Als het kon, zou ze als iemand anders, ergens anders wakker willen worden. Als je haar met vertrouwde dingen zou omringen – haar in een dwangbuis onder het *Hayseed*-dekbedovertrek-met-sloop zou leggen, haar een koptelefoon zou opzetten en loeihard de afgrijselijke herkenningsmelodie van de serie op haar oren zou loslaten, haar met een slangetje vloeibaar voedsel uit de *Hayseed*-cornflakeskom en bijpassende mok zou toedienen – zou je waarschijnlijk van zijn leven geen reactie van haar loskrijgen. Als je haar in een ruimteschip zou zetten en het zou vullen met wezens uit een ander zonnestelsel die geen enkele bekende taal spreken, zou je misschien een kansje hebben.

In de gang was een soort recreatiekamer, waar ik wachtte op mijn afspraak met dokter Honey, Rachels arts. Aan de andere kant van het vertrek zat een groep mensen op stoelen in een kring. Een van hen zat nogal luidruchtig te huilen, en de anderen keken hem zwijgend aan. Wat had ik een hekel aan dit oord.

Terwijl ik hen bestudeerde, keek een jongen op van zijn stoel. Ik schatte hem op een jaar of achttien. 'Groep,' zei hij met een verontschuldigende glimlach.

'Sorry?'

'Therapie.'

Hij staarde naar me en ik wendde mijn blik af. Achter hem hing een groot prikbord aan de muur. Ik kon niet goed zien wat erop hing, maar toen ik dichterbij kwam, zag ik allemaal keurige rijtjes polaroids van gezichten.

'Rachel zit er ook bij. Kijk maar,' zei hij.

Ik liet mijn blik over de foto's dwalen en ja hoor, daar hing ze. Haar gezicht was overbelicht en erg bleek. Ze had haar ogen gesloten. Er ging een koude rilling door me heen: ze zag eruit alsof ze dood was.

'Voor,' zei de jongen. Ik draaide me weer naar hem toe, omdat ik niet helemaal begreep wat hij bedoelde. 'Ze maken er een als we hier komen. De ziekenhuisversie van vingerafdrukken. Als je weggaat, maken ze een Na. Daar zit niet altijd veel verschil tussen.' Hij wees op de stoel naast hem. 'Je mag hier wel wachten, als je wilt. Ik heet Matthew.'

'Ik ben...'

'Ik weet wie je bent,' zei hij. 'Jij bent de broer van Rachel. Luke.' Hij liet een veelbetekenende stilte vallen. 'Hayseed.'

'Ik heet Hayman.'

'Ja. Sigaret?'

Ik schudde mijn hoofd.

'We roken hier allemaal als schoorstenen. Behalve Rachel. Ze is gestopt. Ze is overal mee gestopt.' Hij grinnikte. 'Ik heb al eerder bij haar gezeten.'

'O ja? Waar?'

'Ik heb een poosje in Lakewood gezeten. Vlak bij Marlow. Toen zij daar zat. Het zijn net jeugdherbergen, deze klinieken. Als je in het circuit zit, kom je steeds dezelfde mensen tegen. Nee, ik vond haar echt aardig.' Opeens draaide hij met een ruk zijn hoofd weg, en hij begon met een verbazingwekkende vinnigheid op zijn pinknagel te bijten.

Ik wilde opstaan. 'Ik moet weer eens terug,' zei ik.

Hij stak zijn hand uit en greep met verrassend veel kracht mijn pols beet. Hij boog zich naar me toe en zei zachtjes: 'Ik heb de boeken gelezen. Allemaal. Ik kan stukjes uit mijn hoofd opzeggen, als je wilt.'

Ik wilde weg, maar iets aan hem hield me bijna aan mijn plaats genageld. 'Waarom zit je hier?' vroeg ik.

Schaapachtig stak hij zijn handen naar me uit, met de handpalmen omhoog, en als een concertpianist die wil gaan spelen duwde hij zijn armen naar voren, zodat zijn manchetten naar achteren schoven. Zijn polsen bestonden bijna helemaal uit verticale littekens. 'Ze zullen binnenkort wel aan Rachel beginnen,' zei hij.

'Wat bedoel je?'

'Ze pikken het niet lang dat ze zich zo geschift gedraagt. Het is de bedoeling dat je jezelf een spiegel voorhoudt, dat je je gedragspatronen verandert, snap je. Ze breken je helemaal af. Als je graag wit draagt, dwingen ze je om zwart aan te trekken. Als je graag danst, dwingen ze je om stil te zitten.'

Ik hoorde mezelf vragen: 'En als je niet meer wilt praten?'

'O, ze hebben manieren om je aan het praten te krijgen.' Hij gooide zijn hoofd in zijn nek en lachte zo hard dat de groep aan de andere kant even omkeek.

Opeens hield hij op met lachen. 'Ik ken Toby ook.'

Ik begreep niet wie hij bedoelde. 'Toby?'

'Toby Luttrell. Die jou speelde. In je tv-serie. Hij was mijn kamergenoot toen ik in St. Albans zat.'

'Het was mijn tv-serie niet,' zei ik.

'Ik heb hem geneukt,' voegde hij er op gemoedelijke toon aan toe.

De geschikte reactie op deze mededeling wilde me even niet te binnen schieten. Terwijl Matthew me verwachtingsvol aanstaarde, slaagde ik erin om iets tevoorschijn te toveren: 'Zo, bof jij even.' Ik probeerde mijn toon tot iets soepels en luchtigs te boetseren, al paste mijn stemming daar totaal niet bij. Ik had het gevoel dat ik over de rand van een afgrond was gestapt en nog even stil hing voordat ik viel, zoals een figuurtje uit een tekenfilm. 'Ik moet gaan,' zei ik.

Hij keek me recht in de ogen. 'Ik weet namelijk wie Mr. Toppit is.'

Dat hebben jij en ik met elkaar gemeen.' Hij glimlachte, alsof hij zojuist tot een tamelijk belangrijk inzicht was gekomen. 'Wat zeg ik,' zei hij, 'dat is slechts een van de dingen die we met elkaar gemeen hebben.'

Ik stond zo abrupt op dat mijn stoel achteroverviel. 'Weet je,' zei ik, 'het kan me geen zak schelen wie Mr. Toppit is.' Ik liep in de richting van de deuren.

'Maak je maar geen zorgen over Rachel. Ik zorg wel voor haar,' riep Matthew me na, en toen schreeuwde hij: 'Ze is mijn vriendin!'

Ik wilde mijn handen op mijn oren leggen, maar ze hadden het fatsoen om naast mijn lichaam te blijven hangen.

Ik vond de werkkamer van dokter Honey aan het andere einde van de gang. Ik klopte, en er klonk een gedempt geluid uit de kamer. Hij zat te lunchen. Op zijn bureau was alles met mathematische precisie geordend – een plastic beker met koffie, een KitKat, een zakje chips en een vierkant stuk vetvrij papier, waarop exact in het midden een dubbele boterham was gelegd, waren met gelijke tussenruimtes in een rijtje opgesteld. Waarschijnlijk was hij een expert op het gebied van dwangneuroses.

'Ik wil Rachel hier weghalen,' zei ik.

Dokter Honey knikte langzaam. Hij schraapte zijn keel. 'Vindt u dat u dat moet beslissen?' vroeg hij. 'Of zij?'

'Ik denk dat ze niet in staat is om zo'n beslissing te nemen,' zei ik.

'Vindt u daarom dat u het moet doen? Dat u het haar moet opleggen?'

'U legt de patiënten hier toch ook van alles op? In deze kliniek?'

'Nou, we leggen de mensen erg weinig op. We doen een...' Hij zocht naar het juiste woord. '...voorstel tot een structuur waarin een patiënt zijn of haar problemen onder ogen kan zien. Bent u ergens overstuur van geraakt?'

'Ik ben niet overstuur,' loog ik. 'Ik maak me zorgen over Rachel.' Ik wilde nog niet over Matthew beginnen, maar ik wist dat ik vlug iets moest verzinnen. Dokter Honey deed me denken aan een schouwburgbezoeker die bij een verlate aanvang wachtte tot het doek eindelijk opging.

'Ik vind sommige andere patiënten...' en toen hield ik mijn mond. Ik wist niet goed hoe ik moest doorgaan, en tot mijn verwondering strompelde het woord 'weerzinwekkend' uit mijn mond, als een achterblijver die als laatste over de finish komt.

'Weerzinwekkend,' herhaalde hij peinzend. Hij wendde zijn blik even af en keek uit het raam. Daarna draaide hij zijn hoofd weer terug en pinde me vast met zijn blik. 'Dit is geen hotel of wellness centre. Onze patiënten zitten hier niet om betere tafelmanieren te leren. Ik wil u eraan herinneren dat dit ook geen gevangenis is. Iedereen, ook uw zus, mag weg wanneer hij wil. Ze is net zo vrij om te gaan als u.'

Ik worstelde onhandig verder, gedwongen om nu mijn laatste kaarten uit te spelen. 'Matthew... Ik weet zijn achternaam niet...'

'Sumner,' zei hij.

Ik merkte dat mijn handpalmen klam waren. 'Hij zei een paar dingen die ik heel raar vond.'

'Raar?'

Ik probeerde de sfeer een beetje luchtiger te maken. 'Ik neem aan dat u dat woord hier niet vaak als technische term gebruikt.'

'Niet vaak. Nee.'

'Het lijkt wel of hij geobsedeerd is door die boeken, mijn vaders boeken.' Het klonk ongelooflijk onnozel. 'U weet wel, ze zijn nogal...'

Hij onderbrak me. 'Ja, ik weet er alles van. Geobsedeerd? Goeie genade, de boeken zijn beroemd. Het kan u toch niet verbazen dat uw vaders uitzonderlijke creatie Mr. Toppit iemand aanspreekt wiens problemen voortkomen uit een ambivalente houding jegens gezagsdragers. Weet u, hij heeft een welhaast iconische betekenis: zijn behoefte om te worden gehoorzaamd, het feit dat hij nooit zijn goedkeuring uitspreekt. Het is logisch dat Matthew hem boeiend vindt. Ik betwijfel of het een obsessie is. Persoonlijk ben ik een groot bewonderaar van de boeken. Ze zijn net zo dreigend als Grimm, maar niet zo eentonig. We gebruiken ze soms in onze groepssessies. Ze vormen een verrassende link: iedereen weet nog precies wanneer hij ze voor het eerst heeft gelezen.'

'Net zoals je weet waar je was toen Kennedy werd vermoord, bedoelt u?'

Hij glimlachte vermoeid. 'We hebben hier wel vaker kinderen van bekende mensen: filmsterren, politici, het bedrijfsleven. De druk van een succesvolle ouder kan als schrikbarend worden ervaren,' zei hij.

Ik schudde mijn hoofd. 'Hij was geen succesvolle ouder. Hij heeft gewoon een paar boeken geschreven.'

'Rachel lijkt daar minder moeite mee te hebben dan u, als ik zo vrij mag zijn.' Hij zette een geduldige blik op. 'Uw zus – en vat u dat alstublieft niet verkeerd op – is niet gezond, niet *functioneel*, om ons jargon te gebruiken. Ze vereenzelvigt zich sterk met de boeken – misschien wel te sterk – maar ze vertegenwoordigen een soort gouden tijdperk voor haar. Dat is een gebied dat we tijdens haar vorige verblijf hier in vele sessies hebben aangestipt. Ze vertelde me destijds dat ze de officiële biografie van uw vader schrijft. Komt daar al schot in? Het is belangrijk dat ze een project heeft, iets waarmee ze zelfvertrouwen opbouwt.'

'Nee, daar is ze niet aan bezig,' legde ik geduldig uit. 'Ze is bij de uitgevers geweest met de mededeling dat ze die biografie wilde schrijven. Ze konden moeilijk nee zeggen, ze hebben een fortuin aan de boeken verdiend. Het zou me verbazen als ze al een halve bladzijde heeft geschreven.'

'Ik proef dat u op een of andere manier ambivalent tegenover haar werk staat. Hebt u misschien het idee dat u de aangewezen persoon bent om de biografie te schrijven?' Hij leek werkelijk even in de war te zijn.

Ik kon er niets aan doen, ik barstte in lachen uit alsof het de belachelijkste suggestie op aarde was. Dat was het ook. 'Het is "haar werk" niet. Het is helemaal niets.'

Hij keek gekwetst. 'Ik kan me niet aan de indruk onttrekken dat u op een bepaalde manier met Rachel wedijvert,' zei hij. 'Ik stel me zo voor dat u de rijkdommen van uw vaders boeken – en dan heb ik het niet over de materiële rijkdommen – best samen kunt delen. Zijn uitzonderlijke erfgoed, zo u wilt.'

'Het gaat niet om delen. Dat is nu net het probleem.' Ik hield op met praten omdat er opeens iets duidelijker dan ooit tot me doordrong. 'U hebt de boeken toch gelezen?' vroeg ik. Hij knikte. 'Er ontbreekt iets aan mijn vaders erfgoed. De boeken gaan over mij. Ik ben Luke Hayseed. Het punt is dat er geen Rachel Hayseed in de boeken voorkomt. Geen figurantenrol, geen gastoptreden. Hoe zou u dat vinden? Begrijpt u het niet? Ze... ze is er gewoon niet.' Ik stond op. 'Ik denk dat u haar problemen misschien ergens in dat gebied kunt aantreffen. Daarom is ze niet functioneel, om uw jargon te gebruiken.'

Toen ik weer in Rachels kamer kwam, zat ze te slapen, met haar hoofd achterover tegen de rugleuning van haar stoel. Ik boog me over haar heen en gaf haar een kus op haar voorhoofd.

Ik zei het al: haar problemen zijn heel anders dan de mijne.

Arthur

Arthur Hayman, inmiddels over de zestig en sinds een paar jaar schrijver van een onbekende serie kinderboeken, maar in zijn jonge jaren als duvelstoejager van de Britse filmindustrie ooit editor, ooit scriptschrijver en eens regisseur van een film uit 1948, getiteld *Liefdesvangst,* die destijds geen goede recensies kreeg en niet bepaald als hoogtepunt in het oeuvre van Phyllis Calvert werd gezien – en zelfs zo weinig mensen was bijgebleven dat er naar de titel, die in een liber amicorum ter ere van de hoofdrolspeelster ooit verkeerd was afgedrukt als *Liefdesgevangene,* inmiddels werd verwezen, als er al naar verwezen werd, als *Liefdesgevangene (*ook wel bekend als *Liefdesvangst)* – liep op een stralende lentedag in 1981 met een stralend humeur door het park in het midden van Soho Square. Het was twee minuten voor één op de maandag na het eerste warme weekend van het jaar, en sommige mannen die languit op het gras hun boterhammen aten, hadden hun shirt al uitgetrokken. De meisjes, gekleed in jurken met korte mouwen of topjes met laag uitgesneden ronde halzen, smeerden zonnebrandmiddel op hun schouders en armen, die nog rood waren van het zonnebaden in het weekend.

Terwijl Arthur het park door de zuidelijke uitgang verliet en de straat overstak naar Greek Street, sloeg een kerkklok één uur. De galm van de klok bleef in de windstille lucht hangen, en hij keek op, nieuwsgierig uit welke kerk het geluid afkomstig was. In zijn jonge jaren had hij het merendeel van zijn tijd in en rond Soho doorgebracht. Zijn bank zat er nog – hij was er net langsgelopen – en daar placht de bankmanager hem, in de tijd voordat hij geld had, een kopje thee aan te bieden en hem en de andere jongemannen die mogelijk een veelbelovende carrière in de filmindustrie tegemoet gingen, maar op dat moment wachtten tot de boekhouding van Rank, Ealing of Gainsborough het geld uitbetaalde waarmee ze hun schuld aan de bank konden aflossen of in elk geval kleiner konden maken, een laatste kans te geven voordat hij weigerde hun cheques nog langer te dekken.

Tegenwoordig liep hij in Soho zelden bekenden tegen het lijf. Ooit, in de jaren vijftig, kwam hij om de haverklap mensen tegen, die doorgaans net uit de Sphinx kwamen om ergens te gaan lunchen, of op weg waren naar de Sphinx om het tijdens hun lunch op een drinken te zetten. Soms werd hij in hun kielwater meegezogen, propte hij zich samen met hen in de gammele lift met het rare luchtje en schokte hij naar de bovenste verdieping, waar ze door Jimmy de barman werden begroet – de anderen wat uitbundiger dan Arthur – en onderuitzakten voor een goed gesprek, terwijl de lunchtijd overging in theetijd en hun boterhammen nog onaangeroerd op tafel stonden.

Hoewel Arthur in de groep werd opgenomen omdat hij – in elk geval in naam – een van hen was, wist hij dat zijn voornaamste inbreng was dat hij nieuwtjes kon verstrekken over Wally Carter, een van zijn oudste vrienden en inmiddels een succesvol regisseur in Hollywood. Soms, als hij niets van Wally had gehoord, verzon hij zelf een nieuwtje. Tegenwoordig hoorde hij trouwens nog maar zelden iets van hem. Via Wally had hij zijn vrouw Martha leren kennen, destijds nog Martha Jordan, die al heel lang op haar afstudeerscriptie over de kruistochten broedde en door Wally achter haar bureau vandaan was geplukt om research te plegen voor een geplande film over Richard Leeuwenhart. Vooral Terry Tringham, die in de goede oude tijd met Arthur en Wally had samengewerkt, wilde altijd op de hoogte worden gehouden: 'Hoe gaat het met Wally, onze ouwe Wally? Verdient scheppen met geld, zeker? Enórm getalenteerde jongen.'

Het probleem was dat Arthur voor zijn gevoel onder valse voorwendsels aanwezig was als hij zijn nieuws eenmaal had verteld. In elk geval werd hij enigszins nerveus van beide kampen die daar vaak samenkwamen. Hij had het idee dat hij niet bevoegd was om deel uit te maken van de succesvolste – en duidelijk kleinste – groep, die, als ze nog niet in haar geheel naar chiquere clubs dan de Sphinx was verkast, soms voor een paar rondjes binnenwipte. Deze mensen zagen eruit alsof ze uit beleefdheid even langskwamen. Ze keken op hun horloges, die kleiner waren geworden naarmate hun status in de filmindustrie was gegroeid, en gooiden de laatste helft van hun gin in één teug achterover terwijl ze 'heb een lunchafspraakje' mompelden. Daarna vertrokken ze naar de ijlere lucht van Mayfair, in de wetenschap dat ze tegen de tijd dat ze bij Les A. of The White Elephant arriveerden hun drankjes wel weer hadden verbrand, en helder genoeg waren om op hun best voor de dag te komen tijdens hun afspraak met de bezoekende dignitarissen uit Hollywood, die 's nachts over de Noordpool waren gevlogen, maar tegen lunchtijd weer klaar waren om zaken te doen.

Hij was ook niet geestig of drankzuchtig genoeg om zich thuis te voelen bij de kliek die werd aangevoerd door Terry Tringham, die af en toe wel eens een documentaire editte, maar over het algemeen niet eens meer de schijn ophield dat hij werkte. Naarmate de dag vorderde, wachtte Arthur soms op het moment dat het gesprek weer een van zijn cyclische oplevingen kreeg. Dan stond hij op alsof hij naar de wc wilde gaan, en sloeg hij na een snelle blik over zijn schouder af naar de lift om eenvoudigweg te verdwijnen.

Toevallig had zijn uitgeverij, The Carter Press, een bouwvallig kantoor vlak bij wat vroeger de club was geweest. Dat was de reden waarom Arthur, die niet meer in de filmindustrie werkte, vele jaren later nog steeds in Soho kwam.

Het was net kwart over één geweest toen hij Meard Street in liep. Bij de deur van The Carter Press drukte hij op de bel en boog hij zijn gezicht naar de intercom om iets te zeggen, maar de zoemer klonk al voordat iemand had gevraagd wie hij was, en de deur klikte open. De receptioniste, Stephanie, zat een boterham te eten en de krant te lezen. Ze keek stomverbaasd op toen ze hem zag, alsof een bezoek aan het kantoor wel het laatste was wat ze op een werkdag verwachtte.

Hij bleef even schutterig staan en vroeg: 'Is Graham op kantoor?' Ze wachtte even voor ze antwoord gaf, alsof ze nog twijfelde of ze ja of nee zou zeggen. In plaats daarvan hield ze een slag om de arm: 'Verwacht hij u?'

'Nou nee, niet echt. Ik was toevallig in de buurt.'

Ze knikte langzaam, alsof ze zichzelf bedenktijd wilde geven. 'En u bent Mr. ...?'

'Arthur Hayman, Stephanie,' zei hij vriendelijk. 'Ik ben...' Hij liep naar de muur, waar hij zijn vinger op het ingelijste omslag van *Donkerbos* legde, dat onder de vier andere boeken van de serie aan de muur hing.

Zelfs het feit dat hij een van hun schrijvers was, en haar naam wist terwijl zij de zijne was vergeten, was niet voldoende om de achterdochtige blik van haar gezicht te verdrijven. 'Een ogenblikje,' zei ze. Ze tikte op het schakelbord voor haar neus en nam de hoorn van de haak. Toen ze verbinding kreeg, gaf ze haar draaistoel een zetje zodat ze met haar rug naar hem toe kwam te zitten. Net als de meisjes in het park had ze in het weekend in de zon gelegen, en hij zag de witte bikinilijntjes op haar rode rug en schouders. Ze praatte zachtjes, en omdat hij aan de andere kant van het vertrek nog steeds bij zijn stofomslagen stond, hoorde hij alleen wat gemompel, gevolgd door zijn naam.

Ze legde de hoorn neer en draaide zich weer naar hem toe. 'Strikt genomen is hij er niet,' zei ze. 'Hij is in bespreking, maar hij kan wel even naar beneden komen.' Even later klonk boven in het gebouw het geluid van een dichtslaande deur. Het hele pand begon te trillen toen een paar voeten de trap af rende, even lawaaierig als een troep kinderen die tree voor tree naar beneden sprong.

Graham Carter, Arthurs uitgever en zoon van zijn vriend Wally Carter, leek wel een onverzorgde schooljongen zoals hij met zijn shirt uit zijn corduroybroek kwam binnenrennen. 'Arthur!' zei hij, en nog eens, 'Arthur!', terwijl hij hem een hand gaf en hem met zijn andere arm onhandig naar zich toe trok voor een onstuimige omhelzing. Opeens gleed er twijfel over zijn gezicht: 'We hadden toch geen... Nee, dit is een vreselijke dag. Verkoopvergadering. Vertegenwoordigers. Jezus!'

Achter haar bureau had Stephanie haar krant neergelegd, en ze zat met haar armen over elkaar naar Graham en Arthur te kijken. Er viel een korte stilte in het vertrek, tot de telefoon begon te rinkelen. 'Carter Press. Goedemiddag,' zei Stephanie opgewekt. Er gleed een donderwolk over haar gezicht en ze keek naar Graham. Hij schudde zachtjes zijn hoofd. 'Nee,' zei ze, 'ik ben bang van niet... Nou, we hadden hem wel verwacht... Ja. Heb ik gedaan... En die van gisteren ook, ja... Uw agent? Nee, er ligt hier geen bericht dat hij heeft gebeld...' Ze streek met haar hand over haar bureau en ritselde met wat papieren. 'Zal ik doen. Ja. Uiteraard.' Ze had de telefoon nog niet neergelegd of hij begon weer te rinkelen. Graham pakte Arthur bij de arm en nam hem mee naar de gang. Op het moment dat de deur dichtging, hoorde Arthur Stephanie zeggen: 'Nee, ik ben bang dat er op dit moment niemand van de boekhouding is. Ze hebben allemaal lunchpauze. Nee, Mr. Carter is er vandaag niet. Hij heeft een verkoopvergadering. Ja, ik weet het.'

Graham ging op een pakkist zitten en wreef in zijn ogen. Arthur leunde tegen de muur tegenover hem. 'Ik ben blij dat je er bent, Arthur. Echt,' zei hij. 'Het is een nachtmerrie op dit moment. De meeste mensen laten hun agenten op ons los. En dan heb ik het alleen nog maar over de schrijvers. Praat me niet van die ellendige drukkers.'

'Ik heb geen agent,' zei Arthur.

'De voorschotten zijn tegenwoordig zo hoog. Dat is het probleem.'

Arthur verschoof ongemakkelijk van zijn ene voet op de andere. 'Je hebt mij nooit een voorschot gegeven.' Graham zette een gekwelde blik op en Arthur zei vlug: 'Ik bedoel, ik heb er eigenlijk nooit om gevraagd.'

'Daarom voel ik me ook zo ellendig dat de afrekeningen van de royalty's nog niet klaar zijn. Ik hoop dat we ze eind deze maand kunnen versturen,' zei Graham. Arthur was niet van plan geweest om daarop te reageren, maar Graham had zijn hand al opgestoken om Arthur het spreken te beletten. 'Ja, ik weet dat we er verschrikkelijk laat mee zijn. Die verdomde boekhouding ook.' Grahams lange blonde haar viel voor zijn ogen, en hij veegde het met zijn vingers naar achteren. Hij zag eruit alsof hij elk moment in tranen kon uitbarsten.

Arthur had het gevoel dat hij op een of andere manier in een bus was beland die de verkeerde kant op ging, waarbij hij er niet achter kon komen hoe hij moest uitstappen. Het was nog niet eens tot hem doorgedrongen dat de royaltyafrekening te laat was, en hij vond het tamelijk gênant dat Graham nu dacht dat dat de reden voor zijn komst was – net zoals het tamelijk gênant was dat hij niet meer wist waarom hij eigenlijk was gekomen.

Graham wierp een blik op de klok aan de muur. 'Jezus! Ik moet gaan, Arthur,' zei hij. 'Eerlijk gezegd zat ik niet in een verkoopvergadering. De bank zit boven. Ik probeer ze zover te krijgen dat ze ons krediet verlengen.' Hij stond op en gaf Arthur een hand. 'Tot ziens, Arthur,' zei hij. 'Bedankt voor je komst.' Daarna rende hij met twee treden tegelijk de trap op.

Arthur wachtte even. Op het moment dat Graham uit zijn gezichtsveld verdween omdat hij over het trapbordes naar de volgende trap liep, riep hij zijn naam. Graham kwam met een bezorgde blik weer in beeld.

Arthur keek naar zijn schoenen en zei: 'Ik ben zesenzestig, Graham.' Hij schraapte zijn keel en vervolgde: 'Je vader is mijn oudste vriend. Jullie hebben mijn boeken uitgegeven, alle vijf. Niemand zag er iets in, behalve jullie. Ik ben niet boos over de royalty's. Ik kwam alleen maar langs om te kijken of jullie het omslag van *Donkerbos* aan de muur hadden gehangen, bij de andere. Maak je dus alsjeblieft geen zorgen over geld en zo. Dat zou ik niet willen.'

Arthur wandelde de voordeur uit, stapte vanuit de schaduw een poel van warmte in en liep door Meard Street in de richting van Dean Street. Even voor tweeën liep hij de hoek om, waarna hij zijn weg in zuidelijke richting vervolgde.

Bunny Jones kwam net uit de kiosk aan de overkant en zag Arthur lopen. Hij had net op zijn horloge gekeken, omdat hij wist dat hij om kwart over twee weer op zijn werk moest zijn voor een filmvertoning. Hij was een van de meest ervaren operateurs bij Elstree geweest in de tijd dat Arthur daar werkte. Inmiddels was hij achter in de zeventig en werkte hij parttime bij een van de postproductiebedrijven verderop in de straat. Eigenlijk zag hij alleen Arthurs rug, maar al had hij hem misschien dertig jaar niet gesproken, hij wist meteen dat het Arthur was, die ze soms Artie hadden genoemd toen hij als jongeman klusjes in en rond de studio deed. Hij was Arthurs achternaam vergeten. Op weg naar zijn werk probeerde hij hem zich te herinneren, maar de naam schoot hem pas te binnen toen hij de volgende dag in de metro de middageditie van de *Standard* zat te lezen.

De mensen waren vanuit de bars en restaurants de hitte in gestroomd, en waren op straat gaan staan of op het trottoir gaan zitten. Het kostte Arthur moeite om in een rechte lijn te blijven lopen. Hij moest van het midden van het trottoir naar de trottoirband uitwijken en omgekeerd. Vóór hem, badend in het zonlicht, lag de kruising van Old Compton Street en Dean Street, en daarachter kon hij helemaal tot Shaftesbury Avenue kijken, waar Martha en hij ooit een flat hadden gehuurd. Terwijl hij van het trottoir stapte en in een flits zag wat er met hem ging gebeuren, ging er een gedachte door zijn hoofd.

Ik heb geen idee wat die gedachte kan zijn geweest. Een deel van Arthurs verhaal ('met een stralend humeur') is aan mijn fantasie ontsproten; andere delen heb ik gereconstrueerd aan de hand van wat Graham Carter me later vertelde en de krantenknipsels die Lila nauwgezet uitknipte en in het Grote Hayseed Boek plakte, met de goede lijm die niet door het krantenpapier heen drong. Lauries aandeel stond op het punt om te beginnen, maar op dat moment kwam zij vanuit de richting van Piccadilly Circus aanlopen. Het zou nog vijf of zes minuten duren voordat ze bij Arthur was.

Er is dus geen verslag van het moment in kwestie. Ik zie alleen een oude man in een nette grijze broek, een tweed jasje en handgemaakte schoenen, die vanaf het trottoir Old Compton Street op loopt op het moment dat de meisjes op Soho Square hun zonnebrandmiddel weer in hun handtas stoppen en hun boterhamzakjes in de prullenbak gooien, de mannen hun shirt weer aantrekken om aan het werk te gaan, Bunny Jones in de filmzaal de eerste spoel door de projector haalt, en Stephanie aan iemand vertelt dat Mr. Carter in een verkoopbespreking zit, terwijl hij in werkelijkheid op de maandag na het eerste warme weekend van het jaar in de directiekamer boven in het gebouw aan Meard Street met de mannen van de bank over cashflow praat.

Laurie

Er was iets vreemds gebeurd met Laurie Clow, die onlangs vanuit Modesto, Californië, in Londen was gearriveerd: ze was gebiologeerd geraakt door de muren van haar hotelkamer. Wit papier was over duizenden piepkleine bobbeltjes met verschillende vormen en afmetingen heen geplakt. Het zag eruit als een oneindig poollandschap. Laurie lag in bed, waar ze het merendeel van haar tijd had doorgebracht sinds ze in Londen was, en ze streek met haar handen over de muur. De structuur kriebelde aan haar vingers, maar ze deed het al zo lang dat ze bijna gevoelloos waren geworden. Tijdens haar slaap had ze een rare droom gehad. Ze had een man gezien die bezig was om de kamer te behangen. Hij had de muren met lijm ingesmeerd en had vervolgens uit een emmer in zijn hand kleine, wriemelende insecten gehaald, die hij één voor één op de muur had geplakt. Toen hij daarmee klaar was, bedekte hij de muren met lange rollen dun, wit papier, waardoor de insecten niet meer te zien waren. Nog voordat de man zich omdraaide, wist ze met een vermoeide zekerheid dat het haar vader was.

In de oorlog, toen ze nog een kind was en in Los Alamos in de heuvels van New Mexico woonde, hadden er overal insecten gezeten. Overdag ontvluchtten ze de droge hitte en haastten ze zich door het appartement om zich in hoekjes en onder de bedden te verstoppen. 's Avonds botsten grote vliegende beesten, zoals meikevers, tegen de horren. Op een ochtend had Laurie een kleine schorpioen in de keuken ontdekt. Ze rende naar het appartement van de buren om Paully te halen, de zoon van een van de laboratoriumtechnici die met haar vader samenwerkten. Ze speelden wel eens samen, maar niet zo vaak als Laurie wel zou willen, omdat Alma zei dat hij niet te vertrouwen was. Bij hun terugkomst zat de schorpioen nog steeds op dezelfde plaats. Nadat Paully hem zachtjes met een vork had geprikt om vast te stellen of hij nog leefde, zei hij tegen Laurie dat ze een oude doek moest zoeken. Ze liepen naar de slaapkamer waar Lauries moeder, Alma, nog steeds lag te slapen. Op hun tenen slopen ze naar de kast waarin ze haar drankvoorraad bewaarde en pakten een fles gin. In de keuken draaiden ze de dop van de gin en goten de drank over de doek. Het vertrek vulde zich met een bedwelmende, zoete geur. Ze keken elkaar giechelend aan en likten hun handen af.

Paully ging op zijn knieën zitten en legde de natte doek in een cirkel om de schorpioen heen. Met een zijdelingse blik naar Laurie, die tegen de muur stond om zo ver mogelijk uit de buurt van de schorpioen te blijven, streek hij een lucifer aan. Laurie dacht dat de gin als benzine in brand zou vliegen, maar in werkelijkheid moest Paully een paar keer met de brandende lucifer in de doek porren voordat hij vlam vatte. De vlam was heel blauw en kroop langzaam over de doek. Ze verwachtten dat de schorpioen binnen een paar tellen zou doen waarover ze hadden gelezen – zijn staart optillen en zichzelf doodsteken – maar hij leek het vuur niet in de gaten te hebben. Opeens maakte hij een schokkerige beweging en begon hij versuft in de richting van de vlam te sjokken. Hij klom tot hun afgrijzen op de brandende doek, bleef daar even balanceren en vatte met een afschuwelijk geknetter vlam. Ze schreeuwden allebei, en Alma verscheen bij de slaapkamerdeur, gekleed in de blauwe ochtendjas waarin ze had geslapen. Ze zocht haar sigaretten, hief haar hand op en zei 'Even wachten, ogenblikje, wacht' toen ze haar het verhaal probeerden te vertellen. Tegen de tijd dat ze het pakje had gevonden, een sigaret had opgestoken en was gaan zitten, leek het juiste moment echter al voorbij te zijn. De taak om de schorpioen op te ruimen werd overgelaten aan Lauries vader, die thuiskwam uit het lab om hun lunch klaar te maken. Hij kwam altijd precies om twaalf uur thuis om te lunchen. 'Jabbadabbadoe!' riep hij altijd als hij de hordeur openduwde en zijn armen naar Laurie uitstak. Tenzij hij een lift kreeg, wandelde hij de heuvel af naar huis, en zijn schoenen waren altijd stoffig van de onverharde wegen. Als hij zijn hoed afzette, waren zijn voorhoofd en haren vochtig van het zweet. Soms was Alma thuis, soms niet. Als ze thuis was, zat ze meestal in de slaapkamer. Het merendeel van de tijd zat ze te klagen. Ze had een hekel aan hun onderkomen. 'Dit is gewoon een sloppenwijk,' schreeuwde ze dan. 'Ik ben het beu om in *De druiven der gramschap* te wonen.' In werkelijkheid vond ze het vreselijk om naast Paully's familie te wonen, omdat ze joods waren.

Haar vader was altijd opgewekt. 'Ben je vandaag prinses Tonijn of prinses Kipsalade?' vroeg hij als hij in de keuken hun brood klaarmaakte. Ze giechelde en zei: 'Ik ben prinses Koekje', of: 'Ik ben prinses Chocoladevlok.' Hij had ook andere namen voor haar: prinses Poedel of prinses Perzik, en soms verzon hij namen die klonken alsof ze uit *Hiawatha* kwamen, zoals prinses Alamita.

Toen hun eerste winter aanbrak, droeg hij een fluwelen hoed en bleef hij in het lab lunchen. Hij zei dat het te koud was om terug te lopen en dat hij modder aan zijn schoenen zou krijgen, ook al waren er loopplanken over de paden gelegd. Vanaf dat moment maakte Laurie boterhammen voor haarzelf en Alma klaar, maar Alma liet de hare altijd onaangeroerd staan. Toen het lente werd en de sneeuw smolt, leek hij het te zijn verleerd om thuis te komen lunchen. Daarna bleef hij in het lab.

Hij was een stuk minder vrolijk na hun vertrek uit Los Alamos en hun verhuizing naar Bakersfield, waar hij parttime wiskundeles aan een middelbare school gaf. Vóór Bakersfield woonden ze in Fresno, waar hij in een fotolaboratorium werkte. In Fresno was hij bijna altijd verdrietig. Voor Laurie begon hij langzaam te verdwijnen, simpelweg minder scherp te worden, net als sommige foto's die in de winkel waren weggegooid en die hij mee naar huis nam om ze aan haar te laten zien – hele rolletjes waarbij de camera verkeerd was afgesteld en de mensen grijze schimmen waren, of foto's waarop grote, maanvormige gezichten naar de lens staarden. Tegen de tijd dat ze uit Bakersfield vertrokken en naar Modesto gingen, leek hij er helemaal niet meer te zijn. Hij was verdwenen, als een koffer die uit de achterbak was gevallen terwijl ze over de snelweg hobbelden. Daarna had ze alleen Alma nog over.

Laurie kon zich niet herinneren wanneer ze voor het laatst op vakantie was geweest zonder haar vriendin Marge, medewerkster patiëntenzorg in het Holy Spirit Hospital, waar Laurie na haar ochtendprogramma op KCIF 's middags het radioprogramma verzorgde. Marge had de vakanties altijd gepland, geboekt en georganiseerd, en maakte in januari al plannen voor wat ze 'het mei-reisje' noemde. Als ze elkaar op vrijdagavond zagen, lag er altijd wel een nieuwe landkaart die Laurie moest bestuderen, een alternatieve reisroute, of een lijst met tips van iemand uit het Holy Spirit die Florence of Machu Picchu of Maui al had bezocht. Dit jaar had Laurie alles in haar eentje geregeld. Zij en Marge hadden nauwelijks nog een woord gewisseld sinds ze vorig jaar van Saint-Barthélemy waren teruggekeerd.

Op de dag van Lauries vertrek naar Engeland was het ergste gebeurd: Marge had haar naar het vliegveld zien vertrekken. In het Spring Crest had ze al een moeizaam afscheid met Alma achter de rug, omdat Alma net deed of ze niet wist dat ze op vakantie ging, en maar bleef vragen of Laurie haar naar het politiebureau kon brengen om na te gaan of ze nog meer foto's hadden die ze kon bekijken. Op het moment dat Laurie wilde vertrekken, bleef Alma maar schreeuwen dat een van de verpleegsters haar een telefoon moest brengen – 'Ik moet de politie bellen! Nú!' – en had ze, per ongeluk of expres, het dienblad met koffie omgestoten. Uiteindelijk stond Laurie op. 'Ik blijf niet lang weg, Alma,' zei ze op een rustige, neutrale toon die net zo goed had kunnen betekenen dat ze alleen maar even naar de wc ging. Ze liep zo snel mogelijk de recreatiekamer uit en slaagde er op het nippertje in om Mrs. D. te ontlopen, die door de gang kwam aanlopen.

Ze reed terug naar de stad en stopte even bij KCIF om een paar berichtjes voor Rick Whitcomb achter te laten. Laurie presenteerde elke ochtend een regionaal actualiteitenprogramma van een half-uur. Rick was de programmaleider, en hij zou het programma tijdens haar afwezigheid overnemen. Daarna reed ze naar de binnenstad, naar het Holy Spirit, waar ze een parkeerplaats voor haar auto had geregeld. 's Middags coördineerde ze de vrijwilligers van Holy Spirit Hospital Radio en draaide ze een uurtje verzoeknummers. Ze droeg haar reistas naar de hoofdingang, zette hem neer en liep naar binnen om aan Maribeth, de dienstdoende receptioniste, te vragen of ze een taxi wilde bellen om haar naar het vliegveld te brengen.

Terwijl de taxichauffeur haar reistas in de kofferbak zette, zag ze Marge met een van de artsen in haar richting lopen. Ze voelde haar wangen rood worden en kroop zo snel ze kon op de achterbank. Door het raam zag ze dat Marge midden op de parkeerplaats stil was blijven staan, kijkend naar haar en vervolgens naar de bagage die in de kofferbak werd gezet. Ze was naar de kapper geweest. Haar pas geverfde, bijgeknipte krulletjes blonken als een nieuwe koperen munt. Zelfs als ze niet boos was, wat ze meestal wel was omdat de ober ongevraagd zure room op haar gepofte aardappel had gedaan of omdat de airconditioning op de afdeling stuk was, deed ze met haar kleine mond en vastberaden kin aan een nijdig hondje denken, maar nu had ze een stomverbaasde blik op haar gezicht. Even leek Marge bijna jong, zoals ze eruit moest hebben gezien voordat alle dingen in haar leven die haar razend maakten hun krachten tegen haar hadden gebundeld en haar strijdensmoe en met oorlogswonden hadden achtergelaten, maar toen draaide de taxi de weg op en kon Laurie haar niet meer zien.

Tijdens de vlucht naar Londen dwaalden haar gedachten steeds af naar wat er op die laatste vreselijke avond van hun vakantie op Saint-Barthélemy was gebeurd. In een poging de gedachten uit haar hoofd te verdrijven, begon ze te zoemen. Ze deed haar ogen dicht en bleef het woord zachtjes herhalen – 'Zoemzoemzoem-zoemzoemzoemzoemzoemzoem' – tot haar hoofd heerlijk gevuld was met ruis, en de sneeën waardoor de gedachten naar buiten sijpelden weer heelden. Opeens was ze opgelucht dat ze op weg naar

Engeland was – daar zou ze veilig zijn – maar tegen de tijd dat ze eindelijk in Londen arriveerde, uitgeput van de lange vlucht, was haar zelfvertrouwen verdwenen.

Toen de taxi haar voor het hotel afzette, moest ze zich met geweld een weg banen door een groep studenten die onderuitgezakt met hun rugzakken voor de ingang zaten. Ze spraken een taal die ze nog nooit had gehoord, en terwijl ze over hun tassen heen stapte om de trap op te lopen, werd ze met vreemde blikken bekeken. In de lobby hing een rare, weeë lucht. De ruimte was gevuld met andere pratende, dringende jonge mensen, waardoor Laurie met haar tassen maar moeizaam vooruitkwam. Zo stelde ze zich een treinstation in een derdewereldland voor.

Nadat ze haar tassen drie trappen op had gesjouwd en eindelijk in haar kamer kwam – volgens het hotel een 'luxueuze tweepersoonskamer', maar in werkelijkheid zo groot als een bezemkast – ging ze op het bed liggen en deed ze haar ogen dicht. Ze voelde haar lichaam wegzinken in de kuil in het midden van de matras, die duidelijk niet berekend was op iemand met haar gewicht. Ze wist dat Marge geen seconde in dit hotel zou blijven – zelfs niet als zij degene was geweest die zo dom was geweest om hier te boeken – en dat ze haar reisgidsen zou pakken en via de telefoon een ander onderkomen zou regelen, terwijl Laurie ondertussen op haar dooie gemak een kop koffie dronk. In hun gezamenlijke kamer op Saint-Barthélemy hadden ze een veranda, uitzicht over de Caraïbische Zee en zwijgend, vriendelijk personeel gehad, dat 's avonds de bedden voor hen terugsloeg en pepermuntjes in goudkleurige papiertjes op hun kussen legde.

Toen ze laat in de middag wakker werd, was het benauwd en warm in de kamer. Ze had honger gekregen, maar het was haar al duidelijk dat het Waverly Court niet aan roomservice deed. In haar tas had ze nog wat chips en een enorme reep chocola. Ze haalde de papieren wikkel van de chocola en trok het zilverpapier los. Ze brak de chocola in stukjes en legde ze netjes in de oorspronkelijke vorm van de reep naast de geopende zak chips op tafel. Daarna haalde ze diep adem en begon ze de zak chips leeg te eten. Zodra ze daarmee klaar was, pakte ze de stukjes chocola één voor één van de tafel en stopte ze in haar mond, waarbij ze links bovenaan begon en netjes de achterliggende en onderliggende rijen afwerkte. Op het moment dat ze genoeg had, stopte ze het restant weer in haar tas. Ze hield haar hand als een kommetje tegen de zijkant van de tafel en veegde met de rand van haar andere hand de kruimels van de tafel op haar handpalm. Ze sloot haar vingers eromheen, liep naar het raam, opende haar hand en schudde ermee, alsof ze een vogeltje losliet. Daarna voelde ze zich goed genoeg om Alma te bellen.

'Spring Crest Ouderentehuis. Goedemorgen.'

'Barb? Met Laurie.' Barbara was het hoofd van de administratie. Laurie was blij dat ze haar aan de telefoon kreeg in plaats van Mrs. Detweiler, de eigenares.

'Laurie! Hoe bevalt je vakantie?'

'Prima, geweldig. Hoe gaat het met mam?' Ze noemde haar alleen maar mam als ze met andere mensen praatte.

Het bleef even stil. 'Nou...'

Laurie wilde Barbara's antwoord liever niet horen. 'Is ze in de recreatieruimte? Kun je me doorverbinden?'

'Eigenlijk wilde Mrs. D. je even spreken.'

Daar was Laurie al bang voor geweest. 'Ik zit in Engeland, Barbara. Kan het wachten?' Maar Barbara was al weg en liet Laurie naar de leegte luisteren. Terwijl ze zat te dubben of ze zou ophangen, kwam Mrs. Detweiler aan de lijn.

'Laurie, hoe bevalt Londen? Mijn favoriete stad. Geweldig om daar te zijn met die koninklijke bruiloft en zo.'

'Het is hier heel mooi.' Ze praatte vlug verder: 'Mrs. D. ...'

'Ik ben dol op Londen. Wat heb je vandaag bekeken?'

'O... Buckingham Palace en...' Laurie kon zich opeens helemaal niets meer herinneren. '... Stonehenge.'

Het bleef even stil. 'Is het een georganiseerde rondreis?'

'Nee, ik ben... Ik heb een auto gehuurd.'

'Nou, veel plezier hoor,' zei Mrs. Detweiler opgewekt.

'Ik sta op het punt om weg te gaan. Naar de schouwburg. Kan ik mam aan de lijn krijgen?'

'Het wordt tijd dat we een datum voor een afspraak vastleggen, Laurie. Wanneer kom je terug?' De glans was van Mrs. Detweilers stem af gesleten. 'Dat weet ik niet precies, ik heb een open ticket,' loog ze. 'O,' zei Mrs. Detweiler ernstig. Laurie liet haar hand over de muur glijden en krabde met haar nagels aan de bobbeltjes. 'Het wordt tijd dat je over een paar dingen nadenkt, Laurie. Ik vind dat we met de outplacementcoördinator moeten praten. Over alternatieve zorgprogramma's.' Laurie voelde de angst opwellen. 'O, Mrs. D., ze heeft gewoon nog wat tijd nodig om te wennen.' 'Laurie, ze is hier nu al negen maanden.' Mrs. Detweiler zette de scherpe toon van haar stem nog wat aan. 'Ik weet niet of we haar de zorg kunnen bieden die ze nodig heeft. Ik wil dat je daarover nadenkt. Sinds de Geheugendoos gaat het niet goed met haar.'

Laurie deed haar ogen dicht. Ze had gehoopt dat ze dat waren vergeten. Als herkenningsteken van wat zij 'het individuele domein van een bewoner' noemden, hing er naast elke slaapkamerdeur van het Spring Crest een verlicht kastje aan de muur. De Geheugendozen van Alma's buren puilden uit van de familiefoto's, zakhorloges, sieraden, lokjes haar en porseleinen voorwerpjes. Het enige wat Laurie voor die van Alma had kunnen vinden, was een foto waarop ze zelf bij de school in Los Alamos op een paard zat, een oude ansichtkaart van Fisherman's Wharf en een keramisch peper-en-zoutstel uit Mexico, dat ze achter in een kast had gevonden. Toen Alma een week in het Spring Crest zat, had ze de doos van de muur gehaald en uit haar raam gegooid. De doos was aan diggelen gevallen in de Japanse siertuin, waar Mrs. Detweiler op dat moment gymnastiekles gaf. Lauries verklaring – die met tegenzin door Alma was bevestigd – was dat de doos uit het raam was gevallen toen Alma er nog wat souvenirs in wilde stoppen. Nu kon je Alma's individuele domein herkennen aan het feit dat zij als enige geen Geheugendoos naast de deur had.

Laurie besloot tot een preventieve aanval over te gaan: 'Tja, Mrs. D., ze is van streek door de aanranding.'

'O, Laurie, geloof me, dat zit ons allemaal erg dwars. Het is voor onze andere bewoners erg verontrustend als de politie langskomt.'

'Ik dacht juist dat ze dat geruststellend zouden vinden, Mrs. D. Het is toch een zorgwekkend idee dat er zomaar een man – een viezerik – het Spring Crest kan binnendringen.'

Laurie hoorde haar ademhalen. 'Dit is een terrein met een toegangspoort, Laurie. We hebben nog nooit eerder problemen met de beveiliging gehad.'

'Hoe gaat het met mams traumatherapie?' vroeg Laurie. Ze voelde zich erg schuldig dat ze het vroeg, want ze wist bijna zeker dat Alma die hele aanranding had verzonnen. Ze vocht nu echter voor haar leven. Alma kon echt niet meer bij haar wonen.

'Moeizaam,' zei Mrs. Detweiler zuur. 'Laurie, je kent Walter Reinheimer toch, hè? Agent Reinheimer? Hij belde me gisteren over Alma en hij vertelde me het een en ander. Hij komt vanmiddag langs om het incident nogmaals met haar te bespreken. Hij wil dat ik erbij ben.' Laurie pulkte zo hard aan een van de bobbeltjes dat haar nagel brak en een stukje papier in een krul van de muur losscheurde. Ze stopte haar vinger in haar mond en zoog erop. Ja, ze kende Walter Reinheimer. Dit was het ergste wat er had kunnen gebeuren.

Laurie deed haar best om de trilling uit haar stem te houden. 'Mrs. D., ik moet weg. De touringcar staat te wachten. Kunnen we het hierover hebben als ik terug ben? Ik hoef mam maar heel even te spreken.'

'Oké, Laurie, maar we moeten binnenkort echt praten. Ik zal haar nu even halen. Veel plezier, hoor. Naar welke schouwburg ga je?'

'Schouwburg?' vroeg Laurie.

'Je zei dat je naar een voorstelling ging.'

'O... ja.' Er viel een korte stilte. Laurie dacht koortsachtig na. 'Camelot.'

Mrs. Detweiler klonk verbaasd. 'Camelot? Wordt die weer opgevoerd? Echt waar? Ik ben dol op die musical.'

Was het zo onwaarschijnlijk? 'Het is een reprise,' zei Laurie vlug. 'Vanwege de bruiloft. U weet wel, koning Arthur en koningin...' Haar geheugen werkte weer niet mee.

'Guinevere, liefje,' zei Mrs. Detweiler bestraffend. 'Mr. D. en ik hebben hem op Broadway gezien, met Richard Burton en Julie Andrews. Hoe lang is dat geleden? Twintig jaar? In elk geval lang geleden.'

Barbara kwam weer aan de lijn. 'Ik weet niet waar je moeder is, Laurie. Ze is niet in haar kamer. Ook niet in de recreatieruimte. Kun je nog even blijven hangen? Ik vraag wel iemand of hij haar wil zoeken.'

Buiten was het inmiddels schemerig geworden, en Laurie was misselijk. Ze voelde de chocola als een poel lava boven op haar maag liggen. Ze wilde weer in bed kruipen en gaan slapen. Ze likte aan haar vinger en probeerde het losgeraakte stukje behang met spuug weer aan de muur te plakken.

Barbara kwam weer aan de lijn. 'Wel heb je ooit. Weet je waar Alma was, Laurie?' Laurie wilde het niet weten. 'In het huisje bij het zwembad. Ze zat een sigaret te roken.'

'Weet Mrs. D. dat, Barb?'

'Nee, ze is weer naar het kantoortje.'

'Toe, Barb -- zeg het niet tegen haar. Alsjeblieft.' Laurie kon niet verhinderen dat ze wanhopig klonk.

'O. Oké. Je moeder is weer in haar kamer. Ik zal je doorverbinden. Veel plezier, hoor. En o, die bruiloft is er natuurlijk ook nog!'

'Ja – iedereen heeft het erover,' zei Laurie lauwtjes.

De telefoon klikte en ging vervolgens over. Hij bleef maar overgaan. Uiteindelijk nam Alma op.

'Alma?' Stilte. Laurie hoorde een piepende ademhaling. 'Alma?'

'Met wie?'

'Ik ben het, Alma.'

'Met wie spreek ik?'

Laurie had zin om te gillen. 'Verdorie, Alma! Ik ben het, Laurie.'

'Waar zit je?'

'Engeland.'

'Engeland!'

Laurie probeerde rustig te praten. 'Ik heb maar heel even tijd, Alma, ik ga naar de schouwburg.'

'Je hebt een hekel aan de schouwburg.'

'Ik weet dat ik een hekel aan de schouwburg heb. Het is onderdeel van mijn groepsreis.'

'Iemand anders doet jouw radioprogramma. Ik heb het vanochtend gehoord.'

'Natuurlijk doet iemand anders mijn radioprogramma. Ik zit in Londen, ik ben op vakantie. Rick Whitcomb presenteert het nu.'

'Kijk maar uit, Miss Laurie Clow, anders neemt hij het over.'

'Alma, Rick is de programmaleider, hij valt altijd in als er iemand weg is. En trouwens, als hij het programma overneemt, ga ik gewoon fulltime in het Holy Spirit werken.' Ze wist dat dat Alma zou irriteren.

'Dat is onbetaald werk, vrijwilligerswerk.' In Alma's ogen bestond er geen erger soort. 'Net als dat *Druiven der gramschap*-werk dat je vroeger deed.'

Tot Alma's grote woede had Laurie tijdens haar studie eens een zomer besteed aan geld inzamelen voor de Landarbeidersbond in Salinas. *De druiven der gramschap* leek het enige boek te zijn dat Alma ooit had gelezen. De ingekorte editie, die samen met *Goodbye, Mr. Chips* en *Het lied van Bernadette* in een omnibus zat, had sinds Lauries jeugd altijd in al hun huizen gestaan. Ze had hem in Alma's Geheugendoos moeten zetten.

'Ik weet nog dat Rick Whitcomb bij jou op de middelbare school zat. Hij speelde Curly in *Oklahoma!* Wie was jij ook alweer? Ik weet het niet meer.' Laurie wel. Ze was met een rol begonnen en was die vervolgens kwijtgeraakt. Ze wilde niet eens meer aan die vernedering denken.

'Hij had mooi haar,' zei Alma.

Nu niet meer. Vorig jaar hadden hij en zijn vrouw Jerrilee, die ook bij hen op de middelbare school had gezeten, in de Townsend Opera Don Quichot en Dulcinea in *De man van La Mancha* gespeeld, en Rick had een toupet gedragen die op een dood beest leek. Marge had erop gestaan dat ze naar de première gingen. Tot Lauries afgrijzen had ze gehuild toen Rick 'Een onmoog'lijke droom' zong.

Laurie probeerde over iets anders te praten. 'Barbara zei dat ze je met een sigaret hebben aangetroffen. Hierover gaan we niet in discussie, Alma, je mag in het Spring Crest niet roken. Mrs. Detweiler gaat door het lint.'

Alma mompelde iets.

'Wat?'

'Mrs. Rottweiler,' snauwde Alma.

'O Alma, hou hier nu mee op.'

'De politie komt straks weer langs.' Ze komen me nog wat foto's laten zien. Ze zijn niet zo snugger. Vorige keer vroegen ze steeds of ik wist wie de president was. Waarom moet ik ze dat vertellen als zij dat niet weten?'

'Alma, dit baart me echt zorgen.'

'Walter Reinheimer komt ze zelf brengen. Ken je hem nog?'

Laurie deed haar ogen dicht. Alma blafte: 'Wat zei je? Ik kan je niet verstaan. Het klonk alsof je "zoemzoemzoem" zei.'

'Alma, ik ben net zo ver weg als de maan. Het is een slechte lijn.'

Laurie keek uit het raam. Ze had het idee dat ze werkelijk op de maan zat. 'Je moet er een punt achter zetten.'

'Waarachter?'

'Dit verhaal.'

'Laurie – hij heeft me aangerand!'

'Volgens mij is het strikt genomen geen aanranding. Hij heeft je niet aangeraakt.'

'Er bestaat ook geestelijke aanranding.'

'Zeg dat je het niet zeker weet, dat je je misschien wel hebt vergist.'

'Ik heb ze al verteld wat er is gebeurd.'

'Ze hebben er wel begrip voor, Alma. Iedereen in het Spring Crest heeft alzheimer. Ze merken het verschil heus niet.'

'Het was een Mexicaan, dat kan ik je wel vertellen. Geen twijfel mogelijk.'

'Goh, wat een verrassing.'

'Hij haalde zijn piem tevoorschijn – hij liet me zijn ding zien! Hoor je me?'

'Ja, ik hoor je, Alma.'

'Met jou weet je het maar nooit, Miss Laurie Clow.'

Soms dacht Laurie dat Alma er beter aan toe was geweest toen ze nog dronk. In die tijd hadden de dagen en nachten tenminste een voorspelbaar verloop gehad. Nu ze nuchter was, wist je nooit waar je aan toe was. De eerste twee pogingen om haar van de drank af te helpen waren rampzalig geweest – Laurie wilde niet eens meer denken aan wat er in de tweede kliniek was gebeurd, die in de buurt van Tularosa – maar bij de derde poging, in de kliniek die Marge in de buurt van Tucson had gevonden, was het om een mysterieuze reden wél gelukt. Laurie was erheen gereden om Alma op te halen. Tijdens de terugreis had Alma niets gezegd over de kliniek of wat er daar met haar was gebeurd, maar sindsdien had ze geen druppel meer gedronken. Toch was ze niet makkelijker in de omgang geworden; ze was gewoon op een andere manier lastig. Misschien waren twaalf stappen gewoon niet genoeg voor haar.

'Je vriendin Marge is gisteren bij me geweest, ze vroeg waar je was. Ze is flink aangekomen.'

'Wat zei ze?'

'Ik zei dat je in Engeland zat, dat je naar de bruiloft ging. Om bruidsmeisje van die prinses lady Di te worden.' Alma gilde van het lachen.

Laurie wilde niet over Marge praten. 'Alma, je krijgt grote problemen als je bij dit verhaal blijft. Vooral als agent Reinheimer naar je toe komt.'

'Niet zulke grote problemen als die tacovreter, wanneer ze hem pakken.'

Laurie voelde dat ze rood aanliep van woede. Ze sloeg met haar vuist tegen de muur en schreeuwde: 'Alma! Dit is waanzin! Hou ermee op! Walter Reinheimer kent je. Hij was een van de politiemensen die langskwamen toen je het alarmnummer belde en zei dat ik je probeerde te vergiftigen. Weet je nog? Kun je je dat nog herinneren?'

Het bleef even stil. Toen Alma antwoord gaf, leek ze een reeds lang vergeten waardigheid te hebben opgedregd en was ze heel rustig. 'Zoals je weet, Laurie, dronk ik in die tijd. Nu ben ik een herstellende alcoholist.' Ze sprak het uit alsof het twee woorden waren – 'alco holist'. 'Ik denk dat hij daar wel rekening mee houdt.'

'Alma...' Maar de verbinding was verbroken. Alma had opgehangen. Laurie rende naar de badkamer, ging op handen en knieën zitten en braakte een stortvloed van gesmolten bruine chocola in de vlekkerige toiletpot.

Aan het einde van de volgende ochtend lag Laurie nog in bed. Ze had het gevoel dat ze op een boot zonder zeil lag, drijvend in de bries. Ze overwoog om te kijken of ze haar vlucht kon wijzigen en rechtstreeks naar huis kon vliegen. Als ze in haar hotelkamer bleef rondhangen, kon ze net zo goed thuis rondhangen, maar bij de gedachte aan tien dagen op een ander continent dan Alma, Mrs. Detweiler en agent Reinheimer hakte ze de knoop door.

Ze stapte uit bed. Ze had er zo lang in gelegen dat ze onvast op haar benen stond, en daarom ging ze weer zitten. Uiteindelijk kleedde ze zich aan. Haar enige voorbereiding had bestaan uit de aanschaf van een stapel nieuwe kleren om het koude Engelse weer het hoofd te bieden. Nu de zon fel naar binnen scheen, was het beste wat ze tevoorschijn kon toveren een zwarte joggingbroek en de losvallende zwarte hemdjurk die Marge haar wigwamjurk noemde. Om haar middel droeg ze een riem met een buidel, waarin ze haar geld, paspoort en creditcards bewaarde. Ze pakte haar tas van KCIF en wierp een laatste blik in de spiegel. Ze zag eruit als een zwarte zeppelin.

De man die de vorige dag bij aankomst haar paspoort had aangenomen en haar de kamersleutel had gegeven, deed in de donkere gang naar haar kamer op handen en knieën een poging om met een boender en een emmer een grote bruine vlek uit de versleten vloerbedekking te schrobben. Ze glimlachte toen ze hem passeerde en draaide zich vlak voor de trap naar hem om. 'Mag ik u iets vragen?' vroeg ze. Ze dacht nog steeds aan het behang. Ze legde haar handpalm op de muur van de gang en streek eroverheen. 'Ik weet dat het een rare vraag is,' zei ze, 'maar heeft het een speciale naam, dat spul dat hier op alle muren zit? Het bobbelige behang, bedoel ik.' De nagel die ze er de vorige avond door had gescheurd, klopte nog steeds pijnlijk.

Hij leek het helemaal geen vreemde vraag te vinden. 'Het is

Grieks,' zei hij op vriendelijke toon. 'Is Grieks woord.' Hij was een buitenlander. Misschien was hij wel een Griek. Toen zei hij een woord dat prachtig klonk, heel anders dan alle woorden die ze ooit had gehoord, maar hij zei het vlug, zo vlug dat het al uit haar hoofd verdwenen was tegen de tijd dat ze 'Dank u, heel hartelijk dank' zei. Ze voelde zich te opgelaten om hem te vragen het woord te herhalen, en op de trap naar beneden zakte het dieper en dieper weg.

Ze probeerde het terug te halen door zich vast te houden aan woorden die ongeveer hetzelfde klonken – anaconda, anafylactisch, analytisch – voordat ze ze buiten in het felle zonlicht als heliumballonnen liet wegdrijven.

In de straat voor het hotel stond een ijscowagen, die werd omringd door een groep kinderen. Ernaast stond een overvolle vuilnisbak, en in de hitte eromheen hing een misselijkmakende geur. Laurie wilde net een ijsje kopen toen twee jongens naar haar keken en elkaar aanstootten. Ze bliezen hun wangen op om dik te lijken en kregen een onbedaarlijke giechelbui. Laurie voelde dat ze bloosde. Ze draaide zich om en liep zo resoluut mogelijk de andere kant op. Ze besloot in de richting van Hyde Park te wandelen, een naam waar zelfs zij van had gehoord. Het leek haar echt iets wat een ervaren reiziger in Londen zou kunnen doen. 'Ik had zoveel over Hyde Park gehoord dat ik er meteen na aankomst naartoe ben gegaan,' hoorde ze zichzelf in gedachten tegen iemand zeggen. Ze zou voorbijgaan aan het feit dat ze al dertig uur in Londen was, waarvan ze er negenentwintig in bed had gelegen.

Laurie wandelde een poosje door het park tot ze uitkwam bij een drukke verkeersweg, die naar een rotonde leidde rond een gigantisch, triomfboogachtig monument met een beeld van galopperende paarden en een vrouw erop. Terwijl ze met haar ogen halfdicht naar het beeld tuurde, raasde het verkeer haar voorbij. Ze had het idee dat ze op de grens tussen het land en de oceaan stond. Er daalden mensen een betonnen trap af. Laurie liep achter hen aan. Het was alsof ze een labyrint betrad. Vanuit een centraal trappenhuis vertakten zich in alle richtingen griezelig wit verlichte tunnels, en onnatuurlijk bleke mensen liepen met vastberaden tred en een wezenloze blik kriskras voor haar langs. Het leek wel of ze zich in een termietennest bevond.

Eenmaal uit de tunnel liep ze over een brede straat langs prachtige oude gebouwen en dure winkels. De zon brandde op haar gezicht, en geleidelijk aan merkte ze dat ze het naar haar zin begon te krijgen. Toen ze onderweg een aantal punten herkende, zoals Piccadilly Circus, begon ze zich een doorgewinterde reizigster te voelen in plaats van een forse vreemdeling van middelbare leeftijd, die de verkeerde kleren droeg voor dit seizoen en doelloos door een buitenlandse stad dwaalde.

Ze liep een smallere straat vol auto's in. Het verkeer leek tot stilstand te zijn gekomen en stond waarschijnlijk al een poosje vast, want er werd getoeterd en een paar automobilisten waren uitgestapt om te kijken wat er aan de hand was. Zo'n twintig meter verderop, aan de andere kant van een kruising, was een grote betonauto midden op straat tot stilstand gekomen. Er stapten twee mannen uit de cabine, silhouetten tegen het zonlicht dat in Lauries ogen scheen. De andere drie smalle straten die op de kruising uitkwamen, werden door auto's geblokkeerd. Er was iets merkwaardigs aan de manier waarop iedereen doodstil stond. Ze kon mensen horen praten, maar de woorden weergalmden en waren niet goed te verstaan. Ze zagen er allemaal uit als buitenaardse wezens, alsof ze misschien wel dezelfde bleke mensen waren die ze in de ondergrondse tunnel had gezien, mensen die zich hier verzamelden om op de landing van hun ruimteschip te wachten. Toen zag ze iets vreemds: op een van de hoeken van de kruising, een stukje van het trottoir af, lag een langwerpig pakket op straat. Laurie liep door de rij mensen die voor de auto's stond en zag dat het pakket helemaal geen pakket was, maar een man.

Ze wilde het op een rennen zetten, maar iemand greep haar vast en probeerde haar terug te trekken, waarbij hij zo hard in haar arm kneep dat ze een kreet van pijn slaakte. Ze draaide zich om en gaf hem zo'n harde duw dat hij achteruit wankelde. Toen was ze vrij. Ze rende naar de andere kant van de straat, waar de man lag. De zon scheen nu fel in haar gezicht, en terwijl ze op haar hurken ging zitten en haar hoofd boog, had ze het gevoel dat ze blind was geworden. Het bovenste gedeelte van het lichaam lag op zijn kant, en de wang van de man was tegen de weg gedrukt. Het onderste gedeelte lag in een rare hoek, alsof het bij een ander lichaam hoorde en slordig aan zijn lijf was vastgemaakt door iemand die de instructies kwijt was. Hij droeg een nette grijze broek, maar er zaten zwarte vlekken en glanzende olieplekken op. Zijn ademhaling was zwak, al had hij zijn ogen open. Ze schoof dichter naar hem toe, ging op de rand van het trottoir zitten en raakte hem aan. Haar vingertop gleed zachtjes over zijn huid, en ze merkte dat ze de lijn van de botten in zijn hand volgde. Zijn ogen trilden, maar zijn gezichtsveld was beperkt door de positie van zijn hoofd op de weg. Ze ging zo zitten dat hij haar gezicht kon zien.

'Gaat het?' vroeg ze beverig.

Hij bewoog zijn lippen en hield ze weer stil. Na een paar tellen probeerde hij het nog eens, en hij zei met verrassend heldere stem: 'Ik lig zo ongemakkelijk. Denkt u dat ze het goedvinden als ik opsta?'

Ze vroeg zich af wie hij bedoelde met 'ze'. Op dat moment zag ze dat de rij mensen voor de auto's op haar af kwam. Ze dacht dat de man misschien bang voor hen was. Ze stak haar vrije hand omhoog om hen op afstand te houden. 'Ik werk in een ziekenhuis,' riep ze. Met een wezenloze blik staarden ze haar aan. 'Ik ben verpleegster!' Dat klonk beter dan de mededeling dat ze diskjockey in een ziekenhuis was. Ze keek weer naar de man en vouwde haar hand om de zijne.

'Ik zou maar blijven liggen. Ik denk dat u uw been hebt gebroken', maar terwijl ze het zei, wist ze dat er nog veel meer aan de hand was. Ze wist dat de vlekken in zijn broek niet afkomstig waren van olie, maar van bloed, zo dik en donker en glanzend dat ze de reflectie van de zon kon zien en de zoetige, ziekmakende geur kon ruiken.

'Wie ben je?' vroeg de man.

'Ik ben Laurie', en ze herhaalde het nog een keer, 'Laurie.'

Achter de man brak iemand door de rij mensen heen. Hij was jong, hooguit twintig, en hij struikelde alsof hij ook gewond was. Hij bleef vlak voor Laurie stilstaan. Hij snakte naar adem en liet een luide snik horen. 'Ik zag hem niet! Hij liep gewoon voor me de straat op!' Hij boog zich voorover naar de man op straat.

Lauries vrije hand balde zich tot een vuist en ze stond half op van het trottoir. 'Blijf van hem af! Blijf uit zijn buurt!' gilde ze. Een andere man kwam aanrennen en sloeg zijn arm om de jongen heen. De jongen legde zijn hoofd op de schouder van de man. Laurie was inmiddels opgestaan. Ze riep tegen de twee mannen: 'Hebben jullie 911 gebeld? Nou?' Aan hun blikken was te zien dat ze haar niet begrepen.

Achter zich hoorde ze iemand zachtjes hoesten, en een hoog stemmetje zei: 'Bedoelt u 999?' Laurie draaide zich om en zag een kleine vrouw met grijs haar staan. De blik op Lauries gezicht was duidelijk angstaanjagend, want de vrouw stotterde: 'Volgens mij... Volgens mij heeft iemand gebeld. Er komt een ambulance aan.'

'Wanneer? Wanneer?' schreeuwde Laurie haar recht in het gezicht.

De vrouw kromp ineen en fluisterde: 'Een paar minuten geleden, ze hebben een paar minuten geleden gebeld.'

Laurie had zin om haar te slaan. 'Nee! Wanneer komt de ambulance?' Op dat moment hoorde ze in de verte sirenes en piepende remmen. Iedereen keek om. Verderop in de straat, zo'n honderd meter van haar vandaan, zag ze het blauwe zwaailicht van een politieauto.

Ze draaide zich weer om naar de man op straat. Hij had zich niet verroerd, maar hij keek naar haar. 'Blijf staan,' schreeuwde ze tegen de vrouw, die helemaal niet had aangegeven dat ze naar voren wilde lopen. Daarna schreeuwde ze het nog een keer, tegen iedereen die naar haar staarde alsof ze getikt was. Ze liep terug, ging op het trottoir zitten en boog zich over de man. Ze wenste dat ze een tent om hen heen kon zetten, zodat niemand hen kon zien. Ze pakte zijn hand weer vast en veegde met haar andere hand afwezig wat vuil uit zijn dikke witte haar.

'Hebt u pijn?' vroeg ze.

'Gecompliceerd,' zei hij.

'Vindt u mijn vraag ingewikkeld?' vroeg ze, maar toen begreep ze wat hij bedoelde. 'O, uw beenbreuk, o, nee hoor. Ze kunnen u wel weer oplappen, maakt u zich maar geen zorgen.' Ze verplaatste haar hand van zijn haren naar zijn voorhoofd. Dat was koud en vochtig van het zweet. 'Het komt allemaal goed,' zei ze, waarna ze zijn wang met haar hand bedekte. Het liefst wilde ze nog dichter bij hem gaan zitten en zijn hoofd op haar schoot leggen, maar ze wist dat ze hem niet mocht verplaatsen.

'Ik heet Arthur Hayman,' zei hij.

Ze voelde dat hij trilde. 'Hebt u het koud?' vroeg ze.

'Ik... Ik weet het niet,' zei hij. Daarna bleef hij praten, maar zijn stem werd zo zacht dat ze hem nauwelijks kon horen, en ze kon zich niet meer afsluiten voor het aanzwellende lawaai om haar heen, de sirenes, de dichtslaande autoportieren, de toeterende claxons, de rennende voetstappen, de pratende mensen. Ze keek gefrustreerd op en wilde dat alles weer even rustig werd als een minuutje geleden.

Twee mannen braken door de rij mensen heen, mannen van de politie of van de ambulance, dat wist ze niet zeker, en er brak een enorme chaos uit op het moment dat er nog meer mannen naar voren kwamen om de toeschouwers te dwingen opzij te gaan. Iemand schreeuwde in een walkietalkie en ze hoorde een knarsende reactie op wat er was gezegd. Het volgende moment werd ze opzij geduwd en bukten twee mannen zich aan weerszijden van Arthur. De ene pakte zijn arm en voelde hem de pols. De andere zette een zuurstofmasker op zijn gezicht. 'Doe hem geen pijn,' zei Laurie. 'Alstublieft.'

Een andere man kwam op zijn hurken voor haar zitten en probeerde haar voorzichtig nog verder uit Arthurs buurt te duwen. Ze probeerde op haar plaats te blijven zitten, maar hij zette kracht en ze tuimelde opzij, bijna op zijn schoot, en haar hand kwam los van Arthurs wang. Er ontsnapte een zachte, gutturale klank aan haar mond. Ze zag dat Arthur, wiens gezicht bijna helemaal schuilging onder het zuurstofmasker, haar met een vreemde, vragende blik in zijn ogen aankeek. Ze waren nu omringd door andere mensen, sommigen op hun hurken, anderen rechtop. Ogenschijnlijk uit het niets was opeens een soort kapstok verschenen, waaraan een ondersteboven gekeerde fles met een heldere vloeistof hing. Een man in een witte overall probeerde voorovergebogen een slangetje in Arthurs nek in te brengen, en hij zat al helemaal onder het bloed. Achter haar hoorde ze een stem heel duidelijk zeggen: 'Doorgesneden arteria femoralis', gevolgd door iets over trauma.

Er klonk een metalige klank. Een brancard, voortgeduwd door twee andere mannen, stuiterde van het trottoir op de weg en kwam met grote snelheid op hen af. De man naast haar tilde haar bijna letterlijk weg en toen gebeurde er iets heel bijzonders: iemand haalde het zuurstofmasker van Arthurs gezicht en hij zei met glasheldere stem tegen haar: 'Niet weggaan.'

De man die haar vasthield zei: 'Bent u familie?' 'Ja, ja,' zei ze, en ze deed er nog een schepje bovenop: 'Ik werk in een ziekenhuis', maar deze keer zei ze niet dat ze verpleegster was. De man liet haar middel los en liet haar terug naar Arthur gaan. Ze wist dat ze niet veel tijd had, want ze vouwden een canvas draagbaar uit die ze zouden gebruiken om hem op de brancard te tillen. Ze pakte zijn hand en zei: 'Ik ga niet weg', maar zijn ogen waren inmiddels gesloten. Ze wenste dat ze dichter bij hem was, dat ze hem in haar armen kon houden.

'Wie ben jij?' fluisterde hij.

Ze hoefde er niet lang over na te denken: ze wist inmiddels wie ze was en die zekerheid verdreef alle andere gedachten. Misschien had ze het hardop gezegd, misschien ook niet. Ze wist het niet zeker omdat alles om haar heen zo lawaaierig was, maar ze zei het in elk geval in haar hoofd, steeds weer opnieuw, terwijl ze Arthurs hand stevig vasthield: 'Ik ben prinses Anaglypta en ik ben thuisgekomen.'

Luke

Die maandag kreeg Adam na de lunch eindelijk het tijdschrift in handen, en hij vond het goed dat ik het als eerste meenam. Het had op school een legendarische status gekregen. De bladzijden waren al verfomfaaid en gescheurd door het intensieve gebruik. Ik hoorde Weeks door de gang denderen en mijn naam schreeuwen: eigenlijk was hij aan de beurt, maar hij was wel de laatste aan wie we het zouden geven. Ik liep rechtstreeks naar de plee en deed de deur van het hokje op slot. Ik zat in het laatste hok bij de muur, dat door iedereen werd gebruikt omdat er maar één hok naast was.

Ik knoopte mijn broek los en liet hem op mijn enkels vallen. Mijn pik was aan de wandel in mijn onderbroek. De onderbroek ging ook omlaag en ik ging op de wc-bril zitten. Eigenlijk had ik die eerst droog moeten vegen, want hij was rijkelijk besproeid met pis, maar ik had haast. Ik had het tijdschrift nauwelijks opengeslagen of mijn pik was al stijf.

Onder de douche had Adam een keer tussen neus en lippen tegen me gezegd: 'Hij is niet erg groot, hè?' Die van hem was groter en leek een benijdenswaardig gewicht te hebben.

'Sommige mensen ontwikkelen zich sneller dan anderen,' zei ik koeltjes. 'Ik heb geen haast.'

'Echt niet?' zei hij. 'Ik wel.'

Ik was dertien en maakte een schijnpuberteit door. Er gebeurde wel wat, maar niet veel. De testosteron was er wel, maar hij had niet genoeg kracht meer. Af en toe werd mijn stem lekker schor, en ik had ook wel een lichte ondergroei van schaamhaar. Soms deed ik er vaseline op en kamde ik het, maar ik had geen haar onder mijn armen en mijn pik weigerde koppig te groeien. Het ergste was dat er geen kwak kwam als ik me aftrok.

Ik was pas een minuut of drie op de plee. Ik had een stuk wc-papier gepakt en over mijn dij gelegd. Met mijn ene hand hield ik het tijdschrift open en met mijn andere hield ik mijn pik vast. Op de opengeslagen dubbele pagina stond een meisje met lang blond haar. Ze heette Donna. De tekst was in het Nederlands, maar haar naam bleef in de onderschriften terugkomen. In de kop boven aan de pagina stond: 'Donna krijgt het van twee kanten.' Er waren twee mannen bij haar. De ene heette Dirk en de andere Rex. Ik kon geen Nederlands lezen: ik wist niet of Donna werd geneukt door Dirk terwijl ze Rex pijpte, of andersom.

Ik schrok me dood van een harde klap. De deur van de plee was opengetrapt en sloeg tegen de muur.

'Luke?' schreeuwde Adam.

Ik ging op de wc staan en keek over de rand van het hok. Adams blik was ernstig. 'De Hoofdman wil je spreken.'

We wisten dat het een kwestie van tijd was, maar zo snel had ik het nog niet verwacht. 'Mij? Waarom alleen mij?'

Adam keek schaapachtig. Hij kon er ook niets aan doen dat de grap niet de gewenste uitwerking had gehad, maar het was wel zijn idee geweest om Weeks te grazen te nemen, al had ik daar ook zo mijn redenen voor gehad. Eerder dat schooljaar had Weeks een afbeelding van Luke uit een van de boeken gekopieerd, vergroot, op het mededelingenbord gehangen en er met een dikke viltstift 'Puke Hayseed' op geschreven. Puke betekent kots.

Adams idee was briljant. Hij had uitgewerkt hoe we het moesten aanpakken, hoe we Weeks in de val konden laten lopen. Twee dagen eerder waren we na het avondeten naar de kamer van Weeks gegaan. We zaten er al een poosje toen Adam me een knipoog gaf, ten teken dat hij ging beginnen. Zijn gezicht vertrok opeens van pijn en hij greep naar zijn kruis. 'Jezus,' zei hij tegen mij. 'Ik ben vroeg deze keer. Is het bij jou al begonnen?'

Weeks kneep zijn ogen tot spleetjes.

Ik schudde mijn hoofd. 'Ik ben volgende week pas aan de beurt. Alhoewel, misschien pas de week daarna.'

'Wat?' zei Weeks. 'Waar hebben jullie het over?'

Adam keek naar mij, alsof hij wilde vragen of hij het Weeks mocht vertellen. Ik haalde mijn schouders op.

'Je... je weet wel... je...' zei Adam.

Weeks stond op. 'Waar hebben jullie het over?'

Adam leek zich te generen.

Ik zei: 'Nee, hij moet het eerst aan zijn ouders vragen.'

Weeks kon het niet uitstaan als er iets buiten hem om ging, een trekje dat vaak voorkomt bij mensen die nergens bij betrokken worden. Hij ging met zijn rug tegen de deur staan en spreidde zijn armen, alsof we op het punt stonden om ons met geweld een weg naar buiten te knokken. 'Zeg op. Nu. Alsjeblieft.'

Adam keek even naar mij en ik haalde aarzelend mijn schouders op. 'Je hebt een zus, hè?' vroeg hij aan Weeks. 'Menstrueert ze al?'

Weeks werd lichtroze. 'Ja, lijkt me wel. Jezus, ze is zestien.'

'Je weet toch wat een menstruatie is, hè?'

'Ja, tuurlijk,' zei Weeks enigszins uitdagend.

Ik stak mijn hand op. 'Nee, Ad, laat zijn ouders het hem maar vertellen.'

Weeks kwam agressief tussenbeide: 'Tuurlijk weet ik wat dat is. Ze heeft het er altijd over.' Hij was zijn grommende bas kwijt en maakte nu een piepend geluid.

'Wist je dat jongens ook menstrueren? Ik bedoel, op een andere manier, maar min of meer hetzelfde,' zei Adam.

De ogen van Weeks flitsten onzeker tussen ons heen en weer. 'Ja, nou en?'

'Bij jou is het waarschijnlijk nog niet begonnen. Bij mij ook nog maar net. Bij Luke ook. Het geeft niet als je het nog niet hebt meegemaakt. Uiteindelijk komt het vanzelf.'

'Het stelt niet zoveel voor,' zei ik. 'Je moet er alleen op voorbereid zijn.'

'Bedoel je...'

'Nou, je wilt natuurlijk niet dat alles onder komt te zitten,' zei Adam, kijkend naar zijn kruis.

Het bleef even stil. 'Nou, ik kijk altijd goed uit,' zei Weeks. 'Hoe dan ook, je kunt het bij de drogist krijgen. Het maandverband.'

'Ja.' Weeks knikte instemmend.

'Je ouders hadden het je moeten vertellen.'

'Nee, nee, dat hebben ze gedaan. Indirect.'

'Want het zou natuurlijk afschuwelijk zijn als je het niet wist en ineens al dat bloed uit je pik zag lopen. Nou ja, het is maar eens in de maand. Twaalf keer per jaar.'

'Ja.'

'Nee,' merkte ik op, 'dertien keer. Het gaat om maanmaanden, niet om kalendermaanden.'

'Ja, volle maan en zo,' zei Adam, en hij begon te huilen als een weerwolf.

'Tot nu toe heb ik alleen nog maar kleine beetjes gezien,' zei Weeks zelfverzekerd. 'Ik bedoel, het wordt elke maand meer, hè?'

Die ochtend hoorden we met stijgende ontzetting dat Weeks naar de dokter was gegaan om te vragen of hij hormooninjecties moest hebben om zijn menstruatie op gang te brengen. In de rij voor de lunch praatte iedereen over wat Adam en mij boven het hoofd hing. Hij en ik zaten ineengedoken in de hoek van de eetzaal te bedenken wat we zouden zeggen.

Uiteindelijk liep het allemaal heel anders. Binnen tien minuten was ik terug uit het kantoor van de Hoofdman. Ik negeerde iedereen die nieuwsgierig in de gang op me wachtte en liep rechtstreeks naar Adams kamer. Ik deed de deur dicht en slaakte een zucht van verlichting.

'Wat is er gebeurd?' vroeg Adam. 'Vertel op.'

Ik glimlachte, want ik genoot van elke seconde.

'Kom op!'

'Mijn vader heeft zijn been gebroken of zoiets. Ik moet naar Londen.'

Adam begreep er niets van. 'Waar heb je het over?'

'Mijn pa heeft zijn been gebroken. Daar ging het over – mijn vader. Geen woord over Weeks.'

Adam slaakte een vreugdekreet. Hij legde zijn arm om mijn schouder en we schopten de deur open, waarna we ons een weg door de menigte in de gang baanden. We brulden van het lachen. 'Dat scheelde maar een haartje, man,' zei Adam.

'Zeg dat wel,' zei ik. 'Dat scheelde goddomme maar een haartje.'

Ik had wel tegen Adam gezegd dat ik vanwege mijn vaders gebroken been naar Londen moest, maar dat was niet helemaal waar. Ik hoefde niet te gaan. Martha had naar school gebeld om te zeggen dat er een ongeluk had plaatsgevonden, een verkeersongeluk. Iemand – blijkbaar een voorbijganger – had haar gebeld en gezegd dat Arthur op straat was overreden, dat hij zijn been had gebroken en naar het ziekenhuis was gebracht. 'Niets om je zorgen over te maken,' zei de Hoofdman opgewekt. 'Je moeder gaat rechtstreeks naar het ziekenhuis.' Dat klonk mij in de oren als iets om me zorgen over te maken, maar daar dacht ik op dat moment niet aan. Ik had een kans gezien, en terwijl ik die afwoog, zette ik een frons op om de aandacht van de Hoofdman vast te houden.

'Het komt vast goed, Hayman. Ze zijn zo knap tegenwoordig. Een spalk, wat gips...'

Ik had een heel duidelijk visioen gehad: misschien lag Weeks wel aan de andere kant van de gesloten deur naar de werkkamer van de Hoofdman op de loer, wachtend tot hij zijn verhaal kon vertellen. Of misschien kwam er wel een dringend telefoontje van de dokter, om te zeggen dat er een wrede grap met Weeks was uitgehaald. Ik hoefde niet lang na te denken. 'Ik vind dat ik moet gaan, meneer. U niet?'

'Gaan?'

'Naar het ziekenhuis.'

Hij liet een bulderende lach horen. 'O, dat lijkt me echt niet nodig.'

'Maar niemand heeft toch precies gehoord wat er is gebeurd? Tot in detail?'

Hij was van zijn stuk gebracht. 'Nou, je moeder...'

'Die is niet in orde, meneer.'

'Niet?'

'Nee, meneer.'

Ik dacht dat ik ermee weg kon komen om vaag te blijven, maar ik zag dat hij wachtte tot ik verderging. Ik keek aandachtig naar mijn handen, alsof ik me geneerde, en probeerde iets te bedenken. Terwijl er een lopende band van ziektes en kwaaltjes aan me voorbijging, graaide ik er eentje vanaf. 'Het komt door de menopauze, meneer.'

'Juist,' zei hij nerveus.

Ik begaf me nu op glad ijs. Misschien bedoelde ik wel een hysterectomie. Aarzelend voegde ik eraan toe: 'Ja, het... is een lastige kwestie.'

'Tja...'

'Dus het zal haar niet meevallen als ze hem... u weet wel... op de wc moet tillen.'

Er viel een stilte. 'Dat doen de verpleegsters toch?'

'Hij is nogal kieskeurig in dat soort dingen, meneer.'

Hij keek me stomverbaasd aan. Ik vroeg me af of ik ook nog in tranen moest uitbarsten. Hij zweeg even en zei toen met tegenzin: 'Nou, ga dan maar met de trein naar Londen.'

'Dank u, meneer,' zei ik nederig en met een snikje in mijn stem. Dat was het minste wat ik kon doen.

Toen ik opstond, zei hij: 'O ja – je moeder heeft gevraagd of jij je zus wilde bellen. Ze kon haar niet te pakken krijgen.'

Dat verbaasde me niets. In naam deelde Rachel in Golders Green een flat met twee meisjes van haar secretaresseopleiding, maar er was altijd wel een reden waarom ze niet aanwezig was. De laatste keer dat ik haar sprak, zei ze dat een van de anderen op straat een zwerfhond had gevonden en hem wilde verzorgen tot er een nieuwe baas was gevonden, waardoor zij ergens anders onderdak moest zoeken omdat haar astma was teruggekomen.

'Maar je hebt nooit astma gehad,' zei ik.

'Meestal ben ik alleen allergisch voor katten.'

'En Jamie dan?' Jamie was de kat die we vroeger hadden gehad.

'Voor hem was je ook niet allergisch.'

'Jamie was een vrouwtje,' zei Rachel. 'Hoe dan ook, Martha heeft haar een spuitje laten geven. Ik moet gewoon bij Claude op de vloer gaan slapen.' Tijdens ons vorige gesprek zei Rachel dat ze ruzie met Claude had gehad, maar ze waren al jaren bevriend en waren altijd verwikkeld in een cyclus van ruzie en verzoening.

Nadat de taxi me bij het station had afgezet, draaide ik Claudes nummer. Hij woonde in een huis met zit-slaapkamers in Earls Court. De eigenaar, die Rachel en Claude meneer Poesman noemden, was een acteur van middelbare leeftijd, die het huis van zijn moeder had geërfd. Claude had een kamer naast die van zijn nieuwe vriend Damian, een Zuid-Afrikaan die nog maar kort in Engeland was. Sinds zijn grootvader zijn toelage had stopgezet, werkte Claude soms als reisgids, waarbij hij Amerikanen Londen liet zien. Damian hielp hem daarbij. Rachel zei dat ze hun werk meestal 's avonds deden, dus ik hoopte dat hij thuis was.

Ik had flink wat munten in mijn hand, want de telefoon in Claudes huis hing op de begane grond en iemand moest drie trappen op om hem te halen.

'Hoe laat is het?' vroeg Claude toen hij eindelijk aan de telefoon kwam.

'Drie uur.'

'Met wie spreek ik?' wilde hij verontwaardigd weten.

'Met Luke.'

'O, Luke. Ik dacht dat het Todd was.'

'Wie?'

'Todd zit in mijn reisgezelschap...' Claudes stem viel weg omdat de telefoon begon te piepen. Ik gooide er nog wat kleingeld in. Hij was nog aan het praten toen de munten vielen. '...uit Chicago. Een advocaat. Zegt-ie. Al heeft hij beslist niet veel verstand van wat wettig is en wat niet. In elk geval niet in dit land. Damian heeft hem gisteravond van me overgenomen, maar nu wil hij een deel van het geld dat Todd me heeft gegeven.'

'Weet je waar Rachel is?'

'Maar goed, Todd is het probleem niet. Dat is zijn vriend.'

'Claude,' zei ik vermoeid, 'ik sta in een telefooncel en mijn geld is bijna op. Waar is Rachel?'

'Geen idee,' zei hij. Ik wist dat hij loog.

'Nou, als je haar spreekt, wil je dan zeggen dat Arthur zijn been heeft gebroken en in het ziekenhuis ligt?'

'Wat afschuwelijk. Ik moet zorgen dat Damian bloemen regelt.'

De trein arriveerde bij het perron tegenover me. 'Claude, ik moet gaan.' Ik gaf hem de naam van het ziekenhuis.

'Je klinkt schor. Krijg je de baard in de keel?'

'Tot kijk.'

'Luke, wacht,' jammerde hij toen ik ophing.

In het kale ziekenhuiskamertje waar ik naartoe was gestuurd om te wachten, had ik aan heel veel dingen kunnen denken. Ik had kunnen denken aan Arthur, die ergens op een andere verdieping lag, maar zo ver weg leek dat hij net zo goed op de maan had kunnen zijn. Ik had kunnen denken aan Rachel, die waarschijnlijk daadwerkelijk op de maan zat. Ik had kunnen denken aan Martha, die volgens de berichten bij Arthur was en waarschijnlijk door iedereen naar de maan werd gewenst. In werkelijkheid dacht ik aan Adam, die nu in zijn eentje op zijn kop kreeg, en aan de vraag hoe lang ik Arthurs gebroken been kon rekken.

De berichten die ik van de mensen in het ziekenhuis had gekregen waren allemaal nogal vaag geweest. Er waren mensen in en uit gelopen. Er waren kopjes thee gebracht. Mensen zetten meelevende blikken op. Na een poosje was het me opgevallen dat ze hun blikken afwendden, en daarom dacht ik dat Arthur misschien een heel nare beenbreuk had en een poosje zou moeten blijven. Weeks had bij het voetballen zijn been gebroken en had twee weken in het ziekenhuis gelegen. Adam en ik hadden met rode viltstift schuttingwoorden op zijn gips geschreven.

Na een halfuur werd er op de deur geklopt. Er kwam een dokter binnen. Het was aardig dat hij klopte, dat had nog niemand gedaan.

'Ik ben dokter Massingbird,' zei hij. 'Kun je het allemaal aan?'
Hij keek me diep in de ogen, zo indringend dat ik mijn ogen neer-
sloeg.

'Wat bedoelt u?' Ik begon me nu zorgen te maken.

'Heb je je moeder al gesproken?'

'Waarover?'

'Is ze nog niet beneden geweest?'

'Nee, ik heb hier zitten wachten.'

Hij zweeg even. 'Hoe oud ben je? Twaalf?'

Wat had dat er nu mee te maken? 'Dertien,' zei ik. 'Om precies
te zijn.'

Hij ademde uit en schudde zijn hoofd. 'We proberen hem stabiel te krijgen. Je vader.'

'Met krukken, bedoelt u? Wankelt hij op zijn benen?'

'Hij heeft helaas zware trauma's opgelopen. De situatie is zeer
ernstig.'

Mijn stem piepte: 'Maar hij heeft gewoon zijn been gebroken!'

'Onder andere, ja.'

Ik wist niet wat ik moest zeggen. Mijn zelfbedachte verhaal glipte door mijn vingers. Als ik zorgde dat het intact bleef, kwam alles
goed. Arthur had zijn been gebroken. Hij wankelde op zijn benen.
Hij was instabiel. Het was behoorlijk traumatisch geweest, maar
nu was alles goed. Nou, laten we eerlijk zijn, het is heel traumatisch geweest, maar hij is herstellende. Het scheelde maar een
haartje. Ja, het scheelde goddomme maar een haartje.

Misschien had ik het verhaal intact kunnen houden, maar bij
het weggaan zei hij zoiets afschuwelijks dat ik het bloed uit mijn
gezicht voelde wegtrekken en leek te vallen, steeds dieper en dieper, als in een vreselijke nachtmerrie. 'Tja,' zei hij, 'je zult heel dapper moeten zijn.'

Het ergste was dat het allemaal mijn schuld leek. Ik had een
doodgewoon gebroken been, iets wat met gips gerepareerd had
kunnen worden, tot iets veel ernstigers uitgebouwd om te kunnen
spijbelen. Als ik op school was gebleven om samen met Adam
mijn straf in ontvangst te nemen, zou er niets aan de hand zijn ge-

weest. Nu had ik vanuit het verhaal waarin ik thuishoorde een sprong gemaakt naar een verhaal waarin ik niets te zoeken had, en daardoor had ik geknoeid met de natuurlijke orde der dingen, de manier waarop het allemaal had moeten lopen.

Adam vertelde eens over een sciencefictionverhaal dat hij had gelezen, waarin iemand terugreisde in de tijd en strenge instructies kreeg om niets aan het verleden te veranderen. Onbewust deed hij dingen die onbelangrijk leken, zoals een scheet laten of op een mier trappen, en toen hij in zijn eigen tijd terugkeerde, was de aarde door een kernbom onbewoonbaar geworden of deelden mensenetende katten de lakens uit zoiets. Omdat het zo absurd was, dacht ik liever aan dat verhaal dan aan iets anders wat me te binnen schoot, dat andere voorbeeld van dingen die gebeurden doordat je eraan dacht: aan het einde van *Gedijende Gaarde*, het derde *Hayseed*-boek, droomt Luke over een vogel die doodgaat – *Soms droomde Luke in kleur en soms in zwart: verschillende tinten zwart, donkerzwart en lichtzwart en alle kleuren zwart van de regenboog. De kraai in Lukes handen was zwart…* – en als hij 's ochtends wakker wordt, in een doodstil, verlaten huis, kijkt hij uit het raam en ziet hij dat het veld naar het Donkerbos zwart is van de dode kraaien. Mr. Toppit heeft zijn droom laten uitkomen.

In paniek rent Luke door het huis, op zoek naar zijn ouders:

Over de corridors, door de gangen, de trappen op, dwars door alle kamers – Lukes voeten renden zo hard dat ze sneller gingen dan hij. Hij kon ze nauwelijks bijhouden. Ze maakten geen geluid op de tapijten en ze maakten geen geluid op de houten vloeren. Deuren vielen geluidloos achter de voeten dicht, gordijnen wapperden onhoorbaar in de geruisloze bries. Luke kon zichzelf horen schreeuwen, maar het geluid kwam uit de verte: hij holde zo hard dat zijn stem voortdurend achter hem bleef. Waar waren zijn ouders?

Al zijn ze nog zo imperfect, soms zijn dat de personen naar wie je verlangt, daar is niets aan te doen. Ik wilde per se naar Martha. Ik was niet zo in paniek als de andere Luke, maar mijn voorgevoel bereidde me op het allerergste voor. Eigenlijk voelde ik me gewoon erg alleen.

Inmiddels begreep ik dat Martha's afwezigheid ook in de onheilspellende poel kon worden gegooid waarin 'zware trauma's', 'pogingen om hem stabiel te krijgen' en 'heel ernstig' als bloeddorstige haaien hongerig rondzwommen.

In de hoek van de kamer zag ik een wastafeltje met een spiegel ernaast. Ik had al koud water in mijn gezicht gespetterd voordat ik zag dat er geen handdoek hing, dus ik moest mijn gezicht aan mijn mouw afdrogen. Daarna ritste ik mijn broek open en plaste ik in de wasbak. Wat ik prettig vond was dat hij precies op de juiste hoogte hing. Daar knapte ik wat van op.

Toen ik op de begane grond kwam, gingen de liftdeuren met een metalige 'ping' open en stond ik weer in de hal waar ik was binnengekomen. De zon had zich verplaatst en scheen door de grote ramen recht in mijn ogen. Ik liep naar het afgesloten kantoortje in de hoek en tikte op het glas. Het was niet de man die er bij mijn aankomst had gezeten. Deze zag er meer uit als een bewaker: hij droeg een blauw uniform en een pet. Hij schoof een raampje open.

'Ik probeer nieuws te krijgen over mijn vader,' zei ik hijgend. 'Ze zeiden dat ik moest wachten en...'

Hij onderbrak me: 'Jij hoort niet zonder begeleiding rond te lopen. Hoe oud ben je?'

'Dertien.'

'Waar zijn je ouders?'

'Die probeer ik nu net te vinden. Ik ben Luke Hayman. Mijn vader is Arthur Hayman. Hij is degene die ziek is, hij is hier opgenomen. Mijn moeder heet Martha Hayman.'

Hij gebaarde met zijn hoofd in de richting van de andere uithoek. 'Ze zat daar.' Ik draaide me om. Ik zag een rij lege stoelen.

'Wie?'

'Je moeder. De Amerikaanse.'

'Nee, ze is...'

'Zwarte jurk?'

'Nou...'

'Donker haar?'

'Een beetje bruinig, maar...'

'Ze zat daar. Ze was hier net nog, om te vragen of er nieuws over Mr. Hayman was.'

'Maar mijn moeder is boven bij mijn vader. En ze is geen Amerikaanse.'

Hij haalde zijn schouders op. 'Haar tas staat daar op de stoel. Misschien is ze even naar de wc.' Ik begon een enorme hekel aan hem te krijgen. Ik liep naar de stoelen en keek naar de tas. Hij was van zwart canvas en op de voorkant stond met witte letters: KCIF MODESTO — EEN GAVER GELUID.

'Dit is haar tas niet,' zei ik over mijn schouder, maar zijn stoel was al een slag gedraaid en hij zat met zijn rug naar me toe.

Ik had geen idee wat ik moest doen. Ik kon me nog in de wc opsluiten en mijn frustratie uitschreeuwen, maar verder was ik door mijn opties heen. Ik ging zitten en staarde voor me uit. Nadat ik daar een paar minuten had gezeten, gleed mijn blik naar de zwarte tas op de stoel naast me. De bovenkant puilde open, en ik hield mijn hoofd schuin om erin te kijken zonder van mijn plaats te komen. Terwijl ik met een vluchtige blik controleerde of de man nog steeds de andere kant op keek, stopte ik mijn hand in de tas om de inhoud te betasten. Het leek wel zo'n spelletje dat je in het donker speelt, waarbij je een ontvelde druif doorgeeft en zegt dat het iemands oogbal is. Bovenin voelde ik een doosje, rechthoekig en met een glad oppervlak. Mijn hand zakte nog dieper en passeerde volgens mij een stel natte papieren zakdoekjes, een pen en een dun boek voordat hij op een pakje op de bodem stuitte. Het was een beetje plakkerig, en ik trok mijn hand haastig terug. Mijn vingertoppen waren bruin. Voorzichtig bracht ik ze naar mijn neus om eraan te ruiken. Het was chocola.

Het water liep me in de mond. Voor mijn gevoel was het uren geleden dat ik iets had gegeten. De man zat met zijn rug naar me toe en had zijn voeten op de tafel voor hem gelegd, dus ik vond het niet meer dan terecht dat ik de onderkant van de tas optilde en ermee schudde, zodat er spullen op de stoel gleden. Het rechthoekige doosje bleek Tampax te zijn, en ik duwde het terug terwijl ik de overblijfselen van een gigantische reep chocola uit de tas haalde. Aan één kant waren de papieren wikkel en het zilverpapier eraf gescheurd. Ik brak een paar stukjes af en at ze op. Daarna stopte ik alles terug in de tas. Op het moment dat de chocola erin ging, piepte de hoek van een soort notitieboekje naar buiten. Ik wilde het net terugduwen toen ik zag dat er met blauwe pen 'Hayman' op was geschreven. Ik was zo verbaasd dat ik een paar tellen mijn adem inhield. Ik sloeg het boekje open. De ene bladzijde na de andere – de ene regel na de andere, de zijkanten, de hoeken, ondersteboven – stond vol met twee woorden: Arthur Hayman. De letters hadden verschillende maten en vormen. Soms waren het alleen maar hoofdletters, soms boven- en onderkast. Soms was er een rechthoek met sierlijke krullen en tierelantijntjes omheen getekend. Het interesseerde me niet meer of de man in het glazen hokje me zag. Ik kwakte de hele inhoud van de tas op de stoel en doorzocht alle spullen. Behalve de Tampax, de chocola en het notitieboekje vond ik een paar pennen, een nagelvijl, een sleutel aan een metalen ring met het getal 14 erop, een plattegrond van de metro en – ik trok mijn hand terug – een heel stel verfrommelde papieren zakdoekjes vol bloed.

Ik pakte het notitieboekje weer. De bladzijden vóór die met Arthur Hayman waren betrekkelijk normaal. Er stonden veel berekeningen op, volgens mij om ponden in dollars om te rekenen, flarden reisinformatie als 'dichtstbijzijnde metro: Lancaster Gate', de naam van een hotel met een telefoonnummer erbij, en allerlei notities die waren aangevinkt of doorgestreept, zoals 'Alma bellen'. Op de bladzijden met Arthur Hayman en alle bladzijden daarna was het net of ik door een deur naar een andere wereld stapte. Ik zag tekeningetjes en schetsjes, de ene keer niet meer dan wat gekrabbel, een andere keer heel zorgvuldig uitgewerkt, allemaal variaties op hetzelfde thema: een man en een kind. Vreemd genoeg leek hij een soort indianenopperhoofd met een grote veren hoofdtooi te zijn. Het kind was een klein meisje, en waar zijn gezicht heel zorgvuldig was getekend, zowel van voren als van opzij, was het kind een soort silhouet zonder gelaatstrekken. Op de meest gedetailleerde tekening, die bijna een hele bladzijde van het notitieboekje besloeg, stonden de man en het meisje allebei rechtop. Hij was lang en dun en zij was heel klein, ze kwam maar net tot zijn knie. Ze hielden elkaars hand vast. Naast alle schetsen stonden regels van een gedicht. Ze waren doorgestreept en vele malen herschreven, maar een klein stukje was klaar en keurig uitgeschreven:

O mijn Anaglypta roept,
Prinses Anaglypta roept,
Dwars door de donkere bossen
Over de bergkam op de prairie.
Over de golven van Gitche Gumee,
Die huizenhoog de meeuwen strelen,
Haymanito hoort haar roepen,
Hoort zijn Anaglypta roepen.

Het leek wel een beetje op *Hiawatha*, maar dan anders. 'Haymanito hoort haar roepen...' Ik herhaalde de regel een paar keer hardop en stopte het notitieboekje en alles wat op de stoel was gevallen zo vlug mogelijk terug in de zwarte tas. Ik voelde een vreemde walging en wist niet hoe snel ik die tas weer moest wegzetten. Het lezen van dat gedicht had me in verlegenheid gebracht, alsof ik was betrapt bij een inbraak in andermans huis. Maar zo eenvoudig lag het niet. Het angstaanjagende – het onverklaarbare – was dat het voelde alsof je inbreekt in een huis dat je nog nooit hebt gezien, in een land waar je nog nooit bent geweest, en vervolgens tot de ontdekking komt dat het is ingericht met je eigen spullen.

Daar zat ik dan, op een stapelbare zwarte plastic stoel in de hal van een ziekenhuis dat mijn vader, die misschien wel in een gevaarlijk instabiele conditie verkeerde, samen met mijn moeder leek te hebben opgeslokt, en ik snuffelde stiekem in de tas van een vrouw die overduidelijk gestoord was, die misschien wel uit Amerika kwam en volgens een bewaker mijn moeder was. De verwarring kon op talloze manieren toeslaan, en ik verlangde naar iets overzichtelijks. Het volgende moment kreeg ik tot mijn verbazing – heel even – mijn zin. Er klonk een weergalmende 'ping', en boven de lift ging een lampje branden. De deuren gingen open en daar stond Martha.

Een paar tellen lang zag ze me niet. Ze leek nogal klein en oud en ze had duidelijk moeite met de lift: ze keek verward om zich heen, alsof de open deuren misschien niet de beste plaats waren om uit te stappen, alsof er misschien wel een paar andere uitgangen waren, die ze niet kon vinden. Ze liep aarzelend de lift uit, keek op en zag me zitten. Ik wist niet wat ze me ging vertellen, maar ik zag aan haar gezicht dat ze geen goed nieuws had.

Ik stond op van de stoel. Dat leek heel lang te duren. Ik liep door de hal naar Martha toe en op dat moment gebeurden er een paar dingen tegelijk: een gillende ambulance kwam bij de ingang piepend tot stilstand, de man in het glazen kantoortje draaide zijn stoel om te kijken wat er aan de hand was, en een groep kwetterende verpleegsters met klemborden, wier hakken als tapschoenen op het linoleum tikten, kwam met veel kabaal door de dubbele deuren naar de ziekenzalen en liep voor Martha langs door de hal. Het was zo lang stil geweest dat het lawaai oorverdovend was, alsof iemand het geluid te hard had gezet.

Terwijl ik langs het glazen kantoortje liep, kruiste mijn blik die van de man, en ik zag iets in zijn ogen waardoor ik door het lint ging. Voordat ik besefte wat er gebeurde, was ik van de rechte lijn naar Martha afgeweken en stond ik naast het glazen kantoortje met mijn vuist op het schuifraam te bonzen. De man was stomverbaasd. De verpleegsters stonden stil en keken in mijn richting. Ik klauwde het raam open en stak mijn hoofd door het gat. Hij deinsde achteruit toen ik schreeuwde: 'Dat is mijn moeder, rare, domme man! Daar staat ze! Daar! Ze komt niet uit Amerika!' Tegelijkertijd zwaaide ik met mijn uitgestrekte vinger in Martha's richting, maar ze ging inmiddels schuil achter de verpleegsters. Mijn neus drupte en mijn mond zat vol slijm. In gedachten zag ik mezelf als een krijsende, paars aangelopen pasgeboren baby. Ik ramde het schuifraam zo hard dicht dat het glas brak. Het viel voor de helft uit de sponning en spatte op de vloer uiteen.

De ambulance bij de deur had drie paramedici uitgebraakt, die een oude vrouw met een bebloed gezicht naar binnen hielpen. De man – blij met de afleiding – sprong van zijn stoel en stoof zijn kantoortje uit om hen te assisteren. De verpleegsters keken naar mij en weken geruisloos als een gordijn uiteen toen ik in hun richting liep. In twee rijen flankeerden ze Martha, nerveus kijkend naar dit gestoorde kind, dat waarschijnlijk een vleesmes tussen zijn kleren verborg. Het was weer helemaal stil, afgezien van wat gejammer en geschuifel van de gewonde vrouw die naar binnen werd gebracht.

Martha's gezicht was uitdrukkingsloos, haar mond slap. Ze zag er uitgeput uit. Haar ogen gingen dicht en ze maakte een geluid achter in haar keel. Toen ze haar ogen opendeed, begon haar mond te trillen en vertrok haar gezicht. 'O schat, waar bleef je nu?' zei ze met een zacht, piepend stemmetje. 'Waar was je? Waarom ben je niet naar me toe gekomen?' Ze bekeek me van top tot teen. Er stroomden tranen over haar wangen. Ik kon geen woord uitbrengen. Er zat tijdelijk een middelgrote golfbal in mijn keel. Toen liet ze een langgerekte kreun horen, alsof ze pijn had. 'Waarom kleed je je toch altijd zo vreselijk? Op deze manier lijk je zo zwak!'

Terwijl de man van het glazen kantoortje ons passeerde, gevolgd door drie paramedici die de oude vrouw ondersteunden, dacht ik dat ik een grijns over zijn gezicht zag glijden.

Laurie

Laurie zat al een poosje op de wc voordat ze merkte dat het wc-papier op was. Ze hees haar broek omhoog, hield hem bovenaan vast zonder het trekkoord te strikken, schuifelde naar het volgende hokje en ging weer zitten. Ze had niet veel op met koningen en koninginnen, maar ze vond het toch treurig dat een koninklijk ziekenhuis – het heette het Royal Waterloo – niet beter werd onderhouden, vooral nu er een grote koninklijke bruiloft op stapel stond. Er stond zelfs graffiti op de deur. De tekst 'Bev slikt het door!!!' stond naast een tekening van een paar lippen rond wat Alma een piem noemde. Het afval, de etenslucht in de gangen, de beschadigde linoleum vloeren, de verpleegsters en coassistenten met ziekenhuiskleding die duidelijk vanochtend niet schoon was aangetrokken, die misschien gisteren al niet schoon was geweest – o, het was allemaal vreselijk deprimerend. Door al die dingen zag het ziekenhuis eruit als een plaats waar mensen kwamen om te sterven in plaats van beter te worden.

Laurie besloot even te gaan zoemen. De gebeurtenissen van vandaag waren zo bijzonder dat ze ze nooit zou begrijpen als ze de rotzooi niet uit haar hoofd verwijderde. Het was alsof ze een los stukje van een legpuzzel had opgepakt. Iedereen zou zeggen dat het niet paste. Zo zag het er ook uit, maar Laurie wist dat ze het keurig op zijn plaats kon leggen als ze het een poosje in haar hand hield, als ze het kneedde tot het de juiste vorm had.

Door het zoemen kwam er een rare reeks gebeurtenissen naar boven. Toen Mrs. Detweiler haar gisteren in het nauw had gedreven met de vraag naar welk stuk ze ging, had Laurie uit het niets *Camelot* tevoorschijn getoverd. Sinds haar ervaring met *Oklahoma!* op de middelbare school, een vernedering die ze al lang zou zijn vergeten als Alma haar er niet steeds aan herinnerde, gaf ze niet veel om musicals en ging ze er alleen naartoe als Marge haar meesleepte. Ze wist niet eens of ze *Camelot* wel eens had gezien. Toch was dat de titel waarmee ze op de proppen was gekomen: een musical over iemand die Arthur heette, een koning. En nu bevonden zij – en hij – zich in een koninklijk ziekenhuis, al zat zij dan met haar broek op haar enkels op de wc.

Ze dacht terug aan de plaats van het ongeluk – in haar hoofd was de zinsnede ontstaan als 'de plaats van het delict', maar dat had ze veranderd. Tja, het was beslist misdadig wat er was gebeurd, maar het was natuurlijk geen echte misdaad, al zou je in Amerika nooit met zo'n grote vrachtwagen door zo'n smalle straat kunnen rijden. Het mocht gewoon niet.

Ze probeerde uit te rekenen hoeveel tijd ze precies met Arthur had gehad. Er was het eerste stuk, vanaf het moment waarop ze naast hem op haar knieën was gaan zitten tot de paramedici arriveerden en haar bij hem weg probeerden te halen. En er was het tweede stuk, dat begon toen Arthur op de brancard was gelegd en niet wilde dat ze wegging. Het eerste stuk had langer geduurd dan het tweede. Ze hadden allebei niet lang geduurd, maar Laurie wist dat wat er tussen haar en Arthur was voorgevallen sowieso niet veel met tijd te maken had. Misschien had het in totaal maar vijf minuten geduurd, misschien zelfs minder, maar het was niet belangrijk hoeveel hij had gezegd, het ging om wat hij had gezegd en hoe hij het had gezegd, en dat hij het tegen háár had gezegd.

Ze wist dat hij zwaargewond was. Hij had het koud en hij lag niet lekker, maar hij had niet veel pijn. Bij lichtere verwondingen zou hij veel meer pijn hebben gehad. Waarschijnlijk had alle adrenaline in zijn lijf door zijn aderen gepompt. En waarschijnlijk hadden ze morfine in zijn infuus gedaan. Ze vermoedde dat hij zich lekkerder had gevoeld toen die begon te werken, maar hij was er zo zacht door gaan praten dat ze haar best had moeten doen om hem te verstaan. Maar ze had geen reden om aan zijn woorden te twijfelen, ook al had ze dan niet alles begrepen, want het was duidelijk dat zijn verstand voor de volle honderd procent werkte. Hij wist per slot van rekening nog precies wat zijn telefoonnummer was en had het zonder enige aarzeling opgedreund. Na alles wat er met hem was gebeurd, zou het niet gek zijn geweest als hij een van de cijfers was vergeten, een paar cijfers had omgedraaid of het hele nummer kwijt was, maar hij had het in één keer goed opgezegd.

Ze was nu weer wat rustiger. Ze had zichzelf gedwongen om rustig te blijven toen ze bij Arthur op de stoeprand zat, maar zodra de paramedici hem op de brancard legden en hem optilden en hun best deden om te voorkomen dat de infusen scheef hingen en het zuurstofmasker van zijn gezicht gleed, eigenlijk precies op het moment dat ze zijn hand had moeten loslaten, was ze zo hevig gaan beven dat het leek of iemand haar door elkaar rammelde.

Het ergst vond ze het moment waarop de deuren van de ambulance met een klap werden dichtgegooid, en ze haar handen tegen het glas drukte in de wetenschap dat er nu iemand anders naast hem zat, iemand die zich over hem heen boog en zijn best deed om het hem zo aangenaam mogelijk te maken. Ze had zijn naam willen schreeuwen om hem te laten weten dat ze er was, dat ze hem niet in de steek had gelaten, maar in plaats daarvan fluisterde ze het woord en zag ze haar adem op het raam condenseren. Dat zou hij net zo goed kunnen horen als haar luide schreeuw. Bij het vertrek van de ambulance begon ze te huilen, met gierende, suffe snikken, en daarna stond ze alleen op straat in een menigte zwijgende, starende mensen die hun weg alweer vervolgden. Verderop zag ze de vrachtwagenchauffeur met twee politiemensen in een deuropening staan. Ze was in haar hoofd al ergens anders en was nauwelijks boos op hem. Ze stond te trillen op haar benen, maar ze moest een telefoon zoeken en doen wat Arthur haar had gevraagd. Ze hoopte dat ze daarin zou slagen voordat ze moest overgeven.

In de eerste twee cellen was de telefoon kapot. In de ene bungelde de hoorn aan de draad en hoorde ze geen kiestoon toen ze hem tegen haar oor hield. In de andere hing niet eens een hoorn, maar trof ze alleen nog een stukje krullend zwart draad aan. Zodra ze er eentje vond die het deed, propte ze zich met moeite in de cel en haalde ze haar bril uit haar tas om de instructies te kunnen lezen. Het telefoonsysteem werkte hier anders: je stopte niet meteen een munt in het apparaat, maar moest eerst het nummer draaien en pas een munt inwerpen als de andere persoon opnam. Ze had de cijfers op de rug van haar hand geschreven en draaide het nummer. Het duurde even voordat er werd opgenomen. Ze raakte in paniek: wat moest ze doen als er niemand thuis was? Ze had Arthur beloofd dat ze zou bellen. Hij had haar niet gevraagd om het te beloven, maar dat had ze wel gedaan. Ze wilde niet dat hij zich zorgen zou maken. Toen hoorde ze een klik en een vrouwenstem zei: 'Hallo?'

Meteen begon de hoorn te piepen, en Laurie gooide de munt in de gleuf. Die was geblokkeerd. Ze kreunde: 'O nee!' Ze probeerde hem met kracht naar binnen te duwen. Ze bracht haar mond zo dicht mogelijk bij de hoorn en schreeuwde: 'Hallo! Kunt u me horen? Kunt u me horen?' Maar de telefoon bleef piepen tot het geluid plaatsmaakte voor een vlakke, hoge toon, als een hartmonitor die niet meer uitslaat. Laurie baadde inmiddels in het zweet. Ze probeerde het nog een keer.

Deze keer nam de vrouw vrijwel meteen op. 'Rachel?' vroeg ze. De vraag bracht Laurie van haar stuk. Ze wilde zeggen: 'Nee, met Laurie', maar de telefoon begon weer te piepen en ze probeerde de munt weer in de gleuf te duwen. Ze schreeuwde haar frustratie uit toen het niet lukte. Met een klap gooide ze de hoorn op de haak. In het vuile spiegeltje was haar gezicht rood en vlekkerig. Ze zag eruit alsof ze gestoord was. Ze zocht in haar tas naar een munt met een ander formaat en probeerde het nog een keer. Deze keer lukte het wel. Bij het gepiep gleed de munt naar binnen en toen werd de lijn stil. Laurie besefte dat ze geen idee had wat ze moest zeggen.

'Hebt u net gebeld?' vroeg de vrouw.

Na een paar tellen zei Laurie weifelend: 'Ja.' Ze had met de gedachte gespeeld om nee te zeggen.

'Met wie spreek ik?'

'Bent u Mrs. Hayman?'

'Ja. Met wie spreek ik? Wie bent u?'

'Uw man, Mr. Arthur Hayman...'

'Ja?'

'O, Mrs. Hayman...' Lauries stem sloeg over.

De vrouw klonk niet boos, maar stomverbaasd. 'Sorry – met wie spreek ik?'

'Uw man heeft een ongeluk gehad.'

'Wat? Wat bedoelt u?'

'Ja, hij... heeft zijn been gebroken.' Ze wist niet wat ze anders moest zeggen.

'Wanneer dan?'

'Net – daarnet. Het is nog maar net gebeurd. Hier.'

'Waar?'

Door de ruit van de telefooncel keek Laurie naar de straat. Ze had geen idee waar ze was. 'Nou... hier,' zei ze.

'Is hij bij u? Moet ik met hem praten? Wie bent u?'

'U kunt niet met hem praten. Hij is weg. Ze hebben hem naar het Royal Waterloo Hospital gebracht.'

De vrouw zei iets en toen deed Laurie iets vreselijks: ze hing op. Ze stapte struikelend uit de telefooncel, leunde er met haar rug tegenaan en haalde een paar keer diep adem. Naast haar stond een zwarte taxi bij het trottoir te wachten. Ze had hem eerst niet gezien, maar toen ze opkeek, zag ze een geel licht met het woord 'vrij' boven de voorruit branden. Alsof ze heel haar leven al in taxi's door Londen reed, maakte ze het portier open. Ze stapte in, zakte onderuit op de comfortabele leren stoel en zei: 'Het Royal Waterloo Hospital. Voor de tweede keer die dag voegde ze eraan toe: 'Ik ben verpleegster.'

Op de wc was ze nu bezig om te schiften en te sorteren, losse beetjes informatie te verwerken, dingen van de ene plaats naar de andere te schuiven en weer terug te leggen. De vormen en kleuren waren willekeurig, maar ze voelde dat ze vorm en betekenis begonnen te krijgen. Ze wist dat het een poosje zou duren, maar uiteindelijk zou ze het gevoel hebben dat ze ver boven de aarde vloog. Dan zou ze in de vormen die op de grond willekeurig hadden geleken een groter patroon herkennen.

Ze was ontzettend moe. Waar ze nu echt zin in had, was een warme douche, een echte, niet zo'n Engelse douche als in het hotel, alsof er een hond op je piste. Ze hees haar broek omhoog en rekte zich zo goed en zo kwaad als het ging in het hokje uit. Ze maakte de deur open, liep naar buiten en ging voor een wastafel staan. Ze probeerde de warme kraan, maar die zat vast en daarom draaide ze de koude open. Ze spetterde water op haar gezicht, en deed haar best om haar kapsel te laten lijken op de stijl die de kapper haar op de dag vóór haar vertrek uit Modesto had aangemeten. Ze kon haar eigen lichaamsgeur ruiken. Ze trok een paar papieren handdoekjes uit de automaat, hield een prop onder de kraan en wreef er met het restje verkleurde zeep overheen. Ze hief haar armen om beurten op en veegde haar oksels schoon. Nadat ze even naar de deur had gekeken om zeker te weten dat er niemand aankwam, trok ze de tailleband van haar broek naar voren, bracht haar hand naar beneden en haalde het vochtige papier tussen haar benen door.

Ze wilde net de deur openmaken toen de paniek opborrelde. Ze tikte met haar hand op haar schouder, keek naar de grond en rende naar het eerste hokje waarin ze had gezeten. Daarna rende ze naar het hokje waar ze later naartoe was gegaan. Niets. Ze was haar tas kwijt. Haar ogen liepen vol tranen van woede en frustratie, en ze liet een kreunend gejank horen. Het was niet zo dat ze haar geld en papieren kwijt was, want die zaten nog in de riem om haar middel. Dat verlies zou niet zo'n ramp zijn geweest. Je kon bellen als je creditcards, paspoorten en rijbewijzen kwijt was, al had ze niet veel zin om dat in Engeland te doen – niet met dat telefoonsysteem. In haar tas zat haar notitieboekje, in feite het verslag, het *bewijs* van de tijd die ze met Arthur had doorgebracht. Natuurlijk zat alles ook in haar hoofd, maar ze wilde echt alle beetjes hebben die ze kon krijgen.

Ze rukte de deur van de wc's zo hard open dat hij met een klap tegen de muur sloeg, en rende puffend en hijgend door de gang. Haar gezicht liep rood aan, en als een onbestuurbare trein duwde ze alle obstakels op haar pad aan de kant. Tegen de tijd dat ze weer bij de wachtruimte naast de ingang kwam, had ze pijn en helde ze over naar één kant. Ze had al een poosje last van haar knie, weer een van de vele redenen waarom ze eigenlijk moest afvallen. Er was niets gebeurd: aan de andere kant, bij de glazen deuren die naar het voorplein leidden, stond haar tas nog altijd op de stoel waar ze hem had achtergelaten. Ze leunde tegen de muur en probeerde weer op adem te komen. Nou, dat was in elk geval een verschil tussen dit ziekenhuis en het Holy Spirit. Daar zou haar tas meteen zijn meegenomen. De golfclubs die Marge bij de ziekenhuiskapel had neergezet, waren zelfs gestolen terwijl zij binnen de interconfessionele zondagsdienst bijwoonde.

Laurie hobbelde terug naar haar stoel. Terwijl ze langs het glazen kantoortje liep, struikelde ze bijna over iemand die op handen en knieën met een borsteltje wat gebroken glas van de grond veegde. Er zou wel een ongelukje zijn gebeurd. De man in het kantoortje was verdwenen, en er zat nu een vrouw op zijn plaats. Laurie glimlachte naar haar. Misschien had ze haar hulp nog nodig. Ze controleerde haar tas. Alles zat er nog in. Ze had niet gemerkt dat ze al zo veel chocola had gegeten, maar ze at de rest van de reep toch maar op. Daarna pakte ze haar notitieboekje en haar pen en begon ze te schrijven. Ze dacht nog steeds aan koning Arthur en *Camelot*. Ze had slechts een vaag idee wat er met hem en koningin Guinevere was gebeurd, maar ze wist dat er iets met een ronde tafel was.

Na een poosje ging ze verder met haar *Hiawatha*-gedicht. Toen ze daar zo'n twintig minuten had gezeten, gingen de deuren open en kwam er een jong stel binnen. Ze fluisterden geagiteerd tegen elkaar, alsof ze net ruzie hadden gehad. Het meisje was lang en slank en had dik bruin haar dat helemaal in de war zat. De jongen was zeker vijf centimeter kleiner en droeg een enkellange paarse jas, die van fluweel leek te zijn gemaakt, en een vuil wit shirt met ruches dat over zijn broekband hing. Op het puntje van zijn neus balanceerde een piepklein metalen brilletje, met ronde glazen ter grootte van een kwart dollar. Hij kon wel wat hulp van een orthodontist gebruiken, want zijn tanden stonden scheef en staken naar voren. Laurie boog zich weer over haar gedicht, maar op dat moment hoorde ze het meisje op hooghartige toon zeggen: 'Ik kom voor mijn vader. Hij heeft zijn been gebroken. Mijn naam is Rachel Hayman.'

Luke

In het kamertje waar ik eerder had gezeten, zat Martha met een sigaret tussen haar vingers op een klapstoel onder een bordje 'VERBODEN TE ROKEN'. Ik stond aan de andere kant van de kamer naast een poster van prins Charles en lady Di, die scheef op de muur was geplakt. Op het moment dat dokter Massingbird was binnengekomen, nerveus zijn keel had geschraapt en moed had verzameld om te zeggen wat hij kwam zeggen, had Martha zich opeens voorovergebogen en in haar tas gerommeld, die naast haar op de grond stond. Uit beleefdheid had hij even gewacht. Toen ze met een pakje sigaretten boven water kwam, was haar gezicht verfrommeld als een leeggelopen ballon en stroomden er weer tranen over haar wangen. Ze had een sigaret uit het pakje gehaald, hem tussen haar lippen gezet en de vlam van een aansteker erbij gehouden. Ze nam een trek, haalde hem uit haar mond en liet haar hand op de tafel rusten. Daarna keerde ze haar hoofd van dokter Massingbird af. Er hing een ongemakkelijke stilte. Ik zag zijn blik naar het bordje 'VERBODEN TE ROKEN' flitsen. Hij keek even naar mij en wendde zich weer tot haar. 'Ik zal een asbak voor u halen,' zei hij. Toen wist ik dat er echt iets ernstigs aan de hand was.

Sinds we weer in het kamertje zaten, waren er al veel mensen bij ons geweest. Het was zelfs zo dat we nooit twee keer dezelfde persoon zagen. Als er een wegging, was het korte tijd rustig tot de deur openging en er weer een ander binnenkwam. Ik wist niet veel over ziekenhuisetiquette, over wie belangrijk was en wie niet. Niemand stelde zich voor. Ze kwamen binnen, staken hun verhaal af en gingen weg. Het team had zich verzameld, zeiden ze. Mr. Hayman werd net uit de reanimatiekamer weggereden. Er werd gezorgd dat hij geen pijn had. Elke keer werd ons dokter Massingbird beloofd: hij zou zo bij ons komen, hij was onderweg, hij kon elk moment uit de operatiekamer komen.

Waarom kon er nu niet gewoon één persoon zijn die ons alles in één keer vertelde? Dat zou beter zijn geweest voor Martha, want haar magie werkte alleen onder vier ogen. Bij een defilé van verschillende mensen kwam ze niet goed uit de verf. Dan werd ze afgeleid, werd haar reikwijdte verkleind. Op een feestje ging ze nooit bij een groep zitten. Je vond haar altijd in een van de vertrekken waar geen feest werd gevierd, in het gezelschap een of andere man die ze had geselecteerd. Ze voerden samen diepgaande gesprekken in de keuken, in een van de slaapkamers, zittend op een stel jassen, of leunend op de rand van een bureau in een werkkamer. Aan het einde van het feest bewoog haar hoofd zachtjes op en neer, alsof het op een golvende zee dobberde, en haar ogen waren vochtig terwijl ze met de uitverkorene van die avond praatte.

Zelfs als we wilden vertrekken, had ze altijd tijd om nog een sigaret te roken of nog iets te drinken. Als de andere gasten weggingen, maakten Arthur, Rachel – als ze zich verwaardigde om mee te gaan – en ik bij de deur meestal machteloos en met onze jassen aan een verlegen praatje met de vrouw van degene met wie Martha in gesprek was. Uiteindelijk kwam Martha dan toch naar ons toe, waarbij ze bij elke stap haar kleine voeten en elegante schoenen voorzichtig neerzette. Bij de deur pakte ze de hand van de persoon met wie ze had gepraat, soms tussen haar beide handen. Zonder aandacht voor ons maakte ze haar gesprek af terwijl wij wachtten. De man, die de indruk had gehad dat ze hem een hand wilde geven, wist nu niet goed of hij zijn arm moest terugtrekken of dat hij zijn vingers tussen de hare moest laten liggen, en daarom bleef de hand daar onzeker als een klein, overwinterend dier hangen. Ze hield vervolgens op met praten, vaak midden in een zin, glimlachte afwezig naar de man en liep naar buiten, zonder nog iets te zeggen of zelfs maar naar zijn vrouw te kijken. Martha had altijd moeite met afscheid nemen.

Op het moment dat dokter Massingbird op asbakkenjacht ging, keek Martha naar me op. 'Het was een gebroken been, dat zei ze, die vrouw aan de telefoon, dat was alles wat ze zei,' klonk haar stem geïrriteerd, alsof ze een onbekende op straat de weg had gevraagd en de verkeerde kant op was gestuurd. Ze snufte en veegde haar neus af aan de rug van haar hand.

Toen dokter Massingbird terugkwam, leek Martha zich weer een beetje te hebben vermand. Hij had een bakje van aluminiumfolie bij zich, waarin misschien wel ooit een cakeje had gezeten. Hij glimlachte verontschuldigend. 'Het spijt me. Ik vrees dat we niets beters hebben.' Hij schraapte zijn keel. 'Mrs. Hayman,' begon hij.

Martha hield haar hoofd schuin en glimlachte naar hem. 'Waar komt u vandaan?' vroeg ze. 'Wat is dat voor een accent?'

Hij had net willen beginnen over de reden waarom we daar zaten, dus haar vraag bracht hem van zijn à propos. 'Eh, Ierland,' zei hij, alsof hij het niet helemaal zeker wist.

'Ierland! Waar precies? Welk deel?'

'Eh... Skibbereen. Dat is in de buurt van...'

'Skibbereen.' Martha blies een wolk sigarettenrook uit en herhaalde het dromerig, alsof de klank van dat ene woord de enige manier was om een aantal gecompliceerde emoties te omschrijven. Haar stem kreeg een hardere, vragende toon: 'Maar de naam Massingbird komt toch oorspronkelijk uit Suffolk?'

Zijn hand schoot omhoog en bedekte het naamplaatje op zijn borst, alsof hij per ongeluk een geheim had verklapt. 'Tja...' zei hij.

'Een zekere broeder Massingbird heeft Richard Coeur de Lion op een kruistocht vergezeld. Hij stierf voordat hij Constantinopel bereikte. Zijn lichaam is in een vat brandewijn terug naar Walberswick gestuurd.' Ze stond op, en zonder acht te slaan op de asbak die hij had meegenomen, liep ze naar de wasbak in de hoek en draaide ze de kraan open. Er klonk een zacht gesis toen ze de sigaret onder het straaltje water hield en in de wasbak liet vallen. Ze trok bevreemd even haar neus op. 'Volgens mij heeft iemand hierin geplast.'

Ik staarde naar de vloer.

Dokter Massingbird schraapte zijn keel weer. Hij was zich weer aan het opladen voor een volgende poging. Nu zouden we het horen. 'Mrs. Hayman,' zei hij. Daarna keek hij naar mij. 'En...?'

'Luke,' zei ik.

'Luke,' herhaalde hij met een knikje, alsof ik alleen maar zijn geheugen had hoeven opfrissen. Hij haalde diep adem en bracht zijn handen, die hij inmiddels had samengevouwen, naar zijn kin. 'We zitten met een... ongunstige situatie. Erg ongunstig, ben ik bang.' Zijn hoofd ging op en neer, alsof hij het met zichzelf eens was. Hij wendde zich tot Martha en gebaarde even naar mij. 'Wilt u misschien dat Luke... Is het misschien beter als...'

Hevige verontwaardiging is niet goed als je de baard in de keel krijgt. 'Wat? Moet ik soms ergens anders een stripboek gaan lezen?' rolde eruit als een kribbige knars, maar Martha had al een schiet-nou-maar-op-gebaar met haar hand gemaakt en daarom vervolgde dokter Massingbird zijn verhaal.

'We zijn er nog niet in geslaagd om uw man stabiel te krijgen. Hij heeft interne bloedingen. Erg zware, om precies te zijn.'

Martha was wit weggetrokken. Ik had geen idee welke kleur ik had. Ze slikte en haar keel liet een roestige piep horen.

'Wilt u misschien nog iets vragen?' vroeg dokter Massingbird. Opeens kon ik geen enkele vraag bedenken waarop ik een antwoord wilde. Eigenlijk wilde ik het liefst dat hij wegging.

Martha dacht er kennelijk hetzelfde over. 'Nee hoor. U bent erg aardig geweest. Dank u wel,' zei ze vriendelijk. 'We blijven hier wachten. Op nieuws.' Het was een teken dat hij mocht vertrekken.

Heel even gleed er een paniekerige blik over dokter Massingbirds gezicht. Hij was nog niet klaar en wist niet goed hoe hij verder moest gaan, dus zijn opmerking 'Waarschijnlijk moeten we zijn benen amputeren' kwam misschien botter over dan zijn bedoeling was geweest. Ik draaide mijn gezicht naar de muur en kuste opeens bijna de gezichten van Charles en Di op de poster. Martha legde haar hand op haar mond, alsof ze moest overgeven.

'Ik ben bang dat er sprake is van zeer ernstig letsel aan zijn onderlichaam.'

'Beide benen?' fluisterde ik. Het kon me niet eens schelen dat het een zinloze opmerking leek.

Hij knikte. 'Het afgelopen uur zijn we bezig geweest om hem stabiel genoeg te krijgen voor een operatie.'

'En dan?' vroeg Martha.

'We opereren hem zo snel mogelijk.'

'Nee. Na de operatie,' snauwde ze.

'Tja, als de operatie zou slagen, zou er een langdurige revalidatieperiode volgen. Dan praten we echt over een heel lange tijd. Voordat hij naar huis zou kunnen, bedoel ik.'

Martha schudde haar hoofd. 'Nee. Het spijt me, nee.'

'Ik ben bang dat een operatie de enige mogelijkheid is.'

Martha leek wel een wassen beeld dat in de zon smolt. Haar ogen waren wijd opengesperd, maar de rest van haar gezicht stortte in. 'Het is gewoon onmogelijk,' zei ze dof.

'Tja...' zei dokter Massingbird ongemakkelijk.

'Nee, het spijt me,' zei ze.

Ik liep naar haar toe en sloeg mijn armen om haar heen, maar ze glipte onder mijn armen vandaan en keek de arts indringend aan. 'Het kan niet.' Ze benadrukte elk woord. 'We hebben niet de juiste voorzieningen.'

Dokter Massingbird keek even naar mij, alsof hij mijn hulp inriep. 'Mrs. Hayman...'

'Om hem thuis te hebben.' Toen riep ze uit: 'Weet u wel hoeveel trappen we hebben? We wonen niet in een bungalow!' Ze zakte onderuit op de stoel en legde haar hoofd in haar handen. 'Oooo,' kreunde ze, 'waar is Rachel? Waar is Rachel?'

Het eerste wat Rachel bij aankomst vroeg, was: 'Waar is Martha?' Haar ogen flitsten achterdochtig de kamer rond, alsof ze zich wel eens in een kast zou kunnen verstoppen. Martha was een paar minuten eerder weggegaan, want dokter Massingbird was teruggekomen om te zeggen dat ze Arthurs operatie voorbereidden en dat ze tien minuten naar hem toe mocht.

Rachel ging op Martha's stoel zitten en haalde ook een pakje sigaretten tevoorschijn. Haar haren stonden alle kanten op. 'Hadden ze hem niet naar een ziekenhuis in de buurt kunnen brengen?' vroeg ze. 'Claude heeft me met de auto gebracht. Damian was laaiend en Claude moest hem zelfs betalen om het reisgezelschap over te nemen. Hoe is het met Arthurs been?'

'Het is geen gebroken been, Rach, niet bepaald,' begon ik.

'Claude zei van wel.'

'Dat zei hij omdat ik dat had gezegd. Dat dacht ik op dat moment ook. Tot ik hier kwam.' Ik vertelde haar wat ik wist.

Daarna was ze – heel even – zoals ze vroeger was geweest, toen ze nog bij ons hoorde, toen je iets tegen haar kon zeggen en een spontane reactie kreeg, in plaats van het gevoel dat je iemand aan de telefoon had wiens stem door een hele rij verschillende telefooncentrales werd geleid voordat hij eindelijk bij jou kwam. Ze luisterde zwijgend en zei: 'Maar hoe moet het dan met zijn boeken? Hoe moet het als hij er nog een wil schrijven?' *Donkerbos*, het vijfde, was een jaar eerder gepubliceerd.

'Heeft hij gezegd dat hij er nog een wil schrijven?'

'Nou, hij zegt überhaupt nooit veel, vind je wel?'

'Het betekent niet dat hij geen boek meer kan schrijven. Ze zeggen niet dat hij niet beter wordt.'

'Hoeveel ontkenningen kun je in één zin stoppen, Luke? Natuurlijk wordt hij niet beter,' schreeuwde ze tegen me. Daarna begon ze te huilen. 'Mr. Toppit is nog maar net uit het Donkerbos.' Ze beet op haar lip en legde haar hand op haar mond, alsof ze probeerde te stoppen met gillen.

Ik liep naar haar stoel en legde mijn armen om haar heen. Het voelde vreemd aan. Ik kon me niet herinneren wanneer we elkaar voor het laatst hadden geknuffeld. Ze rook naar sigaretten, wierook en een achtergebleven vleugje parfum. Toen trok ze zich los. Ze trilde. 'Ik moet Claude gaan halen. Ik kan hem niet beneden laten staan.'

Ik kon het op dit moment niet aan om hem te zien. 'Hij redt zich wel,' zei ik.

'Hij heeft het op dit moment heel moeilijk.'

'Laat hem nu maar gewoon beneden. Dit heeft niets met hem te maken.'

Ze schudde haar hoofd en hield haar handen samengeklemd voor haar mond. Haar gezicht stortte in, net als dat van Martha. 'Hij is de enige die ik nog heb,' jammerde ze.

'Afgezien van mij,' zei ik zo neutraal mogelijk. 'En Martha,' voegde ik eraan toe, maar dat rolde niet zo neutraal uit mijn mond. Ze slaagde erin om de fatsoensregels in acht te nemen. 'Ja. Dat weet ik. Maar Claude heeft niemand. Helemaal niemand.'

'Hij heeft toch een moeder? En die grootvader die hem geld geeft?'

'Je hebt geen idee. Zijn grootvader is afschuwelijk. O, het is zo vernederend voor hem.'

'Waarom hebben we het over Claude?'

'Waar wil je het dan over hebben? De begrafenis?'

Dat was gemeen. We zaten zwijgend op onze stoel.

'Hij gaat niet dood,' zei ik.

'Ik ken niemand die is doodgegaan.'

'Ik ook niet.'

'Behalve...' Rachels stem stierf weg.

Dieren hebben een soort instinct dat ze waarschuwt als er gevaar dreigt. Mensen als Rachel en ik hadden dat ook. Het is een soort overgeërfde code, een hondenfluitje dat zo zwak klinkt en zo sterk van alle gebruikelijke toonsoorten afwijkt dat zelfs NASA-computers die in de ruimte naar geluiden speuren het niet zouden oppikken. Rachels woorden lieten een bepaald chemisch residu in de lucht achter, een soort statische elektriciteit, die een kettingreactie in werking zette waardoor de ionen in de atmosfeer zich herschikten, alsof je met je hand tegen de vleug van suède in strijkt.

'Behalve wie?' vroeg ik. Ik wist het antwoord best. Ik probeerde gewoon de vleug zo snel mogelijk de andere kant op te strijken.

Ze keek me aan en zei: 'Bij ons gaat alles verkeerd sinds... Sinds...'

Ik wist wat ze zou zeggen en deed een schietgebedje dat ze het niet zou doen. Hoe definieer je een geheim? Is het gewoon iets wat één persoon weet en de rest van de wereld niet? Als het iets is wat iedereen weet, kan het geen geheim zijn, want als iedereen het weet is het niet geheim meer. Maar wij wisten het allemaal, en toch was het een geheim. Met de kracht van mijn gedachten probeerde ik haar het zwijgen op te leggen, maar ze maakte haar zin af.

'...sinds Jordan,' zei ze.

Ze had het gezegd, en op een vreemde manier bewonderde ik haar erom. Ik dacht: wat dapper, wat ongelooflijk dapper. Het was zo lang niet gezegd dat ik niet wist wat er zou gebeuren als het woord werd uitgesproken. Er gebeurde natuurlijk niets. Als een trein in volle vaart langs een station dendert, blijft het geluid, dat klikkende, razende kabaal, niet bij je achter. Het is in een seconde voorbij, maar toch voel je je oren nog suizen.

We bleven elkaar recht in de ogen kijken. 'Maar dat is ons hele leven, Rachel.'

'Volgens mij heeft het niets met tijd te maken,' zei ze. 'Het gaat niet zomaar weg als we er niet over praten.'

Ik wist niet wat ik moest zeggen. Er viel ook niets te zeggen, tenzij we wilden doorgaan. Mij ontbrak alle moed. Rachel leek er ook geen trek in te hebben.

'Heb jij het koud?' vroeg ze. 'Ik zit hier te vernikkelen.'

Ik had het vrij warm, maar ik zag dat ze zat te rillen. 'Ga jij maar een kop koffie halen of zo. Ik wil er ook wel een.'

Ze keek opgelucht. 'Ja, zal ik dat doen? Misschien ook iets te eten.'

Terwijl ze wegliep, zei ik: 'Het komt allemaal goed.'

'Ik denk van niet,' zei ze.

Ik zat niet lang in mijn eentje, maar ik leek elk gevoel van tijd kwijt te zijn. Misschien zat ik al dagen in die kamer. De deur ging open en dokter Massingbird kwam binnen, op de voet gevolgd door een jonge verpleegster, die werd gevolgd door Martha, die haar handtas tegen zich aan klemde. De deur bleef openstaan tot de verpleegster behoedzaam achter Martha langs liep om hem dicht te doen.

'Wat is er gebeurd?' vroeg ik. Martha staarde naar de vloer.

Dokter Massingbird schraapte zijn keel. 'Je weet hoe ernstig de situatie was. Terwijl we hem zo stabiel probeerden te krijgen dat we hem konden opereren, stond zijn hart drie keer stil, waarschijnlijk door het bloedverlies.'

'En wat nu?' Mijn stem was gaan trillen.

Dokter Massingbird keek om naar Martha. 'Mrs. Hayman?' zei hij zachtjes. Ze waren allemaal nogal verlegen met de situatie. Opeens drong het tot me door. 'Hij is al dood, hè?'

Dokter Massingbird legde zijn hand op mijn schouder. 'We hebben ons best gedaan, maar het is niet gelukt. Het spijt me vreselijk.' Ik had bewondering voor hem. Voor iemand die dat waarschijnlijk een paar keer per dag moest zeggen, slaagde hij erin om de zinnen fris en nieuw te laten klinken.

Ik wenste dat ik al eerder met een sterfgeval te maken had gehad, want dan had ik geweten hoe ik me moest gedragen. Adam had er enige ervaring mee: zijn grootvader was tijdens een zondagse lunch gestikt in een gebakken aardappel. Zijn vader had de oude man mond-op-mondbeademing gegeven, maar desondanks was hij doodgegaan. 'Nou, ik denk dat jij ook wel dood had willen gaan als je vader zijn tong in je keel steekt,' zei Adam.

Adam had een theorie: het maakt niet uit wat je doet, je sterfdag staat al vast op het moment dat je wordt geboren. 'Dus als je grootvader geen gebakken aardappel in zijn luchtpijp had gekregen, was hij gestikt in iets anders, een stuk pastinaak of zo?' De manier waarop je doodging was niet voorbeschikt, zei Adam, alleen de dag. Als hij niet in een gebakken aardappel was gestikt, was zijn hoofd misschien wel gebarsten als hij op weg naar huis was gestruikeld en van het trappetje bij de voordeur was gevallen. Ik vroeg wat er gebeurde als je in het buitenland was, als je voorbeschikte dag door het tijdverschil een dag eerder of een dag later viel. 'Nee, nee,' zei Adam, 'je kunt het systeem op geen enkele manier te slim af zijn. Er is wel eens een storing en dan gaan mensen vóór hun tijd: zij worden de ondoden, die in een soort voorgeborchte zitten tot hun voorbeschikte dag aanbreekt. Dat kan wel twintig jaar duren.' Adam dacht niet dat zijn grootvader in die categorie viel.

Dus toen ik mijn blik van dokter Massingbird, de verpleegster en Martha afwendde en mijn hoofd tegen de muur liet leunen, huilde ik niet om Arthurs dood. Om dat te onderstrepen, zei ik zelfs tamelijk agressief tegen hen: 'Dit heeft niets te maken met het feit dat hij dood is.' Ik wilde gewoon niet dat Arthur in het voorgeborchte zat. Dat vond ik onverdraaglijk. Er moest een fout zijn gemaakt. Je gaat niet dood aan een gebroken been. Ik wist dat hij bij dat handjevol mensen moest horen – zo'n piepklein groepje, volgens Adam, dat ze voor de statistici een probleem vormden – dat voortijdig uit het leven was weggerukt.

Ik veegde mijn neus af aan mijn mouw. Dokter Massingbird en de verpleegster staarden me met grote, wezenloze ogen aan. Ik deed een halfslachtige poging om het uit te leggen: 'Het is gewoon niet het juiste moment voor hem,' zei ik.

Dokter Massingbird schudde zijn hoofd. 'Tja, het is nooit het juiste moment,' zei hij vriendelijk. 'Niet voor de mensen van wie we houden.' De verpleegster vertrok haar mond en maakte een vochtig geluid met haar lippen om haar eensgezindheid te betuigen.

'Jawel, het kan wel het juiste moment zijn,' zei ik. 'Daar gaat het nu net om. Het kan precies het juiste moment zijn.'

Ik zag bezorgdheid in dokter Massingbirds ogen. Hij wilde net iets zeggen toen Martha haar vuisten balde, haar hoofd in haar nek legde, haar mond opendeed en begon te loeien. 'Ooooo,' jammerde ze, 'kunnen we nu niet gewoon verdergaan?' Haar hoofd viel voorover in haar handen en ze hield het stevig vast, alsof ze probeerde te voorkomen dat het van haar schouders viel.

Ik wist niet zeker wat het woord 'verdergaan' in deze context betekende, de context van een man die op de ene verdieping van een ziekenhuis aan een gebroken been was overleden, en zijn weduwe en zoon, die op een andere verdieping met een verpleegster en een arts in een kamer stonden en probeerden te bevatten wat er was gebeurd en wat er nu verder ging gebeuren. Hoe dan ook, ik kreeg niet veel tijd om erover na te denken, want de deur ging open en de context veranderde: daar stond Rachel.

Ik weet niet precies meer wat er gebeurde op het moment dat Rachel begon te gillen, of er met piepers werd gepiept, of er alarmknoppen werden ingedrukt of dat het gewoon kwam door het enorme kabaal dat Rachel maakte, maar nu kwamen er ijverig mensen in actie, zowel in onze kamer als daarbuiten. Nog voordat de verpleegster naar buiten was gelopen en iets door de gang schreeuwde, kon ik al rennende voetstappen horen.

Wat je verder ook van Martha kon zeggen, ze wist hoe ze in een crisis moest handelen. Nog voordat dokter Massingbird Rachel kon vastpakken, had Martha een snoekduik gemaakt en lag ze boven op Rachel met haar armen en benen te maaien. Inmiddels zat Rachel op handen en knieën de vreselijkste geluiden te maken. Alhoewel, het kan ook zijn dat de geluiden van Martha afkomstig waren. Het was moeilijk te horen. Ik had me omgedraaid en mijn handen op mijn oren gelegd. Ik wilde me afsluiten voor de hele dag, niet alleen voor wat er nu gebeurde, maar ook voor alles wat eraan was voorafgegaan: alles, elke gebeurtenis.

De seconden moeten hebben doorgetikt, want toen ik mijn gezicht weer naar de kamer draaide, zag ik de verpleegster staan, en dokter Massingbird, samen met een andere man in een witte jas. Ik kon Rachel niet eens zien. Ze bogen zich over haar heen. Dokter Massingbird hield een injectiespuit vast en had haar kennelijk iets gegeven. Toen ze achteruit liepen, zag ik Martha met haar rug tegen de muur op de grond zitten. Ze streelde het haar van Rachel, die in foetushouding met haar hoofd op Martha's schoot zachtjes lag te jammeren. Ze leken wel een verwarde madonna en kind op een van die piëtaschilderijen die we met kunstgeschiedenis hadden behandeld.

Martha probeerde op te staan. Ze strekte haar arm uit, en ik liep naar haar toe om hen zo goed en zo kwaad als het ging overeind te helpen. Toen we eenmaal stonden, sloegen we onze armen om elkaar heen. Ik voelde Martha zachtjes trillen. Niemand zei iets. Ik was de eerste die de stilte verbrak: 'Wat moeten we nu doen?'

'Nou,' zei dokter Massingbird, die hoorbaar zijn longen leegblies, 'als je wilt, kun je je vader zien. Ze zijn nu waarschijnlijk met hem bezig en daarna baren ze hem op in de rouwkapel.' Hij wendde zich tot Martha. 'Mrs. Hayman?'

Ik was heel verbaasd dat een ziekenhuis deze service bood. Ik zou eerder denken dat het iets voor een begrafenisondernemer was. Hoe dan ook, ik nam mijn petje af voor dokter Massingbird: het was dapper dat hij weer over de dood begon terwijl dat gevoelsmatig nu wel het laatste onderwerp moest zijn waarover hij wilde praten. 'Misschien wilt u eerst wat tijd om samen tot rust te komen,' voegde hij eraan toe.

Martha kwam weer tot leven. 'Ik denk dat we al genoeg samen zijn geweest,' zei ze.

Rachel keek naar de grond en ik legde mijn hand op haar wang om haar hoofd een stukje op te tillen. 'Rachel? Vind je dat goed? Wil jij dat ook?'

Haar ogen waren gesloten. Ze schudde haar hoofd, niet om aan te geven dat ze het niet wilde, maar om te zeggen dat ze nu geen beslissingen kon nemen. Ik wist niet zeker of ik het wel wilde, maar ik had nog nooit eerder een dode gezien, dus het leek me dom om de kans niet te benutten. Ik wist trouwens ook zeker dat Adam er alles over zou willen weten.

Ik wendde me tot dokter Massingbird en zei: 'Dank u wel.' Iets beters kon ik niet bedenken. Hij stak zijn arm naar me uit en ik gaf hem een hand.

Daarna stak hij zijn hand uit naar Martha. Haar ogen liepen vol tranen en ze deed iets heel vreemds, zelfs voor haar doen: ze bracht zijn hand naar haar lippen en drukte er een kus op. 'Bedankt voor alles wat u hebt gedaan,' zei ze. Ik had een brokje in mijn keel. Het leek wel het einde van een tijdperk, zoals de laatste dag van de zomervakantie.

De verpleegster stond bij de uitgang en hield de deur voor ons open. Martha was de kamer al bijna uit toen ze zich opeens weer naar dokter Massingbird draaide en met haar vinger zwaaide. 'U moet uw familiegeschiedenis uitpluizen,' zei ze. 'Die Massingbirds uit Suffolk zijn veel interessanter dan u denkt.' Daarna liep ze met onzekere passen achter de verpleegster aan.

Ik neem aan dat de meeste mensen het ziekenhuis levend verlaten, dus ik vond het wel een voorrecht om dit gebouw van een kant te zien die slechts weinigen kunnen bekijken. Het bezoek aan de rouwkapel voelde alsof we in de schouwburg backstage mochten kijken. We maakten waarschijnlijk een verfomfaaide indruk, zoals we daar met ons drieën achter de verpleegster door de gang liepen. Ik stelde me zo voor dat we eruitzagen als overlevenden van een treinongeluk die in shock waren.

Uiteindelijk kwamen we in de lift die naar de begane grond ging, de lift die ik een paar decennia eerder die middag ook had genomen. De deuren gingen open en we kwamen in de hal. 'We zijn er bijna,' zei de verpleegster. 'Het is hier vlak achter de dubbele deuren.'

Terwijl we uit de hal wilden weglopen, zag ik Claude aan de andere kant zitten, op de plaats waar ik ook had gezeten, naast de ingang. Hij stond langzaam op en kwam door de hal naar ons toe. Rachel was zo versuft door het middel van de dokter dat ze hem nauwelijks leek te herkennen.

'Hij is dood, Claude,' zei ik. Ik wist niet hoe ik het anders moest aanpakken. Hij keek me ontzet aan. Ik had er niet bij stilgestaan dat de dood je erg in verlegenheid kan brengen. We bleven even zo staan, terwijl Claude naar woorden zocht. Zijn mond ging open, maar er kwam niets uit.

Maar toen hij eenmaal begon te praten, leek het wel of hij niet meer kon ophouden. 'Dit is een drama, o, het is echt niet te geloven. Ik had geen idee, ik dacht dat het een gebroken... Damian zal helemaal...'

Martha legde een vinger op haar lippen, om aan te geven dat ze wilde dat hij zweeg. 'Zorg jij maar voor Rachel,' zei ze, terwijl ze haar in Claudes armen duwde. Om zijn armen om haar heen te kunnen slaan, moest hij de zwarte tas in zijn handen op de grond zetten. Op de tas stond met witte letters: KCIF MODESTO – EEN GAVER GELUID.

'Claude,' zei ik, 'hoe kom je daaraan?'

'Wat?' vroeg hij.

'De tas, de zwarte tas.'

'O, die. Van een vrouw met wie ik zat te praten. Ze heeft gevraagd of ik hem in de gaten wilde houden terwijl zij iets te eten ging halen.'

Op dat moment kwam er een vrouw door de dubbele deuren. Ze

was klein en ontzettend dik. Het leek wel of ze een zwarte tent over haar lange broek droeg. Zodra ze ons in de gaten kreeg, stond ze stil en staarde ze bedachtzaam naar ons, als een wild dier dat in het bos ons pad kruiste. Haar ogen namen alles op en flitsten van mij naar Rachel naar Claude naar Martha en weer terug. Als ze een dier was geweest, zou ze ook nog in de lucht hebben gesnuffeld. Dit was bij biologie behandeld, maar ik had het nog nooit eerder in het echt gezien: neurotransmitters geven informatie door die vervolgens in de hersenen wordt verwerkt, zodat er – volgens mijn biologieboek – met de beschikbare aanwijzingen een hypothese kan worden gevormd.

Martha, Rachel en ik waren de beschikbare aanwijzingen, en de verwerking duurde niet lang: 'Hij is overleden, hè?' zei de vrouw. 'Hij is er niet meer.'

Martha's ogen waren groot van verbazing. Waarschijnlijk was ze compleet de kluts kwijt. Ik niet – ik had in de zwarte tas met de witte letters gekeken. Even dacht ik dat de vrouw ervandoor zou gaan, maar toen leek ze een stukje in te zakken, alsof er een bepaalde spanning uit haar gleed. Het bloed steeg naar haar gezicht, haar mond opende zich voor een langgerekte, zwijgende kreet en ze wiegde heen en weer, terwijl er tranen over haar rode wangen rolden.

Natuurlijk had ik wel eens mensen zien huilen, maar nooit op deze manier. Haar verdriet leek volkomen rauw en direct te zijn. Toen wij hadden gehuild, Martha, Rachel en ik, wist ik dat we eigenlijk om onszelf huilden, dat alles bedekt was met een laagje van onze eigen angst. Deze vrouw huilde als een kind, verdriet zo gericht en geconcentreerd dat het schokkend puur was. En net zoals je zou stilstaan om troost te bieden aan een onbekend kind dat in zijn eentje huilend op straat liep, spreidde Martha bijna automatisch haar armen, en de vrouw viel haar struikelend om de hals.

In het Engels rijmt de uitspraak van 'Arthur' op die van 'Martha'. Toen Rachel en ik kleiner waren, noemden we ze 'de Rijmpjes'. Dat was onze geheime naam geweest, erg nuttig om over hen te kunnen praten waar andere mensen – of zij zelf – bij waren zonder dat iemand wist wie we bedoelden. Nu we ouder waren, gebruikten we hem niet meer: er lag te veel tederheid in besloten om de juiste hoeveelheid ouderhaat op te roepen waaraan nijdige pubers behoefte hebben. Maar ik moest eraan denken toen we rond Arthurs lichaam stonden. Het zou de laatste keer zijn dat ik hem en Martha samen zag. Nu hij er niet meer was, had ze niemand meer met wie ze rijmde. We konden het woord moeilijk enkelvoud maken en haar 'het Rijmpje' noemen, en ik kon geen enkele andere geschikte naam bedenken die bij haar zou kunnen passen. Adam had een poging gewaagd om een raar Duits boek van Hermann Hesse te lezen, maar ze zou heus niemand ontmoeten die Siddartha heette, tenzij ze bij een oosterse sekte ging, en die kans leek me klein, al wist je het met Martha natuurlijk nooit.

Ik kan me niet voorstellen dat er regels zijn dat alleen de naaste familie het lichaam van de overledene mag zien, maar je zou je kunnen afvragen waarom we Laurie en Claude mee naar de rouwkapel hadden genomen. Als Rachel iets had kunnen zeggen, zou ze hebben geredeneerd dat Claude praktisch familie was, en wat Laurie betreft, tja, het zou wreed zijn geweest om haar buiten te sluiten nadat ze op Martha's schouder had staan huilen en sputterend haar verhaal had verteld.

Terwijl ze het vertelde, bedacht ik dat Arthurs dood net iets makkelijker te verteren zou zijn geweest als Laurie ons niet in verwarring had gebracht met dat vermeende gebroken been, maar goed, dit was natuurlijk wel het uitgelezen moment om vergevingsgezind te zijn. Op haar manier had ze haar uiterste best gedaan, en nu was er ten minste iemand die op de versleten linoleumvloer van het Royal Waterloo Hospital hete zoute tranen om Arthur Hayman plengde. Zonder Laurie hadden we eruitgezien als een groep zombies. Het was alsof ze onze officiële rouwklaagster was. Bij antropologie, het bijvak dat Adam en ik hadden gekozen omdat Mrs. Farrell, de lerares, geen onderbroek scheen te dragen, hadden we geleerd dat de aangewezen rouwklager in de oude Tahitiaanse cultuur met een wapen vol haaientanden door de nederzetting van de overledene paradeerde en ermee uithaalde naar iedereen die hem voor de voeten liep – niet eens zo'n slechte metafoor voor Laurie, zo bleek later.

Op het moment dat we de rouwkapel werden binnengeleid, was ik zo nerveus dat ik dacht dat ik moest overgeven, maar zodra ik Arthur zag, werd ik vreemd genoeg heel rustig. Hij lag op een soort sokkel, onder een deken die alleen zijn hoofd vrijliet. Onder de deken zag je de vorm van zijn lichaam. Ik vroeg me af of ik werkelijk de contouren van zijn benen zag, of dat ze zo verbrijzeld waren geweest dat ze opgerolde dekens op die plaats hadden gelegd om zijn lichaam een onbeschadigde aanblik te geven. Het rare was dat hij er zo normaal uitzag, op één ding na: hij was overduidelijk dood. Ik had niet de indruk dat hij ergens in het voorgeborchte zat. Zijn tijd was waarschijnlijk gekomen.

Het valt niet mee om te bedenken wat je onder deze omstandigheden hoort te doen. Rachel en Martha klampten zich bij zijn voeten aan elkaar vast. Claude stond bij zijn hoofd, en Laurie en ik stonden aan weerszijden van hem tegenover elkaar. Het middel dat Rachel van de dokter had gekregen, was bijna uitgewerkt, en haar ogen stonden vol tranen. Martha schudde haar hoofd. Laurie had een vreemde, verloren blik op haar gezicht. Het was doodstil in het vertrek. Het was alsof we dat spelletje speelden waarbij je af bent als je als eerste geluid maakt.

Martha was de eerste die brak. Ze maakte een raar gorgelend geluid in haar keel, dat een deel van de opgebouwde spanning in het vertrek leek te ontladen. Rachel barstte in tranen uit, waarbij ze piepte als een roestig scharnier. Claude maakte een ietwat wanhopige indruk, alsof hij wist dat hij in actie hoorde te komen, maar niet goed wist wat hij moest doen. Ik wenste dat ik helemaal alleen in de kapel kon zijn: ik voelde me belemmerd in mijn doen en laten. In mijn eentje zou ik mijn hand uitsteken om Arthur aan te raken, misschien om zijn hand vast te houden of de dunne plukjes haar van zijn voorhoofd te vegen, maar met de anderen erbij was ik dat niet van plan.

Na een poosje kruiste Martha's blik die van Claude, en ze gebaarde met haar hoofd naar de deur. Blij dat hij iets te doen had, liep hij erheen om hem open te maken. Martha duwde Rachel naar buiten en ik volgde hen met tegenzin naar de wachtkamer. Ik wist niet zeker of we in de rouwkapel wel hadden gedaan wat er van ons werd verwacht, maar we deden dit voor het eerst en er was niemand die ons instructies gaf. De deur ging achter ons dicht. We bleven even staan, omdat we niet wisten wat we nu moesten doen. 'Hoe moet het nu met... Hoe heet ze eigenlijk?' vroeg Martha, wijzend op de kapel waarin Laurie zich nog steeds bevond. Haar stem was schor.

'Laurie,' zei Claude.

'Hoe zou ze dat spellen?'

'Geen idee. Met "au"? Ik bedoel, je spreekt het wel uit als lorrie, maar zo zal ze het toch niet schrijven?'

'Ze heeft in elk geval het formaat van een lorrie,' zei Martha. 'Is dat geen rare naam voor een vrouw?'

Rachel liet opeens een hikkende snik horen en legde haar hoofd op Claudes schouder. Martha legde haar armen om hen heen, waardoor ze een cirkeltje vormden. 'De jongen...' begon Rachel, maar ze huilde zo hard dat ze verder niets meer kon zeggen. Bij de confrontatie met Rachels woordloze verdriet konden wij ons ook niet meer goed houden. Zelfs Claudes gezicht vertrok, en hij moest zijn kleine ronde brilletje afzetten om zijn tranen af te vegen. Rachel zoog een paar keer beverig haar longen vol, maar telkens wanneer ze haar mond opendeed om iets te zeggen, struikelde ze bij de laatste hindernis. Ze waagde nog een laatste poging: ze bewoog haar hoofd van links naar rechts, alsof ze kracht probeerde te verzamelen. 'De jongen uit *Onder moeders vleugels* heet Laurie,' fluisterde ze.

De tranen stroomden nu over Claudes gezicht. 'Is dat niet een van de zusjes?'

Rachel schudde haar hoofd. Ze zag eruit alsof haar hart zou breken. 'Nee, je hebt Amy en Meg en...'

Nu begrijp ik hoe Martha zich had gevoeld toen ze eerder die middag 'Kunnen we nu niet gewoon verdergaan?' had geschreeuwd. Hun snikken vermengden zich, en met hun armen nog om elkaar heen begonnen ze midden in de kamer heen en weer te wiegen. Ik draaide me om – ze zagen er belachelijk uit.

'Ik ga Laurie halen,' zei ik, maar ze konden me niet horen, of ze luisterden niet. Ik deed voorzichtig de deur van de kapel open. Even dacht ik dat ze verdwenen was, maar toen zag ik haar op haar knieën naast Arthurs sokkel zitten, met haar hoofd op zijn borst, vlak onder zijn kin, strelend over zijn wang. Ze ging er zo in op dat ze me niet zag. Uiteindelijk keek ze op. Ze huilde niet meer. 'Een geweldige man,' zei ze. 'Dat zag je meteen, je kon het gewoon voelen. De goedheid straalde van hem af.' Het was een grafschrift uit een wenskaart, maar het was beter dan niets.

Toen ik eenmaal had geaccepteerd dat Arthur dood was, stond ik eigenlijk nergens meer van te kijken, dus toen Laurie met ons mee naar huis scheen te gaan en op de achterbank van de stokoude Daimler van Claudes grootvader tussen Rachel en mij werd gepropt, leek dat vreemd genoeg heel gewoon.

Misschien dachten we allemaal dat een van de anderen haar had meegevraagd. Misschien waren we allemaal zo uitgeput dat het ons niet kon schelen. Afgezien van het gezoem van de motor en Martha's zachte gesnurk op de voorbank was het tijdens onze rit over de snelweg doodstil: niemand had iets gezegd sinds we in de auto waren gestapt. Ik dommelde voortdurend in en schrok dan weer wakker. Ik voelde enorme warmtegolven van Lauries lichaam af komen, en ze verspreidde een zoete, gistachtige geur. Het was de hele dag erg warm geweest, maar nu was het afgekoeld. Ik had het idee dat we naar de maan vlogen.

Opeens schraapte Laurie haar keel. 'Londen is een grote stad,' zei ze.

'We zijn niet in Londen,' zei ik enigszins verbaasd, want Londen lag al bijna een uur achter ons. We waren onderweg naar Dorset. Onze flat in Londen was piepklein, en we wilden trouwens allemaal naar Linton. Daar zou Arthur begraven worden. Bij een kop thee en iets te eten hadden we in de ziekenhuiskantine besproken hoe we daar zouden komen, maar ik kon me niet herinneren of Laurie er op dat moment bij had gezeten. Hoe dan ook, misschien was het haar dan ook wel ontgaan, want we werden vaak afgeleid – verpleegsters en artsen die af en aan liepen, mensen met vragen over de begrafenis en met formulieren die ondertekend moesten worden, en uiteindelijk, toen we weggingen, het allergriezeligste, iemand die Martha een kartonnen doosje gaf met Arthurs 'persoonlijke bezittingen', de spullen die hij in zijn zakken had gehad op het moment dat hij het ongeluk kreeg. Niemand kon het opbrengen om het open te maken. Uiteindelijk had Claude aangeboden om ons naar Linton te brengen – op voorwaarde dat Damian, die de auto die avond zou hebben, het ermee eens zou zijn. Aan de munttelefoon in de hoek van de kantine had hij een onderhandeling van vijf minuten gevoerd, die overduidelijk heel moeizaam was verlopen.

'We gaan naar het platteland,' zei ik tegen Laurie. 'Is dat goed?'

'Ja hoor.' Ze klonk heel kalm voor iemand die met een stel vreemden naar een onbekende bestemming rijdt.

'Daar wonen we het merendeel van de tijd.'

'O.'

'In Dorset. In het zuidwesten.'

'Het zuidwesten,' herhaalde ze. Toen zei ze opeens iets onverwachts: 'Waar Camelot ligt.' Ze zei het zo zachtjes dat ik niet wist of het een vraag of een mededeling was.

'Nou, niet echt,' zei ik. 'Volgens mij ligt Camelot nergens. Het verhaal is toch, eh, verzonnen?'

'Nee, het bestaat. Het bestaat echt. Ze hadden een ronde tafel. Misschien kunnen de mensen het gewoon niet vinden. Misschien staat het wel heel dicht bij jullie huis, zonder dat jullie het weten.'

'Ik denk het niet,' zei ik. Ik vertelde haar de geschiedenis van ons huis, dat Arthur daar was opgegroeid en dat ons gezin er na de dood van zijn vader was komen wonen. Toen Arthur, Martha en baby Rachel erin waren getrokken, hadden ze een jaar nodig gehad om het op te knappen. Omdat de bovenste verdiepingen onbewoonbaar waren, hadden ze in drie kamers op de begane grond gewoond. Dat was nauwelijks aanlokkelijker te noemen – Martha zei dat ze op een dag een rat in Rachels ledikantje hadden aangetroffen – maar daar groeiden tenminste geen paddenstoelen uit de muren, zoals boven. De enige verwarming kwam van kolenkachels, en Martha vertelde ons dat Rachels flesje melk in de koude winter van 1963 naast haar ledikant was bevroren.

Door de jaren heen had Martha veel onderzoek naar het huis gedaan, en ze dacht dat het op de plaats van een Romeinse nederzetting was gebouwd. Af en toe werden er scherven aardewerk in de tuin gevonden, maar we vonden nooit een spoor van de echte hoofdprijs: de Romeinse begraafplaats waarvan Martha bijna zeker wist dat hij in de buurt lag. Als kind verbeeldden we ons dat het net zoiets als Pompeji moest zijn, en dat we, ondanks de afwezigheid van een plaatselijke vulkaan, perfect geconserveerde lichamen zouden vinden, precies in dezelfde houding als op het moment dat ze door de lava waren overvallen.

Het huis was op zich niet bijzonder fraai, maar het had een mooie ligging, half verscholen aan de voet van een heuvel, dicht bij een bos van ruim honderd hectare dat door Arthur niet bepaald waarheidsgetrouw was omgetoverd tot het Donkerbos uit de *Hayseed*-boeken. Rachel en ik kenden het als onze broekzak, en wij vonden het een bos vol licht. Sterker nog, we brachten er het merendeel van onze tijd door. We waren liever in het bos dan in het huis, dat wij als kinderen nogal grimmig vonden. Ik ben niet van plan een complete architecturale beschrijving te geven. Dit is eigenlijk het enige wat je moet weten: het was groot, het was oud, het was aan alle kanten uitgebouwd, het was donker. Onze ouders sliepen aan de ene kant, en wij sliepen – sinds we niet meer bang waren in het donker – aan de andere kant. Om van onze kant naar die van hen te komen, moest je twee trappen af, een hal door en vier trappen op. Je kon ook via het dak aan de andere kant komen, maar dat hadden we al een poos niet meer gedaan. Hoe dan ook, het gaat erom dat we niet, zoals Martha tegen dokter Massingbird had gezegd, in een bungalow woonden.

Ik schoot bijna rechtop van schrik toen de auto de oprit op reed en de wielen op het grind knarsten. Tot dat moment had de reis wel een langgerekt, zacht gezoem geleken. Terwijl Claude naar de voorkant van het huis reed, gleden de koplampen heel even over de gevel, om vervolgens tot stilstand te komen in een stralenbundel die de tuin met licht overgoot. Hij zette de motor af, deed de lampen uit, en een paar tellen lang bleef het donker en stil.

'We zijn er,' zei hij zachtjes, waarna hij zijn portier opendeed. De auto vulde zich met de geur van pas gemaaid gras. Rachel kreunde. Waarschijnlijk was ze net wakker geworden. We stapten allemaal uit. Ik was stijf, mijn benen en rug deden pijn en ik was bijna niet in staat om me te bewegen. Ik voelde me als een van die Pompejanen die door de lava in een ongemakkelijke positie waren gevangen. Laurie stapte als laatste uit: ze moest zichzelf over de achterbank naar de deur manoeuvreren en het frame gebruiken om zichzelf voorzichtig naar buiten te helpen.

Rachel leek veel rustiger te zijn geworden. 'Ik kan nauwelijks geloven dat papa er niet is,' fluisterde ze verdrietig. Het was een volkomen normale opmerking, maar het was opvallend dat ze hem 'papa' had genoemd, want dat deed ze bijna nooit.

'Mooi, zeg,' zei Laurie opgewekt, een vreemde opmerking die in de lucht bleef hangen omdat het aardedonker was en je alleen maar een vaag silhouet van het huis kon zien, dat er eigenlijk vrij dreigend uitzag.

'Het is mooier als je het kunt zien,' zei Rachel bits.

Ik liep om het huis naar de zijdeur, waardoor we altijd naar binnen gingen, en maakte hem open. Terwijl ik in de hal stond, marcheerde iedereen naar binnen. 'Tijd voor een drankje. Wil jij iets voor ons inschenken, schat?' vroeg Martha vermoeid. Ze liep naar de zitkamer, en Laurie liep nerveus achter haar aan.

Rachel stond nog steeds bij de open deur, alsof ze niet wilde binnenkomen. 'Ik heb geen idee wat dat mens hier doet,' zei ze. 'Ik bedoel, waarom is ze met ons meegegaan?'

'Heeft Martha haar niet gevraagd?' vroeg ik fluisterend.

'Ik heb haar niets horen vragen.' Rachel ging niet zachter praten. 'Het is jouw schuld, Claude.'

Claude was woedend. 'Ze zat bij me toen ik in het ziekenhuis op jullie wachtte. Ik verveelde me.' Hij keek beschuldigend naar Rachel. 'Je was al heel lang weg. Ik wist niet wat er aan de hand was. Ik maakte een praatje met haar.'

'Drankje!' schreeuwde Martha vanuit de zitkamer. 'En een asbak.'

Ik liep naar de keuken en greep een fles wodka uit de kast. Toen ik weer in de hal kwam, probeerde Claude Rachel te kalmeren. 'Je kunt niet botweg zeggen dat ze moet vertrekken. Het is midden in de nacht.'

'Ze is Amerikaanse, ze heeft creditcards – die mensen zijn niet in staat om een stap te zetten zonder die dingen,' zei Rachel. 'Trouwens, waarom heeft ze je niet verteld dat ze na het ongeluk bij papa heeft gezeten?'

'Ze wist niet dat ik bij jou hoorde. Ze vroeg gewoon of ik op haar tas wilde letten terwijl zij chocola ging halen. Ze zei dat ze Laurie heette en dat ze bij iemand op bezoek ging.'

'Dan heeft ze dus gelogen!'

'Nou ja, in feite was ze wel bij iemand op bezoek. Op een bepaalde manier.'

'Hoe kun je nu op bezoek bij iemand die je niet kent? Je moet iets doen, Claude.'

'Je bent onredelijk.'

'Ik hoef niet redelijk te zijn. Mijn vader is net gestorven!' siste Rachel.

'Drankje!' schreeuwde Martha nog een keer. Claude keek hulpeloos naar mij. Ik haalde mijn schouders op en liep met de wodka naar de zitkamer.

Martha en Laurie zaten in de schemerig verlichte duisternis tegenover elkaar op de twee banken. Martha had een paar haarspelden verwijderd, en haar haren hingen los over haar schouders. Haar bril stond op het puntje van haar neus. Ik pakte een glas en een asbak uit de kast naast de deur en bracht ze naar haar toe. In haar hand had ze een sigaret, die op een vuurtje wachtte.

'Schenk je Laurie niets in?' vroeg ze kribbig.

Ik draaide me naar Laurie, die zachtjes met haar hoofd schudde, alsof haar gif werd aangeboden. 'Nee, dank je.'

Martha nam een lange trek van haar sigaret. 'Waar kom je vandaan? Wat is dat voor een accent?' vroeg ze met haar hoofd schuin.

Laurie kuchte. 'Het noorden van Californië. Een plaatsje dat Modesto heet.'

Martha blies een pluim rook uit. 'Modesto – wat een passende naam voor een stadje,' zei ze peinzend. 'Noord-Californië is erg interessant. Die oude Spaanse nederzettingen, hoe heten die? Zendingsposten? *Pueblos?*'

Laurie liet een vrolijk lachje horen, dat klonk alsof het van iemand anders afkomstig was. 'Bij ons,' zei ze, 'zijn er mensen die zeggen dat we in Modesto heel wat hebben om modest over te zijn.'

Er viel een stilte. Martha keek de andere kant op. Het gesprek had op een of andere manier een verkeerde wending gekregen en ze drukte haar sigaret uit. Opeens klonk er buiten gekakel, alsof er kippen aan het vechten waren. Rachel holde huilend langs de deuropening van de zitkamer, waarbij haar schoenen op de houten vloer klakten. Claude kwam binnen, met een blik alsof hij elk moment in tranen kon uitbarsten.

Martha gebaarde dat hij naast haar op de bank mocht plaatsnemen. 'Ga zitten.' Hij rilde. 'Heb je het koud?' vroeg Martha. Hij knikte.

Ik stond nog steeds bij de bank, en Martha zei: 'Schat, geef Claude die deken uit de onderste la van de kast.'

Dat ging me te ver. 'Waarom kan hij hem zelf niet pakken?'

Ze tikte zachtjes op Claudes knie. 'Omdat hij het zorgenkind des levens is, daarom.'

Ik liep met veel kabaal weg en trok de la bijna helemaal uit de kast. Ik graaide de deken eruit en gooide hem naar Claude. Schaapachtig ving hij hem op. Martha had niets in de gaten. Ze legde een hand op mijn arm en zei zachtjes: 'Ga jij maar even kijken hoe het met Rachel is. Zeg maar dat ik straks naar boven kom.'

Ik liep door de hal en nam de trappen naar de bovenste verdieping, waar onze slaapkamers zich bevonden. Het huis rook muf en onbewoond, alsof er al weken geen raam meer was opengezet. Rachels kamer lag tegenover de mijne, met een overloop ertussen. Ze had zich opgerold op haar bed. Ik bleef een paar tellen in de deuropening staan. 'Ik zal blij zijn als vandaag voorbij is,' zei ik.

'Waarom? Dan wordt het gewoon morgen. Dan is er toch niets veranderd?' Haar stem klonk gedempt, omdat ze in haar kussen praatte.

Ik ging op haar bed zitten en legde een hand op haar schouder.

'Ik ben woedend op Claude,' zei ze kwaad.

'Niet waar. Je bent gewoon woedend op alles en iedereen.'

Verbaasd draaide ze zich naar me om. Haar gezicht kreeg een zachtere uitdrukking en ze zei met tegenzin: 'Nou ja, hij heeft ons inderdaad hierheen gebracht.'

'Het is juist goed dat hij er is,' zei ik.

'Ja,' zei ze met een zacht, schuldbewust stemmetje.

'En Laurie ook.'

Ze keek me boos aan. 'Waarom?'

'Arthur lag aan de kant van de weg dood te gaan...'

'Dat wil ik niet horen!'

'...en zij was bij hem. Hij was niet alleen, zij zorgde voor hem. Ze kon... ik bedoel, dat hóefde ze natuurlijk niet te doen. Ze is hier op vakantie. Misschien was ze wel liever naar Madame Tussauds gegaan of zo.' Rachel was vijf jaar ouder dan ik; ik begreep niet waarom ik de volwassene moest zijn.

Rachel legde haar hoofd in haar handen en zei iets wat ik niet goed kon verstaan.

'Wat?'

Ze haalde haar handen weg. 'Daar had ik moeten zitten,' siste ze nijdig. 'Ik had er moeten zijn.' Ze keek even naar me op. 'Of jij, bedoel ik.'

Ik was niet beledigd. 'Nee, jij zou het beter hebben gedaan. Jij bent degene die de poot van Jamie heeft gespalkt.'

'Ach, Jamie,' zei ze somber. 'Die was ik helemaal vergeten.'

Ik stond op en deed het raam open. Er blies een vlaag frisse lucht naar binnen, en de gordijnen wapperden en ruisten alsof erachter iemand bewoog.

'Volgens mij is Mr. Toppit buiten,' zei ze. Vervolgens kreeg ze tegelijkertijd een lachbui en een huilbui. Ik ging weer op haar bed zitten, maar deze keer trok ik mijn benen op en kwam ik naast haar liggen. Ze liet haar hoofd op mijn borstkas rusten. 'Niet weggaan, hè?' zei ze.

Ik deed mijn ogen dicht. Ik moet een paar uur hebben geslapen.

Toen ik wakker werd, lag Rachel naast me te snurken. Ik had een stijve nek en mijn hele lichaam deed pijn. Ik trok het dekbed over Rachel heen, liep over de overloop naar mijn eigen kamer en kroop met mijn kleren aan in bed. Ik wist niet of Martha nog bij Rachel was geweest.

Ik had de gordijnen niet dichtgedaan, dus ik werd wakker zodra het licht werd. Het huis was grijs en stil. Arthur was dood. Gisteren had het nog niet zo definitief geleken. Vandaag wel. Terwijl ik naar beneden liep, hoorde ik dat Martha in de zitkamer een telefoongesprek voerde. Ik haalde een kom cornflakes uit de keuken en liep naar haar toe. Op het moment dat ik binnenkwam, schudde ze haar hoofd en legde ze een vinger op haar lippen. Ik liep achteruit de kamer uit. Ze mocht niet gestoord worden.

Ik bleef een poosje in mijn eentje in de keuken zitten. Algauw hoorde ik gekraak boven mijn hoofd. Laurie stond op, en ik hoorde dat ze van haar slaapkamer naar de badkamer liep, die boven de keuken lag. Er klonk een piepend geluid van een kraan die werd opengedraaid, en ik hoorde voeten schuifelen. Opeens klonk er een gesmoorde kreet. Haar voeten roffelden over de badkamervloer, en ik hoorde dat ze aan de deurklink rammelde en daarna op de deur bonsde.

Onder normale omstandigheden, als er geen familielid was overleden, hadden we een lijst met zaken waarvoor we iedereen waarschuwden die in ons huis verbleef: de tuintegels achter het huis die in de regen spekglad werden, de lage deurpost tussen de keuken en eetkamer waaraan iedereen zijn hoofd stootte, de losse traploper die al minstens één persoon rechtstreeks naar de eerste hulp had gestuurd, maar vooral de deur van de badkamer op de eerste verdieping, die nooit op slot mocht worden gedaan.

Toen ik boven kwam, stond ze nog steeds aan de klink te rammelen. 'Ik kan er niet uit,' jammerde ze. 'Er zit hier een of ander insect!' voegde ze eraan toe.

'Laurie? Het slot is kapot.' Ik praatte langzaam, alsof ze me beter begreep als ik duidelijk articuleerde. 'Het is niet de bedoeling dat je de sleutel gebruikt. Daar is iets mis mee.'

Ik ging op mijn knieën zitten om door het sleutelgat te praten. 'Wat je moet doen, is...'

'Hij vliegt rond!' schreeuwde ze.

'Als je hem niet bang maakt, doet hij niets.'

Het was net een van die films waarin een piloot een hartaanval krijgt en een stewardess de stuurknuppel moet overnemen om het vliegtuig met radio-instructies van de verkeerstoren aan de grond te zetten. Dat was ik: ik was de verkeerstoren.

'Laurie? Je moet tegen de deur aan leunen en dan heel hard duwen.' De klink rammelde weer. 'Niet de klink, die heeft er niets mee te maken. Het komt door de sleutel, door het slot. Duwen!' Ik hoorde Laurie kreunen. 'Duw tegen de deur en draai dan de sleutel om.'

'Hij wil niet!'

'Harder duwen.'

'Het lukt niet!'

Ik greep de klink en trok hem naar me toe. Ik hoorde dat Laurie de sleutel probeerde om te draaien. Er klonk een luide kreun aan de andere kant van de deur, gevolgd door een klikje, en vervolgens hoorde ik de sleutel draaien en het slot openschrapen. Ik duwde de deur open.

'Het spijt me vreselijk,' bracht ze hijgend uit, maar ik luisterde nauwelijks, omdat ik naar haar staarde. Ze was helemaal bedekt met handdoeken: een om haar onderlichaam, een om haar bovenlichaam, een om haar schouders, als een grote sjaal, en een over haar hoofd, als een sluier. Ze zag eruit als een Egyptische mummie die zich tot non had laten wijden.

Ik liep de badkamer in en zag het ding dat bij het raam rondjes vloog. Het was een van die kevers die er zo zwaar uitzien dat je niet snapt dat ze van de grond komen.

'Ik heb een ontzettende hekel aan insecten. Het spijt me,' zei ze huilerig vanuit de deuropening.

Het bad was bedekt met een zwarte sluier, en het duurde een paar tellen voordat het tot me doordrong dat Lauries kleren van de dag ervoor over een droogrek waren gedrapeerd. Ik liep erlangs en ging naar het raam. Waarschijnlijk was er iets mis met de radar van de kever, want hij vloog me bijna in het gezicht. Mijn hand schoot omhoog en schampte langs het beest, dat spiraalsgewijs naar de grond dwarrelde. Laurie hield haar adem in. Hij had hard en zwaar aangevoeld tegen de rug van mijn hand.

'Niet doodmaken!' zei ze.

Eigenlijk vond ik dat zij het recht op een mening had verspeeld. Ik graaide een tandenborstelglas van de wastafel, boog me voorover en zette het over de kever heen. Centimeter voor centimeter schoof Laurie naar me toe om hem te bekijken. Ze had de sluierhanddoek van haar hoofd gehaald, waardoor ik in elk geval haar gezicht kon zien.

'Hij is prachtig,' zei ze, terwijl ze zich over me heen boog. Het glas vergrootte en vervormde de kever. Zijn schild was donker en glanzend als mahoniehout. Hij bewoog zich niet, maar hij was niet dood: zijn antennes trilden. 'Bij ons heten deze beesten meikevers. Ze komen voor in de woestijn. Wat ga je nu doen?' vroeg ze.

Ik had niet gedacht dat het alleen míjn probleem zou zijn. 'Heb je een papiertje?' vroeg ik. 'Een kaart is nog beter.'

Ze keek naar haar lichaam, alsof ze dacht dat ik ervan uitging dat ze er een paar onder de handdoeken had verstopt.

'Nee – in je kamer,' zei ik.

'Ik heb geen bagage bij me,' zei ze in paniek.

Ik begon geïrriteerd te raken. 'Als het goed is, liggen er een paar pockets naast je bed. Haal er maar een, dan kunnen we de kaft er afscheuren.'

Ze leek te weifelen. Ik zei heel langzaam: 'Luister, ik schuif de kaft onder het glas. Dan kan ik het optillen zonder dat het beest ontsnapt en dan gooi ik hem uit het raam.'

Ze knikte. 'O, dat is een goed idee, ja.'

Terwijl ze de handdoeken goed vasthield, stoof ze over de overloop terug naar haar slaapkamer. Ze kwam terug en overhandigde me ademloos een boek.

Ik draaide het om en bekeek de voorkant. 'Niet dit boek, Laurie.' Het was de pocketeditie van *Gegroeide Gaarde*. Ik gaf het aan haar terug. 'Dit is een van mijn vaders boeken. Daar wil ik de kaft niet van afscheuren.'

Ze schaamde zich dood. 'O, het spijt me vreselijk, dat wist ik niet.'

'Haal maar een ander boek.'

Toen ze terugkwam, had ze een boek bij zich dat *Zeven soorten dubbelzinnigheid* heette. Dat moest een boek van Martha zijn. Het deed me genoegen om de kaft er met veel lawaai van af te scheuren. In haar andere hand droeg Laurie nog steeds Arthurs boek.

Ik schoof de kaft onder het glas en tilde het hele geval op. Laurie liep achter me aan naar het raam en maakte het open. Ik stak mijn arm zo ver mogelijk uit het raam en haalde het glas weg. De kever bleef op de kaft zitten. Uiteindelijk tikte ik hem eraf, en hij vloog weg. Hij had het zonder kleerscheuren overleefd.

Toen ik weer beneden kwam, stak Martha haar hoofd om de deur van de zitkamer. 'Wat was dat voor een kabaal?'

'Laurie had zichzelf opgesloten in de badkamer.'

'Ik hoop dat je hebt gezegd dat ze geen Tampax in de wc mag gooien,' zei ze, terwijl ze de deur dichtdeed. Dat was ook iets wat meestal op de lijst met waarschuwingen stond.

De vloerplanken kraakten weer: Laurie kwam naar beneden. Ik wachtte haar onder aan de trap op. Ze zette voorzichtige stapjes, alsof ze bang was dat ze zou struikelen, en ze trok bij elke traptrede een lelijk gezicht omdat het hout kraakte. Ze keek naar de schilderijen aan de muur en had *Gegroeide Gaarde* bij zich. 'Wat is alles hier oud,' zei ze. 'Uit welke tijd komt het?'

'O, het is al stokoud,' antwoordde ik vaag. Ik was niet zo gek op geschiedenis.

Eenmaal beneden zei ze: 'Het spijt me verschrikkelijk. De badkamer, bedoel ik.'

'Geeft niet, hoor,' zei ik. Er kwam een rare lucht van haar af, een soort natte-hondengeur. Ze had haar zwarte kleren van gisteren aan.

'Wil je iets eten?'

'Nee hoor. Nou ja, een kop koffie misschien. Je hoeft geen moeite te doen.' Ik ging haar voor naar de keuken, waar ze aan tafel ging zitten. Ze legde Arthurs boek met de voorkant naar boven naast zich.

We zaten in stilte aan de tafel, afgezien van de geluidjes die ze met haar mond maakte als ze koffie dronk. Ik zou het geen ongemakkelijke stilte willen noemen, maar op een of andere manier was ze geladen. Ik wedde stiekem met mezelf hoe lang het zou duren voordat ze over Arthurs boek begon. Ik was 'Haymanito hoort haar roepen' niet vergeten, en ook niet dat ze talloze keren zijn naam had gekrabbeld. Ze trommelde zachtjes met haar vingers op de kaft van het boek.

'Ik weet je achternaam niet eens,' zei ik.

'Clow.'

Ik probeerde hem uit. 'Laurie Clow.'

'Ja, rare naam.' Ze lachte.

'Waarom "Laurie"?'

'Dat was mijn vaders tweede voornaam – Laurence.'

Dat was een toelichting, geen reden. Er viel weer een stilte. Uiteindelijk zei ik: 'We zouden die sleutel uit het slot moeten halen. Iedereen vergist zich erin. Het punt is dat we hem volgens Martha kwijtraken als we hem eruit halen.'

Ze leek perplex te staan. 'Maar als hij kapot is, moet je hem toch weggooien?'

'Nou ja, het is een oude sleutel. Min of meer antiek.'

'Je kunt er een label aan hangen. Je weet wel, zo'n gekleurd dingetje.'

'Laurie, hoe kwam je aan het telefoonnummer?' vroeg ik zonder erbij na te denken. In het ziekenhuis had niemand eraan gedacht om dat te vragen, en ik had geen idee waarom het nu opeens bij me opkwam. Haar vingers hielden op met trommelen. 'Gisteren,' verduidelijkte ik. 'Je hebt Martha in de flat gebeld. Hoe wist je welk nummer je moest draaien?'

Ze keek me met heldere ogen aan. 'Dat heb ik natuurlijk van hem, je vader heeft het me verteld. Hij wist het hup, zomaar uit zijn hoofd.' Bij 'hup' knipte ze met haar vingers. 'Is dat niet fantastisch, als je zo zwaargewond bent? Nadat de ambulance hem had meegenomen, ben ik naar een telefooncel gegaan om te bellen.' Met een knikje voegde ze eraan toe: 'Ik werk in een ziekenhuis.'

Mijn maag maakte een raar sprongetje. 'Ik wist niet dat hij...' Ik maakte de zin niet af. Ik vond het moeilijk om dit te zeggen. '...nog leefde voordat hij doodging.' Terwijl ik de woorden uitsprak, hoorde ik zelf hoe mal ze klonken.

'O, hij was er vreselijk aan toe, maar hij heeft wel wat gezegd, ja,' onderbrak ze me. Er gleed een droevige glimlach over haar gezicht. Op dat moment deed ik iets wat ik helemaal niet wilde: ik barstte in tranen uit.

'Ach lieverd, ik dacht dat je het wist. Ik dacht dat ik het had gezegd...'

Eerlijk gezegd wist ik niet meer precies wat ze ons in het ziekenhuis had verteld, maar als ze had gezegd dat Arthur met haar had gepraat, dat hij aan de kant van de weg een soort gesprek met haar had gevoerd, had ik het nog wel geweten.

Ze stond op van haar stoel, liep naar mijn kant van de tafel en sloeg haar armen om me heen. Ze trok mijn gezicht tegen haar vochtige schouder. 'Niet piekeren. Hij had geen pijn. Ik hield alleen zijn hand vast, ik hield hem warm. Daarna kwamen de paramedici en die maakten hem vast aan een slangetje met iets tegen de pijn. Ze hebben heel goed voor hem gezorgd.' Ze liet me los.

'Wist hij hoe erg hij eraan toe was?'

'Ik denk het niet. Ik denk dat het lichaam dat min of meer compenseert.'

'Ben je verpleegster?'

'Nou, ik werk in een ziekenhuis.'

'Maar je dacht dat het een gebroken been was.'

'Ik hoor niet bij het medische personeel. Ik werk voor de radiozender van het ziekenhuis.' Ze wendde haar blik af. 'Het spijt me verschrikkelijk. Toen ik je moeder aan de telefoon kreeg, begon ik met de mededeling dat hij zijn been had gebroken, en tja, ik was van plan om te zeggen dat het méér was, maar de telefoon was stuk en de verbinding werd verbroken. Ik had geen kleingeld meer.'

'Wat zei hij dan precies?'

'Nou, hij bleef één woord herhalen. Ik dacht dat hij "mama" zei. Hij praatte heel zacht, het was moeilijk te verstaan. Toen noemde hij een telefoonnummer. Ik dacht dat hij wilde dat ik zijn moeder belde – dat vond ik wel een beetje raar. Ik schreef het op mijn hand. Kijk maar.'

Ze liet me de rug van haar hand zien, waarop het half weggewassen telefoonnummer van de flat was geschreven.

'Dus hij was wel helder?'

'O, zeker, hij vertelde me zijn naam, hij zei dat hij Arthur Hayman heette.' Ze knikte, alsof het feit dat hij zijn naam had genoemd boekdelen over zijn toestand sprak. Er viel een stilte: een voelbare schakeling naar een andere versnelling. 'Maar hij zei niet dat hij boeken schreef,' zei ze met een vrolijk lachje, wijzend op *Gegroeide Gaarde*. 'Wauw, dat is nogal wat, een schrijver.'

'Wat zei hij nog meer?'

'Hmm?' Ze keek nog steeds naar het boek.

'Hij moet nog iets meer hebben gezegd.'

'Wat bedoel je?'

'Hij heeft zijn naam gezegd en jou het telefoonnummer gegeven. Was dat alles?'

'Nou, het was moeilijk te verstaan, hij praatte erg zacht. Ze waren bezig om de weg op te breken. Er was nogal wat lawaai, snap je. Zeg, die boeken – waar gaan ze over?'

'Maar je hebt wel het telefoonnummer gehoord.'

'Ja. En zijn naam,' zei ze. Er klonk nu een scherp ondertoontje in haar stem door.

Ik eigende me haar lachje toe. 'Het klinkt als een oorlogsfilm – je weet wel, alleen zijn naam en nummer. Meer informatie is niet toegestaan. Net als in *The Great Escape*.'

Ze glimlachte. 'Dat was een fantastische film.'

'We hebben hem vorig jaar op school gezien.'

'Draaien ze bij jullie op school films?'

'Om de week, op zaterdagavond.'

'Ik ben dol op films. Welke heb je nog meer gezien?'

Ik wilde zeggen dat ik in het ziekenhuis in haar tas had gekeken. Ik wilde zeggen dat ik haar gedicht had gelezen. Ik wilde vragen hoe vaak ze zijn naam in haar aantekenboekje had geschreven. 'Hoe lang heb je bij hem gezeten?'

Ze hief haar blik naar het plafond en keek daarna de keuken rond. Ze likte over haar lippen. 'Eens even nadenken, ik weet het niet precies meer. Er gebeurde zoveel.'

Ik boog me over de tafel heen en pakte het boek. Haar ogen bleven het volgen. 'Er zijn vijf boeken,' zei ik. 'Ze heten De Hayseed Kronieken. Dit is het vierde deel.' Ik draaide het om en tikte achtereenvolgens met alle zijkanten op tafel, alsof ik een spel kaarten op een keurig stapeltje probeerde te krijgen.

'O ja?' Ze klonk alsof ze nauwelijks geïnteresseerd was, maar haar ogen waren samengeknepen en alert, als die van een dier. Ze stak haar hand uit naar het boek.

'Wil je nog koffie?' vroeg ik. Ik stond op en liep met het boek naar de andere kant van de keuken. 'De ketel is nog warm.'

'Graag.'

'Eh, hoeveel? Eén lepeltje?'

'Ja, niet te sterk.'

'Wil je er melk in?'

'Laat mij maar,' zei ze. Ze stond op en kwam naar me toe.

Ik liep langs haar heen naar de andere kant van de tafel en ging zitten. We waren nu van plaats gewisseld. 'De boeken vormen een serie. Eigenlijk moet je bij het eerste deel beginnen. Misschien hebben we nog wel een paar exemplaren over,' zei ik. 'Ik denk dat ik er wel een paar kan vinden. Als je wilt.'

Er viel een korte stilte. We sloten een deal. 'Het moet een minuut of vijf zijn geweest,' zei ze. 'In elk geval niet meer dan tien. Zo heet, die stoep.' Ze lachte. 'Het verkeer!'

'Het is altijd druk in Londen,' zei ik.

'Het verkeer in San Francisco, dat is nog eens iets bijzonders.'

'Het zou dus kunnen dat je tien minuten bij hem bent geweest?'

'Nou, misschien vijf. Het is moeilijk te zeggen.'

'En?'

'Hij had het over jou,' zei ze haastig. 'En Rachel. Hij zei dat hij geweldige kinderen had. Hij klonk alsof hij erg trots op jullie tweeën was. Hij had het ook over Martha – Mrs. Hayman.' Ze kwam terug naar de tafel en ging zitten. 'Je moet niet verdrietig zijn. Hij had geen pijn.' Ze stak haar arm uit en pakte het boek van me af.

'Maar hoe wist je dat hij het over Martha had? Je zei dat hij één woord bleef herhalen, en jij dacht dat het "mama" was. Je zei dat je dacht dat je zijn moeder belde toen de ambulance hem had meegenomen.'

'Inmiddels weet ik dat hij het over Martha had. Nu weet ik dat. Het was allemaal zo verwarrend.'

Ik wist dat ze loog, niet alleen over Martha, maar ook over ons. Zelfs als Arthur stervende was geweest, vond ik de woorden 'geweldige kinderen' en 'erg trots' uit zijn mond even onwaarschijnlijk als een weerbericht in het Sanskriet.

'Laurie, je kunt het me vertellen. Ik stort echt niet in. Ik ben al heel volwassen.'

Ze glimlachte naar me. 'Dat weet ik.' Maar daarna keek ze de andere kant op.

'Toe,' zei ik.

Ze leek een afweging te maken. 'Nou, één ding vond ik wel raar, maar begrijp me goed, ik had echt heel veel moeite om hem te verstaan.'

Ik klonk sussend. 'Dat weet ik, Laurie.'

'Nou, weet je, hij bleef maar zeggen – tenminste, dat dacht ik – "Stop het!" of "Stop het, mister, stop het!" Ik wist niet wat hij bedoelde. Ik dacht eerst dat hij misschien wilde dat de pijn zou ophouden, maar volgens mij was het dat niet. Het was heel raar omdat hij zo netjes praatte, zo... je weet wel, Engels, en het klonk als iets uit een gangsterfilm.'

Het duurde een paar tellen, maar toen glimlachte ik omdat ik het herkende. 'Wat?' zei ze. 'Wat?'

Ik wees op het boek in haar hand. 'Het komt uit de boeken,' zei ik. 'Hij zit in het boek.'

'Wie?'

'Het is heel lastig uit te leggen.'

'Luke, ik wil het weten.' Het was de eerste keer dat ze mijn naam uitsprak.

'In de boeken komt een bepaalde persoon voor, een man die Mr.

Toppit heet. Hij is onzichtbaar, maar wel steeds aanwezig. Pas helemaal aan het einde, in het laatste boek, kun je hem zien, maar iedereen heeft het over hem. Hij is een soort deus ex machina.' Ik wist niet helemaal zeker wat dat betekende, maar het had in een recensie gestaan.

Haar ogen waren klein en aandachtig. Ze concentreerde zich, ze liet het tot zich doordringen. 'Juist,' zei ze. 'Juist.'

'Luke moet altijd vreemde dingen voor hem doen, maar hij doet het nooit helemaal goed, dus Mr. Toppit is altijd boos op hem.'

'Luke?'

'Luke Hayseed. Hij is de hoofdpersoon.'

'Hayseed?'

'Daarom heten ze *De Hayseed Kronieken.*'

Ze bladerde nu door het boek. 'Op die tekeningen sta jij!' zei ze met een stralende glimlach. 'Ik snap het. Luke Hayman, Luke Hayseed.'

'Nou...'

'Ongelooflijk. Je staat echt in het boek!'

'Laurie, ze zijn niet echt, het zijn verzonnen verhalen. Er zit toverij in en zo.'

Ze schudde verwonderd haar hoofd. 'Heeft hij de tekeningen gemaakt?'

'Nee, Lila. Een vriendin van ons. Ze is Duitse.'

'O.' Ze vond het niet interessant om daar verder op in te gaan. 'Hoe heten de andere boeken?'

Ik deed net of ik haar niet hoorde. 'Hij had het dus over Mr. Toppit, maar wat zei hij nog meer?'

'Dit is een harde klap voor je, Luke. Ik heb mijn vader verloren toen ik klein was. Hij ging heen toen ik nog heel jong was.'

Haar vader boeide me niet zo. 'Wat nog meer?'

'De boeken moeten veel voor hem hebben betekend als hij er... je weet wel, op dát moment over begon.'

Opeens schreeuwde Martha vanuit de zitkamer: 'Luke! Schat! Kun je even hier komen?'

'Ik kom eraan,' gilde ik terug. 'Wat nog meer?' vroeg ik aan Laurie. 'Wat nog meer?'

Haar antwoord was zeer verrassend. 'Hij had het over wonen in het buitenland. Met jullie.'

'Wat?'

'Een paar jaar geleden wilden we daar op vakantie gaan.'

'Waar?'

'Het Midden-Oosten.'

'Luke!' schreeuwde Martha.

'Ik kom!'

'Marge, een vriendin van mij, wilde naar Petra – je weet wel, "roze stad, twee keer zo oud als de mensheid" of zoiets. Ik heb er foto's van gezien.'

'Waar heb je het over, Laurie?'

'Luke!' Ik hoorde het ongeduldige geschraap van Martha's stoel toen ze in het andere vertrek opstond.

'Het klonk een beetje als "Jordan",' zei Laurie. 'Volgens mij zei hij iets over wonen in Jordanië.'

Ik stond op, maar mijn maag bleef zitten. Ik hoorde Martha aankomen. 'Niets zeggen, Laurie. Alsjeblieft.'

Nu begreep ze er echt niets meer van, maar Martha kwam door de hal naar ons toe. 'Gewoon niets tegen Martha zeggen, oké? Alsjeblieft?'

Het volgende moment stond Martha in de deuropening. Ze leek verbaasd om Laurie te zien. 'Goedemorgen,' zei ze, en vervolgde tegen mij: 'Haal Rachel en Claude eens uit bed. Ze kunnen niet de hele ochtend blijven liggen. Die begrafenis regelt zichzelf niet. Heeft Luke goed voor je gezorgd?'

'Hij is heel aardig geweest, hij heeft koffie voor me gezet,' zei Laurie. Ze glimlachte naar Martha. 'Hij zei dat hij een paar exemplaren van uw mans boeken voor me zou zoeken, de *Hayseed*-boeken. Hij zei dat ik ze moest lezen.' Ze keek naar mij. 'Toch?'

'Nou, waarom haal je ze dan niet, schat?'

'O, ik wil ze dolgraag, echt waar,' zei Laurie. 'Laat het me maar weten als ik iets voor jou kan doen, Luke.' Haar blik hield de mijne vast.

'Oké,' zei ik uiteindelijk.

Er moet heel veel gedaan worden als er iemand doodgaat, veel meer dan je zou denken, maar het is allemaal behoorlijk saai. Martha zat het merendeel van de dag aan de telefoon. Er moesten mensen op de hoogte worden gebracht, mensen worden ontboden. Ze sprak met de plaatselijke krant over de necrologie, vervolgens met diverse mensen in Londen over de vraag wie de lijkrede zou houden, en met de begrafenisonderneming over de uitvaart zelf. Ze had in de zitkamer plaatsgenomen aan het bureau onder het raam, met haar sigaretten, aansteker en asbak onder handbereik, en een dienblad met een thermoskan koffie ernaast. Ze wist hoe ze in een crisis moest handelen.

Martha belde die dag heel veel mensen, en die hadden het duidelijk aan andere mensen verteld, dus de volgende dag stond de telefoon roodgloeiend. Arthurs dood had een paar nationale kranten gehaald – 'Kinderboekenschrijver slachtoffer van bizar verkeersongeluk' – en er waren ook een paar korte necrologieën, die de boodschap overbrachten aan mensen die Martha niet had gebeld. Ze was in een slecht humeur. Ze was niet blij met de laatste zin van een van de necrologieën. 'Hoe kunnen ze nu zeggen: "Hij wordt overleefd door zijn vrouw en twee kinderen"? Nu denkt iedereen dat we allemaal door die ellendige vrachtwagen zijn overreden en dat hij als enige is omgekomen.' Vervolgens ergerde ze zich aan het feit dat zijn carrière als kinderboekenschrijver meer aandacht kreeg dan zijn filmcarrière – het was altijd een twistpunt tussen hen geweest dat hij de filmwereld de rug had toegekeerd – en ze was laaiend dat de andere necrologie zijn naam op een ongunstige manier in verband bracht met die van Wally Carter: 'Zijn carrière als scriptschrijver en regisseur werd overschaduwd door die van zijn vriend en tijdgenoot Wally Carter, die als regisseur een Oscar won, maar op latere leeftijd vond hij zijn draai als populaire schrijver van een serie kinderboeken onder de titel...'

Ze smeet de krant op de grond. 'Wally Carter – die opgeblazen pad. Ik denk niet dat we iets van hem zullen horen,' zei ze zuur. 'Het is een wonder dat Graham tot zo'n aardige man is uitgegroeid. Wat een jeugd! De vrouwen! De drank! Wally was altijd vreselijk ordinair, hij bezat geen intellectuele discipline. Hij herkende zijn oude vriend Arthur Hayman niet eens toen hij ons uitnodigde voor de première van die belachelijke film over dat schip.' Het verhaal van die première hadden we al eerder gehoord, maar in de vorige versies had Martha's stem heel anders geklonken. Toen had de schuld bij Arthur gelegen: hij was nog maar zo'n schim van de man die hij ooit was geweest dat zelfs zijn oude vriend Wally Carter hem niet had herkend.

Later die dag arriveerde er een telegram uit Californië: DENK ALTIJD TERUG AAN DE GOEDE OUDE TIJD LIEVE MARTHA STOP HARTELIJKE GROET WALLY. Martha las het een paar keer voordat ze het verfrommelde en in de prullenbak gooide. Daarna liep ze naar haar kamer, deed de deur dicht en liet zich tot na het avondeten niet meer zien.

Pas op de tweede dag in Linton werd Lila's naam genoemd. Het was nog steeds erg warm, en na de lunch lagen Rachel, Claude en ik met het restant van de wijn op het gras. Laurie deed een dutje.

'Blijven jullie de hele dag buiten zitten?' schreeuwde Martha vanuit het huis. Haar hoofd verscheen bij het raam. 'Heeft iemand Lila gebeld?'

We keken elkaar aan. Sinds we thuis waren, had Martha aan één stuk door mensen gebeld of bij de telefoon gewacht tot hij weer overging, dus we namen aan dat het een retorische vraag was. 'Nou?' wilde ze weten. 'Ik kan niet alles in mijn eentje doen.'

'Ze is vast beledigd als iemand anders haar belt. Ik denk dat ze jou wil spreken,' zei Rachel.

'Wil jij haar bellen, schat?'

'Waarom kan Rachel het niet doen?' Er kwam geen antwoord, want we wisten allemaal waarom dat niet kon. Rachel had twee, drie pogingen gewaagd om mensen over Arthur te bellen, maar bij elk gesprek had ze nauwelijks iets gezegd of haar gezicht was vertrokken en ze was onverstaanbaar gaan jammeren. Iemand anders had de telefoon moeten overnemen om het gesprek af te maken.

'Het kan nooit lang duren voordat ze uit zichzelf naar ons toe komt,' zei Rachel. 'Of je kunt Laurie vragen of ze haar belt.'

'Hou daar onmiddellijk mee op, Rachel,' zei Martha. Ze deed het raam met een klap dicht.

De avond ervoor hadden Martha en Rachel ruzie gehad over Laurie. Laurie was in de ochtendjas die Martha haar had geleend naar beneden gekomen om te zeggen dat ze in bad wilde, maar dat het water niet zo warm was: deed ze misschien iets verkeerd? Rachel had haar wijnglas met een harde tik neergezet en gezegd: 'Je zult merken dat ons water anders is dan dat van jullie, Laurie. Het is van nature een stuk kouder. Dat vinden we hier prettig.'

Laurie had gebloosd, en een paar tellen lang had ze eruitgezien alsof ze in tranen kon uitbarsten. Martha keek woedend naar Rachel. 'Gebruik de badkamer van de kinderen aan de andere kant maar, Laurie,' zei ze. 'Daar is de boiler groter.'

Laurie knikte. Toen Claude zei dat hij haar wel de weg zou wijzen, stak Rachel haar tong naar hem uit. Laurie en hij waren nauwelijks de kamer uit of Rachel smeet de deur met een klap achter hen dicht. Meteen daarna begon het geschreeuw tussen haar en Martha.

Een uur later was Laurie nog niet terug, en ik werd weggestuurd om haar te zoeken. Ze was in haar kamer en zat rechtop in bed, met de dekens over haar heen. Ze zag er heel anders uit. Ik was gewend om haar met het allerbloempotterigste bloempotkapsel te zien, maar nu was haar voorhoofd vrij en waren haar natte haren zorgvuldig achterovergekamd. Haar huid zat strakker over haar gezicht. Ze zag eruit alsof ze wat was afgevallen.

'Wil je wat eten?'

Laurie schudde haar hoofd. Ik ging op de rand van het bed zitten. 'Trek je maar niets aan van Rachel,' zei ik. 'Ze is gewoon van streek. Ze bedoelde het niet zo.'

'Jullie zijn allemaal zo lief voor me,' zei ze. 'Jullie zijn allemaal zo aardig.' Ze glimlachte flauwtjes naar me, stak haar hand onder de dekens en pakte een van de *Hayseed*-boeken die ik haar die dag had gegeven. Ze stopte het in mijn hand. Ik wist niet goed wat ik ermee moest doen. Zonder het oogcontact met me te verbreken, haalde ze de andere vier boeken één voor één tevoorschijn, alsof ze een goochelaar was die een kaarttruc deed. Daarna omhelsde ze me. 'Bedankt,' zei ze. 'Bedankt voor de boeken.'

Ik was al bijna de deur uit toen ze begon te lachen. 'Luke?' zei ze.

'Ik bedenk net iets. Toen die meikever in de badkamer zat, had je hem ook bij zijn vleugels kunnen pakken en naar de tuin kunnen dragen, net zoals je dat met de bijen deed.'

'Laurie, ik ben niet het jongetje uit de boeken,' zei ik geduldig. 'En trouwens, dan had hij me misschien wel gebeten.' Dat vond ze ontzettend grappig. Toen ik de kamer verliet en de trap af liep, kon ik haar lach achter me horen parelen. Terwijl dat geluid wegstierf, zwol een ander geluid aan.

Op het moment dat ik de zitkamer in liep, schreeuwde Rachel vanaf de bank: 'Hoe is het mogelijk. Hoe is het mógelijk!' Aan weerszijden van haar probeerden Martha en Claude haar te kalmeren.

'Het is gewoon een vergissing,' zei Martha.

'Wees blij dat ze niets kwijt zijn. Dat zou veel erger zijn geweest,' zei Claude.

Rachel stak haar kin beschuldigend omhoog in mijn richting. 'Kijk nou eens wat het ziekenhuis heeft gedaan.' Haar vinger priemde naar de tafel voor de bank. 'Kijk! Kijk!'

Het doosje met Arthurs persoonlijke bezittingen, dat we in het ziekenhuis hadden gekregen, was opengemaakt. Ik zag zijn versleten zwarte portefeuille, zijn brillenkoker, wat kleingeld, zijn trouwring, zijn zegelring, een kaartje voor de metro, een notitieboekje en een paar pennen. 'Wat moet ik zien?'

Ze duwde tegen het doosje, dat verschoof en me zicht bood op iets glimmends.

'Een aansteker,' zei ik.

'Ze hebben zijn spullen verward met die van iemand anders!' kermde ze. 'Hoe kunnen ze nu zo slordig zijn?' Claude tikte zachtjes op haar rug, alsof ze zich had verslikt.

Ik pakte de aansteker, zo'n zware zilverkleurige Zippo, maar dan oud en versleten. Hij woog verrassend weinig. Met mijn duim tikte ik het dekseltje omhoog. Er zat niets in. Het aanstekermechanisme was verwijderd, de huls was leeg.

'Hij rookte niet eens,' zei ze.

'Vroeger wel, maar hij is gestopt.'

'Nou, nu is hij dood,' snauwde ze. 'We moeten een officiële aanklacht indienen. Het is ongelooflijk tactloos.'

'Ik wed dat de eigenaars van de aansteker nog veel bozer zijn dan jij,' zei ik.

'Precies. Daarom moeten we een klacht indienen.'

Ik draaide de aansteker om. Op de achterkant stonden de initialen 'RLC' en daaronder 'Los Alamos 1945'.

'Waar ga je naartoe?' vroeg Rachel.

'Nergens.' Maar toen ik in de hal was, schreeuwde ik terug: 'Ik stop hem in een enveloppe en stuur hem terug naar het ziekenhuis.'

'Wacht!' jammerde Rachel, maar ik was al halverwege de trap. Deze keer klopte ik niet, ik liep rechtstreeks Lauries kamer in. De boeken lagen nog steeds voor haar uitgespreid.

'De middelste naam van je vader was Laurence, zei je.'

'Klopt.'

'Wat was zijn voornaam?'

'Rudolph – nou ja, Rudy. Zo werd hij genoemd. Waarom vraag je dat?'

Ik was razend. Ik gooide de aansteker op het bed, waar hij met een plofje landde. Ze pakte hem in haar hand. 'Hij was van papa,' zei ze met een klein stemmetje. Haar ogen waren helder en glanzend. Met haar vingers streek ze over de gegraveerde letters. 'Tijdens de oorlog werkte hij in Los Alamos. Daar woonden we. Hij heeft meegeholpen om de atoombommen te maken die we op Japan hebben gegooid.'

Dat interesseerde me allemaal niet. 'Waarom ligt hij bij de spullen van Arthur?'

'Ik heb hem als klein meisje van mijn vader gekregen. Hij heeft het aanstekergedoe eruit gehaald, zodat ik me niet kon bezeren. Het is het enige wat ik van hem heb. Mijn talisman.'

Ik herhaalde: 'Waarom ligt hij bij de spullen van Arthur?'

'Vlak voordat ze hem in de ambulance schoven, heb ik het in de zak van zijn vest gestopt. Ik wilde dat hij iets van mij bij zich had. Ik dacht dat het hem geluk zou brengen.'

'Dat heeft dan niet geholpen, Laurie. Hij is toch doodgegaan.'

'Zeg dat nu niet, liefje.' Ze stak haar hand naar me uit, maar ik bleef naar haar staren. Ze begon te huilen. Ik was niet van plan om haar te troosten. Waarom zou ik?

Rachel had ruzie met Claude, die er steeds wanhopiger uit begon te zien. Martha legde hem nog steeds in de watten, maar hij wilde Rachel. Hoewel hij beleefd aan Martha had gevraagd of hij Damian mocht bellen, zei Rachel na het avondeten koeltjes tegen hem: 'Blijf niet te lang aan de telefoon. Er willen vast mensen bellen om over papa te praten. En trouwens, als je de hele tijd aan de telefoon zit, heeft het ook niet veel zin dat je blijft, vind je wel?' Er verschenen twee rode vlekjes op Claudes wangen terwijl hij naar de telefoon in de hal schuifelde.

Toen Laurie al drie dagen in dezelfde zwarte kleren had rondgelopen en Martha tegen Rachel zei dat het misschien een goed idee was als zij en Claude met Laurie naar de stad reden om nieuwe kleren te kopen, weigerde Rachel te gaan. 'Wat heeft dat voor zin?' zei ze. 'Dan negeert hij me alleen maar, en er is trouwens ook geen winkel voor reuzenmaten.' Martha zette haar koffiekopje met een klap neer en beende de kamer uit. 'Claude!' schreeuwde ze vanuit de hal. 'Waar is Laurie?' Er kwamen voetstappen van de trap, er werden orders uitgedeeld en Martha liep met Claude en Laurie naar buiten. Terwijl Rachels onheilspellende blik hen door het raam volgde, stapten ze in Claudes auto.

'Wat bezielt jou, Rachel?' vroeg ik.

'Doe toch niet zo volwassen. Jij bent al net zo erg als de rest,' zei ze huilend. 'Het lijkt wel of iedereen is vergeten dat papa dood is.' Ze noemde Arthur nog steeds 'papa'. Het was geen goed teken.

's Middags ging Claude een eindje met Laurie wandelen. Ze droeg een van haar nieuwe outfits, een zwarte lange broek en een wijde witte bloes waarop grote rode rozen waren geprint. 'Ze ziet er belachelijk uit,' zei Rachel, maar toen ze tegen het donker nog niet terug waren, werd ze onrustig. Ze probeerde te lezen, maar om de paar minuten stond ze op om uit het raam te turen. 'Waar blijven ze toch?' vroeg ze. Uiteindelijk, toen het zo donker was dat we de lampen in de zitkamer moesten aandoen, zei ze: 'Denk je dat er iets is gebeurd? Wil je me helpen om ze te zoeken?'

We waren nog niet buiten of we zagen hen aan de andere kant van het veld aankomen. Ze liepen langzaam in de richting van het huis, en hun lach dreef door de avondlucht. Toen ze dichterbij kwamen, zag ik dat ze gearmd liepen. Claude klom als eerste over het grote boerenhek dat het veld van onze tuin scheidde, en hielp Laurie terwijl zij zich over het hek manoeuvreerde. Ze slaakte een gilletje op het moment dat ze op de grond sprong en een schoen verloor. Ze hield zich aan Claudes arm vast om haar evenwicht te bewaren en tilde haar been op om hem weer aan te trekken. Blijkbaar lukte het niet, want uiteindelijk trok ze haar andere schoen uit en kwam ze op haar blote voeten over het gras naar ons toe.

Rachel bleef doodstil naast me staan. Tegen de tijd dat ze bij ons kwamen, lachte Laurie nog steeds. Ze sloeg zachtjes op Claudes schouder. 'Wat heb jij toch een geweldige vriend,' zei ze tegen Rachel. 'Hij is zo lief.' Het was te donker om de blik op Rachels gezicht te zien, maar op overdreven opgewekte toon zei ze: 'Jullie kunnen wel een drankje gebruiken. Kom mee. Het is bijna tijd voor het avondeten. Martha heeft zich vreselijk uitgesloofd, en je weet hoe chagrijnig ze daarvan wordt.'

Rachel had gelijk: nu was het Martha's beurt om humeurig te zijn. Nadat Claude een fles wijn had opengemaakt, wachtten we in de zitkamer op het avondeten. Laurie wilde van alles weten over Arthurs boeken. Ze had de gewoonte ontwikkeld om de vijf pockets in haar tas mee te nemen, dus ze had ze voortdurend bij zich. Martha liep in en uit, ging zitten, stak een sigaret op, drukte hem uit en stond op om iets in de keuken te controleren. Het was een zeer opvallende, overdreven nadrukkelijke demonstratie van huishoudelijke ijver, aangezien we koude kip en aardappelsalade aten, die grotendeels waren klaargemaakt door Doreen, onze werkster, die de schalen die ochtend onder vershoudfolie in de koelkast had gezet.

Niets was goed. 'Waarom drinken jullie wijn uit tandenborstelglazen?' vroeg Martha.

'Het zijn tumblers, hoor,' zei Rachel.

'Nou, we hebben wijnglazen. Misschien drinkt Laurie haar wijn daar liever uit.'

'Nee, het is goed zo,' zei Laurie.

'En ik wil dat je verder van de goede wijn afblijft,' zei ze tegen Rachel. 'Die heb ik nodig voor vrijdag.' Vrijdag was de begrafenis. 'Zijn er plekjes in het Donkerbos die je hier in het bos kunt vinden? Bestaande plekjes, bedoel ik?' vroeg Laurie.

'Morgen heb je hoofdpijn, Rachel,' zei Martha. 'We moeten morgen heel veel doen.'

Rachel deed net of ze haar niet hoorde. 'Nou, Luke kan de schuilplaats van Mr. Toppit natuurlijk nooit vinden, daar draait het allemaal om, maar ik heb altijd gedacht dat het achter dat stukje op de heuveltop moet liggen, waar het brede pad zich in tweeën splitst...'

'Claude, laat die as niet op het kleed vallen. Doreen heeft vanochtend nog gestofzuigd.' Martha stond op en zette een asbak voor hem neer, naast de asbak die al op de tafel stond. Daarna ging ze weer zitten. 'Als we nu niet gaan eten, komt het er nooit meer van,' zei ze.

Toch stond het eten nog maar net op tafel toen ze haar sigaretten, aansteker en asbak oppakte, haar bord onaangeroerd liet staan en de eetkamer uit liep. 'Ik moet Terry Tringham bellen,' zei ze. 'Hij spreekt op de begrafenis de lijkrede uit.' De deur viel met een klap achter haar dicht.

'Ik denk dat ze erg veel verdriet heeft,' zei Laurie na Martha's vertrek. Ze had Arthurs boeken mee naar de eetkamer genomen en legde ze nu op een keurig stapeltje naast haar bord.

'Maak nog eens wat wijn open,' zei Rachel tegen Claude. Ze voegde er vals aan toe: 'Wees maar niet bang, ik zal het niet tegen Martha zeggen. Help jij hem maar, Luke, anders maakt hij er een puinhoop van.'

'Rood of wit?' vroeg Claude, toen hij terugkwam uit de keuken.

'Sst,' zei Rachel. 'Laurie vertelt ons een verhaal.'

Op de middelbare school had Laurie, vijftien jaar oud en het minst populaire meisje van de klas, auditie gedaan voor het toneelstuk dat vlak voor de zomervakantie werd opgevoerd. Dat jaar was dat *Oklahoma!* Tijdens de auditie zong ze 'I Cain't Say No' en tot ieders verbazing kreeg ze de rol van Ado Annie. Zodra ze ons verlegen een stukje uit het liedje liet horen, begreep ik waarom: ze had een fantastische stem. Het probleem was dat ze het vreselijk vond om op het toneel te staan als ze niet zong; ze voelde zich log en onhandig, ze kon niet dansen en iedereen was vreselijk onaardig tegen haar, vooral Rick, de jongen die de hoofdrol speelde en op wie alle meisjes verliefd waren, ook zij. Hij had prachtige blonde krullen, waarvan een paar van zijn ex-vriendinnetjes lokjes hadden bewaard. Iedereen probeerde zijn haar aan te raken. Hij had meer tijd nodig om zijn haar en make-up te laten doen dan alle andere acteurs in het stuk.

Toen Laurie tijdens de repetitie van een dansnummer uit haar op maat gemaakte gingang jurk scheurde, werd ze gedegradeerd tot het achtergrondkoor en vervangen door Ricks vriendinnetje Jerrilee, die op miraculeuze wijze de tekst van Ado Annie al volledig uit het hoofd bleek te kennen. Rick was inmiddels Lauries baas bij de radio en was met Jerrilee getrouwd, maar hij was bijna al zijn haar kwijt. 'Hij heeft een pruik zo groot als een elandenvacht – maar die draagt hij niet altijd,' vertelde Laurie giechelend.

Rachel huilde bijna van het lachen. 'Elandenvacht,' bleef ze schreeuwen. 'Elandenvacht!'

Claude zei: 'Rach, vertel haar ook eens over onze schooluitvoering van *Guys and Dolls*.'

Rachel veegde haar ogen af met een papieren servetje en maakte een wegwuivend gebaar. 'Ach, dat wil ze helemaal niet horen. En trouwens, jij zat de hele tijd te zwijmelen van die jongen die hoeheet-ie speelde – Nathan.' Ze stond op, ging op de stoel naast Laurie zitten en sloeg een arm om haar heen. 'Weet je wat,' zei ze, 'morgen neem ik je mee naar het bos voor een echte rondleiding. Ik zal je een paar plekken uit de boeken laten zien.'

Lauries gezicht begon te stralen. 'O, dat lijkt me heerlijk. Maar ik moet morgenochtend naar de stad. Ik wil iets speciaals voor Martha doen.'

'Nou, we kunnen ook rond lunchtijd gaan. We kunnen een picknick meenemen. Dat lijkt me hartstikke leuk,' zei Claude.

'Er mogen alleen meisjes mee,' zei Rachel.

Het 'iets speciaals' dat Laurie voor Martha wilde doen, was dat ze de hapjes voor na de begrafenis wilde klaarmaken. Toen ik de volgende ochtend opstond, hadden Martha en zij het er in de keuken over. 'Ik dacht aan chimichanga's,' zei Laurie. 'Tortilla's, nacho's misschien, heel veel dipsausjes, in elk geval guacamole, gezouten amandelen – mijn moeders recept – en misschien wat gebakken bonen.'

'Gadver,' zei ik.

'Nee, ik weet zeker dat je ze lekker vindt. Ze smaken heerlijk.'

'Maar Laurie,' zei Martha, 'zelfs als ze na de begrafenis niet allemaal mee naar huis komen, gaat het om vijftig of zestig mensen. Je hoeft dit echt niet te doen. Doreen helpt me wel. We kunnen ze heel veel drank geven en iets eenvoudigs serveren, zoals sandwiches.'

Laurie liep naar Martha toe om haar te omhelzen. 'Jullie zijn allemaal zo aardig voor me. Ik doe het graag.'

'Denk je dat Arthur van Mexicaans eten hield?' vroeg ik na Lauries vertrek bedenkelijk aan Martha. Ze wuifde mijn bezwaar weg. 'De beste gerechten zijn de gerechten die door anderen worden klaargemaakt.'

Als het zover was, hadden we in elk geval één persoon minder op de begrafenis: Claude was weggegaan. Toen ik zag dat zijn auto niet meer voor het huis stond, nam ik aan dat hij naar de stad was gereden. Rachel was nergens te zien. Uiteindelijk vond ik haar in de tuin, op de schommel die Arthur voor ons had gemaakt toen we klein waren. Dit was de plaats waar ik vroeger de bijen naartoe had gebracht.

Ze had gehuild. 'Waar is Claude?' vroeg ik.

'Hij is weg. Damian had de auto nodig.'

'Maar de auto is van Claude.'

Ze sprong van de schommel. 'O, Luke,' bitste ze, 'hij is niet degene die zijn vader heeft verloren. Hij heeft ook nog een eigen leven. Hij kan hier niet blijven rondhangen om ons op te vrolijken.' Met grote passen liep ze terug naar het huis.

De boswandeling met Laurie werd afgeblazen. Rachel bleef in haar kamer: ze had hoofdpijn. Tussen de middag bracht Laurie haar een dienblad met eten, maar toen ze het later weer ging halen, was de maaltijd onaangeroerd. 'Arm poppetje,' zei ze, terwijl ze de schalen afwaste. 'Ze zal wel ongesteld zijn.'

Rachel had zich vergist toen ze zei dat Lila wel snel op de stoep zou staan. Het was ongelooflijk dat Arthur al vier dagen dood was en dat we nog niets van haar hadden gehoord. Toen we die middag het grind hoorden knarsen, en ik door het raam een taxi zag naderen, wist ik dat er een einde was gekomen aan de dagen waarin het ons meezat.

Martha sloot haar ogen. 'Iemand heeft haar gebeld, hè?' Haar stem klonk onheilszwanger. 'Schat?'

'Ik weet van niets,' zei ik.

'Misschien heeft Rachel het gedaan.'

Er werd aangebeld. 'Ik denk het niet,' zei ik.

'Zal ik opendoen?' riep Laurie vanuit de keuken.

'Nee, dat doen wij wel,' schreeuwde Martha terug. 'Zorg alsjeblieft dat ze geen Duits spreekt. Ik kan alles verdragen, maar dat niet.'

Lila was tekenlerares, maar ze gaf ook privélessen Duits, en zo had Martha haar leren kennen. Martha had haar favoriete boek, *Buddenbrooks*, in de originele versie willen lezen. Lila had een speciale techniek om Duits te doceren, die ze 'levende conversatie' noemde. Ze zei dat haar methode gesprekken natuurlijker maakte, en een verder voordeel was dat bepaalde aspecten van het leven in Duitsland nader werden belicht. Voor elke leerling bedacht ze een aantal Duitse personages, die speciaal op hun interesses waren toegespitst en die tijdens de lessen konden worden besproken alsof het een gezellig babbeltje over wederzijdse vrienden betrof. Voor een eindexamenleerlinge die dol op paarden was, had ze een soort Duitse *National Velvet* bedacht, die veel tijd aan springconcoursen in Potsdam besteedde. Voor Martha toverde ze een negentiende-eeuwse familie uit de gegoede burgerstand tevoorschijn, de Untermeyers uit Lübeck. Tijdens de lessen praatten ze over oom Heinrich, die een rederij had, en wiens stamboom tot in het oneindige kon worden uitgebreid met familieleden die hun dagen vulden met theebezoekjes aan elkaar en het organiseren van soirees met kamermuziek. Hoewel er lang geleden al een punt achter de lessen was gezet omdat Martha er genoeg van had, hield Lila minutieus de schijn op dat ze nog altijd voortduurden.

Ze stond voor de deur, leunend op haar stok. In haar ene hand had ze een grote tas en in de andere een bos bloemen. Ze droeg een hoed. Terwijl we naar haar toe kwamen, zette ze een tragische glimlach op en stak ze haar handen naar Martha uit. *'Gnädige Frau,'* begon ze, *'ich muss Ihnen sagen, wie erschüttert ich bin.'* Met een jammerkreet stortte ze zich agressief in Martha's armen. 'O, lieverd, je had het me moeten vertellen, je had me moeten bellen. Ik zat te wachten.'

Martha en ik namen haar mee naar de zitkamer. Ze zette haar hoed af, en zoals altijd droeg ze een haarnet met gekleurde kraaltjes. Als kleine kinderen dachten we dat iemand ijsspikkels op haar hoofd had gestrooid. Martha liet haar plaatsnemen op de bank. Er moest een glas cognac worden geregeld. Uit haar grote tas – groot, omdat ze bij een bezoek aan vrienden altijd een nachtjapon en schone kleren meenam voor het geval ze werd gevraagd om te blijven logeren, plus een assortiment handgemaakte cadeautjes om hen te bedanken als ze inderdaad werd uitgenodigd – haalde Lila een zakdoek, waar ze huilend in snotterde. Ze keek boos naar Martha. 'Lieverd, ik ben slechts een taxirit van je verwijderd. Dat weet je.'

'O, Lila,' mompelde Martha.

'Wat jij hebt moeten doorstaan...'

'Tja...'

'Ik vind het onverdraaglijk. Toen ik het hoorde, toen ik het in de krant zag staan, zei ik tegen de school dat ze mijn les portrettekenen van dinsdag moesten afzeggen. Daarna belden mensen me natuurlijk op om te vragen of ik het had gehoord. Ik zei uiteraard ja, maar ik wist het alleen maar uit de krant, niet van jou. Ik schaamde me dood.'

Martha draaide er niet omheen. 'Het spijt me vreselijk, Lila. We gingen ervan uit dat je ons zou bellen. Er is zoveel gebeurd.'

'Lieverd, ik wilde me niet opdringen. Ik heb Graham Carter gebeld om te informeren of ze herdrukken uitbrengen, omdat de boeken zo vaak in de necrologieën worden genoemd. Hij heeft nog niet de beleefdheid gehad om op mijn telefoontje te reageren. Telefoontjes, moet ik zeggen. Met een s.'

Als Graham bij ons kwam logeren, moest Lila op afstand worden gehouden: ze had allerlei suggesties voor het verbeteren van de bestaande edities van de boeken. Ze vond het gebruikte papier te dun en was van mening dat de illustraties op dikker papier beter zouden uitkomen, ze vond september, januari en juni geen goede maanden om boeken uit te brengen, ze vond dat er meer reclame moest worden gemaakt, en ze vond het een schandaal dat de boeken niet door een Amerikaanse uitgeverij waren uitgebracht. Ooit was ze voor de januari-uitverkoop naar Londen gereisd en had ze Graham overgehaald om met haar te gaan lunchen. Sindsdien nam hij haar telefoontjes liever niet meer aan, en liet hij haar meestal over aan de receptioniste, Stephanie.

'Ik weet zeker dat hij morgen op de begrafenis komt,' suste Martha.

'Goddank – goddank! – waren we al klaar met het laatste boek. O, als het pas half af was geweest...' Ik heb eigenlijk nooit geweten of Arthur haar als illustratrice voor zijn boeken had gevraagd of dat ze hem gewoon geen keuze had gelaten, maar zodra ze eraan was begonnen, was het duidelijk dat ze – in elk geval in haar eigen ogen – onlosmakelijk verbonden was met hun creatie. 'Maar nu, hoe moet het nu verder? Mr. Toppit is nog maar net uit het Donkerbos gekomen. O, arme Arthur. Wat jullie allemaal hebben moeten doorstaan, onvoorstelbaar. Ik had me heel nuttig kunnen maken. Kijk!'

Ze dook in haar tas en kwam boven met een stapeltje plastic mappen. 'Ik heb ze in drievoud gekopieerd,' zei ze, terwijl ze ze bruusk naar Martha en mij toe schoof. In de mappen zaten vellen karton waarop kopietjes van allerlei krantenartikelen over Arthurs dood waren geplakt. Elk stapeltje was voorzien van een sticker met een eigen kleur. 'Groen is voor jou, Martha, je lievelingskleur. Blauw is voor het Grote Hayseed Boek en rood is een extra exemplaar. Hebben we er nog meer nodig?' Rachel en ik noemden het het GHB. In die tijd was het helemaal niet groot: een leren album, slechts halfvol, met de recensies en de diverse advertenties die de uitgevers hadden geplaatst. Pas later vloeide het uit tot vele dikke banden en werd het uitknippen een dagtaak voor Lila.

'Je had me moeten bellen,' zei ze. Het was nog net geen schreeuw, maar daar begon het wel op te lijken.

'Rachel was niet in orde,' zei Martha.

'Nee, natuurlijk niet. Ze is een adolescente. Ik zie op school de hele dag adolescente meisjes,' snauwde Lila. 'En die arme Luke – nu de kleine man in huis.' Ze bekeek me met een medelijdende blik. 'Ik had je kunnen helpen, Martha, ik had je kunnen helpen. Je hoefde het alleen maar te vragen.'

Martha keek wanhopig. 'We wilden gewoon alleen zijn, hè schat? Het leek ons het beste om onder elkaar te zijn.'

Precies op dat moment klonken er een klap en een kreetje van pijn uit de keuken. Laurie klepperde door de hal en verscheen zuigend op de zijkant van haar hand in de deuropening. 'Jullie ovens zijn zo heet dat ik mijn hand heb gebrand,' zei ze. 'Verwacht maar niet te veel van mijn gezouten amandelen.'

Lila draaide langzaam haar hoofd om te zien wie dat zei, en keek daarna vragend naar Martha.

'Dit is Laurie Clow,' zei Martha.

Laurie kwam voor de bank staan en gaf Lila een hand.

Het bleef even stil. Lila zei: 'Wíe zeg je?'

'Ik ben Laurie.'

'Laurie komt uit Amerika,' zei ik behulpzaam.

'Logeer je hier?'

'Ja. Iedereen is zo aardig voor me,' zei Laurie.

'Help je hier in huis? In de keuken?'

'Ik maak Mexicaanse hapjes voor na de begrafenis.'

'Mexicaans?'

'Nou ja, zeg maar Tex-Mex.'

Lila wendde zich tot Martha. 'Ik begrijp het niet,' zei ze.

Martha schraapte haar keel. 'Laurie was bij Arthur op het moment dat hij het ongeluk kreeg.'

Geschokt sloeg Lila haar hand voor haar mond. 'Ben je een vriendin van Arthur?'

Martha legde een hand op Lila's arm en zei: 'Laurie was net in Londen aangekomen. Ze liep op straat toen het ongeluk gebeurde.'

Lila keek opgelucht. 'Dus je bent geen vriendin van de familie?'

'Ze zijn allemaal zo aardig,' zei Laurie nog een keer.

'Maar je logeert hier wel?'

Martha had er genoeg van. 'Lila, Laurie is zo vriendelijk geweest om ons de afgelopen dagen te helpen. We zijn haar heel dankbaar.'

Er gleed een glimlach over Lauries gezicht. 'O, dus jij bent Lila,' zei ze. 'Ik ben dol op je tekeningetjes. Ze geven de boeken van Mr. Hayman echt iets pittigs.' Lila's mond viel open, maar voordat ze iets kon zeggen, ging Laurie naast haar op de bank zitten. 'O, en ik vind je kapsel ook enig,' zei ze. Ze raakte het haarnet aan. 'Wat een mooie kraaltjes.'

Lila reageerde zo extreem dat het wel leek of er een vleermuis in haar haren verstrikt was geraakt. Ze slaakte een gilletje, sprong op en schudde wild met haar hoofd. Snel trok Laurie haar hand terug. Lila hief haar hand juist op, alsof ze een onzichtbare barrière tussen haarzelf en Laurie opwierp. 'Het spijt me,' zei ze met trillende stem. 'Ik ben heel gevoelig.'

Er viel een stilte. De drie vrouwen, Martha, Lila en Laurie, staarden op de bank voor zich uit alsof ze voor een tamelijk formele foto poseerden. Daarna rechtte Lila haar rug en begon ze uitvoerig haar haren te fatsoeneren. Ze draaide haar hoofd weg van Laurie en bracht haar lippen naar Martha's oor om op samenzweerderige, maar duidelijk hoorbare toon in haar oor te fluisteren: '*Amerikaner sind doch so bizarr*. Wat zou oom Heinrich ervan zeggen?' Ze liet een parelend lachje horen, dat meisjesachtig had kunnen zijn als er niets in de vertaling verloren was gegaan.

Nadat Laurie de kamer had verlaten, kostte het de nodige tijd om tot goede afspraken over Lila's vertrek te komen.

'O, Lila, het is hier een chaos. Je moet echt naar huis,' zei Martha.

Lila liet een schor gegrinnik horen. 'Ik ben op mijn best in een chaos, Martha, dat weet je wel. Weet je nog wat ik met je bankafschriften heb gedaan? Je moet rusten.' Ze tikte op haar tas. 'Ik heb mijn spullen meegenomen,' zei ze. 'Ik logeer het liefst in mijn gebruikelijke kamer. Het geeft niet als de lakens niet schoon zijn. We moeten nog zoveel doen voor morgen.'

'Het is allemaal al geregeld. Laurie maakt de hapjes klaar,' zei Martha.

'Martha,' zei ze, in een poging om de toon luchtig te houden, 'ik weet niet of Mexicaans eten wel zo geschikt is voor een begrafenis. Arthur was geen *caballero* – is dat het juiste woord?' Ze giechelde.

'Mij lijkt het wel leuk,' zei ik.

'Leuk?' zei Lila weifelend. 'Nou ja, je kent mij, Luke. Ik ben niet zo bijdetijds.' Met haar vingers tekende ze aanhalingstekens. 'En hoe lang blijft Miss Clow, Martha? Het is toch Miss Clow, hè? Ik kan me niet voorstellen dat er een Mr. Clow is.'

'We hebben heel veel aan Laurie gehad, Lila,' zei Martha scherp. 'Ze wilde een week lang Engeland bekijken, en ze heeft alleen nog maar opgescheept gezeten met ons.'

'Een week? Hoe komen mensen erbij dat ze dit land in een week kunnen bekijken? Amerikanen – zo rusteloos, altijd onderweg.'

'Je hebt gelijk. Ik moet een dutje gaan doen,' zei Martha. 'Lief dat je bent gekomen, Lila.'

'Laat me iets nuttigs doen,' smeekte ze.

'Nee, Lila, je doet altijd al zoveel. Je moet niet te veel lopen.' Lila had problemen met haar heup. 'Trouwens, we hebben je hulp morgen nodig.'

'Ik heb voor morgen een verrassinkje gepland.'

Martha keek ongerust. 'Wat?'

Lila glimlachte verlegen. 'Ik denk dat je er blij mee zult zijn. Ik weet zeker dat Arthur dat ook zou zijn geweest. Lieverd, laat me blijven. Ik kook vanavond voor iedereen. Iets eenvoudigs als roereieren. Tenzij jullie Miss Clow een exotisch gerecht heeft bereid uit een van de landen die ze zo diepgaand heeft bezocht.'

Martha stond op. 'Lila, je moet gaan. Schat, wil jij een taxi bellen?'

'Een taxi? Ik kan echt geen taxi betalen. Ik ga wel met de bus. Bij de bushalte is een bankje. Ik heb mijn hoed.'

Martha stond bij de deur. Ze deed een laatste preventieve aanval: 'Schat, bel een taxi. Op onze kosten. Nu meteen.' Ze wierp Lila een kushandje toe en vluchtte. Ik kon haar voetstappen op de trap horen roffelen.

Buiten miezerde het. In het portaal wachtten Lila en ik tot de taxi kwam. Ze leunde op haar stok. Ze had haar hoed weer opgezet, en ze klemde haar tas tegen zich aan.

'Je moeder is een heilige. Soms maak ik me zorgen. Ze heeft op dit moment erg veel aan haar hoofd. Je moet een paar van haar taken overnemen, Luke. Nu ben jij de man in huis. Ze zal veel hulp nodig hebben. Goddank heeft ze vrienden. Goede vrienden. Wij springen wel bij, allemaal.'

De taxi kwam de oprit op. Er stond een vreemde uitdrukking op Lila's gezicht. Ze greep me bij de arm. 'Luke, je moet oppassen.' Ze was verbazend sterk. Haar vingers groeven diep in mijn huid. 'Die vrouw is een vermetel mens.'

'Een wat?'

'Jullie weten niets van haar, waar ze vandaan komt, wat ze is.'

'Lila, ze was bij Arthur toen hij werd overreden.'

'Dat zegt ze. Dat is haar verhaal. Je mag haar niet alleen laten. Jullie hebben zo veel mooie dingen in huis.'

'Ik denk niet dat ze iets zal stelen.'

'Luke, je hebt geen idee hoe mensen in elkaar zitten. Van één ding heb ik verstand: gevaar. Daar heb ik mee geleefd.'

Daar twijfelde ik niet aan. Haar ouders, haar broer Thomas, die geneeskunde studeerde, en haar grootouders waren in een concentratiekamp omgekomen. Haar broer had veel op haar geleken. Ik had foto's van hen gezien in haar andere Grote Boek – het GLB, het Grote Löwenstein Boek.

Er rolden tranen over haar wangen. 'Ik mag jullie niet helpen. Jullie hebben die vrouw nu. Ik neem aan dat ze in mijn bed slaapt. O, Luke, je weet hoeveel ik van jullie allemaal hou.' Ze keek omhoog naar de hemel. 'Arthur betekende alles voor me. Alles. Ik weet niet hoe het nu verder moet. In het volgende boek zou heel veel worden onthuld. Mr. Toppit? We zullen het nooit weten. Zo treurig.'

Ik sliep die nacht onrustig. Meteen na het opstaan ging ik in bad. Ik scheerde me, wat niet echt nodig was, smeerde wat van Rachels deodorant onder mijn armen en deed ook wat rond mijn kruis, wat waarschijnlijk ook niet echt nodig was. Het leek me gewoon geen dag om risico's te nemen.

Beneden werd de hal zo ingericht dat we ruimte hadden voor de mensen die na de begrafenis mee naar huis kwamen. Doreen was al vroeg gekomen om met de bloemen te helpen. Ze werkte al sinds mensenheugenis voor ons, en Martha klaagde veelvuldig over haar.

Jack, haar zoon, die een jaar ouder was dan ik, schoof stoelen tegen de muur, zodat er in het midden van de hal meer ruimte overbleef. Hij keek even op toen ik binnenkwam en keek vervolgens verlegen de andere kant op. Als klein kind had hij een smal, roofdierachtig gezichtje gehad. Hij had inmiddels een dikker gezicht gekregen en was wat zwaarder geworden. Vroeger deed hij me altijd aan een rat denken; nu leek hij op een hamster die eten in zijn wangen stopte. Toen we klein waren, nam Doreen hem altijd mee naar ons huis en moesten we samen spelen. Eigenlijk hadden we elkaar nooit echt aardig gevonden.

'Hallo, Jack,' zei ik.

Hij mompelde iets. Misschien wel: 'Ik vind het heel erg van je vader.' Hij staarde naar de vloer.

'Zal ik je helpen met de stoelen?' vroeg ik.

Hij schudde zijn hoofd. 'Ik heb gisteravond je vaders boek gepakt, het boek waarin hij heeft geschreven,' zei hij, en hij knikte een paar keer om dat te bevestigen.

Ik knikte terug. 'Mooi,' zei ik, omdat ik niets beters wist. In het eerste boek had hij een bijrolletje als Lukes vriendje Jack – weer een van de vele dingen in *De Hayseed Kronieken* die niet klopten – van wie Luke een fiets steelt om Mr. Toppit te achtervolgen. Arthur had een exemplaar voor hem gesigneerd.

Martha was in de zitkamer. Ze leek kleiner dan anders, of misschien leek de kamer wel groter, en ze zag er nogal eenzaam uit. Ze stond in de hoek bij het raam met een trillende hand een sigaret te roken. Ze was niet in het zwart: ze droeg een grijze jurk die misschien wel van zijde was gemaakt – er lag een bepaalde glans overheen. Ze fatsoeneerde mijn das en pakte de kraag van mijn overhemd om hem goed om te vouwen. In het scherpe zonlicht was haar huid droog en papierachtig.

Ze bekeek me van top tot teen. 'Iedereen ziet er beter uit in een pak.'

'Dank je,' zei ik.

Ze snuffelde. 'Heb je een luchtje opgedaan?'

Ik bloosde. 'Natuurlijk niet.'

'Zeg tegen Doreen dat je haar bloemen mooi vindt. Ze zijn afzichtelijk.'

In de keuken hielp Doreen Laurie om de hapjes klaar te maken. Laurie had al een link gelegd tussen de sprankelende kleine Jack uit het eerste boek en de plompe adolescent die in de hal met meubels zeulde. 'Je zult wel trots zijn dat hij in de boeken voorkomt,' zei ze.

'Het is een goede jongen,' zei Doreen. 'Je hebt geen last van hem. Mr. Hayman was altijd vriendelijk tegen hem. Gaf hem een gesigneerd exemplaar.'

'Daar moet hij zuinig op zijn,' zei Laurie.

Doreen lachte grimmig. 'Zal inmiddels wel wat waard zijn, nu Mr. Hayman is overleden.'

'O nee – hij moet het nooit wegdoen! Het is een brokje geschiedenis.' Laurie klonk ontzet.

'Moet er huishoudfolie over het groene spul?'

'Guacamole. Het zijn avocado's.'

'Ben er niet gek op. Komt door de structuur,' zei Doreen knorrig.

Ik liep naar de tuin. Het had die nacht geregend, maar nu scheen de zon. Het was waarschijnlijk het soort dag dat je voor een begrafenis wenste. Ik zag Rachel op de schommel zitten. Dat was een verrassing: ze stond nooit vroeg op.

'Ik voel me echt veel beter,' zei ze onverwachts. 'Ik heb het idee dat Arthur een soort vogel is en dat ik hem vrij heb kunnen laten.' Ze maakte een vliegbeweging met haar handen. Haar ogen glansden. 'Laurie heeft me alles verteld wat hij na het ongeluk tegen haar zei.'

'Kun je je onze eerste ontmoeting met haar nog herinneren?' vroeg ik. 'Zei ze toen iets over een gesprek met Arthur?'

'Volgens mij heb ik die hele dag verdrongen.'

Ik probeerde mijn toon neutraal te houden. 'Wat zei ze precies?'

'Wist je dat ze in een ziekenhuis werkt? O, hij had geen pijn, dat is het voornaamste. Ze zei dat hij erg trots op ons was.' Ze snufte, maar ze zag er niet ongelukkig uit. 'Ze zei dat haar interesse voor de boeken was gewekt toen hij over Mr. Toppit begon. Grappig, hè? Vind je dat niet typisch iets voor Arthur? Overreden worden door een vrachtwagen en nog steeds over *Hayseed* praten.' Ze lachte door haar tranen heen. In elk geval noemde ze hem geen 'papa' meer.

'Maar hij had het nooit over de boeken,' zei ik.

'Ze zei dat hij onze namen steeds herhaalde. Steeds maar weer, zei ze. Vind je dat niet fijn?'

'Verder niets?'

Ze zuchtte. 'Het spijt me dat ik zo dwars was, maar ik vond het zo vreselijk van Arthur. Ik bedoel, dat vind ik nog steeds, maar ik voel me nu anders.' Haar lach klonk als een hik. 'Sommige dingen zijn zelfs best grappig. Dat het ziekenhuis zijn spullen verwart met die van een andere overledene, bijvoorbeeld.'

'Wat zei Laurie daarover?'

'Ze zei: "Zulke dingen gebeuren", en ze vond dat ik het ziekenhuis niets moest verwijten. Ze heeft gelijk.'

Twee grote, ouderwetse zwarte auto's draaiden vanaf de weg langzaam de oprit op en kwamen voor het huis tot stilstand. De chauffeurs stapten allebei uit, volwassen versies van mij: donkere pakken, witte overhemden en zwarte dassen, maar om te zorgen dat het niet te verwarrend werd, droegen ze ook zwarte petten. Rachel en ik keken elkaar aan: alles was een beetje onwerkelijk.

Het was niet helemaal duidelijk waarom er twee auto's waren om ons naar de kerk te brengen. Zelfs Martha leek het niet goed te weten, en zij was degene die alles had geregeld. Ik bood aan om met Laurie mee te rijden, maar Rachel vond dat ik bij haar en Martha in de auto hoorde te zitten. Laurie leek er helemaal geen problemen mee te hebben om in haar eentje in de tweede auto te zitten, maar dat idee stond Martha niet aan. Ik stelde voor dat Martha als weduwe en hoofd van de rouwstoet in haar eentje in de eerste auto zou stappen en dat wij allemaal achter haar aan zouden rijden, maar dat keurde ook niemand goed. Het was net een van die denkspelletjes op de achterkant van een luciferdoosje: hoe gebruik je beide auto's zonder de familie op te splitsen? Uiteindelijk kozen we voor de eenvoudigste oplossing: we stapten allemaal in de ene auto en de andere reed leeg achter ons aan. De auto was onberispelijk. Hij was oud, maar hij was blinkend opgepoetst en hij rook naar luchtverfrisser – er bungelde zo'n reukverdrijver aan de achteruitkijkspiegel van de chauffeur. Martha negeerde de 'VERBODEN TE ROKEN'- sticker op de hoek van het raam en stak een sigaret op zodra ze was ingestapt.

De lijkwagen met de kist stond al bij de kerk te wachten. Ik dacht dat ik moest overgeven toen ik hem zag. Alles werd nu wel heel echt. Natuurlijk wist ik wat baardragers waren, maar ik had ze gewoon niet geassocieerd met Arthurs begrafenis. Het was niet tot me doorgedrongen dat Martha zoiets formeels in haar hoofd had gehad. Er waren er zes om Arthur te dragen. Met veel gekreun en gehijs schoven ze de kist naar buiten, en na een vooraf bepaald teken rechtten ze hun rug en zetten ze hem op hun schouders.

Ik heb ergens gelezen dat alle vogels, insecten en dieren tijdens een totale zonsverduistering stil zijn. Zo voelde het ook toen we langzaam achter de kist aan het pad op liepen: het was alsof de hele wereld was verdwenen. Op het moment dat de deuren opengingen, was het een schok om te zien dat de kerk vol mensen zat – een soort ongewenste surpriseparty.

Er klonk veel geroezemoes toen we binnenkwamen, maar zodra de congregatie de kist in de gaten kreeg, daalde er een stilte over de kerk neer en hoorde je niets anders dan onze weergalmende voetstappen die de kist door het gangpad volgden, voorafgegaan door de dominee. Martha had zich tijdens het wandelingetje naar de kerk prima gehouden, maar nu draaide ze zich om en trok ze me aan mijn arm naar zich toe, zodat ik naast haar kwam lopen. Lila zat ongeveer halverwege het gangpad naast Graham Carter. Op het moment dat we haar passeerden, stak ze haar hand uit om Martha's arm aan te raken. Op haar gezicht stond zo'n voor alle doeleinden geschikte, plechtige-maar-toch-diep-geroerde blik – die heel snel in iets anders veranderde zodra ze in de gaten kreeg dat Laurie met ons meeliep.

Het vreemde was dat het de begrafenis van ieder ander had kunnen zijn. Natuurlijk heeft het iets heel droevigs als je een kerk vol mensen verdrietig hymnen hoort zingen – bij het begin van de eerste nam Rachel haar intrek in Lauries armen – maar het leek allemaal niet zoveel met Arthur te maken te hebben. Daarom keek ik uit naar Terry Tringhams lijkrede, want die zou tenminste over hem gaan. Terry zat in de bank achter ons. Hij was een oude vriend, maar ik kende hem niet zo goed. Ik herinnerde me alleen nog maar wat Martha en Arthur ons over hem hadden verteld, of dingen die ik toevallig had opgevangen als Martha en Arthur dachten dat wij niet luisterden, verhalen die doorgaans begonnen met een kleine crisis rond een onderdeel uit een verzameling uitwisselbare, maar constante elementen – geld, drank, echtgenotes, onwaarschijnlijk hoge restaurantrekeningen, lastige kinderen, bankdirecteuren, films die halverwege de opnames door hun budget heen waren, meisjes die net wel of net niet meerderjarig waren, deurwaarders – en eindigden met een grotere crisis waarbij ook een paar van de andere elementen meespeelden. Ons favoriete verhaal ging over een ruzie tijdens een cruise op de Middellandse Zee, waarbij een van zijn echtgenotes zijn kunstgebit uit een patrijspoort gooide.

Op het moment dat Terry aan de beurt was, klonk er veel gekuch en geschuifel. Iedereen ging zitten en probeerde een comfortabele positie te vinden. Terry schoof uit zijn bank en liep naar de preekstoel. Ik wist niet dat hij naar boven zou klimmen, en hij ging nogal onhandig de trap op. Hij deed me denken aan iemand die naar een boomhut klautert. In de Handleiding voor de Dood zou moeten staan dat zwart geen goede kleur is als je niet kraakzindelijk bent: op Terry's zwarte das zat een aantal melkachtige vlekken, en de schouders van zijn gekreukte pak lagen vol spikkeltjes roos. 'Ik hoop dat hij tegen zijn taak is opgewassen,' fluisterde Martha onheilspellend.

'Mijn naam is Terence Tringham,' begon hij zelfverzekerd. 'Als ik een drinker was' – hij liet een ironische, bulderende lach horen – 'en we ons niet op een gewijde plaats bevonden, zou ik iedereen vragen om zijn glas te vullen en een toost uit te brengen op de onvolprezen overledene, Arthur Hayman. Ik leerde Arthur kennen toen hij achttien was. U had hem destijds moeten zien, vers van het platteland, stralend als een brandende toorts, popelend om alles te proeven wat het leven hem te bieden had.' Hij zweeg even. 'Een schril contrast met zijn latere jaren.' Ik wist niet helemaal zeker of dat wel de juiste toon voor een lijkrede was, maar Terry ploeterde door. Hij ritselde met velletjes papier en klopte af en toe onzeker op zijn zak om te kijken of hij een deel van zijn speech was kwijtgeraakt.

'De hele wereld benijdde ons, jongelui die het voorrecht hadden om in de beginjaren deel van de Britse filmindustrie uit te maken. Vlak voor onze neus barstte een vulkaan van talent uit! Elstree Studios, waar Arthur en ik onze carrière begonnen, leek wel op Paddington Station tijdens het spitsuur. Wat waren wij geluksvogels! Onze levens kruisten die van de echte groten – de Hitchcocks, de Michael Powells, de Wally Carters. Natuurlijk volgden onze levens niet allemaal het spoor van dat van Wally. Het was een tragedie dat Arthurs indrukwekkende kleine film *Liefdesgevangene* problemen met de studio had en niet op grotere schaal werd gedistribueerd. Gemaakt voor de massa, gezien door het handjevol bevoorrechten: wat vond Arthur dat pijnlijk. In de jaren vijftig werden sommigen van ons de vergeten lieden van het celluloid, maar gelukkig slaagde Arthur erin om zijn talenten te gebruiken in zijn prachtige kinderboeken. En ondertussen had hij natuurlijk Martha gevonden, die niet alleen een echtgenote was, maar een vrouw met de kracht van tien mannen, een bondgenoot, een vriendin, een mede-intellectueel. Uiteraard was Wally degene die haar in Arthurs leven introduceerde, nadat hij haar uit haar academische omgeving had weggekaapt. Die schurk kreeg haar met zijn fluwelen tong zover dat ze haar afstudeerscriptie onderbrak om onderzoek te doen voor zijn kruisvaardersfilm, en zal ik u eens iets vertellen? Ze is nog steeds bezig aan haar afstudeerscriptie! Het is nooit te laat, zeg ik altijd maar!' Ik voelde Martha naast me verstijven.

Terry werd nu een beetje huilerig. Er vielen lange stiltes. Hij verfrommelde zijn zakdoek in zijn handpalm en moest steeds vaker zijn neus snuiten. Hij wilde 'terugspoelen', zei hij. Hij wilde het hebben over 'de beginjaren', toen Arthur, Wally Carter en hij 'de drie musketiers van de Elstree-opnamestudio's' waren. De mensen begonnen onrustig te worden, maar dat leek hij niet in de gaten te hebben.

'Iedereen had kunnen weten dat Wally de uitverkorene zou zijn als Vrouwe Fortuna haar licht op een van ons zou laten schijnen. Wally, onze loyale *compadre*. Wat een talent! En nog altijd aan het werk! Dat is ook de reden waarom hij hier vandaag niet aanwezig kan zijn. Maar met zijn kenmerkende grootmoedigheid heeft hij altijd erkend dat wij een inspiratie vormden in die onstuimige tijd, waarin alles mogelijk leek. Voor hem was het niet genoeg om de Chiltern Hills van Pinewood te beklimmen. Hij had zijn zinnen gezet op de Everest van de filmwereld: de Hills van Beverly.'

Terwijl Terry bleef doorzeuren, gebeurde er iets vreemds: Martha stond op uit de bank en liep het gangpad in. Ik merkte het natuurlijk omdat ik naast haar zat, maar bij de rest van de congregatie duurde het iets langer voordat ze doorhadden dat er iets aan de hand was. Haar gezicht was uitdrukkingsloos en ze liep met langzame, gelijkmatige passen. Terry ging steeds langzamer praten en keek paniekerig om zich heen, alsof er een brand was uitgebroken die hij nog niet had opgemerkt. Martha liep in de richting van de preekstoel. Ze deed geen poging om naar boven te klimmen, maar wachtte geduldig en keek naar Terry omhoog. Het bleef heel even stil. Uiteindelijk kwam hij van de trap af. Zodra hij beneden was, fluisterde Martha iets in zijn oor, en daarna liep ze terug naar onze bank.

Terry klom vlug weer in de preekstoel en bladerde ritselend door de vellen papier op de rand. Hij haalde een paar bladzijden van de stapel, propte ze in zijn zak en begon weer te praten, duidelijk vlugger dan voorheen. 'In latere jaren zagen veel van zijn oude vrienden hem niet zo vaak als we wel zouden willen. Wat een uitzonderlijk talent! Wat een uitzonderlijke man! Het was voor ons allen hier een voorrecht om hem te kennen en van hem te houden. Dank u wel. Hartelijk dank.'

Bijna op hetzelfde moment begon het orgel de volgende hymne te spelen en stonden alle aanwezigen op. In het gangpad passeerde Terry met veel kabaal onze bank, zijn ogen strak op de grond gericht. Zodra de hymne voorbij was en iedereen voor een gebed op zijn knieën was gevallen, vroeg ik fluisterend aan Martha wat er was gebeurd.

'Ik zei: "Als je blijft 'terugspoelen' en nog één keer Wally Carters naam noemt, snij ik mijn keel door en drink ik mijn eigen bloed op,"' antwoordde ze, voordat ze haar aandacht weer op haar kerkboek richtte.

Aan het einde van de dienst kwamen de baardragers weer naar voren om de kist naar het kerkhof achter de kerk te brengen, waar Arthur zou worden begraven. Wij liepen achter hen aan. Martha hield zich stevig aan mij vast, en Rachel hield zich vast aan Laurie. De grote dubbele deuren van de uitgang stonden open, en er stroomde een brede straal zonlicht naar binnen. Er stond iemand in de deuropening, een silhouet tegen het licht. Het duurde een paar tellen voordat ik besefte dat het Lila was.

Ze glimlachte nerveus en had een stapeltje boekjes in haar hand. Aan haar voeten stond een grotere stapel. 'Wees alsjeblieft niet boos op me, Martha,' zei ze. 'Dit is mijn verrassing.' Op de voorkant had ze een soort victoriaans theateraffiche getekend. In vetgedrukte, vierkante letters stond erop: 'EEN SELECTIE UIT MR. ARTHUR HAYMANS BEROEMDE *HAYSEED*-BOEKEN', en in kleinere letters daaronder: 'MET DE ILLUSTRATIEVE ASSISTENTIE VAN MISS LILA LÖWENSTEIN'. Rechts onderaan stond een bizar karikatuurtje van Arthur en Lila: hij maakte een buiging in een cape en een hoge hoed, en naast hem maakte zij een knicksje in een baljurk.

'Ik heb er tweehonderd laten drukken,' zei Lila. 'Je weet nooit hoeveel mensen er op een begrafenis komen.' Ik had Martha zelden met haar mond vol tanden zien staan. Ze bladerde door het boekje. 'Ik hoop dat je het met de selectie eens bent. Er waren zo veel stukjes die ik had kunnen gebruiken.'

Er rolden tranen over Martha's wangen. 'Maar waarom?' zei ze.

'Voor jou, Martha. En voor mijn arme Arthur,' zei Lila. 'En voor de kinderen, natuurlijk.' Ze gaf er een aan mij en een aan Rachel.

Laurie pakte er een uit haar hand. 'O, wat mooi,' zei ze. 'Het lijkt wel een verzamelaarsobject. Mag ik er nog een?'

Lila schoof het stapeltje boekjes onder haar arm. 'Ik ben bang dat het aantal beperkt is.'

'Maar Lila, dit heeft vast ontzettend veel geld gekost,' zei Martha.

'Het heeft me alleen maar tijd gekost. Dat had ik er graag voor over. We hebben op school een drukpersje. Mijn meisjes hebben me geholpen.'

'Je had het niet moeten doen.'

'Het is mijn geschenk aan jou, Martha.'

Martha keek even over haar schouder. Inmiddels stond er een grote groep mensen in het gangpad achter ons te wachten tot ze naar buiten konden. 'We moeten doorlopen,' zei ze wanhopig, en ze sleepte ons bijna letterlijk mee in de richting waarin de kist was verdwenen.

Het was de bedoeling dat iedereen naar buiten zou lopen en rechtstreeks naar het graf zou gaan. Omdat Lila op een plaats was gaan staan waar niemand haar kon passeren zonder een boekje te krijgen, duurde het bijna een kwartier voordat iedereen er was. Terwijl de baardragers bij het gat stonden, kwamen de mensen mondjesmaat en in kleine groepjes om de hoek van de kerk. Martha liep naar het hoofdeinde van het graf en ging daar in haar eentje met haar rug naar ons toe staan. Uiteindelijk, toen iedereen er was, kwam Lila met veel drukte de hoek om lopen. Op galmende toon riep ze: 'De kerk is nu leeg! Ik denk dat we kunnen beginnen.'

Eerder had ik me zorgen gemaakt dat het de begrafenis van ieder ander had kunnen zijn. Nu ze een houten kist met Arthurs dode lichaam in een groot gat in de grond lieten zakken, ging dat zo angstaanjagend duidelijk om hem dat ik naar iets algemeners verlangde – misschien het funeraire equivalent van een vuurpeloton, waarbij alle geweren op één na losse flodders bevatten: een massabegrafenis met twaalf kisten, waarbij er slechts één een dood lichaam bevat.

Je kunt je wel voorstellen hoe Rachel eraan toe was toen de kist de grond in ging. Eerlijk gezegd was ik er net zo erg aan toe, maar ik vond dat dat wel mocht. Alleen Martha en Laurie slaagden erin om enige graviteit te bewaren. Martha had haar gezicht naar de hemel geheven, en wat ze ook van binnen mocht voelen, ze slaagde er in elk geval in om er waardig uit te zien. Laurie zag er heel anders uit: de tranen lieten haar ogen glanzen en haar gezicht straalde, waardoor ze op een vreemde manier heel ver weg leek. Ze deed me denken aan zo'n schilderij van een christelijke martelaar, wiens blik al naar boven is gericht in afwachting van zijn aankomst in de hemel, in plaats van op het ophanden zijnde ongemak dat hij door leeuwen wordt opgegeten.

Terry stond achteraan, met een spoor van tranen op zijn wangen. Achter me hoorde ik iemand fluisteren: 'Vind je Martha niet bijzonder? Terry is te emotioneel om zijn speech af te maken en zij loopt – tijdens de begrafenis van haar eigen man! – naar de preekstoel om hem te vertellen dat hij er niet mee door hoeft te gaan. Zo grootmoedig. Verbazingwekkend!'

Iedereen stond doodstil. Opeens klonk er een zacht geruis en begon er iets te bewegen, alsof er een dier over de bodem van een korenveld schuifelde. Lila kwam tussen de rijen door naar voren. Leunend op haar stok hobbelde ze in onze richting tot ze aan de rand van het graf stond. Ze maakte haar tas open, haalde er een bosje witte bloemen uit, gooide het in het gat en liep achteruit tot de menigte haar weer had opgeslokt.

Anders dan bij de heenrit vond Martha het prima dat Laurie, Rachel en ik met ons drieën in de tweede auto naar huis gingen. Omdat Terry er aan de zijlijn van de menigte een beetje verloren uit had gezien, had ze erop gestaan dat hij met haar meereed. Als het nodig was geweest, zou ik Lila hebben gevraagd om bij ons in te stappen, maar ik zag dat ze zich stevig vasthield aan de arm van Graham Carter. Blijkbaar had ze hem overgehaald om haar mee te nemen. Er was nu ruimte voor in onze auto, maar Laurie, Rachel en ik gingen toch alle drie achterin zitten.

'Wat een perfecte dienst,' zei Laurie dromerig. 'Echt prachtig.'

'Was Claude er maar bij geweest.' Rachel snufte. 'Nu heb ik echt zin om stomdronken te worden.'

'O, wat ben ik toch een sufferd.' Laurie sloeg met haar hand tegen de zijkant van haar hoofd. 'Margarita's – die had ik moeten maken.'

Er bleek al meer dan genoeg drank te zijn. Tegen de tijd dat we terugkwamen, had Jack zich opgesteld achter een geïmproviseerde bar in de hal, een lange reftertafel met een wit kleed eroverheen. Er waren al glazen rode en witte wijn ingeschonken, en er stonden flessen gin, wodka en whisky naast een grote ijsemmer.

Martha ging bij de deur naar de hal staan en begroette de mensen die binnenkwamen. Toen Lila arriveerde, greep ze Martha's arm beet. 'Lieverd, zeg dat je mijn boekje mooi vond. Ik denk dat de mensen er blij mee waren. Ik hoop het in elk geval.' Graham stond achter Lila. Hij droeg een doos waarin nog meer boekjes zaten. 'Ik heb er nog meer meegenomen voor het geval ik iemand heb overgeslagen,' zei Lila. 'Graham is mijn lastdier. Zo lief.'

Martha's ogen vonden de zijne. 'Je moet een stoel zoeken, Lila,' zei ze. Lila leunde zwaar op haar stok. 'Schat, wil jij Lila naar een plaats brengen waar ze kan zitten?'

'Dank je, dat hoeft niet. Ik hou Grahams arm nog even vast en meng me onder de gasten.' Ze liet haar parelende lach horen. 'Per slot van rekening is hij mijn uitgever.'

Graham zag eruit alsof hij zijn ondergang tegemoet ging. Hij omhelsde Martha. 'Ik heb Wally gisteravond gesproken. Hij doet je de hartelijke groeten. Hij wilde heel graag komen, maar hij begint volgende week aan een film.'

'Lieve Wally,' mompelde ze huichelachtig, en terwijl ze zich tot de mensen achter Graham wendde, zag ik mijn kans schoon om te ontsnappen. Ik liep langs de tafel in het midden van het vertrek, waar mensen rondhingen bij het klaargezette eten. Een oude vrouw die ik nog nooit had gezien tikte op mijn schouder. 'Wil jij een klein glaasje gin voor me halen?' vroeg ze. Ze stopte iets in haar mond. 'Deze zijn heerlijk! Hoe heten ze?'

'Chimichanga's, dacht ik.'

'Jimmy-wat?'

'Ze zijn Mexicaans.'

'Goed zo,' zei ze, en ze gaf me het lege glas dat ik moest vullen.

Een van de verrassingen van die dag was dat Lauries hapjes een groot succes bleken te zijn. Alleen de gezouten amandelen waren een probleem, want die waren zo vreselijk zout dat iedereen meer dronk dan goed voor hem was. Het hielp ook niet dat Jack elke keer flink wat gin in de glazen kwakte.

Na een poosje werd de sfeer in het vertrek meer ontspannen. De akoestiek leek minder scherp te zijn geworden. In het begin weerkaatste het kabaal tegen het hoge plafond van de hal, maar nu hing het als een laaghangende mist vlak boven de hoofden van de aanwezigen. Ze begonnen zich op hun gemak te voelen, en ik had bijna het idee dat ik onzichtbaar was: ik kon rondlopen zonder dat iemand het in de gaten had.

In de keuken, waar ik naartoe was gelopen om een kan met water te vullen, stuitte ik op Lila. Ze had de deur achter zich dichtgedaan en schrok toen ik binnenkwam. 'O, ben jij het, Luke,' zei ze met haar hand tegen haar keel. 'Ik schrik me een hoedje.' Ze deed iets heel vreemds – ze haalde behoedzaam een stuk gerookte zalm uit haar tas. Ze gedroeg zich alsof ik haar had betrapt. Ik had de tijd: ik vond dat ze dit even moest uitleggen.

Ze probeerde zich eruit te bluffen. 'Het gaat allemaal erg goed, vind je niet?'

'Hm.' Ik keek naar de zalm.

'Arthur en Martha hebben natuurlijk ook erg interessante vrienden. Van alle rangen en standen.'

Ik wees op de zalm. 'Heb je hulp nodig, Lila?'

Het bleef even stil. 'Weet je, Luke, oudere mensen vinden heet voedsel, voedsel met Spaanse pepers, vrij onverteerbaar,' zei ze.

Ik knikte. 'O.'

'Ja,' zei ze. 'Martha is dol op gerookte zalm.' Ze tikte er met haar vingers op. 'Hij is al gesneden,' voegde ze eraan toe. Ze dook in haar tas en haalde er twee broden uit. 'Ze vindt dit volkorenbrood lekker. Ik koop het vaak voor haar. Ik wilde er kleine vierkantjes van snijden en die met zalm beleggen.' Er kwamen een paar citroenen tevoorschijn. 'Met een paar druppeltjes citroen en zwarte peper. Iets eenvoudigs. Als alternatief. Ik denk dat de mensen het best lekker zullen vinden, denk je ook niet?'

'Er is al verschrikkelijk veel eten, Lila. Iedereen lijkt ervan te genieten.'

Ze liet haar kenmerkende lachje horen. 'Wat ben je toch een lieve jongen, Luke. Wat heb je toch een goed hart.'

In de hal schonk iedereen overdreven veel aandacht aan Rachel. Telkens wanneer ik haar zag, werd ze in een ander deel van het vertrek door iemand omhelsd en was ze diep in gesprek, zwaaiend met haar armen. Ze was behoorlijk dronken. Ik had zelf ook een paar glazen wijn achterovergeslagen, dus ik wist hoe ze zich voelde. Op het moment dat ik naar haar toe ging, stond ze bij Graham. Terry zat met een groot glas whisky onderuitgezakt op een stoel naast hen. Het zou kunnen dat hij sliep.

Rachel en ik hadden Graham altijd aardig gevonden. Hij was halverwege de dertig, maar hij leek helemaal niet oud. Hij had woest, krullend haar en zijn kleren leken altijd te klein voor hem. Vandaag droeg hij een gekreukt corduroy pak en een overhemd waaraan een paar knopen ontbraken. Martha had ons verteld dat hij een vrouw en een paar kinderen had, maar we hadden hen nog nooit gezien.

'Het is niet zo'n goed moment,' zei hij tegen Rachel. 'De branche heeft zijn beste tijd gehad.'

'O, ik weet zeker dat het zou lukken,' zei ze, terwijl ze zijn hand greep.

'Er gaan achter elkaar kleine uitgeverijen over de kop.'

Terry's hoofd ging omhoog. 'Stuur Wally dan het script. Begrijp me goed, ik weet dat hij het erg druk heeft.'

Graham keek naar hem omlaag. 'Wat zeg je?'

'De below-the-line komt van de Noorse regering. Een of ander belastingplan voor tandartsen. Ongelooflijke faciliteiten daar. Geld is nu eens niet het probleem.'

Rachel negeerde hem. 'Laurie en ik hebben deze week in papa's werkkamer rondgekeken. Er ligt heel veel – talloze dingen die hij niet in de boeken heeft gebruikt. Weet je hoe we het zouden kunnen noemen?'

'Ik heb zo'n idee dat het echt iets voor Wally is,' zei Terry, terwijl hij een flinke slok whisky nam.

'De Zaailingen,' zei Rachel opgewonden. 'Vind je dat geen fantastische titel?' Hayseed betekent hooizaad, dus het was wel duidelijk waar haar woordspeling vandaan kwam.

'Het punt is, Rachel,' Grahams gezicht vertrok tot een grimas, 'het vijfde boek heeft niet zo goed gelopen, we hebben niet het verwachte aantal boeken verkocht. Je zou denken dat we na het vierde boek naam hadden gemaakt, maar er is zo'n moordende concurrentie.'

Haar ogen glansden. 'Ik weet zeker dat het zou lukken,' herhaalde ze. 'We moeten het doen voor papa.' Ze hield Grahams hand nog steeds vast.

'Ik heb natuurlijk geen enkel probleem met dat oppervlakkige werk,' zei Terry. 'De film over de oceaanstomer was prima, begrijp me niet verkeerd, maar dit script is iets bijzonders.'

Graham verwisselde Rachels indringende blik voor de suffige blik van Terry. 'Stuur het dan gewoon zelf naar hem op,' zei hij humeurig.

'Dat heb ik gedaan! Lang leve oude vrienden, ik heb nooit meer iets gehoord. Al heeft hij het natuurlijk wel druk tegenwoordig, dat weet ik wel.' Terry rommelde onhandig in zijn zak, toverde een sigaret tevoorschijn en stak hem met trillende handen op. 'Ik denk dat hij nog boos is over wat er tijdens de première is gebeurd. Ik heb mijn excuses aangeboden, meer kan ik niet doen – maar luister, Val was net bij me weg, ik zat goddomme midden in een rechtszaak. Nachtmerrie.'

Achter Terry zag ik Lila naderen. 'Kan ik u verlokken om er eentje te proberen?' hoorde ik haar zeggen. 'Het is Martha's favoriete borrelhapje. Wij kennen elkaar nog niet, of wel? Er zijn maar heel weinig vrienden van Arthur en Martha die ik niet ken.'

Graham draaide haar de rug toe. 'Zorg dat ze niet naar mij toe komt,' zei hij. 'Ze heeft al gezegd dat zij de boeken voortaan wel wil schrijven.'

'Geef het mijne dan uit,' smeekte Rachel. 'Ik stel het wel samen.'

'Hoor eens, ik weet niet eens of ik over een halfjaar nog wel een bedrijf heb.'

Lila kwam steeds dichterbij. 'Ik ben Martha's officiële lerares Duits,' zei ze. Haar lach was door het hele vertrek te horen. 'Hofleverancier.'

'Zo veel moeite is het toch niet?' Terry begon agressief te worden. 'Zorg nou verdomme dat hij dat script krijgt.'

Rachel pakte Graham bij de arm. 'Kom mee naar Arthurs werkkamer. Dan zal ik je de spullen laten zien.'

'Nu?' vroeg Graham. Ze wisselden een veelbetekenende blik.

'Ja,' zei Rachel.

'Graham!' riep Lila, maar tegen de tijd dat ze bij ons arriveerde, waren hij en Rachel al op de vlucht. Lila keek omlaag naar Terry. Hij leek nog verder te zijn onderuitgezakt. 'Mijn beste, je moet iets eten.' Ze hield hem de schaal voor. 'Wat een ontroerende speech. Zoiets valt niet mee. Ik weet hoe dankbaar Martha was.'

'Zijn er nog van die Mexicaanse dinges?' vroeg Terry. Hij wees op Laurie, die aan de andere kant van de hal stond. 'Zij heeft ze gemaakt. Gouden handjes. Weet je dat ze bij Arthur was toen hij stierf? Kennelijk had hij het nog steeds over de goede oude tijd. Ongelooflijk.'

'Daar geloof ik niets van,' snauwde Lila. 'Zijn verwondingen leenden zich niet voor een gezellig babbeltje.' Haar hand vloog geschokt naar haar mond zodra ze besefte wat ze had gezegd. 'Het spijt me vreselijk, Luke.'

Om mij hoefde ze zich geen zorgen te maken, maar Terry's gezicht vertrok, omdat de tranenstroom weer op gang kwam. 'Het is echt klote. Iedereen gaat dood. En Wally wil goddomme niet eens mijn script lezen.'

Binnen een uur was het gezelschap uitgedund, maar nog niet grondig genoeg naar Martha's zin. 'Schat, kun je niet zorgen dat iedereen vertrekt?' vroeg ze vermoeid. 'Ga maar niet meer rond met dat dienblad met drankjes. Anders gaan ze nooit weg.' Doreen was al een beetje aan het opruimen. Ze haalde glazen weg en maakte asbakken leeg, maar niemand sloeg er acht op. Laurie en Lila liepen met hun schalen rond. Als twee kunstrijders die in concentrische cirkels gleden, slaagden ze erin om niet tegen elkaar aan te botsen.

In de hoek van de hal had al die tijd een oude man op dezelfde plaats gestaan. Ik had hem zien binnenkomen, maar ik had hem geen enkele keer met iemand zien praten. Onze blikken kruisten elkaar. Ik draaide me om, maar het was al te laat: hij kwam naar me toe. Ik overwoog om te ontsnappen, maar hij was te vlug bij me. 'Ben jij de zoon van Arthur?' vroeg hij enthousiast. 'Je lijkt erg veel op hem. Dat zal iedereen wel tegen je zeggen.'

De moed zonk me in de schoenen. 'Normaal gesproken niet. Vandaag wel.'

Hij stak zijn hand uit. 'Ik ben Derek Jones, maar iedereen noemt me Bunny. Ik kende je vader toen hij nauwelijks ouder was dan jij. Ik werkte bij Pinewood. Ik runde de cabine. In die tijd noemden we je vader "Artie".'

Ik giechelde, want het klonk erg onwaarschijnlijk. 'Echt waar,' zei de man. 'Erewoord.' Daarna veranderde hij van toon. 'Ik zag hem op de dag dat hij doodging.' Hij keek naar zijn voeten. 'In Dean Street, in Soho. Hij liep aan de andere kant van de weg. Ik wist dat hij het was, ik zag het aan zijn houding.'

'Wat gebeurde er toen?' vroeg ik.

De ogen van de man waren vochtig. 'Niets. Ik heb hem niet gesproken. Ik had hem moeten aanspreken, maar dat heb ik niet gedaan. Het was zo lang geleden, misschien wel dertig jaar. Ik zag hem in de zon over straat lopen. Het was een heel warme dag. Vervolgens werd hij doodgereden. Ik las het in de krant.' Hij boog zijn hoofd. 'Ik vind het heel erg.'

Van al het vreemds wat er sinds Arthurs dood was gebeurd, was dit een van de weinige dingen die bijna werkelijk leken. Ik dacht er even over na en zei: 'Ik denk dat het zijn tijd was. Eerst dacht ik van niet, ik kon het niet geloven, maar nu denk ik het wel. Echt waar. Ik denk niet dat het enig verschil had gemaakt als u hem had aangesproken.' Dat zei ik niet om hem op te beuren: ik geloofde het echt. Toch viel het niet mee om het te zeggen. Ik moest mezelf dwingen de woorden uit te spreken.

'Eén ding kan ik je wel vertellen,' flapte hij eruit. 'Van al die jongens was hij de enige die een donder waard was.' Zijn gezicht was rood geworden. 'Tringham?' Hij gebaarde naar Terry, die nog steeds met zijn kin op zijn borst onderuit zat. 'Daar had je niets aan. Gewoon een luie jongen zonder hersens. En Wally? Een slimmerik, dat wel, maar hij kon niet aan Artie tippen. Hij had niet van dittum.' Hij sloeg op zijn borst. 'Niets in zijn hart.' In zijn mondhoek verschool zich een beetje spuug. 'Bewaak die boeken met je leven, jongeman. Ik lees ze voor aan mijn kleinkinderen. Ze zijn meer waard dan alle films van Mr. Wallace Carter bij elkaar.' Hij staarde me aan. 'Afgesproken?'

'Oké,' zei ik. Hij gaf me een hand en liep naar de deur.

Nu waren alleen de plakkers nog over, mensen die in afzonderlijke groepjes met elkaar praatten. Ik vond Martha op een stoel in de hoek van de hal. Lila boog zich over haar heen, leunend op haar stok. 'Ik heb mijn logeerspullen bij me,' zei ze. 'Ik heb tegen de school gezegd dat ik morgen niet kan komen.'

Martha zag er oud en broos uit. 'Nee, je kunt niet blijven,' zei ze. 'Het wordt tijd dat iedereen weggaat. Ik wil weer met ons gezin onder elkaar zijn. Als je echt wilt helpen, Lila, kun je zorgen dat iedereen vertrekt.' Ze keek de kamer rond. 'Waar is Rachel?' vroeg ze. Ik haalde mijn schouders op.

Laurie kwam voorbij met een dienblad vol lege glazen. 'Miss Clow,' zei Lila luidkeels, 'Mrs. Hayman wil nu liever met haar gezinsleden alleen zijn. Hebt u een taxi nodig? Ik weet zeker dat Luke er wel een voor u wil bellen.'

Laurie glimlachte. 'Dank je. Ik heb er al een gebeld.'

'Mooi,' zei Lila.

'Bij het krieken van de dag,' zei Laurie.

Lila draaide zich weer naar haar toe. 'Pardon? Blijft u hier vannacht logeren?'

'Vandaag is mijn laatste dag.'

'Miss Clow,' zei Lila, met een zachte stem die ze onder controle probeerde te houden, 'de familie Hayman is door een hel gegaan. Ik weet zeker dat ze u dankbaar zijn voor uw hulp, maar vindt u niet dat we hun één nachtje en familie moeten gunnen?'

'Nou, ik...'

'Er zijn hotels op het vliegveld. Op Heathrow. Of vliegt u vanaf Gatwick? Ik denk dat ze daar ook hotels hebben. Luke kan er een voor u boeken. Of niet, Luke?'

Laurie zei: 'Ik neem morgenochtend de trein naar Londen – ik moet mijn bagage ophalen voordat ik naar het vliegveld ga.' Ze keek even opzij naar Martha.

'Maar u kunt nu ook vertrekken,' zei Lila.

Laurie was van haar stuk gebracht. 'Martha vond juist dat ik moest blijven.'

Het was stil geworden in de hal, of misschien leek dat alleen maar zo. Lila keek naar Martha. Ik keek naar Lila. Laurie keek alle kanten op. Martha keek naar de grond.

'O, Lila...' zei ze. Ze combineerde irritatie, een verontschuldiging en uitputting in die twee woorden.

Ik zag de spieren in Lila's wangen verstrakken en verslappen. Met alle vastberadenheid die je kunt opbrengen als je op een stok leunt, liep ze uiteindelijk naar het midden van de hal. Ze tikte drie keer met de stok op de houten vloer om ieders aandacht te vragen. Het tiental achterblijvers draaide zich naar haar om.

'Heel hartelijk dank voor uw komst,' zei ze, waarbij haar stem door de hal galmde. 'Martha en de kinderen zijn u zeer dankbaar voor uw steun, maar we verzoeken iedereen die niet is uitgenodigd om te blijven logeren nu vriendelijk om te vertrekken. Als mensen vervoer nodig hebben, kunnen er taxi's worden gebeld. Ik sta bij de voordeur voor het geval iemand nog geen exemplaar van mijn *Hayseed*-boekje heeft. Ik heb er nog maar een paar over. Dank u wel.'

Ik was onder de indruk. Het was beslist een effectieve manier om een kamer te ontruimen. De overgebleven gasten leken haast te krijgen. Er werden sigaretten uitgedrukt, glazen op tafels gekwakt en wangen gekust. Iedereen was druk in de weer, behalve Terry, die nog op zijn stoel zat te slapen. Terwijl Lila het midden van de kamer verliet, gebeurde er iets afschuwelijks: haar benen vlogen in de lucht en ze viel met een dreun op de vloer. De hal trilde, want ze was geen klein vrouwtje. Ze slaakte een kreet en liet daarna een akelig, weeklagend keelgeluid horen. Het bleef even stil, maar vervolgens kwam de kamer in actie. Ik was als eerste bij Lila en knielde bij haar neer. Haar jurk was opgekropen, waardoor ik de bovenkant van haar kousen en een directoireachtige onderbroek zag.

Haar gezicht was vertrokken en ze snakte met korte snikjes naar adem.

Laurie arriveerde praktisch op hetzelfde moment als ik. Ze boog zich over ons heen, maar toen Lila haar zag, leek ze de pijn te vergeten. Ze richtte zich op op haar elleboog en probeerde Laurie zwakjes weg te duwen met de stok, die ze nog in haar hand had. 'Weg met dat mens!' siste ze. 'Ze heeft me behekst.' Daarna begon ze met samengeklemde kaken te jammeren.

Het leek me oneerlijk om zo beschuldigend naar Laurie te wijzen: Lila was uitgegleden over een canapé die op de vloer was gevallen, maar het was geen hapje van Laurie – ik zag een driehoekje roze zalm aan de zool van haar schoen plakken. Iedereen stond dicht om ons heen, en Lila's gezicht was bijna paars. Ze had haar ogen stijf dichtgeknepen en lag met zwoegende boezem te snikken. Toch leek het me geen huilbui van pijn: het zag eruit als een huilbui van woede.

Ik had nog nooit eerder het alarmnummer gebeld, en ik vond het eigenlijk wel spannend. Martha stelde het voor op het moment dat iedereen kibbelde over de vraag of Lila op de bank moest worden gelegd of op de grond moest blijven liggen. Er was ook enige onenigheid over de vraag of ze een kop thee moest krijgen. Het duurde een poosje voordat iedereen rustig was en Laurie de leiding nam. Ik hoorde iemand zeggen: 'Ze is verpleegster. Ze werkt in een ziekenhuis.'

Zij was degene die besloot dat Lila niet mocht worden verplaatst, maar een kussen onder haar hoofd moest krijgen. Ook zei ze dat we een deken over haar heen moesten leggen om haar warm te houden. Ze vond ergens wat aspirientjes, die ze in warm water liet vallen. Martha hield Lila's hoofd omhoog, en Lila nam kleine stokjes tot het glas leeg was. Ze trilde. 'Het gaat wel,' zei ze steeds. 'Het gaat wel.'

Het duurde ongeveer tien minuten voordat de ambulance er was. Ik denk niet dat er midden op het platteland vaak spoedgevallen voorkomen. Terwijl de mannen Lila voorzichtig op een brancard schoven, kwam Graham aanlopen. Stomverbaasd keek hij naar het tafereel in de hal. 'Mijn hemel!' zei hij. 'Wat is er allemaal aan de hand?' Ik legde uit dat Lila was uitgegleden. 'Komt het goed met haar?' vroeg hij.

'Ze denken dat ze haar heup heeft gebroken en dat ze...'

'Wil je iets voor me doen?' onderbrak hij me. 'Wil je een enveloppe voor me zoeken?'

Ik liep weg en haalde er een uit Martha's bureau. Toen ik hem aan Graham gaf, draaide hij zich om en stopte er iets in. Hij likte aan de flap, plakte hem dicht en haalde een pen tevoorschijn, waarmee hij 'Rachel' op de voorkant schreef.

'Ik moet weg,' zei hij. 'Nu meteen. Ik had beloofd dat ik uren geleden al thuis zou zijn. Mel is weer zwanger. Het valt allemaal niet mee.' Hij tikte op mijn schouder. 'Dat heb jij allemaal nog voor de boeg.' Hij stopte de enveloppe in mijn hand. 'Wil je dit aan Rachel geven? Ze is een wandelingetje gaan maken.'

Net voordat hij wegging, draaide hij zich met een grijns naar me om en zei: 'Ik moet je nog iets grappigs vertellen, Luke. Jullie Doreen probeerde me een exemplaar van de eerste *Hayseed* aan te smeren, dat Arthur voor haar zoon heeft gesigneerd. Ze reageerde heel kribbig toen ik zei dat de boeken nu niet bepaald in de klasse van gesigneerde eerste edities vallen. Dat mocht ze willen!' Hij lachte. Later bleek dat hij het mis had. Vijf jaar later was Jacks boek op het gesigneerde titelblad opengeslagen en lag het veilig opgeborgen in een glazen vitrine, die in Grahams nieuwe kantoor met inbraakveilige koperen schroeven aan de muur was vastgemaakt.

Ik zat op het trapje bij de voordeur toen ze Lila in de ambulance schoven. De overgebleven gasten stapten in hun auto's, dus op het moment dat de ambulance de oprit verliet, reed er een hele processie van voertuigen achteraan. Het huis leek erg leeg toen ik weer naar binnen ging. Ik deed een paar lampen aan. Het begon donker te worden. Op tafel lag een eenzame stapel met Lila's boekjes, en bij de deur stond nog een grote volle doos. Terry lag op de bank te slapen. De deken waarmee we Lila hadden bedekt lag op de grond, dus ik raapte hem op en legde hem over Terry heen. Martha was nergens te bekennen.

Ik trof Laurie in de zitkamer aan. Ze zat op een stoel, doodstil, waardoor het leek alsof ze in trance was. Er kwam een vreemd geluid uit haar mond, een soort sissende zoem, alsof ze steeds hetzelfde woord mompelde.

'Waar is iedereen?' vroeg ik.

Ze schrok. 'Sorry, ik zat op de maan,' zei ze. 'Martha is naar bed gegaan.'

Ik ging op de bank zitten.

'Wanneer ga je terug naar school?' vroeg ze.

'Maandag, denk ik.'

'Wat een week,' zei ze.

'Het spijt me dat je nauwelijks vakantie hebt gehad.'

Ze stond op en kwam naast me zitten. 'Je begrijpt het niet, hè?' vroeg ze. Ze zag er tegelijkertijd blij en verdrietig uit, en haar ogen glinsterden. 'Ik had deze reis voor geen goud willen missen. Natuurlijk ben ik niet blij met wat er met je vader is gebeurd, maar ik was er trots op dat ik bij hem was. O, Luke, ik wist dat hij een heel bijzondere man was,' zei ze. 'Ik voelde het hier.' Met een vuist tikte ze op haar borst. 'Ik kan het niet uitleggen. Op die dag, die warme dag in Londen, zweefde er iets om hem heen. Jij hebt het ook. Het hoort bij je. Je kunt het waarschijnlijk niet zo goed voelen als ik. Als ik zijn boeken lees, zie ik het glashelder.'

'Wat zie je dan?'

'Je bent een bofferd, Luke. Je neemt het altijd met je mee. Het is een soort geschenk.'

'Wat voor een geschenk?' vroeg ik enigszins geïrriteerd. 'Waarvoor?'

Laurie leek in haar eigen wereldje te zitten. 'Het is net als met die graancirkels. Op de grond lijkt het allemaal een puinhoop, maar als je vliegt, als je kunt vliegen' – ze maakte een weidse armbeweging – 'zie je wat het allemaal betekent, zie je het patroon, zie je hoe alles in elkaar steekt. Dat is het geschenk.'

Ik verlangde ernaar om dit aan Adam te vertellen. Hij was dol op dit soort dingen. 'Dat geschenk – heb jij het ook?' vroeg ik.

'Dat weet ik nog niet.' Ze stak haar hand uit naar de mijne. 'Maar jij wel, Luke. Dat weet ik zeker.' En toen zei ze iets heel griezeligs: 'Er komt een dag dat je door heel veel mensen in de gaten wordt gehouden.'

Ik had er genoeg van. Ik trok mijn hand terug. Ik was het beu dat iedereen in huis zich zo vreemd gedroeg. 'In het ziekenhuis heb ik in je tas gekeken,' zei ik. 'Ik zag wat je in je notitieboekje hebt geschreven – bladzijden vol met Arthurs naam en dat *Hiawatha*-geval.'

Ze vroeg niet hoe of wat, ze knikte gewoon. 'Mijn vader las me *Hiawatha* voor als we samen speelden. Hij was het indiaanse opperhoofd en ik was een prinses,' zei ze. 'Voordat ik hem kwijtraakte.'

'Maar je schreef niet over hem, je schreef over Arthur.'

'De kennismaking met je vader was heel bijzonder voor me.'

'Waarom? Om wat hij zei?'

'Over dat wonen in Jordanië, bedoel je?' vroeg Laurie zacht.

'Je zei dat je er niets over zou zeggen.'

'Dat heb ik ook niet gedaan, liefje. Echt niet.'

'Wat zei hij precies?'

'Dat heb ik je al verteld. Ik dacht dat hij iets over wonen in Jordanië zei. Ik kon hem nauwelijks verstaan.'

Ik voelde me alsof ik onder water zat en mijn adem moest inhouden. 'Dat heeft hij niet gezegd. Je hebt hem verkeerd verstaan.'

'Wat zei hij dan?'

'Ik was er niet bij.'

'Maar je weet het wel, hè?' zei Laurie.

'Het ging over mijn broer. Hij heette Jordan.'

Er verscheen een verbaasde blik op haar gezicht. 'Dus...'

Ik onderbrak haar. 'Heeft hij echt gezegd dat hij trots was op Rachel en mij?'

'Ik kon het niet verstaan. Ik weet niet meer wat hij zei. Ik heb mijn best gedaan om het vast te houden, maar ik heb er zo vaak aan teruggedacht dat ik het kwijt ben... het is een grote warboel in mijn hoofd,' riep ze uit. Ze boog haar hoofd en hield haar hand voor haar ogen. Ik zag haar gezicht trillen: ze deed haar best om een huilbui tegen te houden.

'Heeft hij het gezegd?'

'Nee,' fluisterde ze. 'Het spijt me... het spijt me vreselijk.'

Ik kon haar ogen niet zien, want die gingen nog steeds schuil achter haar hand. Ze zat nu te snikken.

'We zien elkaar niet meer,' zei ik. 'Morgen, bedoel ik. Ik slaap nog als je weggaat.' Ik gaf haar een kus op haar wang. Haar gezicht was nat. 'Goede reis. Ik heb nog nooit gevlogen.' Omdat ik niet weemoedig wilde klinken, voegde ik eraan toe: 'Ik heb heel wat plaatsen gezien, maar dan met treinen en zo. Maar het lijkt me geweldig om een keer te vliegen.'

'Luke...' zei ze, maar ik liep door naar de deur. Ik wilde niet teruggaan en helemaal opnieuw beginnen.

Op weg naar boven hoorde ik geluiden uit Arthurs werkkamer. Rachel was terug van haar wandeling. Ik ging in de deuropening staan en keek naar haar. Ze had een fles wijn, en in de asbak lag een sigaret te smeulen. Alle laden in de kamer stonden open, en er lag een stapel boeken en papieren op de tafel.

'Ik heb Claude gebeld,' zei ze. 'Hij en Damian komen morgen hierheen om me te helpen. Er is zo veel materiaal.'

'Heb je een ijvertjesaanval?' vroeg ik. Het was een uitdrukking die we als kleine kinderen hadden gebruikt.

'Mmm?' Ze luisterde nauwelijks naar me. Ze was bezig om allerlei papieren te sorteren. 'Weet je dat het tweede boek aanvankelijk een ander einde had?'

'Echt?'

'Luke volgt Mr. Toppit niet naar het Donkerbos, hij probeert een val te zetten door die kuil naast het pad op de heuveltop te bedekken.'

'Is het zeker dat Graham je boek gaat uitgeven?'

'Ik denk dat ik hem heb overtuigd. Hij zegt dat hij erover na wil denken als er genoeg interessant materiaal is. Er zijn nog stapels ongebruikte tekeningen van Lila.'

'Je weet niet wat er met Lila is gebeurd, hè? Je hebt het allemaal gemist.'

Na afloop van mijn verhaal hing haar mond verbijsterd open. Ik zag haar lip trillen, en opeens barstten we in lachen uit. We lachten zo hard dat ik pijn in mijn buik kreeg, en er rolden tranen over Rachels gezicht.

'Afschuwelijk,' zei ze met haar hand voor haar mond. 'Een directoire?'

Ik knikte. 'Een beetje roomkleurig, een beetje oudedameskleurig.' We lagen weer dubbel. We hielden elkaar stevig vast en gierden happend naar adem van het lachen. Waarschijnlijk waren we door het hele huis te horen.

Al die tijd had ik mijn hand in mijn zak gehad en met mijn vingers over de enveloppe van Graham en het ingesloten bobbeltje gestreken. De lijm was niet zo goed blijven plakken, maar ik denk dat ik hem zelfs had opengemaakt als dat wel het geval was geweest. Toen we elkaar loslieten, nog altijd huilend van het lachen, waren Rachels haren over haar gezicht gevallen. Ze stopte het achter haar oren, en ik zag het parelknopje in haar linkeroor en het stipje van het lege gaatje in haar rechter. Ik kon maar niet beslissen of ik de enveloppe aan haar zou geven. Uiteindelijk besloot ik het niet te doen. In mijn kamer haalde ik het pareltje tevoorschijn, stopte het in mijn etui, verscheurde de enveloppe en gooide die in de prullenbak.

Mijn rugzak, die ik bij me had gehad toen ik van school naar het ziekenhuis naar Linton was gegaan, lag naast de prullenbak op de grond. Ik was hem helemaal vergeten. Ik raapte hem op. Ik wist precies wat erin zat, en ik voelde een kriebeltje van opwinding. Ik maakte de rugzak open en haalde Adams Nederlandse tijdschrift tevoorschijn.

Het zal wel onbehoorlijk zijn om je na je vaders begrafenis af te trekken, maar ik vond echt dat ik het had verdiend. Ik opende het tijdschrift op de middenpagina's, waar Dirk en Rex en Donna stonden. Het was alsof ik oude vrienden zag. Ik zette twee kussens tegen het hoofdeinde, liet mijn broek op mijn enkels vallen en ging op het bed liggen. Ik weet niet hoeveel tijd andere mensen nodig hebben, maar ik kwam heel snel klaar, waarschijnlijk door de stress. Het volgende moment zag ik iets heel bijzonders: er zat wat kwak, geen straaltje natuurlijk, nog niet, daarvoor was het nog te vroeg, maar een volmaakte witte druppel op het uiteinde van mijn pik, stroperig en sterk genoeg om zijn vorm vast te houden. Ik leunde naar voren en nam hem voorzichtig op het uiteinde van mijn vinger. Tegen het licht was hij net zo rond en perfect als een pareltje.

Laurie

'*Y de Darkwood viene el señor Toppit, y no viene para ti, ni para mi, sino para todos nosotros.*' Toen Rachel erachter kwam dat Laurie Spaans sprak, had ze haar de Spaanse vertalingen gegeven – het enige andere land waar de serie was uitgegeven. Laurie bladerde door de boeken terwijl ze met een kop koffie in de vertrekhal van Gatwick zat. Ze had alle boeken, de Engelse en de Spaanse, samen met haar notitieboekje in haar handbagage gestopt, deels om er in het vliegtuig naar te kunnen kijken, deels om ze niet kwijt te raken als er een probleem was met de bagage die ze had ingecheckt. Je kon maar beter geen risico's nemen. Toen zij en Marge twee jaar geleden op vakantie naar het schiereiland Yucatán waren gegaan, waren hun koffers in Santiago beland en had het vier dagen geduurd voordat ze waren doorgestuurd naar Cancún. De vliegmaatschappij had gezegd dat ze ze zelf op het vliegveld moesten ophalen, maar tegen de tijd dat Marge met hen klaar was, hadden ze beloofd om de koffers naar het hotel te brengen, en boden ze bij wijze van spreken ook aan om ze voor hen uit te pakken.

Lauries Spaans was een beetje weggezakt, maar tijdens het lezen kwam het allemaal weer terug. Er werkten veel hispanics in het Holy Spirit – vooral schoonmakers en keukenmeisjes, van wie Laurie een paar van de recepten voor de hapjes op Arthurs begrafenis had gekregen – maar ze herinnerde zich het Spaans vooral uit haar jeugd in Los Alamos, van de Mexicanen die daar werkten, of van de fruitverkopers op de markt in Santa Fe, waar ze speelde als Alma na het boodschappen doen iets ging drinken. Dat Spaans de enige andere taal was waarin de boeken waren uitgebracht, en de enige andere taal die zij sprak, was ook weer een van die verbanden waardoor Laurie zich afvroeg of het toeval was geweest dat ze naar Engeland was gegaan en door die straat had gewandeld op het moment dat Arthur het ongeluk had gekregen. Eerst dacht ze dat haar trip naar Engeland een ontdekkingsreis was geweest, maar nu was ze van mening dat er eerder sprake was van een reeks hernieuwde bewustwordingen – een opeenstapeling van gebeurtenissen die tegelijkertijd buitengewoon en vertrouwd leek.

Ze wist in elk geval zeker dat het ingewikkelder was dan ze aanvankelijk had gedacht. De zuivere lijn van haar connectie met Arthur – in haar hoofd een verbindende keten met de kracht en glans van pas gesmeed staal – was veranderd door alles wat Martha, Luke en Rachel over hem hadden verteld. Het patroon was scherper geworden, veranderd en groter geworden, als de refractie van een eenvoudig beeld in een caleidoscoop. Ze kon het nu moeilijker onder controle houden, maar het werd oneindig veel mooier, groter en steviger, en het vormde zo'n complexe, vluchtige structuur dat de expansie de oppervlakte vergrootte en kwetsbaarder maakte voor aanvallen van buitenaf – zoals die van de Duitse vrouw, Lila. Het recentste toevoegsel, de ontdekking van het kind Jordan, een kind dat net zo in de tijd en geschiedenis verloren leek te zijn gegaan als haar eigen vader, had de vorm weer veranderd, hem binnenstebuiten gedraaid als de moeilijkste kop-en-schotelfiguur die je maar kon bedenken. Laurie kon het nog niet doorzien, en ze was zo moe dat ze wist dat ze zelfs met eindeloos zoemen niet helder genoeg zou worden om het de juiste plaats in de structuur te geven.

Een geplande avondvlucht was uitgesteld tot de ochtend, en Laurie was omringd met slapende mensen die op stoelen zaten of met hun hoofd op hun handbagage op de grond lagen. Het restaurant waar ze zat leek wel een slagveld. Op alle tafels stonden wel een paar dienbladjes, en de vloer lag bezaaid met plastic bekertjes, voedselresten en verpakkingen van broodjes. Het enige wat ze deed toen ze met haar koffie naar de tafel liep, was met een papieren servetje de kruimels van de stoel vegen en net genoeg plaats voor haar kopje maken. Ooit zou ze de hele tafel hebben afgeruimd, of vechtend tegen haar gêne hebben toegekeken terwijl Marge tegen een van de obers schreeuwde dat hij het moest komen doen. Nu kon het haar gewoon niet meer schelen.

Na de koffie liep ze door de vertrekhal, kijkend naar de winkels waar je goedkoop drank, sigaretten of parfum kon krijgen. Ze overwoog om iets voor Alma te kopen, maar ze bedacht zich. Alma was geen vrouw die cadeautjes in dank aanvaardde, en er was trouwens ook niets wat ze nodig had of wilde hebben. Het zou veel renderender zijn om een groot, duur cadeau te kopen om Mrs. Detweiler te paaien, maar na het hele gedoe met Alma's zogenaamde aanranding kon Laurie zich niet voorstellen dat ze in de cadeauwinkels van Gatwick iets zou vinden waarmee de continuering van haar verblijf in het Spring Crest gegarandeerd zou zijn. Misschien had zelfs Tiffany's zo'n groot en duur cadeau niet in huis. Maar goed, ze kreeg thuis weer genoeg tijd om over Alma na te denken, dus ze wilde haar laatste uur in Engeland niet verspillen met gepieker over haar. Het was zelfs zo dat de doordringende, altijd aanwezige angst om Alma bijna helemaal naar de achtergrond was verdwenen.

Ze bleef een poosje bij de kiosk staan en liep daarna de boekhandel in, waar ze vluchtig alle displays bekeek. Er lagen detectives, dikke, glanzende bestsellers, boeken ter herinnering aan de verloving van Charles en Diana, en stapels fotoboeken over landhuizen of mooie cottages op het platteland.

'Hebt u ook kinderboeken?' vroeg ze aan de man achter de kassa. Hij had een kaartje op zijn revers waar KIERAN op stond.

Hij keek haar nauwelijks aan en gebaarde ongeïnteresseerd naar de andere hoek van de winkel, maar toen Laurie daar aankwam, zag ze alleen maar een stel ongeordende cartoonboeken en verhalen uit Disney-films, die op een stapel waren neergelegd.

Ze liep terug naar de toonbank. 'Is dat alles wat u hebt?' vroeg ze.

De man haalde zijn schouders op. 'Er liggen nog wat strips naast de tijdschriften.' Hij keek scheel, wat werd benadrukt door de dikke glazen in zijn pilotenbril.

'Ik ben niet op zoek naar strips,' zei Laurie scherp. 'Daar gaat het nu net om. Is er niets voor oudere kinderen? Die willen geen strips lezen.'

'Daarginds. Meer hebben we niet,' zei hij, terwijl hij met zijn duim over zijn schouder wees.

De vrouw die achter Laurie in de rij stond, kwam naar voren en liet haar boek met een klap op de toonbank vallen. 'Neem me niet kwalijk,' zei ze onbeleefd. 'Mag ik even? Mijn vlucht is omgeroepen.' Ze probeerde Laurie aan de kant te duwen, maar Laurie gaf geen krimp.

'Dat weet ik. Daar heb ik gekeken, maar er ligt niets voor oudere kinderen.' Ze werd nogal afgeleid door de uitvergrote schele ogen van de man, die hem de aanblik van een mutant gaven.

'Wij verkopen alleen wat de centrale distributeur aanlevert.'

Ze knikte. 'Oké. Welke boeken kunnen ouders hier dan voor hun kinderen kopen?'

Hij sprak langzaam en met nadruk, alsof ze achterlijk was: 'Ze kunnen kopen wat wij in de winkel hebben.' Hij wees weer met zijn duim. 'Wat de centrale distributeur aanlevert.'

Laurie dwong zichzelf om hem recht in de ogen te kijken. 'En als jullie niets geschikts hebben?'

'Geen idee. Ik neem aan dat kinderen zelf boeken meenemen.'

'En waarom neemt u dat aan?' snauwde ze terug. In werkelijkheid had ze geen idee wat kinderen wel of niet deden. 'Hoe dan ook, als mensen zelf boeken meenemen, heb je ook geen boekhandel nodig.'

'Ik heb niets over het assortiment te zeggen,' zei hij.

'Dat is me wel duidelijk,' zei ze.

Hij sloeg zijn armen over elkaar en staarde haar aan. Er waren rode vlekken op zijn gezicht verschenen. 'Ik zorg dat de planken vol staan,' zei hij. 'We hebben dagelijks contact met de centrale distributeur.'

Zijn ogen begonnen er heel angstaanjagend uit te zien. Laurie voelde zich alsof ze in een achtbaan zat, die haar evenveel energie als angst bezorgde. Het bloed pompte door haar aderen. 'Maar u weet dus niet wat ze u sturen!' zei ze met de nodige stemverheffing. 'U belt ze gewoon op en zegt: "Hé, ik heb vijf lege planken. Zorg dat ze vol komen te staan!" U hebt zeker nog nooit gehoord van *De Hayseed Kronieken* van Arthur Hayman, of wel?'

'De wat?'

'Dit.' Ze haalde een van de boeken uit haar tas en legde het met een klap op de toonbank. Hij keek er wezenloos naar. 'Ik wil het bestellen,' zei ze.

'Als u het al hebt,' zei de man met samengeklemde kaken, duidelijk vechtend om zijn stem onder controle te houden, 'waarom wilt u het dan bestellen?'

Het was geen onredelijke vraag, maar nu kon Laurie niet meer terug. 'Omdat ik wil dat andere mensen er ook van genieten,' grauwde ze. 'Omdat ik wil dat kinderen deze ellendige boekhandel binnen lopen en tussen al jullie rotzooi iets vinden wat ze graag willen lezen.' Ze trilde een beetje toen ze een pen uit haar tas haalde, een van de papieren zakjes van het stapeltje op de toonbank pakte en de titels van de vijf boeken en Arthurs naam opschreef. Ze duwde het in de hand van de man. 'Snapt u?' vroeg ze. 'Snapt u?' Daarna liep ze weg.

Hij zei iets en ze draaide zich om. 'Wat zegt u?' vroeg ze. Ze wist heel goed wat hij had gezegd: hij had binnensmonds 'pot' gemompeld. Voordat ze besefte wat ze deed, was haar hand omhooggevlogen en had ze hem een oorvijg gegeven met het *Hayseed*-boek dat ze nog in haar hand had. Zijn bril vloog van zijn gezicht en belandde op de vloerbedekking. Daarna liep ze zo snel ze kon de winkel uit.

Het zinnetje 'Martini, puur, zonder olijf' was er een dat Laurie al geruime tijd niet meer had uitgesproken. Vanwege Alma dronk ze niet veel, en sinds de vorige zomer op Saint-Barthélemy had ze helemaal drastisch geminderd – ze kon zich niet herinneren dat ze op Arthurs begrafenis zelfs maar een glas wijn had genomen –

maar ze voelde zich heel mondain nu ze op een barkruk een drankje bestelde. De bar was bijna helemaal leeg: er waren maar twee of drie tafeltjes bezet en er zat een handjevol mensen naast haar aan de bar. Het deed Laurie genoegen dat de barman totaal niet verbaasd leek te zijn dat iemand 's ochtends om negen uur een martini bestelde. Tegen de tijd dat ze ongeveer halverwege haar drankje was, begreep ze waarom mensen dronken als ze gestrest waren. Ze was een beetje duizelig, maar ze voelde zich behaaglijk en warm, alsof ze onder een elektrische deken lag. Ze voelde zich bijna belachelijk gelukkig.

Aan een van de tafeltjes achter haar zat een vrouw van middelbare leeftijd zachtjes met een oudere man te praten. Ze waren Laurie bij binnenkomst opgevallen, omdat de vrouw enige moeite had gehad om de man in een stoel te helpen. Hij liep met twee wandelstokken en durfde die duidelijk niet los te laten. De vrouw had hem moeten ondersteunen tot hij met zijn rug naar de stoel toe stond, en daarna had ze de stokken weggetrokken. De zwaartekracht had hem veilig op de zitting van de stoel laten belanden. Nu leunde ze over de tafel en hield ze zijn hand vast. Laurie kon niet alles verstaan, maar het was duidelijk dat ze haar best deed om hem gerust te stellen. Laurie hoorde haar zeggen: 'Ik ben binnen vijf minuutjes terug, echt waar.' Ze schoof haar stoel naar achteren en stond op. Het gezicht van de man vertoonde geen enkele emotie, maar hij kreunde zachtjes.

Laurie kwam van haar barkruk. 'Neem me niet kwalijk,' zei ze. De vrouw draaide zich om. 'Wilt u dat ik even bij hem blijf?'

De vrouw keek verbaasd. 'Wat aardig van u.'

'Het is een kleine moeite,' zei Laurie. 'Ik werk in een ziekenhuis.'

'Hij is mijn vader. Hij heeft vorig jaar een beroerte gehad,' vertelde de vrouw. 'Het gaat goed met hem, maar hij staat niet zo vast op zijn benen.'

'Ik zorg wel voor hem.'

'Dat is erg aardig van u. Ik ga alleen maar even naar de wc. Ik ben zo terug. Hij kan niet praten, maar hij begrijpt alles.' Ze legde haar hand op de schouder van de man. 'Hè, vader?' De man staarde wezenloos voor zich uit.

Laurie ging op de stoel van de vrouw zitten en keek haar na. De man zag eruit alsof hij zijn hoofd probeerde te draaien om haar ook na te kijken. Hij maakte een schor geluid. Ze raakte zijn hand aan. 'Ik zorg wel voor je, lieverd,' zei ze, en voegde er vrijwel meteen aan toe: 'Ik heet Laurie.'

De man keek nog steeds recht voor zich uit. Hij had waterige ogen. Op zijn wang, net onder de haarlijn, zat een restje scheerschuim dat over het hoofd was gezien door degene die hem had geschoren.

'Lieverd, je hebt een beetje... je weet wel, een beetje...' Laurie had geen idee hoe ze het moest noemen, dus daarom draaide ze de zijkant van haar gezicht naar hem toe en tikte ze op haar wang. '...scheerspul.' Nu ze aan zijn gezicht gewend was, besefte ze dat alleen zijn ogen enige uitdrukking vertoonden. Ze pakte een servetje en veegde het schuim van zijn wang. Ze zaten even zwijgend aan tafel, tot ze zei: 'Ik ben Amerikaanse, ik kom uit het noorden van Californië. Een plaats die Modesto heet.' Ze dacht dat ze in zijn ogen iets zag bewegen en glimlachte. 'Ze zeggen dat we in Modesto heel wat hebben om modest over te zijn.' Hij liet een kreun horen, niet van pijn, maar het soort kreun waarmee je ergens op reageert. 'Ik ben onderweg naar huis,' zei ze. Hij knipperde met zijn ogen. 'Zal ik je voorlezen?' vroeg ze aan hem. Ze haalde het eerste *Hayseed*-boek uit haar tas. 'Dit is geschreven door een vriend van mij,' zei ze. Ze hield het boek omhoog om hem de voorkant te laten zien, sloeg de eerste bladzijde open en begon: 'Toen je nog jong was, of misschien nog niet zo lang geleden, niet zo ver van waar jij woont, of misschien iets dichterbij, woonde Luke Hayseed in een groot oud huis...'

De martini leek haar stem zachter te hebben gemaakt, de rasp eruit te hebben gehaald. Terwijl ze voorlas, liet de man een zacht gezoem horen, dat op het geluid van een vliegtuig in de verte leek. Het was alsof hij met de woorden meeneuriede.

Arthur en Martha

De flat van Arthur en Martha aan Shaftesbury Avenue was het tweede huis dat ze sinds hun huwelijk bewoonden. Toevallig lag hij nauwelijks meer dan honderd meter van de hoek waar Arthur ruim vijfentwintig jaar later door een vrachtwagen zou worden neergemaaid. Het flatgebouw heette Alleyne House, en de ingang lag tussen een slijterij en een Italiaans restaurant waar Arthur, als ze iets te vieren hadden, een maaltijd bestelde die hij meenam naar hun flat op de eerste verdieping.

Hun vorige flat vlak bij Gloucester Road was te klein en te vochtig geweest, en bovendien was Martha's verhouding met hun Poolse huurbaas, die een etage boven hen bewoonde, na drie jaar zo verslechterd dat hun dagen duidelijk geteld waren. De laatste venijnige ruzie over de staat van de vloerbedekking, door Martha steevast de platvloersbedekking genoemd, had ertoe geleid dat er elke keer per ongeluk een spoor van stinkend vuilnis voor hun voordeur achterbleef als Mr. Bubek zijn afval naar de vuilnisbakken in de kelder bracht. Op de dag dat ze definitief vertrokken, had Martha een representatieve selectie uit het vuilnis bij Mr. Bubek door de brievenbus geduwd, samen met de huur van de vorige week en de sleutels.

De flat aan Shaftesbury Avenue was van Terry Tringham geweest. Hij had een huurcontract en had voorgesteld dat zij dat van hem overnamen. Arthur en Martha kenden de flat, maar niet zo goed. Als ze met Terry afspraken, was dat meestal in de Sphinx of in een van zijn vaste pubs in Soho. De flat leek te zijn gereserveerd voor het microscopisch kleine deel van zijn leven dat rond zijn vrouw Eileen en hun drie kinderen draaide. In de tijd dat Eileen werkte, was ze regieassistente geweest – ze hadden elkaar ontmoet tijdens hun werk aan de laatste film die Wally Carter had gemaakt voordat hij naar Amerika ging – en ze waren getrouwd zodra Terry's echtscheiding van zijn eerste vrouw, Liz, rond was, omdat Eileen al zwanger was. Arthur was getuige geweest bij hun huwelijk.

Martha en Arthur hadden een paar feestjes in de flat meegemaakt, meestal dronken aangelegenheden om te vieren dat de opnames van een film waren afgerond, en ze hadden er wel eens gegeten als Terry en Eileen weer eens een van hun periodieke pogingen waagden om net te doen of hun leven zich niet in vrije val bevond. Bij deze gênante huiselijke avondjes hoorden smoezelige, huilende kinderen, die niet in bad of naar bed wilden en niet voorgelezen wilden worden door de ouder die het aanbood, maar door de ouder die net een nieuwe fles wijn openmaakte of in de ongelijksoortige elementen van de maaltijd enige orde probeerde aan te brengen.

Tijdens zo'n avondje konden er op een gegeven moment verschillende dingen gebeuren: als ze aan tafel gingen, verliet Eileen soms het vertrek om helemaal niet meer terug te komen, of ze verliet, als ze eindelijk aan tafel gingen, het vertrek om een paar minuten later met een betraand gezicht en een slaperig kind in haar armen terug te komen. Soms leek de lucht voor of na haar vertrek opeens elektrisch geladen te zijn, waardoor er een wijnglas werd omgegooid of een stoel achterover viel.

Maar wat er ook tijdens zulke avondjes gebeurde, meestal draaide het op hetzelfde uit. Op een bepaald moment, tijdens de maaltijd of daarna, of Eileen er nu bij was of niet, zei Terry: 'Kolere! We gaan naar de club. Kom mee.' Dan stond hij op en graaide hij tussen de troep op de tafel naar zijn sigaretten en lucifers.

Als Martha zei dat zij wel bij Eileen wilde blijven en dat Terry en

Arthur samen konden gaan, wilde Eileen daar niet van horen. Ze was moe, ze moest de was doen, ze wilde de flat opruimen, misschien moest de baby wel worden verschoond, ze wilde naar bed. Ze ging zo tekeer bij het idee dat Martha zou kunnen blijven dat het leek of dat van alle mogelijke onbevredigende afsluitingen van de avond nog wel de alleronbevredigendste was. Als ze dan uiteindelijk hun jas aantrokken om uit te gaan, zei Terry vaak: 'Huiselijk geluk, lieverd,' en dan liet hij een lach horen die voor wrang moest doorgaan, en die door het sombere trappenhuis weergalmde als ze naar beneden liepen.

Ondanks, of misschien wel dankzij, de uiteindelijke nare ontknoping van het huwelijk, en de achteloze manier waarop Terry de kinderen bij diverse grootouders en familieleden dumpte zodra duidelijk werd dat Eileen de nabije toekomst in wat iedereen eufemistisch 'Het Verpleeghuis' noemde zou moeten doorbrengen, werd Terry weer helemaal de oude. Als hij door een paar glazen drank wat loslippiger was geworden, zei hij wel eens dat zijn vrouw niet alle bladzijden van haar script op een rijtje had, maar Eileens verhaal, dat hij zo achteloos terzijde schoof, had Arthur op een of andere manier diep geraakt. Hij vroeg zich af of ze die bladzijden ooit op een rijtje had gehad, of dat ze één voor één op de verkeerde plaats waren gelegd door Terry's drankgebruik, gewelddadigheid en avontuurtjes met andere vrouwen.

Terry was gevraagd als productiemanager voor een film die in Kenia op locatie zou worden gedraaid. Hij zou vier maanden wegblijven en had besloten om na zijn terugkeer naar een nieuwe flat uit te kijken. Het aanbod in Kenia, dat hij aanvankelijk had afgeslagen omdat het te veel op hard werken leek, was inmiddels een aantrekkelijke optie geworden: hij ontving steeds meer agressieve brieven van de belastingdienst (die vraagtekens plaatste bij de inkomsten die hij de laatste jaren had opgegeven), een van zijn vriendinnetjes had een levensgevaarlijke echtgenoot (wiens woede over de verhouding zich niet op zijn vrouw, maar op Terry richtte), en, het allerergste, de familieleden bij wie zijn kinderen waren ingekwartierd, legden subtiel, maar steeds duidelijker nadruk op het feit dat de huidige maatregelen van tijdelijke aard waren. Terry dacht dat dat laatste probleem zichzelf zou oplossen als hij een paar maanden wegging en bij thuiskomst geen eigen huis meer zou hebben. Hij nam de opdracht aan.

Ondanks hun jarenlange vriendschap was Terry een keiharde onderhandelaar: als Arthur het huurcontract wilde overnemen, moest hij sleutelgeld betalen, en er viel niet te praten over het bedrag. Er waren meer dan genoeg mensen – onder wie Martha – die Arthur vertelden dat Terry hooguit de helft had mogen vragen, maar niemand wist een praktische manier om Terry zover te krijgen dat hij de prijs verlaagde. Als het aan Arthur had gelegen, had hij er misschien wel helemaal van afgezien, niet alleen vanwege het geld, maar ook omdat de flat bezoedeld leek door alles wat er tussen Terry en Eileen was voorgevallen. Maar hoewel Martha leek te geloven dat het probleem minder aan Terry's onverzettelijkheid lag dan aan Arthurs onvermogen om een lagere prijs af te dwingen, leek ze de flat zo graag te willen hebben en was ze voor haar doen zo enthousiast over de waargenomen voordelen – de flat lag heerlijk centraal, hij was heel makkelijk opnieuw te behangen, het zou een nieuwe start voor hun tweetjes worden – dat Arthur voor de eenvoudigste oplossing koos: hij ging akkoord met Terry's prijs.

Ze hadden al een flink gat in Arthurs spaargeld geslagen. Een van de twee scripts waaraan hij had gewerkt was afgewezen, waardoor hij alleen de vergoeding overhield die bij de ondertekening van het contract was betaald, en het andere script was zo vaak herschreven dat hij de hoop had opgegeven dat de goedkeuring en uitbetaling ooit zouden plaatsvinden. Op een middag had hij – zonder het tegen Martha te zeggen – hun tweedehands Ford Consul naar een garage in Vauxhall gebracht, en na een korte discussie over de prijs, die slechts door de grootmoedigste ziel een onderhandeling genoemd kon worden, had hij de auto ver beneden de waarde verkocht. Nadat hij het geld met alle waardigheid die hij kon opbrengen had geaccepteerd, was hij van mening dat hij in elk geval zijn doel had bereikt: hij ging naar huis met een zak vol beduimelde biljetten, die het tekort aanvulden van het sleutelgeld dat Terry had geëist.

Martha zeurde niet over het verlies van de auto. In de nieuwe flat hadden ze het openbaar vervoer trouwens onder handbereik: vanaf het krieken van de dag rammelden er vlak onder hun woonkamerraam bussen door Shaftesbury Avenue. En in werkelijkheid gebruikten ze de auto tegenwoordig zelden. Soms gingen ze in het weekend naar Arthurs vader in Linton, een reis waar Arthur vreselijk tegen opzag als hij aan het sombere, kille huis en zijn sombere, kille vader dacht, maar waar Martha gek genoeg juist darteler van werd. Ze rommelde in de tuin, probeerde jam te maken van het fruit aan de schriele frambozenstruiken en bracht dienbladen met eten naar Arthurs vader, die ondanks het feit dat er niets met hem aan de hand leek te zijn zelden uit bed kwam. Maar ach, ze konden ook met de trein, als het moest.

Arthur had geregeld dat een paar rekwisiteurs van Elstree op de ochtend van hun verhuizing van Gloucester Road met een meubelwagen zouden langskomen om hun spullen naar de nieuwe flat te brengen. Kort na hun bruiloft hadden Martha en hij op Bermondsey Market een tweepersoons victoriaans bed gekocht, dat als eerste naar de wagen werd gedragen, gevolgd door een stel eetkamerstoelen en het bureautje dat hij als kind had gehad. Nadat de laatste spullen in de wagen waren gezet – de keukentafel, het keukengerei, twee leunstoelen en drie of vier pakkisten vol boeken – en Martha haar bestelling door de brievenbus van Mr. Bubek had geschoven, waren ze klaar om te vertrekken. Samen keken ze op het trottoir even treurig naar de spullen die ze in de drie jaar van hun huwelijk hadden verzameld, spullen die nu op een kluitje aan de andere kant van de grote, lege meubelwagen bij elkaar stonden.

'Was dat het? Is dat alles?' vroeg Barry, een van de jongens. 'Nou, dan had ik de kleinere wagen wel mee kunnen nemen. Ik moest de grote speciaal gaan halen.'

'Nou, we hebben nog wat koffers met kleren,' zei Arthur. Hij had ze zelf naar beneden gedragen. Ze stonden naast hem op de stoep.

Barry liet een hol lachje horen. 'Nou, dan is het maar goed dat we de grote wagen hebben meegenomen.'

'Jullie worden betaald, hoor,' zei Martha vriendelijk, maar met een scherp ondertoontje.

'We klagen niet,' zei Ray, de andere jongen, korzelig. 'Makkelijker voor ons, toch?' zei hij, terwijl hij een veelzeggende blik met Barry wisselde.

De dag, die zo hoopvol was gestart, begon al iets van zijn glans te verliezen. Martha en Arthur reden zwijgend in een taxi achter Barry en Ray aan, die met hun meubelwagen over Piccadilly naar de nieuwe flat reden. Na aankomst werd de dag alleen maar erger. Zodra Arthur de deur openmaakte – hij was als eerste naar boven gegaan nadat hij bij de conciërge de sleutel had opgehaald – wist hij dat ze een probleem hadden. Dat bestond niet alleen uit de lucht, de zoete, weeë rottingsgeur, maar ook uit de chaos die Terry had achtergelaten. Ze hadden er geen speciale afspraken over gemaakt, maar Arthur was ervan uitgegaan dat hij de flat min of meer zo zou achterlaten dat zij erin konden trekken. Hij had niet verwacht dat het huis brandschoon zou zijn – daar kende hij Terry te goed voor – maar hij had ook niet gedacht dat Terry zijn leven gewoon zou achterlaten op de kale vloerplanken van een flat die niet meer van hem was.

Terwijl Arthur door de gang liep en een blik wierp in de kamers die erop uitkwamen – twee slaapkamers, een badkamer, een keuken en een woonkamer – groeide de paniek. De flat zag eruit alsof hij nogal inefficiënt was geplunderd. Op de grond lagen overal geplette kartonnen dozen en latten van houten kratten. De vloerbedekking was verwijderd, maar er waren stukken achtergebleven op plaatsen waar de bevestigingsspijkers te diep in de grond waren geslagen. In de keuken stonden vuile potten en pannen in de gootsteen, en het gasfornuis was bedekt met zwarte, ingebrande voedselresten. In de keuken was de geur ook het sterkst: de stekker van de koelkast was blijkbaar uit het stopcontact getrokken. Arthur hield zijn zakdoek tegen zijn neus en trok de deur open. Er stonden flessen melk, waarvan de inhoud geel en brokkelig was geworden, en geopende blikjes Smac en cornedbeef hadden een roestig randje gekregen. Een half leeggegeten blik witte bonen lag op zijn kant oranje drab te druppen. In de woonkamer lag een stoel met maar twee poten naast een kapotte tafel, die misschien wel in stukken was gehakt om als brandhout te dienen. Op de grond lag een gekantelde lege goudvissenkom met een verzameling versleten speelgoed en boeken eromheen. Overal lagen stapels kranten en tijdschriften. Uit een kartonnen doos onder het raam piepten een paar witte kaarten, die fris en fel afstaken tegen de gevlekte vloerplanken. Arthur bukte zich om er een op te rapen: het waren ongebruikte huwelijksaankondigingen van de bruiloft van Terry en Eileen, tien jaar eerder.

Hij hoorde Martha's voetstappen. Er klonk een gefluisterd 'Ooo' en de voetstappen versnelden. 'Arthur!' schreeuwde ze, en nog een keer: 'Arthur!' Ze holde de woonkamer binnen. Ze huilde niet vaak, maar Arthur raakte altijd erg gestrest als ze een huilbui had. Dan voelde hij de machteloosheid als een ijskoude golf over zich heen spoelen. Hij probeerde haar in zijn armen te nemen, maar ze wrong zich uit zijn omhelzing.

'Het is bedorven!' schreeuwde ze, terwijl haar ogen door de troosteloze kamer flitsten. 'Terry heeft het voor ons bedorven!' Ze liep langs hem heen en stak de gang over naar de keuken.

'We kunnen...'

Ze kwam terug, met haar hand tegen haar mond en neus, en ze schopte een kapotte driewieler aan de kant. 'Wat kunnen we, Arthur?' tierde ze met samengeklemde kaken. 'Wat kunnen we allemaal?' Ze bonsde met haar vuist tegen de muur.

Hij had nog steeds een van de trouwkaarten in zijn hand. We kunnen Terry bellen, had hij willen zeggen, maar hij herinnerde zich dat Terry al was vertrokken. Laatst was de telefoon gegaan op een avond dat Martha niet thuis was. Het was Terry, die belde met een scheepstelefoon die zo kraakte dat Arthur maar een deel van zijn woorden kon opvangen. 'Open zee, mijn beste,' bleef hij maar schreeuwen. 'Ik zit op open zee. Op weg naar het Donkere Continent.' Terry wilde dat hij ergens iets ging ophalen, en terwijl Arthur naar de eb- en vloedbeweging van zijn stem luisterde, begreep hij uiteindelijk dat er een pakje naar Terry's vriendin moest worden gebracht, maar wat er in het pakje zat of waar de vriendin zich eigenlijk bevond, kwam tijdens het gesprek niet helder over. Uiteindelijk verdween Terry en kwam er uit de telefoon alleen nog maar een geluid dat de weergalmende zeeruis van een trompetschelp nabootste.

Martha had haar gezicht naar de muur gedraaid en stond te snikken. In de gang klonk kabaal: Barry en Ray droegen de meubels naar binnen. Er klonk een dreun toen ze het zware bed door de voordeur probeerden te manoeuvreren, en vervolgens een oplaaiende woordenwisseling omdat ze het oneens waren welke kant het bed op gedraaid moest worden. Barry kwam de woonkamer binnen. Martha keerde hem de rug toe om haar tranen voor hem te verbergen. 'Waar moet het bed naartoe?' vroeg hij. Arthur zag dat er opeens een lampje bij hem ging branden. 'Dit is de flat van Mr. Tringham, hè?'

'Hij is nu van ons,' zei Arthur luider dan hij van plan was geweest. Martha liet een hol lachje horen en liep naar de keuken, waar ze de deur achter zich dichtsmeet. 'Het bed,' zei Arthur, 'daarginds links. In de slaapkamer.'

Maar Barry luisterde niet: hij glimlachte in zichzelf. 'Ray!' riep hij. 'Dit is de oude flat van Mr. Tringham. Kun je je dat feest na de opnames van die ene film nog herinneren, toen hij dat meisje zover kreeg dat ze die rare dans deed?' In de gang weerklonk de bulderende lach van Ray. 'Wat ziet dat huis eruit! Wanneer is Mr. Tringham verhuisd? Het lijkt wel of er is ingebroken.'

'Neem me niet kwalijk,' zei Arthur. Hij liep naar de andere kant van de gang en deed de keukendeur open.

Martha hing uit een open raam naar adem te snakken. Ze had haar armen strak over haar borst gevouwen, alsof ze een emotie probeerde te beteugelen. 'Ik wil hier niet blijven,' zei ze. 'We gaan wel naar een hotel.'

Arthur knikte. Hij dacht aan het sleutelgeld dat hij aan Terry had betaald en aan zijn script, aan zijn verzoek om honorarium dat nog niet was gehonoreerd.

Martha zei: 'Ik kan zo niet meer leven.'

Arthur ging kopje-onder in de ijzige golf die hem bij Martha's huilbui had overspoeld. Zijn hart ging als een razende tekeer. Hij wenste dat ze haar handen had bewogen op het moment dat ze het zei, dat ze ermee had gebaard om aan te geven dat ze het misschien wel over de staat van de flat had, maar ze had tijdens het praten haar armen over elkaar gehouden en stilgestaan.

Hij liep terug naar de gang en deed de keukendeur achter zich dicht. Barry en Ray kibbelden nog steeds over het bed, dat voor de helft binnen en voor de helft buiten stond. 'Hoeveel tijd hebben jullie? Hebben jullie het erg druk? Kunnen jullie nog even blijven?' vroeg hij. Hij slaagde erin om de trilling uit zijn stem te houden.

'We hadden gezegd dat we rond etenstijd weer thuis zouden zijn.'

'Willen jullie iets voor me doen?'

Ze keken elkaar weifelend aan. 'Nou, dat hangt ervan af. Ik had gezegd dat we de wagen terug zouden brengen,' zei Ray. Barry knikte.

Op dat moment zei Arthur iets wat hem zelf in de oren klonk alsof hij een andere taal sprak: 'Ik zal jullie compenseren.'

De sfeer veranderde onmerkbaar.

'Dit is de bedoeling,' zei Arthur. 'Dit is wat ik wil. Alles moet weg.' Hij gebaarde met zijn armen om zich heen. 'Zo kunnen we niet wonen.'

'Vreselijk,' zei Barry. Ray knikte.

'Ik wil dat alles wordt verwijderd,' zei Arthur, terwijl hij hen strak aankeek.

De jongens bliezen tegelijkertijd hun longen leeg. Barry schudde zijn hoofd. 'Nou, Mr. Hayman, ik weet niet of dat...'

'Hoeveel had ik jullie beloofd als jullie onze spullen hierheen brachten? Vijfentwintig, hè?' Arthur stak zijn hand in zijn zak en pakte zijn portemonnee.

'Het gaat niet om het geld, het gaat om de tijd, Mr. Hayman. Eerlijk waar.'

Arthur klapte zijn portemonnee open.

'Trouwens,' zei Ray agressief, 'waar zouden we al die spullen dan moeten laten?'

'Als er nog iets van waarde tussen zit, kun je het verkopen. Je mag het geld houden.'

Dat ontlokte Ray een ruwe, minachtende lach.

Barry legde een hand op zijn arm. 'Wacht even, Ray. Er zou...'

'Brandhout,' onderbrak Ray hem. 'Meer is het niet. Kijk dan.'

Arthur haalde vijfentwintig pond uit zijn portemonnee. 'Hoe dan ook, dit ben ik jullie verschuldigd voor de verhuizing,' zei hij, terwijl hij het geld aan Barry gaf. Hij haalde nog een paar biljetten uit zijn portemonnee en hield ze vast.

'Ray, er is vlak bij Borehamwood toch een vuilnisbelt?' vroeg Barry.

'Dan zijn we nooit rond etenstijd terug.'

'Nee, dat is waar,' zei Arthur. 'Dan zijn jullie nooit rond etenstijd terug.' Hij stopte de biljetten weer in zijn portemonnee, en deed de portemonnee weer in zijn zak. 'Nou, brengen jullie onze spullen dan maar naar binnen.'

Barry keek naar Ray. Arthur keek op zijn horloge. 'Vooruit,' zei hij. 'Ik wil niet dat jullie te laat komen.'

'Veertig,' flapte Ray eruit.

'Veertig wat?'

'Pond,' zei hij onzeker.

'Je bedoelt de vijfentwintig die ik jullie al heb gegeven en vijftien pond erbovenop?' vroeg Arthur.

Rays ogen flitsten naar Barry. Hij schraapte zijn keel. 'Erbovenop,' zei hij. 'Veertig erbovenop.'

'O,' zei Arthur. 'Zo veel geld heb ik niet, Ray.' Hij liep naar de gang. 'Het bed moet daar. De eetkamerstoelen hier. Probeer alsjeblieft de muur niet te beschadigen.'

'Oké. Twintig,' zei Barry. 'We doen het voor twintig.'

'Ik wil niet dat jullie te laat komen,' zei Arthur. 'Het is al laat. Jullie kunnen maar beter beginnen.'

Twee uur later was alles omgeruild: de meubels van Arthur en Martha stonden binnen, en alle troep van Terry was opgestapeld in de meubelwagen. Er was een paar keer gegrapt dat de wagen op de terugweg veel voller was dan op de heenweg. Barry en Ray bleven zeggen dat ze weg moesten, maar ze leken niet veel haast te hebben. De eetkamerstoelen waren in de woonkamer ruwweg in een kring gezet, en ze dronken allemaal uit beschadigde glazen en mokken die Arthur in een van de keukenkastjes had gevonden, naast een fles wijn die hij en Martha al half op hadden. De jongens dronken bier – Martha was naar de slijterij gegaan om bier te halen terwijl Arthur met bleekwater het fornuis schoonmaakte. Hij had ook de koelkast uitgeruimd en schoongeschrobd, en nu, met de ramen open, waaide er een aangename bries door de flat en hing er nog maar een zweem van de geur die hem had begroet toen hij de deur opendeed.

Martha lachte. Haar wangen waren een beetje rood. Ze vertelde Barry en Ray over hun vorige huisbaas, Mr. Bubek, en over de ruzies die ze met hem had gehad. De jongens hadden allebei drie biertjes op en waren bezig aan hun vierde. Op het moment dat Martha bij de climax van haar verhaal kwam en het zware Poolse accent van Mr. Bubek imiteerde: 'En wat, Mrs. Hayman, is er zo platvloers aan mijn bedekking?' moest Ray, die net een slok uit zijn blikje nam, zo vreselijk lachen dat hij het bier inhaleerde in plaats van doorslikte. Terwijl hij hoestte en proestte, kwam het schuimend door zijn neus naar buiten. Barry moest opstaan om hem hard op zijn rug te slaan.

Ze lachten zo hard dat ze niet in de gaten hadden dat Arthur de kamer verliet. Hij ging in de gang staan en leunde tegen de muur. Hij had niet veel wijn gedronken, veel minder dan Martha, maar de drank verzachtte de scherpe kantjes van de herinnering aan het gevoel dat was opgekomen zodra hij de flat binnenkwam, en dat als een zacht gezoem bij hem was gebleven tot Barry en Ray de troep van Terry weghaalden. Het leek wel paniek – het was in elk geval dezelfde golflengte als paniek – maar het voelde niet als paniek over een bepaalde gebeurtenis of een bepaald moment: het voelde als iets onmetelijks, dat zo ver terugging als hij zich kon herinneren en zich zo ver uitstrekte als hij kon overzien.

Nu onderwierp Martha Barry aan een kruisverhoor over zijn accent. 'Birmingham?' vroeg ze. 'Je klinkers zijn zo scherp. Newcastle? Bolton?'

Barry giechelde.

Ray spoorde haar aan: 'Verder naar het noorden, naar het oosten, nog iets hoger, precies – u wordt warmer.'

'Schotland?' vroeg ze aarzelend.

'Da's goddomme veel te ver!' zei Ray.

Er werd gebruld van het lachen. Arthur moest glimlachen om Martha's onverwachte levendigheid. Meestal voelde ze zich niet op haar gemak bij mensen die onder aan de ladder van de filmindustrie stonden. Arthur en Terry, die heel hun leven in en rond de studio's hadden gewerkt, waren inmiddels wel gewend aan het kastenstelsel dat hen van de elektriciens, invallers en rekwisiteurs scheidde, en aan de ongemakkelijke mengeling van vijandigheid en nederige afhankelijkheid die deze mensen doorgaans uitstraalden.

Na een poosje sloot Arthur zich af voor hun gesprek om zich op de frisse wind door de flat en het geluid van het verkeer te concentreren. Hij deed zijn ogen dicht. Hij wist niet hoe lang hij weg was, maar het was alsof hij de flat had verlaten en zich ergens anders bevond. Hun stemmen brachten hem terug: Ray leek het over een baby te hebben. 'Nee,' zei hij, 'ze slaapt de hele nacht door.'

'Hoe oud is ze?' vroeg Martha.

'Negen maanden. En eten dat ze kan! Ja, het is echt een snoepje, onze Dawn, een schatje.'

'Dawn!' zei Martha met een lachje in haar stem. 'Wat een prachtige naam voor een meisje. Wie heeft hem gekozen?'

Maar Arthur liep door de gang, weg van hen, en hij kon Rays antwoord niet meer verstaan. In gedachten zag hij een kindje met blauwe ogen op Rays knie zitten. Hij zag dat Ray haar optilde en boven zijn hoofd hield. Hij bedacht een straat waar Ray zou kunnen wonen, de vrouw die hij zou kunnen hebben, en een zondagse lunch met kinderen en grootouders.

In het voorbijgaan bekeek hij de kamers. Nu de meubels op hun plaats stonden, het huis was opgeruimd en Martha's lach in de gang te horen was, vrolijk door te veel wijn, leek alles rustig. Hij stond in de deuropening van de flat, keek naar de trap en de liftschacht en herinnerde zich opeens waar hij zich zojuist naartoe had laten voeren: hij was ergens geweest waar hij zichzelf één kort, gevaarlijk moment kon toestaan om te denken dat alles goed zou komen.

Toen er in de winter van 1960 op een bitter koude ochtend om zeven uur 's ochtends werd aangebeld, waren er ruim twee jaren verstreken sinds ze in de flat aan Shaftesbury Avenue waren getrokken. Dat was aan het einde van de zomer geweest, en na hun intrek konden ze wekenlang de ramen open laten staan en het lawaai en de warmte van de stad door de kamers laten drijven. Nu kon de inefficiënte centrale verwarming, die net was begonnen om het water met veel kabaal door de buizen in de richting van de radiatoren te stuwen, nauwelijks de kou uit de lucht halen. Arthur moest de kachels in de woonkamer en hun slaapkamer aansteken om enige waarneembare warmte in de flat te genereren.

Hij was vroeger opgestaan dan normaal. Hij bracht zijn dagen door in de filmstudio, waar de opnames van een film die zich tijdens de Franse Revolutie afspeelde problematisch verliepen. Arthur was erbij gehaald om extra dialogen voor een paar massascènes te schrijven en de slappe, centrale liefdesrelatie van de film een beetje pittiger te maken. Terwijl de film van de ene crisis in de andere rolde en steeds verder achter op schema raakte, werden de opnames van de door Arthur geschreven liefdesscènes steeds uitgesteld. Het speciaal gebouwde slaapkamerdecor was al helemaal klaar en wachtte eenzaam in de hoek van de set waarop het grootste Bastille-decor stond. Gisteren had Arthur nog een gerucht gehoord dat het slaapkamerdecor zou worden afgebroken. Dat zou betekenen dat zijn scènes definitief werden geschrapt, en hij wilde vroeg naar de studio om met de producer te praten.

Hij stond zich in de onverwarmde badkamer tegenover hun slaapkamer te scheren toen de bel ging. De kraan liep en de Ascotboiler maakte veel kabaal, dus het duurde een paar tellen voordat hij het hoorde. Hij draaide de kraan dicht, waarop de Ascot zweeg. Er hing waterdamp in de badkamer. Het was nog te vroeg voor de post, en al was dit wel het tijdstip waarop de melkkar meestal langskwam, de melkboer liet hun flessen altijd beneden staan en belde maar één keer in de week aan als de rekening moest worden betaald, en dat had Arthur al gedaan.

Hij had Martha slapend in bed achtergelaten, maar nu hoorde hij haar voetstappen in hun slaapkamer. 'Ik ga wel,' riep ze. Hij keek om de hoek van de badkamerdeur. Ze liep op haar blote voeten in een onderjurk door de gang en hees een vest over haar schouders. Toen ze bij de deurtelefoon naast de voordeur kwam, pakte ze de hoorn en zei ze schor: 'Ja?' In de verte hoorde Arthur een geknars dat als statische elektriciteit klonk. Martha zei: 'Het spijt me, ik weet niet...' maar toen brak ze haar zin af en was de statische elektriciteit weer te horen. Martha zei: 'O,' en haalde de hoorn van haar oor. Ze liet haar hand zakken, waardoor hij op haar been kwam te liggen. Zo bleef ze een paar tellen staan, met kaarsrechte rug, en Arthur zag dat ze een scheurtje in de zoom van haar onderjurk had. Daarna bracht ze de hoorn langzaam terug naar haar oor. Haar andere hand lag op haar mond en ze moest hem weghalen om weer te kunnen praten. 'Nee,' zei ze. 'Wacht even. Ik kom eraan.' Ze probeerde de hoorn weer op de haak te hangen, maar hij glipte uit haar hand en viel, waardoor hij tegen de muur bonkte en aan zijn gedraaide draad als een slingeruurwerk heen en weer zwaaide. Martha pakte hem op, ramde hem met een kreet van frustratie op de haak, haalde de deur van het slot en verdween.

Het was nu bijna helemaal stil, met uitzondering van het zachte, langzaam verdwijnende geroffel van Martha's blote voeten op de vloerbedekking in de hal. De waterdamp, die als mist in de badkamer had gehangen, werd door de tocht van de openstaande voordeur naar buiten getrokken en wervelde de gang in. Hoewel Arthur haar niet meer kon zien, fantaseerde hij dat de stoom haar in de sombere duisternis buiten hun flat probeerde te vinden, dat hij haar volgde terwijl ze over de centrale wenteltrap rond de liftschacht naar de buitendeur op de begane grond liep.

In hun slaapkamer keek Arthur op zijn horloge. Het was vijf over zeven. Martha kon elk moment terugkomen. Hij vroeg zich af of hij al koffie moest zetten en de melk warm moest maken. Hij trok zijn ochtendjas over zijn pyjama aan en liep door de gang. Voordat hij bij de keuken kwam, stond hij stil en wachtte. Het was stil in de flat. Hij begreep zelf niet waarom hij het deed, maar hij liep weer langs de slaapkamer en verliet de flat door de voordeur die Martha had laten openstaan.

Door het trappenhuis dreef het geluid van pratende stemmen naar boven. Hoewel hij de woorden niet helemaal kon verstaan, hoorde hij Martha's stem afwisselend schriller en zachter worden, waarbij hij de hoge tonen beter kon horen dan de lage. Vervolgens vielen de lage tonen weg en hoorde hij het hardnekkige hoge staccato van een woordje dat steeds werd herhaald. Hij daalde een aantal treden af naar het trapbordes. Het woord dat Martha herhaalde was 'nee'.

'Nee,' zei ze. 'Nee. Nee. Nee. Nee.' Haar stembuiging klonk elke keer net iets anders.

Door het metalen traliewerk van de liftschacht in het midden van het trappenhuis zag Arthur twee paar benen bij de buitendeur. De lichamen waren onzichtbaar door het plafond van de hal.

Martha zei: 'Het is gewoon onzin.'

Er viel een stilte. De andere persoon, een vrouw, zei: 'Maar ik weet dat het zo is.'

'U hebt het mis,' zei Martha. 'U moet zich vergissen. U vergist zich.'

'Er is geen sprake van een vergissing. Ik weet het zeker.'

'Hoor eens,' zei Martha, 'ik weet niet hoe...'

'De rekeningen. Ik heb ze gezien.'

'Rekeningen?'

'Hotelrekeningen. Voor de kamer,' bitste de vrouw. 'In Blooms-bury. Great Russell Street. Ik ken het hotel.'

'Het is onzin,' zei Martha verontwaardigd.

Het bleef even stil. Arme vrouw, dacht Arthur. Wat een gênante fout, wat een vreselijk misverstand.

'Mrs. Hayman,' zei de vrouw vermoeid, en Arthur wist dat dit de eerste keer was dat ze Martha's naam had uitgesproken. 'Ik weet alles van die Franse plaats, van Le Touquet.'

Ze sprak de naam verkeerd uit – ze zei 'Le Toekket' – maar Arthur begreep waar ze het over had. Hij wist ook van Le Touquet. Een paar maanden eerder was Martha een nachtje naar Frankrijk geweest. Ze had gezegd dat een vriendin, een voormalige collega, een wedstrijd in de *Daily Express* had gewonnen. De prijs was een kaartje voor de veerboot, en de vriendin zei dat zij niet weg kon en dat Martha het wel mocht hebben. 'Ik vind het zonde om het niet te gebruiken,' had Martha gezegd. 'Ik kan een voorraadje wijn en eten gaan kopen.' Bij thuiskomst had ze een blikje foie gras en een potje groene olijven met piment bij zich gehad, verpakt in vetvrij wit papier dat met een lintje was dichtgemaakt.

'En ik heb de koosnaampjes gelezen,' zei de vrouw. 'Ik heb ze gezien. In uw briefjes. Dus zeg alstublieft, alstublíeft niet meer dat ik me vergis.'

Het was inmiddels kwart over zeven. Arthur vroeg zich af wat er nu zou gebeuren, maar wat het ook was, hij wist dat het beter zou zijn als hij zich aankleedde en niet in zijn pyjama en ochtendjas in het trappenhuis van een flatgebouw bleef staan. Terwijl hij de trap op sloop, hoorde hij de vrouw zeggen: 'U maakt ons kapot, Mrs. Hayman. U moet uit ons leven verdwijnen. Alstublieft.' Haar stem haperde even.

Het was stil in de flat toen hij binnenkwam, en hij besloot te gaan doen wat hij had willen doen voordat hij naar buiten was gelopen om te kijken wie er aanbelde: hij liep naar de keuken, vulde de percolator, zette het gas aan en begon alles klaar te zetten voor de melk. In de slaapkamer haalde hij een wit overhemd uit de kleerkast, en hij trok de nette grijze broek aan die over de leuning van een stoel hing. Zijn zwarte schoenen stonden onder Martha's kaptafel. Hij had ze gisteren gepoetst, maar hij liet ze met een stofdoek extra glanzen voordat hij ze aandeed en de veters strikte. Hij haalde zijn tweed jasje uit de kast en knoopte een donkerblauwe das met een werkje om zijn hals voordat hij het jasje aantrok.

De voordeur viel met een klap dicht en hij hoorde Martha door de gang lopen. Bij hun slaapkamer bleef ze stilstaan. 'Het is koud,' zei ze huiverend.

'Ik zal de kachels zo aansteken,' zei Arthur. 'Wie was er aan de deur?'

'Je kraag zit scheef,' zei ze. Ze liep naar Arthur toe om zijn hemd te fatsoeneren. Haar wang streek langs de zijne en hij voelde hoe koud haar gezicht was. 'Een of ander stom mens met een enquête.'

'Enquête?'

'Van de gemeente. Of we vinden dat de straat vaak genoeg wordt schoongeveegd. Ze schreef alles op een klembord.'

'Ik heb nog nooit iemand de straat zien schoonvegen.'

'Dat zei ik ook.' Ze trok de bovenste la van de kast open en begon erin te rommelen. Daarna zocht ze gehaast en agressief tussen de spullen op haar kaptafel. Ze bleef haar vingers door haar haren halen, die er vet uitzagen. Arthur vroeg zich af of ze nog genoeg warm water zou hebben om ze te wassen.

'Wat zoek je?' vroeg hij.

'Mijn armband,' zei ze nijdig. 'Die zilveren, uit Afrika.'

'Die ligt op het nachtkastje.'

Ze ging op het bed zitten, pakte hem en deed hem om haar pols. Hij dacht dat ze meteen weer zou opstaan, maar ze bleef op het bed zitten en staarde recht voor zich uit.

'Gaat het?' vroeg Arthur.

'Ik heb het gewoon koud,' zei ze. 'Hoe laat is het?'

'Bijna halfacht.'

'Nog niets gehoord?'

'Geen kik,' zei Arthur.

'Meestal kun je de klok op hem gelijkzetten.'

'De melk staat op.'

Als bij toverslag klonk er een boos gehuil door de gang. Martha glimlachte, alsof ze opgelucht was. Ze stond op en was binnen twee tellen de kamer uit. 'Ga jij de melk halen?' riep ze.

Tegen de tijd dat Arthur in de babykamer kwam, zat Martha op haar knieën naast het ledikantje. Hij stond rechtop, hield de zijkant van het bed vast en stampte met zijn voetjes op zijn deken. Hij giechelde en probeerde aan Martha's haren te trekken, terwijl zij haar hoofd steeds terugtrok en weer in de buurt van zijn dikke handjes bracht.

Zodra hij Arthur en de melk in de gaten kreeg, verscheen er een brede, scheve grijns op zijn gezicht. Hij stak zijn hand uit.

'Hallo, Jordan,' zei Arthur. 'Hallo, biggetje.'

Soms zagen ze elkaar elke week en soms hadden ze een paar weken geen contact. Het was ook wel eens voorgekomen dat ze elkaar drie dagen achtereen hadden gezien, maar nadat Rays vrouw op de stoep had gestaan, wist Martha dat het voorbij was.

Vanaf het moment dat de bel op die koude ochtend was gegaan, bevond ze zich in een toestand die ze als een soort schijndood ervaarde. Op een vreemde manier kwam dat haar wel bekend voor, en het duurde een poosje voordat ze besefte dat ze zich ook zo had gevoeld toen haar vader stervende was. Maar de baby moest worden gevoed, de luiers moesten worden gewassen en Arthurs boterhammen moesten worden gesmeerd voordat hij 's ochtends naar de studio ging, waar hij nog steeds elke dag wachtte tot zijn scènes in de film over de Franse Revolutie werden opgenomen.

Het ergst waren de middagen, als het idiote Spaanse meisje, Chita, dat parttime voor hen werkte en altijd op het punt stond om door Martha te worden ontslagen, langskwam om voor Jordan te zorgen, zodat Martha verder kon werken aan haar afstudeerscriptie, die nu al meer dan tien jaar op afronding wachtte en zo noodlottig was onderbroken toen ze voor Wally Carter research ging plegen voor zijn kruisvaardersfilm. Ze liep naar de slaapkamer, waar een tafel stond die als bureau diende. Daar schoof ze wat met haar aantekeningen en bladerde ze door de boeken waarin ze in de kantlijnen potloodstreepjes had gezet. Ze stak sigaretten op die ze na een paar trekjes uitdrukte. Ze zetten koppen thee. Ze wierp een blik in de woonkamer, waar Jordan en Chita zaten te spelen. Soms maakte ze doelloze wandelingetjes door Soho, diep weggedoken in een jas en een wollen das tegen de bittere kou.

Ze was bang dat er iets zou gebeuren of iets niet zou gebeuren. Ze was bang om Ray te zien en om hem niet te zien. Het allerbangst was ze dat Rays vrouw terug zou komen en alles aan Arthur zou vertellen, maar ze was ook bang voor een voortzetting van deze onzekerheid, waarin Arthur en zij langzaam als stervende motten door de flat fladderden.

Dus toen er een keer vroeg in de middag werd gebeld en het Ray bleek te zijn – hij was wel zo goed op de hoogte van haar dagindeling om te weten dat Chita net na de lunch kwam om voor Jordan te zorgen en dat zij dus tijd had om te praten – wist Martha niet of ze opgelucht moest zijn of niet.

'Jezus,' babbelde hij, 'ik dacht dat Mo het zo druk had met het kind dat ze geen tijd had om mijn jaszakken te doorzoeken. Ze was echt in alle staten.'

'Dat zal best,' mompelde Martha meelevend. Ze wilde eigenlijk vragen waarom hij, als hij toch van plan was geweest om te bellen, er zo lang over had gedaan om haar nummer te draaien. Ze had er al min of meer rekening mee gehouden dat ze nooit meer iets van hem zou horen.

'Hoe gaat het met Jordy?' vroeg hij. Er waren een paar dingen aan Ray die haar irriteerden, en een daarvan was dat hij Jordan 'Jordy' noemde. Martha had hem een keer verteld dat hij niet zo heette, maar dat was duidelijk niet blijven hangen, zoals zoveel van wat Martha had gezegd.

'Met Jordan gaat het goed,' zei ze. Het bleef even stil, dus daarom voegde ze eraan toe: 'Hij krijgt natuurlijk tandjes.' Ze had geen zin om de bal terug te slaan en naar Rays dochter Dawn te vragen, een opzienbarend lelijk kind van wie Ray bij vrijwel elke ontmoeting wel een nieuwe foto tevoorschijn haalde, maar omdat een babbeltje over hun kinderen net zo'n voorspelbaar ritueel als voorspel was, vaak zelfs létterlijk het voorspel was, kon ze niets anders bedenken dan: 'En Dawn, hoe gaat het met haar?'

'Een snoepje,' zei Ray, die een zoengeluid liet horen. 'Een snoepje. En hoe gaat het met jou?' vroeg hij.

'Ook een beetje in alle staten,' zei Martha zo bondig als ze maar kon.

'Tja. Sorry voor dat gedoe met Mo. Ik had haar wel kunnen wurgen.'

'Ray, je denkt toch niet dat ze nog een keer aanbelt, hè? Of een brief schrijft aan... mijn man?' Ze vond het gênant om Arthurs naam te noemen, maar omdat zij en Ray het zelden over hem hadden, kwam het probleem niet vaak voor.

Ray hinnikte als een paard. 'Kan me niet voorstellen,' zei hij luchtig. 'Als we aan zee zitten, zijn kaarten eigenlijk al te veel moeite. We moeten gewoon voorzichtiger zijn, da's alles.'

Tot dat moment was het niet bij haar opgekomen dat de affaire kon voortduren. 'Ray!' Het was zo'n krankzinnig idee dat haar stem ervan piepte.

'Ik heb je gemist,' zei hij.

'We kunnen niet...'

'Luister eens,' zei hij, 'ik heb een verrassing voor je. Kun je naar Golders Green komen?'

'Nee,' zei Martha verontwaardigd. 'Wanneer?'

'Zo snel mogelijk. Nu. Ga met de metro.'

'Dat kan niet, Ray. Het gaat niet. Dit is waanzin.'

'Ik zie je daar. Ik wacht op je.'

'Nee,' zei Martha nog een keer. 'Nee.'

De dag was zonnig begonnen, maar het was bewolkt toen de metro na Hampstead uit de tunnel kwam ratelen, en het regende pijpenstelen tegen de tijd dat hij bij Golders Green arriveerde. Martha ging met een krant boven haar hoofd bij de taxistandplaats naast het metrostation staan en speurde de omgeving af naar Ray, die nergens te bekennen was. Ze stak een sigaret op en wachtte. Na een paar minuten kwam er een man naar haar toe, die om een vuurtje vroeg. Ze gaf hem een luciferboekje en maakte een wegwuivend gebaar toen hij het wilde teruggeven. Ze ging een stukje verderop op het trottoir staan, draaide haar rug naar hem toe, liet haar sigaret vallen en trapte hem uit met haar schoen. Toen ze opkeek, was de man in haar richting gelopen. Hun ogen vonden elkaar en hij glimlachte naar haar. Ze schoof de mouw van haar jas omhoog, tuurde naar haar horloge, strekte haar nek en draaide haar hoofd van links naar rechts, alsof ze wanhopig naar iemand op zoek was. Haar mimespel was zo minutieus dat ze even vergat dat ze werkelijk wanhopig naar iemand op zoek was.

Ze begon in paniek te raken. Op het moment dat ze het station weer in wilde lopen om de metro naar huis te pakken, werd er een paar keer getoeterd en zag ze Ray zwaaien vanuit zijn meubelwagen, die net de parkeerplaats aan de overkant op reed. Ze slaakte een kreet en gooide de krant die ze als bescherming tegen de regen had gebruikt op de grond, waarbij ze de man naast haar aan het schrikken maakte. Waarschijnlijk dacht hij dat ze hem probeerde te raken, maar hij interesseerde haar al niet meer. Het enige wat ze wilde, was zo snel mogelijk de parkeerplaats bereiken.

Ray gooide de passagiersdeur van de meubelwagen open en stak zijn hand uit om haar naar binnen te trekken. Ze zakte onderuit tegen de leuning, terwijl hij de deur dichttrok, gas gaf en wegscheurde. Ze voelde zich alsof ze na een bankoverval in een ontsnappingswagen was gedoken. Ze dacht dat ze zou flauwvallen. Op de heuvel naar Hampstead moest Ray schakelen, maar hij bracht zijn hand niet terug naar het stuur. In plaats daarvan legde hij hem op haar knie. Hij liet hem onder haar rok glijden en haakte zijn vingers om de bovenkant van haar kous.

Hij stuurde de auto van de hoofdweg af en parkeerde in een doodlopende straat bij Hampstead Heath. Nadat hij tegen Martha had gezegd dat ze moest wachten, stapte hij uit en liep hij naar de achterkant van de wagen. Martha hoorde dat hij de deuren opendeed en ergens achter haar rondstommelde. Ze deed haar ogen dicht. Eigenlijk wist ze niet goed meer hoe ze hier was gekomen.

Zodra Ray haar riep, stapte ze uit de cabine. De passagierskant stond strak tegen de berm aan geparkeerd en haar voeten zakten weg in de natte grond. Ze wenste dat ze platte schoenen had aangetrokken. Langs de zijkant van de auto liep ze naar de plaats waar Ray als opstapje een houten krat had neergezet. Ze stapte erop en tuurde de donkere ruimte in.

'Wat vind je ervan?' Uit de duisternis doemde Ray op. In zijn hand had hij een lantaarn, waarin een kaars brandde. 'Het komt allemaal uit een film,' zei hij.

Martha stapte naar binnen. Hij bevond zich aan de andere kant van de laadruimte, naast een bed. 'Het heet een *bateau lit*,' zei hij. 'Daar sliepen ze toen in. Het is een bed dat op een boot lijkt.' Hij knielde, stak een tweede lantaarn aan en daarna een derde. Tegen de zijkanten stonden nog een paar rijen meubels: sierlijke stoelen, een kaptafel en een paar gigantische vergulde spiegels, die achter een chaise longue waren gepropt. Ray lachte. 'Tot vanochtend stond de guillotine er ook nog in. Die hadden ze weer nodig op de grote set.' Hij liep naar de deuren van de vrachtruimte en trok ze naar zich toe. Martha zag het grauwe middaglicht verdwijnen op het moment dat ze dichtklapten. Ray zette ze vast met een lange metalen pijp, die door een oog in elke deur paste. Nu hadden ze alleen nog maar het schemerige licht van de lantaarns. 'Kom,' zei hij.

'Dit is de film over de Franse Revolutie,' zei Martha.

'Klopt,' zei Ray verrast.

'Daar werkt mijn man ook aan mee.'

'O ja, dat is waar – ik heb hem wel eens op de set gezien.'

'Hebben ze de rekwisieten niet meer nodig?'

'Ze hebben ze verdomme niet gebruikt. Ze schrappen de scènes. Een nachtmerrie voor ons. Heen en weer naar het rekwisietenmagazijn, we lijken verdomme wel een jojo.'

'Ik moet gaan, Ray. Ik kan dit niet. Ik ben al laat.'

'Nu ben je er al. Dan kun je toch net zo goed blijven?'

'Chita heeft geen idee hoe ze voor de baby moet zorgen. Hij moet zo naar bed. Ik moet weg – ik moet hem in bad doen.'

Het probleem was dat ze niet in staat leek om zich te bewegen. Ray pakte haar bij de hand en nam haar mee naar het bed. Het rook muf en vochtig in de meubelwagen. De vloer kraakte onder hun voeten. 'Ray...' begon ze, maar toen wist ze niet meer wat ze wilde zeggen. Ze wist helemaal niets meer. Ze had het idee dat ze zweefde.

Nadat ze haar kleren had uitgetrokken, ging ze op het bed liggen. Ray knielde met zijn hand om zijn korte, dikke pik tussen haar benen. 'Ik wil horen hoe graag je me wilt,' zei hij, en op het moment dat ze de woorden uitsprak, kon ze zich te midden van de leugens, uitvluchten en ontzetting over wat ze deed – had gedaan, zou blijven doen – niet herinneren dat ze ooit van haar leven zo eerlijk was geweest.

Later bleek het de allerlaatste keer te zijn dat ze met Ray had afgesproken.

Laurie

Nu het avond was, leek de recreatieruimte van het Spring Crest wel een verlaten passagiershal op een vliegveld. Laurie had het gevoel dat Alma en zij hier eeuwig zouden kunnen vastzitten, wachtend op een vliegtuig dat nooit zou komen. 'Waarom ben jij trouwens opeens zo van hoppetee?' vroeg Alma.

Er waren veel manieren om Lauries gevoelens van dat moment te beschrijven, maar 'hoppetee' was niet het eerste woord dat haar te binnen schoot. Nadat ze er even over had nagedacht, besloot ze dat het niet uitmaakte hoe Alma het noemde. Alma's oogjes staarden haar vanonder hun gerimpelde oogleden priemend aan, en Laurie bleef haar zwijgend aankijken.

'Al sinds je terug bent uit Engeland,' snauwde Alma. 'Heb je daar iemand ontmoet? Een man? Het beste wat er kon gebeuren.' Ze gooide haar hoofd in haar nek en liet een valse lach horen. 'Je bent net een zak droge bladeren.'

Laurie dwong zichzelf om haar mond te houden. Ze wendde zich van Alma af en zoemde zo hard ze kon. Ze was vastbesloten om dit strijdtoneel niet te betreden.

'Je zou hier moeten komen. Het zijn net honden. Ray Tabares en Dina Nelson – Mrs. D moest ze met hun broek op hun enkels uit het huisje bij het zwembad slepen. Dina is zevenenzeventig. Ze had ijswater over hen heen moeten gooien. Maar goed, hoe kun je daar nu in je eentje vakantie vieren? Moet je zien hoe je eruitziet – je bent hartstikke bleek.'

'Het was niet mijn bedoeling om bruin te worden.'

'Het is daar vreselijk weer. Het regent er altijd.'

'Volgens mij ben je nog nooit in Engeland geweest, of wel?' vroeg Laurie kalm.

Alma deed net of ze haar niet hoorde. 'Wanneer ga ik naar huis?' vroeg ze.

'Dit is thuis, Alma. Hier woon je nu.'

'Waarom mag ik niet naar huis? Het is mijn huis.'

'Ik betaal de hypotheek. Dat doe ik al jaren.'

Alma's gezicht vertrok en ze begon te huilen. 'Je wilt dat ik hier doodga, hè?' schreeuwde ze.

Laurie haalde een papieren zakdoekje uit haar tas. Ze gaf het aan Alma, die het boos wegduwde. Wanneer en op welke manier Alma ook doodging, Laurie wilde dat haar dood iets zou betekenen. Haar zijwaartse pas uit het leven zou ongetwijfeld afschuwelijk onbeduidend zijn, en daar zag ze nu al tegen op. Het zou een plaatselijk sterfgeval worden, een berichtje in de *Modesto Bee*, misschien een paar regeltjes op de pagina met overlijdensberichten, al kon Laurie zich niet voorstellen dat de gebeurtenissen in Alma's leven nog zo konden worden opgesmukt dat ze zelfs in de plaatselijke krant maar enige aandacht zouden trekken. Haar zelfgemaakte jam was niet legendarisch, haar borduurwerk had nooit een prijs op een braderie gewonnen, ze had nooit samen met Toneelgroep Modesto een onvergetelijke uitvoering van *Arsenicum en oude kant* gespeeld. Ze was zelfs nooit op een ouderavond geweest.

Laurie zag dat Alma niet meer huilde en haar aankeek met een blik die wel wat weg had van verbazing. Ze besefte dat het niet bij Alma was opgekomen dat Laurie over haar vraag zou kunnen nadenken en niet meteen sussend zou antwoorden. Toen Alma haar woorden herhaalde – 'Wil je dat ik hier doodga, Laurie? Nou?' – klonk haar stem beverig en bang, en Laurie zag dat Alma onder extreme omstandigheden nog steeds contact met de werkelijkheid kon leggen. Het probleem was dat niemand meer aan Arthurs overlijden kon tippen. Het viel niet mee om in zijn voetsporen te treden, en opeens voelde Laurie onverwachts toch nog wat genegenheid voor Alma. Ze stond zichzelf toe om te accepteren dat het onredelijk was om te verwachten dat Alma bij haar overlijden zelfs maar enigszins in de buurt van Arthurs gratie en waardigheid zou kunnen komen. Alma had duidelijk geen zin om een rationeel gesprek over haar dood te voeren. 'Ze hebben hier allemaal een hekel aan me,' zei ze. 'Alma, je hebt ook niets gedaan om hun vriendschap te winnen.' 'Dat is niet waar!' zei ze woedend. Maar het was wel waar. Tijdens het eten hadden de oude mensen vaste plaatsen, vier bewoners aan elke tafel. Aan de eerste tafel had ze het vijf dagen volgehouden. Toen zei ze tegen Bea Brooks – de oudste nog levende bewoonster van het Spring Crest – dat ze zo'n opvallend joods uiterlijk had, en vroeg ze of Bea haar achternaam misschien van Brookstein in Brooks had veranderd. Mrs. Detweiler werd erbij gehaald en Alma moest naar een andere tafel. Daar klaagden haar disgenoten dat Alma over de tafel heen leunde en met haar vingers eten van hun borden haalde. Nu zat ze in de verste uithoek van de eetzaal in haar eentje aan een kaarttafeltje, waar ze soms in zichzelf mompelde en soms luidkeels aan de gesprekken aan andere tafels deelnam.

'Ik ben eenzaam, Laurie. Ik krijg nooit bezoek. Zelfs Marge Clancy komt niet meer.' Ze keek Laurie vragend aan. 'Weet jij waarom?'

Laurie haalde haar schouders op. Ze hoopte dat ze niet bloosde. 'Het is hier net een lijkenhuis,' zei Alma. Ze had gelijk. Hoewel het pas halfnegen was, was het gebouw stil en verlaten. Dat was natuurlijk een van de redenen waarom Laurie liever 's avonds op bezoek kwam: ze vond het vreselijk als mensen de andere kant op liepen als zij en Alma een wandeling maakten in wat heel groots de 'Japanse tuin' heette, en ze had een hekel aan de strenge blik op Mrs. Detweilers gezicht als ze zei dat ze Laurie wilde spreken. Het allerergst vond ze de medelijdende blikken die ze opving als mensen haar en Alma samen zagen. Het was toch de bedoeling dat je je na je puberteit niet meer voor je ouders geneerde? Het was toch de bedoeling dat je de fouten van je ouders kon accepteren en vergeven? Wat een kletskoek, dacht Laurie.

'Nou, waar is iedereen dan? Zitten ze misschien ergens te kaarten?' vroeg ze.

'Kaarten!' Alma snoof minachtend. 'Ze weten niet eens het verschil tussen klaveren en schoppen.'

'Ze moeten ergens zijn,' zei Laurie. Ze konden niet allemaal met hun broek op hun enkels in het huisje bij het zwembad staan.

'Ze zijn naar bed. Of dood.'

Het bleef even stil, en toen deed Laurie iets heel bijzonders: ze stelde Alma een vraag over haar vader. In haar brein was een elektrisch vonkje ontstaan, dat een lang vergeten circuit in werking had gesteld. Als het een geluid had gehad, dacht ze, zou het op dat geknetter hebben geleken dat je hoort als een insect een van die rare vliegenvangers met uv-licht raakt.

'Mis je papa wel eens? Ik weet niet eens of hij nog leeft, Alma. Vind je niet dat ik het recht heb om dat te weten?' vroeg ze. Het was een heel eenvoudige vraag, die heel makkelijk uit haar mond was gerold. Ze kon nauwelijks geloven dat ze het had gevraagd, maar nu ze het had gedaan, was ze benieuwd wat er zou gebeuren.

The Exorcist was een film waar Laurie niet veel aan had gevonden (al had ze geweigerd de petitie te tekenen toen een paar kerkelijke groeperingen hem in haar woonplaats probeerden te verbieden) maar nu moest ze er opeens aan denken.

'Praat me niet van die gore klootzak, Miss Laurie Clow. Je hebt geen idee. Je hebt geen idee!'

Als Alma geen artritis in haar nek had gehad, had ze haar hoofd misschien wel driehonderdzestig graden gedraaid, maar haar lichaam beefde, en haar stem was beslist overgegaan in een angstaanjagend gegrom. Laurie had haar in jaren niet zo energiek gezien. Het was alsof iemand een paar startkabels op haar had aangesloten.

'Je hebt het recht niet om me van streek te maken,' schreeuwde

Alma. 'Je hebt het recht niet om me zo vreselijk op stang te jagen.'

'Ik wil alleen maar weten waar hij is gebleven,' zei Laurie. Ze vond het heel bijzonder dat ze zo rustig bleef.

Alle energie was uit Alma gegleden, en ze zat weer te huilen. 'Ik moest je beschermen, Laurie. Jij was mijn enige zorg.'

Er was maar één ding erger dan een agressieve Alma, en dat was een sentimentele Alma. 'Waartegen moest je me dan beschermen?' vroeg Laurie behoedzaam.

'Hij was een zwakkeling.'

In Lauries herinnering was alles heel anders geweest. Hij was niet degene die de hele ochtend in bed bleef liggen. Hij was niet degene die zich met een rij lege martiniglazen voor zich behaaglijk in die bar in Santa Fe had genesteld, en Laurie had gedwongen om de olijven van de cocktailprikkers te happen, terwijl ze niet eens van olijven hield.

'Dat is niet waar.'

'Jij hoeft mij niet te vertellen wat waar is en wat niet.' Alma's mond en kaak deden nu aan die van een mopshond denken.

'Jij dronk.'

'Je hebt geen idee hoe mijn leven met hem eruitzag. Ik schaamde me dood.'

'O, Alma...'

'Hij was praktisch een communist,' siste Alma. 'Je lijkt op hem. Je bent net als hij.'

'Alma, ik heb één keer geld ingezameld voor die fruitplukkers, die nog geen kop koffie konden kopen met wat ze op een dag verdienden.'

'Nou, hij geloofde in elk geval in de herverdeling van rijkdommen.' Ze liet een afschuwelijke lach horen. 'Door hem zijn we uit Los Alamos weggestuurd. Dat wist je niet, hè? Je was dol op die plaats.'

Dat was waar. De enige gelukkige periode die Laurie zich uit haar jeugd kon herinneren, was hun verblijf in Los Alamos, omringd door bergen en de woestijn en de hemel. Daar had ze zich veilig gevoeld. Ze had zich veilig gevoeld omdat hij bij hen was.

'Op dat moment wisten we het nog niet, maar ze waren bezig aan die bom, die ene die de jappen een kopje kleiner heeft gemaakt.'

'Er waren twee bommen, Alma. We hebben ze op twee steden laten vallen en weet-ik-hoeveel mensen gedood.'

'En dat is maar goed ook.'

'Leeft hij nog?' Laurie was inmiddels niet meer zo rustig, en haar stem trilde.

'Wil je dat weten? Pak mijn spullen, neem me mee naar huis en ik zal het je vertellen, Miss Laurie Clow. Anders ga ik hier dood en kom je er nooit achter. Wil je dat soms?' Alma vouwde haar armen over elkaar en maakte een agressieve ritsbeweging over haar lippen.

Laurie stond op. Soms was de prijs gewoon te hoog. 'Tot ziens, Alma,' zei ze. 'Tot volgende week.'

Terwijl ze de recreatieruimte verliet, voelde ze even een roesje van triomf dat ze liever voor Alma verborgen hield. Heel haar leven was ze blind geweest voor aanwijzingen en betekenissen, maar nu had ze een zwakke plek ontdekt in de muur die Alma had geconstrueerd om de waarheid voor haar verborgen te houden, een losse steen die – met enige moeite – misschien wel kon worden losgewrikt en uit het bouwwerk kon worden gehaald. Zonder dat Alma het besefte, had ze iets losgelaten over Lauries vader: tijdens hun verblijf in Los Alamos was er iets gebeurd waardoor ze moesten vertrekken. Laurie zou het bewaren en koesteren, als een cadeau, tot ze het kon ontrafelen.

Hoe dan ook, het sterkte haar in haar besluit om te doen wat ze nu moest doen. Als het niet lukte, zou Alma sowieso weer naar huis komen. Op haar horloge zag dat ze vijf minuten te vroeg was, maar dat was gunstig. Mrs. Detweiler hield van punctualiteit, wat eigenlijk best veel gevraagd was als je bedacht dat de meeste mensen met wie ze in contact kwam alzheimer hadden.

Op de deur van Mrs. Detweilers werkkamer hing een ingelijste merklap met de tekst: 'Wie met beide benen op de grond staat, maakt nooit een uitglijer.' Laurie klopte aan. Binnen werd geneuried.

'Laurie! Je ziet er goed uit,' zei Mrs. Detweiler zodra ze haar zag binnenkomen. 'Je bent afgevallen.'

'U ook,' zei Laurie. Mrs. Detweiler keek enigszins verrast. Ze had ongeveer net zo veel vlees op haar botten als een kleerhanger.

'Hoe was het? Hoe was je vakantie?'

Vanuit haar ooghoek zag Laurie een dossier op het bureau van Mrs. Detweiler liggen, waarop met grote zwarte blokletters 'Clow' was geschreven. Ooit zou ze doodsbang zijn geweest voor wat haar te wachten stond, maar nu zou ze als een surfer op een reusachtige golf over die oude gevoelens heen glijden. 'We moeten het over mijn moeder hebben,' zei ze.

Mrs. Detweiler was even van haar stuk gebracht. Laurie voelde dat ze de koetjes en kalfjes terzijde schoof die ze had willen gebruiken voordat ze ter zake kwam, maar ze herstelde zich snel. 'Dat moeten we zeker, Laurie,' zei ze. 'Ik kan je vertellen dat Alma voor ons een groot probleem begint te worden. Weet je dat de politie geen onderzoek meer naar haar indringer wil doen?' Mrs. Detweiler glimlachte zelfgenoegzaam. 'Allemaal drukte om niets.'

'Vindt u?' vroeg Laurie koeltjes.

'Ja, Laurie,' zei ze met een stem als een mes. 'Agent Reinheimer denkt dat ze het verhaal heeft verzonnen, dat ze alles uit haar duim heeft gezogen. In mijn hart denk ik dat ze aandacht wilde.'

Dan zou je eerst een hart moeten hebben, dacht Laurie.

Mrs. Detweiler duwde het mes nog wat dieper. 'Ze moet weg. Zodra je andere opvang voor haar kunt regelen. We vinden het jammer om haar te zien gaan, heus, dat weet je wel, Laurie.'

Laurie liet haar stem stokken. 'Ze is zo kwetsbaar. Ik wil haar niet nog meer aandoen. Ze vindt het hier heerlijk. Op haar eigen manier.'

Mrs. Detweiler was onverbiddelijk. 'Het spijt me, Laurie.' Ze sloeg Alma's dossier dicht en legde haar pennen op een rijtje, maar Laurie liet zich niet zomaar wegsturen.

'Mrs. D., het viel me op dat u heel wat lege kamers hebt.'

Mrs. Detweiler verbeterde haar: 'Suites,' zei ze. 'Ik heb een ellenlange wachtlijst, Laurie.'

'Dat neem ik aan. Dit is echt een tehuis voor de betere kringen. Maar u hebt goede publiciteit nodig, mond-tot-mondreclame.'

'Ik denk niet dat iemand in deze regio aan onze reputatie twijfelt, Laurie,' zei Mrs. Detweiler met een kil lachje. 'Iedereen weet hoe Alma is. Ik denk niet dat haar vertrek ons een probleem oplevert.'

'Het gaat erom dat Alma in de war is, Mrs. D. Er is iets gebeurd, misschien niet precies zoals zij dacht, maar ik twijfel er niet aan dat er een indringer is geweest. En dat zal ze vertellen, dat zal ze blijven vertellen. U weet hoe ze is.'

'Niemand gelooft haar. De politie in elk geval niet.'

Laurie had haar troefkaarten lang genoeg vastgehouden. Nu werd het tijd om ze uit te spelen. 'Ze zijn ook wel erg overbelast, hè? Ze hebben gewoon geen tijd om alles uit te pluizen. Dat zegt Greg Terpstra in elk geval.'

'Greg Terpstra?' blafte Mrs. Detweiler.

Nu had Laurie haar aandacht. 'Hij is een vriend van me. Wist u dat hij tijdens mijn afwezigheid bij Alma is geweest?' Schijnheilig voegde ze eraan toe: 'Hij is altijd zo aardig voor ons.'

Greg Terpstra was de bekendste advocaat van Modesto. Met de beste wil van de wereld kon hij geen vriend van Laurie genoemd worden. Iedereen zei dat hij banden met de maffia had, maar Laurie had geen flauw idee wat de maffia in Modesto te zoeken had, tenzij ze protectiegeld van de kapsalons aannamen. Alma had gevraagd of hij naar het Spring Crest wilde komen omdat ze haar testament weer wilde veranderen. Laurie had net de rekening gekregen. Voor zover ze wist, had Alma hem niets verteld over de aanranding.

'Greg zei dat haar handen maar bleven trillen toen ze hem over de aanranding vertelde,' vervolgde Laurie. 'Hij dacht dat ze onder vreselijke spanning moest hebben gestaan. In mijn tijd was stress iets waar je mee moest leren leven. Nu is het iets waar een prijskaartje aan hangt. U weet hoe advocaten zijn, Mrs. D.'

Laurie wist niet hoe ze de uitdrukking op Mrs. Detweilers gezicht moest interpreteren, en daarom besloot ze door te ploeteren.

'U hebt natuurlijk gelijk. Het is een groot probleem.' Ze zuchtte. 'Ik heb zo veel bewondering voor u,' zei ze, 'en voor alle andere mensen die voor de bejaarden in onze gemeenschap zorgen. Het is zo'n verantwoordelijke zorgtaak. Heel anders dan mijn baan. Als ik een fout maak – een seintje mis of een liedje aan de verkeerde persoon opdraag – gebeurt er niets. Het is niet het einde van de wereld. U zorgt vierentwintig uur per dag, zeven dagen per week voor deze mensen. U kunt hen niet overal tegen beschermen.'

'Wij hebben geen fout gemaakt,' zei Mrs. Detweiler ijzig.

'Dat hoeft u mij niet te vertellen, Mrs. D. U doet uw best, en desondanks heeft de wereld zijn oordeel over u klaar. Het is gewoon niet eerlijk.' Ze herhaalde het nog een keer: 'U weet hoe advocaten zijn.'

Er was iets over de kamer neergedaald, iets wat net zo rustgevend was als een dikke laag sneeuw. Het was gelijkspel tussen haar en Mrs. Detweiler. 'Dit is mijn voorstel,' zei Laurie. 'Ik denk dat we Alma in een wachtpatroon moeten zetten, net als zo'n grote jumbojet. Geen overhaaste beslissingen. U bent zo waakzaam, Mrs. D. Laten we de situatie gewoon even aankijken. Als Alma zich weer misdraagt, belt u mij, afgesproken?' Ze greep een van de klauwachtige handen van Mrs. Detweiler beet. 'Dank u wel.'

Terwijl ze de deur uit liep, riep Mrs. Detweiler haar naam. Laurie draaide zich om. 'Volgens mij heb je echt een goede vakantie gehad,' zei ze met een zweempje bewondering. 'Ik vind je...' Ze maakte haar zin niet af. Ze zocht naar de woorden die het beste omschreven wat ze van Laurie vond.

Laurie hielp haar een handje. 'Nou, dat klopt,' zei ze. 'Ik voel me beslist hoppetee, Mrs. D.'

Rivieren en beken, watervoren en inhammen en kreken die stroomden en zich vertakten en weer bij elkaar kwamen: dat was wat Laurie als kind had gefascineerd. In Los Alamos zag je in de lente heldere stroompjes sijpelen en sprankelen, en vervolgens zag je ze in gortdroge, gruizige greppels veranderen. In de winter ging het gruis over in modder en maakte alles een zompig geluid onder haar voeten. Ze vroeg zich af waar het water vandaan kwam en waar het naartoe ging.

Was er voor elke rivier een plek waar een klein stroompje uit de grond kwam, een stroompje dat je kon aanwijzen als de plaats waar de Mississippi, de Sacramento of de Nijl ontstond? Die gedachte stond Laurie wel aan, en ze koos de dag na haar bezoek aan Alma en Mrs. Detweiler in het Spring Crest als het moment waarop het stroompje op gang was gekomen. In haar wereld moest alles voorbeschikt zijn. Toeval was te willekeurig. Toeval schreef haar uit het verhaal. Daarom ging ze altijd terug naar die dag in 1981, naar het moment waarop ze na haar middagdienst in het Holy Spirit door de hal in de richting van de parkeerplaats liep.

Op het moment dat ze het gepiep hoorde, had ze geen idee wat het was, en ze keek om zich heen waar het vandaan kwam. Het duurde een paar tellen voordat ze doorhad dat het uit haar handtas kwam. Een jaar eerder had iedereen in het ziekenhuis een pieper gekregen. Marge was woedend geweest dat er zo veel geld werd verkwist aan een duur speeltje voor wat ze minachtend de 'mensen zonder witte jas' noemde, en zoals gewoonlijk had ze officieel een klacht ingediend. Hoewel Laurie zich destijds enigszins aangevallen had gevoeld, had er wel een kern van waarheid in de woorden van Marge gezeten: ze had de pieper in haar tas gestopt en was hem compleet vergeten, omdat ze nooit door iemand was opgepiept – tot dit moment.

'Bel me – Connie,' stond er knipperend in het venstertje, en Laurie voelde een mengeling van opwinding en vrees. Connie Kooyman stond aan het hoofd van Speciale Voorzieningen, waaronder ook de ziekenhuiszender viel.

'Laurie, goddank, ik was bang dat je al weg was,' zei Connie toen Laurie haar bij de balie op de interne lijn belde.

'Wat is er?'

'Er is iets afschuwelijks gebeurd. Ed Corley ligt op de ic. Zijn vrouw belde net.'

Laurie hapte naar adem. 'Wat vreselijk!' Ze mocht Ed niet, maar dat deed er niet toe.

'Hij heeft een ongeluk gehad. Ik heb geen details gehoord. Luister, kun jij voor hem invallen? Het spijt me vreselijk, Laurie. Had je plannen?'

'Maar hij doet het reli-uurtje! Ik heb geen idee hoe ik dat moet doen, Connie.'

'Het is niet gebonden aan een kerkgenootschap,' zei Connie kordaat, alsof dat het probleem oploste. 'Je moet gewoon iets inspirerends doen. Als Ed niet een van die vreselijke preken houdt, leest hij poëzie voor. Het is maar voor een paar dagen – nou ja, in elk geval niet langer dan deze week. Hij heeft daar een hele boekenplank. Daar staat vast wel iets geschikts op. Alsjeblieft, Laurie.'

Misschien kan ik een stukje voorlezen uit *Waarom zeg ik ja als ik nee bedoel?*, dacht Laurie, terwijl ze weer in de lift naar boven stond. Dat zou inspirerend zijn. Marge – degene die ze pas echt nodig had gehad – had haar een eindeloze stroom zelfhulpboeken gegeven, die altijd met een veelbetekenende formaliteit werden overhandigd, alsof ze weer een van de fouten kon afstrepen die ze in Laurie had ontdekt.

Ze duwde de geluiddichte deur van het studiootje open. Er hing een vage wietgeur. 'Travis?' riep ze. Er klonk geschuifel in de voorraadkamer achterin en Travis Buckley kwam met een schaapachtige blik naar buiten.

'Hallo, Mrs. Clow.'

'Travis, het interesseert me niet wat je hier doet, maar gooi de peuk niet in de prullenbak, want dan steek je de boel in brand.'

'Sorry, Mrs. Clow.'

Ze nam al heel lang niet meer de moeite om hem te vertellen dat ze niet getrouwd was. Hij had het buskruit niet uitgevonden, maar hij behandelde volwassenen met de mengeling van beleefdheid en minachting die de meeste jongeren zich hadden aangewend. In de studio was altijd wel een tiener aanwezig om te helpen, de spullen klaar te zetten, de schuiven te bedienen of een poging te wagen de platen op de juiste plaats terug te zetten. Meestal waren ze familie van iemand in het Holy Spirit – Travis was de zoon van dokter Buckley, het hoofd van de afdeling oncologie. De pubers dachten dat het zou leiden tot een carrière als diskjockey of platenproducer. Travis zat altijd achter de draaitafels platen onder de naald heen en weer te bewegen, wat een afgrijselijk geluid maakte.

'Je moet me helpen, Travis. Weet je het al van Ed?' Hij veegde zijn lange blonde haar uit zijn ogen. 'Ja, vreselijk. Ik dacht dat ik zijn programma moest doen.' Hij liet een soort snuiflachje horen. 'Rappen voor God!'

'Wat heeft hij de afgelopen dagen gedaan?'

Travis haalde zijn schouders op. 'Ik luister nooit echt, Mrs. Clow.'

'Waar bewaart hij zijn boeken, zijn naslagwerken?' Laurie keek naar de grote klok aan de muur van de studio. Nog twintig minuten te gaan.

Travis wees achteloos met zijn duim. 'Achterkamer.' Terwijl ze de opslagkamer in liepen, zei hij: 'Daar bewaart broeder Corley zijn spullen.' Hij wees op de achtermuur naast de planken met de discotheek.

'Waarom noem je hem broeder Corley? Je hoeft geen priester te zijn om het reli-uurtje te doen, Travis. Hij is orthodontist.'

'Heeft-ie nooit iets van gezegd.'

Travis was zo teleurgesteld door dit volwassenenbedrog dat Laurie medelijden met hem kreeg. 'Nou ja, misschien is hij wel lekenpriester in die rare kerk van hem aan Burney Street.'

Travis vermande zich en knikte een paar keer. 'Die man is diepgelovig.'

'Ik neem het aan,' zei Laurie weifelend. Als ze op Eds reputatie moest afgaan, was het allemaal leek en weinig priester. 'Goed – we hebben iets nodig om het programma van vandaag door te komen, iets wat ik gewoon kan voorlezen. Morgen hebben we wel tijd om de rest van de week voor te bereiden.'

Travis boog zich over een stapel boeken. 'Hé, wat vindt u van *De profeet*? Die is heel goed.'

De moed zonk Laurie in de schoenen. 'Wat ligt er nog meer?'

Travis begon de ruggen voor te lezen: '*Preken voor bij het kampvuur, Kookboek voor de ziel, Een Jezushart in een Judaswereld...*'

'O, Travis, zulke dingen kan ik niet voorlezen. Daar voel ik me gewoon niet prettig bij.' Laurie liep naar hem toe en knielde naast hem. Het eerste boek dat ze zag, was *De bijbelse manier om af te vallen*.

'Kijk eens in zijn rugzak. Zit daar iets in?' vroeg Travis, wijzend met zijn vinger.

Laurie ritste de rugzak open. Er zaten papieren zakdoekjes in en een tijdschriftje met de titel *Wedergeboren Biseksuelen*. 'Nou nee,' zei ze kernachtig, terwijl ze hem weer dicht ritste.

'Misschien kunt u beginnen met wat veiligheidsregels. U weet wel – verkeersregels, uitkijken voor stoplichten.'

Was Travis nog dommer dan ze had gedacht? 'Waar heb je het over?'

'Nou, in de bijbel staat dat we, zeg maar, een voorbeeld moeten volgen, toch? Dus u kunt het min of meer omdraaien. Dat we het voorbeeld van broeder Corley níet moeten volgen.' Travis leek heel tevreden met zichzelf.

'Travis...' Geërgerd verhief Laurie haar stem.

'Ik bedoel, u wilt toch niet dat het andere mensen ook overkomt?'

Opeens voelde Laurie dat er iets in de lucht hing. 'Wat?' vroeg ze behoedzaam.

'Het ongeluk van broeder Corley.' Laurie had geen flauw idee waar hij het over had. 'Ja,' vervolgde Travis, 'je zult maar op die manier overreden worden.'

'Is hij overreden?'

'Op de hoek van Paradise en Third. Door een schoolbus. Jeetjemina! Moet je je voorstellen hoe die kinderen zich nu voelen!'

Een heel vreemd gevoel maakte zich van Laurie meester, een mengeling van verdoving en energie, alsof ze in twee verschillende richtingen werd getrokken. Even dacht ze dat ze zou flauwvallen, maar dat kon ook komen doordat ze zo snel opstond. Ze bleef overeind door de planken met de platen vast te houden. Niet Travis was de sufferd, maar zij. Hij was slechts de boodschapper.

Tijdens de jaren daarna vertelde ze dit verhaal in interviews en in haar programma, maar ze zei er nooit bij wat ze op dat moment had gedacht: het was net als die film *The Omen*, waarin iedereen die de plannen van Satan dwarsboomde een bizar ongeluk kreeg. Ed Corley had van het toneel moeten verdwijnen, en de wijze waarop dat gebeurde was een teken: hij werd op een straat die Paradise heette overreden door een bus vol kinderen. Dat kon geen toeval zijn.

In de studio tikte de klok door. 'Luister goed, Travis,' zei Laurie. 'Zet alle apparaten aan, zet Eds herkenningstune klaar. Ik moet even nadenken.' Ze duwde hem de opslagkamer uit. 'Nu!'

'Maar hoe wilt u het programma nu vullen?' piepte hij.

'Zet alles maar gewoon klaar,' zei ze, en ze trok de deur achter hem dicht.

Uit de speakertjes aan de muur klonk de muziek die nu werd uitgezonden, het enige geluid dat in de raamloze opslagkamer met neonverlichting tot Laurie doordrong. Voor de ruimtes tussen de programma's kocht Connie muziek per meter, waar niet meer naar omgekeken hoefde te worden als Travis, of een andere puber die in de studio assisteerde, de band had aangezet. Nu klonk 'Ode an die Freude', versterkt met een lichte drumbeat. Laurie beefde een beetje, maar het was geen vervelend gevoel. Ze drukte haar tas stevig tegen haar borst, en als ze weer een beetje kalmer was, zou ze hem openmaken en het boek tevoorschijn halen. Ze zou het snel moeten doen: ze had nog maar zeven minuten en ze moest weer helemaal rustig worden.

Eds programma duurde maar een halfuur, maar voor Laurie leek het wel of het eeuwig duurde of binnen een paar tellen voorbij was.

Ze had tegen Travis gezegd dat ze hem niet meer nodig had als hij de opening van het programma had gedaan. Hij hoefde geen seintjes te geven of muziek aan te zetten, en ze dacht dat het haar zou afleiden als ze hem tijdens het lezen door het glas zou zien. Toen hij vijf minuten voor het einde weer naar binnen glipte, had ze hem niet eens de gaten.

Eds programma was het laatste van die avond, dus op het moment dat Laurie de cabine verliet, was de muziekband afgezet en was het doodstil in de studio, afgezien van de ventilator, die de geur van wiet niet kon maskeren. Travis zat met zijn hoofd in zijn handen aan het bureau. Hij veegde zijn haren uit zijn gezicht. 'Dat was super, Mrs. Clow,' zei hij. 'Wat een fantastisch boek. Het was alsof u het speciaal voor mij voorlas.' Zijn blik was glazig en onscherp.

'Dank je, Travis.'

'Die Luke, wat een gave gast is dat.'

Laurie schraapte haar keel. 'Er bestaat echt een Luke. Ik heb hem in Engeland ontmoet. Zijn vader heeft de boeken geschreven.'

'Echt waar? Wauw! Dat donkere bos is hartstikke eng.'

'Het heet het Donkerbos. Eén woord.'

'Wat maakt dat uit?'

'Zo heet het gewoon.'

'Wat gebeurde er toen Luke die brandende boom vond? Dat was zeker het werk van Mr. Toppit, hè? En dat pakje op het graf – wat zat erin?'

'Dat hoor je morgen wel.'

Travis lachte. 'Weet u, ik wil echt naar Engeland. Dat is zo'n cool land.'

Opeens had Laurie genoeg van hem. Ze wist niet of ze wel zoveel met hem wilde delen. Het was tijd om alleen te zijn en na te denken over wat er was gebeurd. 'Het is een verhaal, Travis, geen documentaire,' zei ze koeltjes.

Later die avond zat ze op de veranda met een glas whisky, niet haar eerste van die avond. Ze voelde zich heel vreemd. Had ze naar Engeland moeten bellen en aan Martha of de kinderen moeten vragen of ze de boeken op de radio mocht voorlezen? Wat zouden ze hebben gezegd? Hoe dan ook, zij was degene met wie Arthur zijn dood had gedeeld – zij was de uitverkorene geweest – en daardoor had ze net zo veel recht als zijn familie om zo'n beslissing te nemen. Ze had er trouwens ook geen tijd voor gehad. Ze had snel moeten handelen.

Toch had ze er een hol, leeg gevoel aan overgehouden. Het was ingewikkelder dan de beslissing om de boeken te delen en los te laten. Per slot van rekening waren ze in Engeland gepubliceerd, iedereen kon ze lezen. Het punt was dat datgene wat ze in haar binnenste had bewaard was verplaatst, en nu kon ze het niet meer vinden. Ze moest erop vertrouwen dat het er nog was.

Ze wist dat ze te veel had gedronken, want ze miste Marge, die zich al begon te nestelen in de zojuist vrijgekomen ruimte in Laurie, compleet met al haar woede, rommel en irritante gewoontes. Wat zou ze zeggen als ze elkaar nu zagen? Ze zouden het moeten hebben over de reden waarom ze elkaar zo lang nauwelijks hadden gesproken, waarom Laurie doelbewust onbekende gangen insloeg als ze Marge in het ziekenhuis zag lopen, en waarom ze, als Marge in de kantine was, een appel en een muffin meenam naar de studio terwijl ze van plan was geweest om in de kantine te lunchen.

Op het vliegveld van Saint-Barthélemy had Marge in de rij voor de incheckbalie iets willen zeggen. Ze had haar hand op Lauries arm gelegd en gezegd: 'Laurie, ik wil alleen...', maar Laurie had gemompeld dat ze iets uit de kiosk moest hebben. Ze waren aan de late kant, het vliegtuig zat vol en er waren nog maar twee enkele stoelen over, waardoor ze heel ver bij elkaar uit de buurt kwamen te zitten. Onder andere omstandigheden zou Marge agressief door het gangpad hebben gelopen tot ze mensen vond die ze met haar intimidatie kon dwingen om hun plaats af te staan, zodat Laurie en zij naast elkaar konden zitten.

Nu was het allemaal te laat. Laurie stond op en ging naar binnen. Ze wilde nog wat aan het boek werken. Vandaag had ze in een half-uur gewoon zo veel mogelijk tekst voorgelezen, maar nu ging ze zich erin onderdompelen en kijken wat ze kon schrappen om de rest in gelijke stukken op te delen, die ze vrijdag allemaal gelezen kon hebben. Dan hoefde ze ook niet meer te denken aan Marges ruwe, rode handen en verpletterende gewicht, aan wat Marge haar met schorre fluisterstem had opgedragen, of aan haar eigen machteloosheid om te voorkomen wat er op de laatste avond van hun vakantie op Saint-Barthélemy was gebeurd.

Toen ze de volgende middag na haar ochtendprogramma voor KCIF in het ziekenhuis kwam, begroette Travis haar enigszins opgewonden. 'Hé, Mrs. Clow, moet u dit zien!' Laurie was een beetje katterig en reageerde kribbig. 'Wat is er, Travis?'

'Moet u die vpf's zien!' zei hij, terwijl hij een paar papiertjes in haar hand drukte.

Bij hun avondmaaltijd kregen de patiënten van het Holy Spirit een verzoekplatenformulier, waarmee ze nummers konden aanvragen of commentaar op de radio-uitzendingen konden leveren. 'Wat is daarmee?' vroeg ze.

'Deze zijn niet voor uw programma,' zei Travis. 'Ze zijn voor het programma van broeder Corley. Hij krijgt nóóit vpf's.'

Verbijsterd keek Laurie naar de papiertjes in haar hand. Het waren er drie, geen aantal om van uit je dak te gaan, dacht ze.

'God, uw God, is een jaloerse God. Die Luke mag wel uitkijken en moet op het rechte pad blijven,' luidde de eerste, anonieme boodschap.

De tweede was langer:

Beste Miss Clow,

Ik heb vanavond erg genoten van het voorlezen. Veel opwekkender dan de fundamentalistische propaganda van Mr. Corley. Mijn naam is dr. Borden Masters, gepensioneerd docent. Ik heb vele jaren Engelse literatuur gedoceerd aan de universiteit van Manitoba in Winnipeg. Ik had, en heb, met name veel belangstelling voor kinderliteratuur. Ik werd bijzonder geboeid door het boek dat u las, en omdat u zei dat het een deel van De Hayseed Kronieken was, neem ik aan dat er een hele serie is. Ik bespeurde een paar overeenkomsten met de fantastische Narnia-serie van C.S. Lewis en vroeg me af of de auteur een tijdgenoot van hem was. Als het niet te veel moeite is, zou ik graag een paar woorden met u wisselen. Ik ben herstellende van een kleine operatie en lig op Ralston Ward.

Met bijzonder vriendelijke groet,
Borden Masters

De derde was met kinderlijke hanenpoten geschreven: 'Ik vind Mr. Toppit niet lief, ik wou dat hij doodging! Ik hoop dat oom Ed weer beter wordt.' Het briefje was ondertekend met 'Evangeline (Hennetje) Hop, 10 jaar, McHenry Ward'. McHenry was de afdeling waar kinderen met kanker lagen.

'Nou, wat vindt u ervan?' vroeg Travis enthousiast.

De waarheid was dat Laurie niet wist wat ze ervan moest vinden.

De volgende dag kwamen er nog een paar, en daarna nog meer. De laatste uitzending was op vrijdag, en toen ze de eerstvolgende maandag voor haar eigen programma naar de studio kwam – Connie had iemand gevonden om Eds programma over te nemen – lagen er zeventien briefjes op haar te wachten.

Op dinsdag stapte haar baas Rick Whitcomb na afloop van *Lauries Overzicht*, haar ochtendprogramma voor KCIF, de studio binnen. 'Wat heeft dat Hay-dinges allemaal te betekenen?' vroeg hij. Hij wierp vlug een blik in de spiegel en fatsoeneerde zijn overgekamde lok voordat hij ging zitten en zijn cowboylaarzen op het mengpaneel legde. 'Mijn meisjes zijn er gek op.' Met 'mijn meisjes' bedoelde hij zijn vrouw, Jerrilee, en hun vijftienjarige dochter, Merrilee, die ze gelukkig doorgaans Merry noemden. 'Jerrilee heeft in het Holy Spirit gelegen, had ik dat verteld? Haar baarmoeder is verwijderd.'

'Had ik het maar geweten, Rick. Dan was ik bij haar langsgegaan,' loog ze. Ze probeerde het sociale contact met de Whitcombs tot een minimum te beperken. Ze zag Rick al genoeg op haar werk, en al was Jerrilee tegenwoordig aardig tegen haar – ze bood altijd aan om met Laurie te gaan winkelen om iets aan haar kleren te doen – Laurie zou nooit vergeten hoe vervelend ze tegen haar had gedaan toen ze allemaal op de middelbare school zaten.

'Ze zijn er gek op, allebei,' herhaalde Rick. 'Merry vertelde dat het een of ander boek was dat je in Engeland had gevonden. De afspraak was dat ze het huishouden zou doen zolang Jerrilee uit de running was, maar ze zat elke avond in het Holy Spirit naar jou te luisteren.' Rick moest er hartelijk om lachen. 'Ik heb stapels afhaal-pizza's gegeten.'

'Tja...' begon Laurie.

'Op je laatste avond hebben ze een feestje gevierd in Jerrilees kamer. De hele afdeling kwam langs om een cocktail te drinken. Jerrilee vindt dat je het hier ook in je programma moet doen. Je weet hoe ze is als ze eenmaal iets in haar hoofd heeft.'

Nu was alles raar. De gedachte dat Jerrilee een schakel in de keten was, toverde een glimlach op haar gezicht.

'Nee, ik meen het. Ze houdt er maar niet over op,' zei Rick. 'Waar komt dat ding vandaan?'

Voor de eerste – en beslist niet de laatste – keer vertelde Laurie een versie van wat er in Engeland was gebeurd. Later kwamen er nauwkeuriger en gedetailleerdere kalibraties aan te pas om het verhaal op elke toehoorder af te stemmen, maar nu, bij Rick, moest ze snel reageren en op haar intuïtie vertrouwen.

'Wat een verhaal, Laurie,' zei hij na afloop. 'Hier kunnen we iets mee doen, publiciteit vergaren.'

Ze wilde zeggen dat er geen sprake was van 'we', maar wat er uit haar mond rolde was: 'Echt?'

'Je zou het in kortere blokken moeten doen, tussen de reclames door. Misschien aan het begin van het programma. Wat vind jij?'

Laurie schraapte haar keel. 'Dat wil ik niet,' zei ze.

'Niet?'

'Het komt niet tot zijn recht in het *Overzicht*, tussen de interviews en de opsommingen van kerkbijeenkomsten en recepten voor eierpunch door. Het komt niet tot zijn recht in kleine brokjes.'

'Wat wil jij dan?'

'Een apart programma.'

Rick hief zijn handen op. 'Hola, Laurie, wacht eens even – ik laat de planning niet bepalen door een of ander raar kinderboek uit Engeland. Ik moet de adverteerders te vriend houden.'

'Vraag maar aan Jerrilee wat zij ervan vindt,' zei ze.

Ze noemden het programma het 'Hayseed-halfuurtje'. Rick was zijn carrière begonnen als journalist voor de *Modesto Bee* en ging in het weekend nog regelmatig jagen met Vern Brisby, de hoofdredacteur. In de week voordat Laurie begon, stond er een interview met haar op de vrouwenpagina van de krant – vergezeld van een grote foto, met als ondertitel: 'Tragisch ongeluk werpt vruchten af voor Laurie Clow van KCIF'.

Naderhand had Laurie het over de '*Hayseed*-zomer'. Het was het warmste jaar dat ze zich kon herinneren, en alles leek zich in een laag tempo af te spelen. Als ze 's ochtends wakker werd, hoorde ze de achtergrondruis van de tuinsproeiers van haar buren. Tijdens de lange avonden luisterde ze naar de sissende barbecues en het spookachtige geluid van lachende kinderen. Het leek wel een droom, en het maakte haar niet uit of dat ook werkelijk zo was: ze was nog nooit eenzamer of tevredener geweest.

Als ze tijdens haar programma de boeken voorlas, ging ze er volledig in op en zweefde ze gewichtloos als een astronaut door de woorden heen. Nog nooit had het zinnetje 'in de lucht zijn' zo'n haarscherpe omschrijving geleken. De boeken, de woorden, de letters en zelfs de onbedrukte ruimte in de kantlijnen lagen als een nevel over alles heen, niet met de vuile bruine kleur van smog, maar met een kleur die tegelijkertijd levendig en bleek was. Als ze naar de hemel keek, kon ze hem zien.

Alle andere gebeurtenissen leken bijna van ondergeschikt belang: de etalage in de boekhandel aan G Street (met een foto van haar naast de boeken die vanuit Engeland waren verscheept), haar avonden met Borden Masters en de groep die hij had opgericht om over de betekenis van de boeken te praten, haar interview in het praatprogramma van de televisiezender van San Francisco, en de optocht op Onafhankelijkheidsdag, waarvoor Merry Whitcomb een *Hayseed*-praalwagen had geregeld met een als Luke verkleed jongetje, staand voor een stel kartonnen bomen tegen een zwarte achtergrond waarop een paar reusachtige oranje ogen Mr. Toppit voorstelden.

De zomer eindigde met een begrafenis, die van Evangeline Hop, bijgenaamd Hennetje, het meisje dat op de kankerafdeling voor kinderen had gelegen. Uiteindelijk was haar wens niet uitgekomen. Niet Mr. Toppit was gestorven, maar zij, de deling van de witte bloedcellen in haar lichaam was niet meer te stoppen. Ze was 's nachts overleden, en haar ouders hadden een exemplaar van *Groene Gaarde* in haar handen aangetroffen toen ze haar 's ochtends kwamen wekken. Omdat er in het Holy Spirit niets meer voor haar gedaan kon worden, was ze de laatste weken van haar leven thuis geweest. In die tijd hadden haar ouders met concerten, rommelmarkten en huis-aan-huiscollectes geld ingezameld voor een leukemiestichting. De *Bee* had reclame gemaakt voor het fonds en Laurie, die de slagzin op de folders had bedacht – 'Hop, weer een dollar voor het goede doel!' – hield dagelijks de stand bij in haar programma.

Door de dood van Evangeline werd het inzamelingscomité het begrafeniscomité. Ze vroegen Laurie of ze tijdens de dienst iets wilde zeggen. De mensen die erbij waren, zouden haar openingszin nooit vergeten: 'We noemden haar Hennetje, maar in werkelijkheid maakte niemand minder kippendrukte dan Evangeline Hop.' De door haar voorgelezen passage over Luke Hayseed en de bijen was zo goed gekozen dat sommige mensen haar later vertelden dat ze hadden willen opstaan en applaudisseren.

Maar tijdens het voorlezen had Laurie gemerkt dat ze zich op een vreemde manier niet bij de begrafenis betrokken voelde. Toen ze na afloop van de dienst met de familie van het meisje uit de kerk kwam, en zich op de trappen een weg moest banen door mensen die geen plaats in de kerk hadden kunnen bemachtigen en plaatselijke televisieploegen die de begrafenis versloegen, besefte ze dat ze aan een heel ander kind had gedacht, aan de raadselachtige Jordan Hayman, en ze vroeg zich af wat dat kon betekenen. Maar op dat moment had ze veel dingen aan haar hoofd, niet in de laatste plaats het feit dat de televisiezender in San Francisco haar een eigen praatprogramma had aangeboden.

Luke

In de zomer wandelden er 's middags wel eens mensen – reizigers met rugzakken, gezinnen met picknickmanden, stellen met fototoestellen om hun hals – de oprit op, zonder acht te slaan op het bord dat hun de weg versperde: PRIVÉTERREIN – STRENG VERBODEN TOEGANG. Waarschijnlijk dachten ze dat het verbod niet voor hen was bedoeld, maar voor de mensen die dom genoeg waren om te denken dat een huis dat in De Hayseed Kronieken was vereeuwigd ooit zijn hekken kon sluiten voor de trouwe fans, dat het bord bedoeld was voor de enkeling die er niet automatisch van uitging dat hij door de aanschaf van een van de ruim één miljoen exemplaren die in de vijf jaar sinds Arthurs dood in Groot-Brittannië waren verkocht – de miljoenen verkochte boeken in de rest van de wereld nog daargelaten – recht had op een kijkje in andermans privéleven.

Als Martha de geest kreeg, liep ze soms over het gras naar hen toe om met hen te praten. Wij sloegen het tafereel gade vanuit het huis, waar we te ver weg waren om iets te kunnen verstaan, maar waar we getuige waren van een scène die net zo levendig was als een pantomime – een kort gesprekje, plaids die van het gras werden gehaald, broodjes die weer in de mand verdwenen, doppen die weer op cameralenzen werden gezet. Terwijl Martha weer naar ons toe liep, kozen de bezoekers achter haar het hazenpad en holden ze met wat onbehoorlijk veel haast leek in de richting van de oprit. Dit was wat ze tegen hen had gezegd: 'Ik ben bang dat u weg moet – er heeft een sterfgeval in de familie plaatsgevonden.'

De exodus werd niet alleen veroorzaakt door de ernst van de boodschap, maar ook door Martha's excentrieke uiterlijk en gedrag. Ze had zich aangewend om haar haren onder de keukenkraan te wassen en ze zelf op te steken in plaats van naar de kapper in het dorp te gaan, waardoor haar kapsel de fragiele aanblik van een noodstellage had gekregen. Haar kleren, die weliswaar zeer vakkundig gesneden waren en van dure materialen waren gemaakt, waren soms al dertig jaar oud en tot op de draad versleten. Ze had het spookachtige voorkomen van iemand die in de ogen van een buitenstaander misschien niet helemaal met beide benen in het heden stond, iemand die een gesprek allerlei zenuwslopende kanten op kon laten gaan. Haar opmerking over een sterfgeval in de familie had een doodgewone mededeling kunnen zijn, maar haar gedrag zinspeelde op nadere, mogelijk nog schokkender onthullingen. Hoe dan ook, niemand had zin om te wachten of ze nog meer zou vertellen. Iedereen maakte zich uit de voeten.

Gelukkig was er maar één ingang naar de tuin. De bossen achter het huis waren lastiger. Ze strekten zich uit over meer dan honderd hectare, naar de top van de heuvel waartegen het huis was gebouwd, en vanaf de weg leidden er diverse paden tot diep in het bos. Natuurlijk waren er hekken met kettingen en hangsloten eraan, maar de *Hayseed*-fans lieten zich daardoor nooit afschrikken. Wie had ooit kunnen denken dat ze zo handig met betonscharen en spuitbussen verf zouden zijn, dat ze zo sterk waren dat hun laarzen dwars door hekken heen konden trappen, dat ze zo vastbesloten waren om het Donkerbos in bezit te nemen dat ze zich nergens door lieten tegenhouden? Ze waren net junglemieren die alles op hun pad verslonden, deze beschaafde mensen die in de macht van woorden geloofden, die de boeken aan hun kinderen voorlazen, die de bandjes in hun auto beluisterden, die gekookte eitjes zorgvuldig in *Hayseed*-eierdopjes zetten, die beleefd om een handtekening vroegen, die zo veel brieven met idiote vragen naar de Carter Press stuurden dat Graham iemand in dienst moest nemen die fulltime bezig was met de correspondentie en het runnen van wat hij 'het *Hayseed*-kantoor' noemde.

De kampvuren, het afval, de gebruikte condooms, de bomen waarop met grote witte letters 'Mr. Toppit was hier' of simpelweg een reusachtige т was gespoten – de troep in de bossen was duidelijk ons probleem, maar Martha voerde een jarenlange strijd met de gemeente over de vraag wiens verantwoordelijkheid het was om de graffiti te verwijderen van de lange muur die op een kleine kilometer van het huis lag, naast het hek dat een van de populairste ingangen naar het bos was. Eén slagzin bleef steeds terugkomen, hoe vaak hij ook werd verwijderd: HET DONKERBOS – BETREDEN OP EIGEN RISICO. Op een officieel bord zou dat misschien als een waarschuwing overkomen, maar nu het in handgeschilderde letters van bijna een meter hoog op een muur stond, werd het een uiterst verleidelijke uitnodiging. Tijdens de zomerzonnewende leken de bossen te gonzen van een mysterieus komen en gaan. Misschien vonden er zelfs wel vreemde rituelen plaats. Het was alsof het Donkerbos was ingepalmd voor een soort universeel heidens bewustzijn, en wedijverde met Glastonbury, Stonehenge en die verdronken dorpjes waar je bij hoogtij de kerkklokken kon horen luiden.

We gingen allemaal op onze eigen manier met de inbreuken om. Als je Rachel niet in de gaten hield, lokte ze wel eens reizigers naar binnen – al had ze daar niet veel overredingskracht voor nodig. Tegen de tijd dat ze een paar uur lang op haar emotioneelst was geweest, een tweede fles wijn had opengetrokken en Lila's afgekeurde tekeningen of Arthurs gekrabbelde manuscripten ter inzage had opgediept, kon je zien dat er zelfs voor de fans iets als een overdosis *Hayseed* bestond.

Zelf liet ik me nauwelijks zien. Ik had er al genoeg problemen mee op school, en ik kon er niet tegen om de verpletterde verwachtingen op de gezichten van onbekenden te zien. Ik kon er ook niets aan doen dat ik groter was geworden. Ik kon niet eeuwig zeven jaar oud blijven, gevangen op de pagina's van de boeken. In mij konden ze nog net het jongetje op Lila's tekeningen herkennen, en de vergelijking viel niet in mijn voordeel uit. Ik leerde de nationale kenmerken van teleurstelling herkennen: de wrokkigheid van de Engelsen, de regelrechte vijandigheid van de Fransen, die de indruk gaven dat ze hun geld terug wilden, de ontroerende droefenis op de vriendelijke gezichten van de Japanners – intens verdriet dat ik enerzijds wel, anderzijds niet het jongetje uit de boeken bleek te zijn. Ik was een tegenovergestelde Dorian Gray: mijn zolder bevond zich in elke boekhandel ter wereld.

In Europa werden nergens zo veel boeken verkocht als in Duitsland. Misschien herinnerde de duistere toon van de boeken en de autoritaire aard van Mr. Toppit de Duitsers aan hun nationale ziel. Lila had zelf toezicht gehouden op de Duitse vertaling. Ze had Martha, Graham en de Duitse uitgevers afgemat en de ongelukkige vertaler bijna tot waanzin gedreven. Door de vertaling werden de boeken nóg meer haar eigendom – een onbewust *droit de seigneuse* dat haar een volmacht gaf om op elk tijdstip van de dag met vrienden of familie in haar kielzog bij ons aan te bellen, na een rondleiding door het Donkerbos waarbij ze, zo zei ze, afval had opgeruimd, met haar stok had gezwaaid en iedereen die ze tegenkwam had verteld dat hij zich op verboden terrein bevond. Soms dreigde ze de politie te bellen en soms deed ze dat ook, en dan kwam de politie weer zuchtend bij ons thuis voor een van haar donderpreken dat ze ons onvoldoende beschermden.

Als ze eenmaal binnen was, wachtte ze tot iemand thee voor haar en haar gasten zette terwijl zij haar meegebrachte *Lebkuchen* ronddeelde. Tegen die tijd had Martha zich al verontschuldigd en zich in haar kamer teruggetrokken, was Rachel na de belofte dat ze water zou opzetten gewoon verdwenen (al wist je nooit of ze later nog verward en bazelend tevoorschijn zou komen), en bleef ik als offerlam achter. 'Dit is Luke,' zei Lila dan, terwijl ze haar parelende lach liet horen en zachtjes op haar haarnet met kraaltjes tikte. 'Te zijner tijd zal hij ons een rondleiding door het huis geven, dat geen geheimen meer voor hem heeft.'

Zou Lila hebben geweten dat al haar handelingen bijdroegen aan wat er in Amerika gebeurde, alle dingen die haar later zo veel verdriet deden? Laurie zou hebben aangevoerd dat het al in de sterren geschreven stond, dat de stroompjes die uit de grond kwamen van háár waren, van niemand anders, maar ik had altijd de indruk dat Lila zelf iets cruciaals in beweging had gezet.

Een paar maanden na Arthurs dood had Laurie vanuit Californië gebeld en terloops tegen Rachel gezegd dat ze iets had bedacht: het leek haar leuk om in haar programma voor kcif speciale aandacht aan een stukje uit de boeken te schenken. Rachel was nooit een erg betrouwbare verslaggever geweest, maar zij was degene die het woord 'terloops' had gebruikt, en ze wist bijna zeker dat Laurie niet had verteld dat ze de boeken al in haar ziekenhuisprogramma had voorgelezen. Daar kwamen we pas later achter.

Die zomer hoefden we niet op enige rationaliteit van Martha te rekenen. Volgens ons, Rachel en mij, was die toestand ontstaan na het vuur dat ze buiten had aangestoken. Toen we op een dag vanuit het dorp naar huis liepen, zagen we een grote rookwolk uit de tuin komen. We holden in paniek naar huis, Rachel harder, gehaaster, vooruitziender dan ik. Nog voordat ik de hoek van het huis om rende, kon ik Rachel horen schreeuwen: 'Wat doe je? Wat dóe je?' In het echte leven zijn gevechten niet gechoreografeerd, zoals in films. Ze zijn slordig en klungelig en wanordelijk; ze zijn niet elegant of doelgericht. Later, maar niet vaak, verwezen Rachel en ik wel eens vluchtig naar het incident, maar niet naar de afschuwelijke details of de pijnlijke, zwijgende nasleep ervan, die dagenlang duurde. Martha verwees er nooit meer naar.

Tot laat die avond zat Rachel bij het smeulende vuur, zo dicht bij het huis dat je de wegstervende warmte nog kon voelen als je de zijdeur opendeed. Het was krankzinnig en gevaarlijk dat Martha zoiets in haar eentje had gedaan, maar misschien ging het haar daar juist wel om. Met vuile kleren en een gezicht vol roetvegen, nat van het water dat ze op het vuur had gegooid, sorteerde Rachel de spullen die ze uit het vuur had gered, het handjevol overblijfselen van Arthurs leven, die Martha allemaal had willen vernietigen. We hoorden haar boven rondlopen, zachte voetstappen op de krakende vloerplanken. Ze wilde die avond niet meer naar beneden komen.

Later liet Rachel me een paar dingen zien die ze had gered, stukjes *Hayseed*-materiaal en iets wat helemaal niets met *Hayseed* te maken leek te hebben: een paar verschroeide bladzijden die het begin van een kort verhaal leken te zijn, dat 'Een reisje naar Le Touquet' heette. Het ging over een vrouw die in een wedstrijd een kaartje wint en naar die plaats gaat om iemand te ontmoeten.

'Ik wist niet dat Arthur naast de boeken nog iets anders had geschreven. Jij?' vroeg Rachel stomverbaasd.

'Ik ook niet. Misschien heeft hij nog wel meer complete romans geschreven.'

'Dat zullen we nooit weten nu zij ze goddomme allemaal heeft verbrand. Waarom wilde ze alles vernietigen? Dat rotmens.'

Maar goed, wat ik maar wil zeggen, is dat we Lauries verzoek onder andere omstandigheden misschien met Martha zouden hebben besproken, maar nu had Rachel er nauwelijks over nagedacht en had ze gezegd: 'Ja hoor, prima, waarom niet?' Ik denk dat we het op een bepaald moment wel aan Martha hebben verteld, maar wat belangrijker is, een van ons moet het tegen Lila hebben gezegd. Wat ik in elk geval zeker weet, is dat Lila Graham Carter belde.

Haar telefoontje had één doel: Laurie tegenhouden. Ze vermomde de boodschap op allerlei manieren, waarvan de voornaamste was dat de integriteit van de boeken verloren zou gaan als ze op de radio werden voorgelezen door een Amerikaanse stem. Het complexe ritme van de taal zou worden veranderd, de puurheid, het essentiële, typisch Engelse karakter van de boeken zou noodlottig worden bezoedeld – een bezwaar dat Lila natuurlijk niet had toen de boeken in het Duits vertaald moesten worden. Als redacteur en uitgever, als academicus die Engels had gestudeerd, zou Graham dat zeker begrijpen, zei ze. 'Lila, we hebben het hier niet over *The Canterbury Tales*,' zei Graham.

Lila smeekte, zei dat de familie verlamd was van verdriet en niet de juiste beslissing kon nemen, en herinnerde hem eraan dat hij hier zeggenschap over had. Technisch gezien had ze gelijk. In het contract dat Arthur met de Carter Press had getekend, stond dat de uitgever in feite optrad als zijn agent en alle subsidiaire rechten beheerde: film, televisie, toneel, vertaling, merchandising en – de rechten waar het om draaide – het voorlezen van zijn werk. Zonder toestemming en een overeengekomen vergoeding schond KCIF het copyright. Niet dat het daar echt om ging: het contract had net zo goed in het Urdu geschreven kunnen zijn, gezien het feit dat het aantal verkochte boeken in Groot-Brittannië niet noemenswaardig was en er geen geld was waarover gekibbeld kon worden. Later werd het pas relevant, toen Martha – of, om helemaal precies te zijn, Toppit Holdings AG, een bedrijf dat om belastingtechnische redenen in Zwitserland was opgezet – de Carter Press voor de rechter sleepte om de validiteit van het originele contract te betwisten.

Misschien zouden de gebeurtenissen in Amerika sowieso wel hebben plaatsgevonden, maar Lila's telefoongesprek met Graham betrok hem erbij – zij het op een andere manier dan haar bedoeling was geweest. Vrijwel meteen nadat Lila gefrustreerd de hoorn op de haak had gegooid, belde Graham Laurie op om haar over het copyright te vertellen, maar dan op een positieve manier. Hij vond het een fantastisch idee om de boeken voor te lezen en dacht dat er misschien wel wat geld mee te verdienen was. Hij ontdekte dat Laurie een paar dagen voor haar gesprek met Rachel al met haar uitzendingen voor KCIF was begonnen, en toen hij daar met Rick over praatte, zat er voor Rick niets anders op dan akkoord te gaan met een vergoeding. De timing kon niet beter: als Rick vóór Lauries eerste voorleesuurtjes al had geweten dat hij moest betalen, zou hij het idee vrijwel zeker hebben verworpen.

Het allerbelangrijkste was dat Lila's telefoontje Graham attendeerde op mogelijkheden waaraan hij zelf niet eens had gedacht. Toevallig was hij van plan om later die maand naar de Verenigde Staten te gaan, deels om zijn vader, Wally Carter, in Los Angeles te bezoeken en hem over te halen nog meer geld in het bedrijf te investeren om te voorkomen dat de chronische cashflowproblemen de Carter Press fataal zouden worden, en deels om uitgevers in New York te bezoeken en te proberen of hij de Amerikaanse rechten van zijn boeken kon verkopen. Op zijn lijstje stonden een klein stapeltje fictie, een serie boeken over grote filosofen, wat sociologie en psychologie, een handjevol reisboeken en de vijf *Hayseed Kronieken*. Onder normale omstandigheden, en dat gold ook voor zijn eerdere verkoopreisjes naar New York, was het nooit bij hem opgekomen om te kijken of hij de Amerikaanse rechten van Arthurs boeken kon verkopen – niet geschikt voor het grote publiek, te Engels, bestemd voor een nichemarkt en zelfs niet aantrekkelijk gemaakt door goede verkoopcijfers in eigen land.

Nu, ver weg van Meard Street en de strijd om zijn bedrijf overeind te houden, aangemoedigd door Wally's toezegging om nog meer geld te dokken, en enthousiast gemaakt door de warmte en bruisende drukte van New York, begon hij tijdens zijn afspraken met de uitgevers over Arthurs boeken, waarbij hij de namen Lewis en Tolkien liet vallen, het woord 'franchise' gebruikte en deed of het Donkerbos het nieuwe Midden-aarde was. Het was geen slecht verkooppraatje, maar niemand hapte toe. Lauries voorleesuurtjes in Modesto – 'het fenomeen', zoals Graham het ambitieus omschreef – legden niet zo veel gewicht in de schaal als hij had gehoopt. Voor de uitgevers in New York leken ze even belangrijk als een gebeurtenis op de Orkney Islands voor Graham zou zijn geweest.

Toch begon Lauries onderaardse stroompje door het aardoppervlak heen te breken. De hoofdredacteur van Segal-Klein, de grootste en meest prestigieuze uitgeverij die Graham bezocht, heette David Sloane, en na Grahams bezoek bleef er iets in zijn hoofd hangen, iets waar hij op dat moment niets mee deed, maar een cel die zich langzaam zou delen. Hij had meer met Modesto te maken dan de andere uitgevers die Graham sprak: zijn tante, Bea Brooks, zat er in een ouderentehuis. Toen ze zes maanden later stierf, was hij toevallig voor zaken in San Francisco, en voor de begrafenis reed hij naar Modesto. Na afloop bracht hij een bezoekje aan de plaatselijke boekhandel, wat hij altijd deed als hij ergens op doorreis was. Daar viel zijn oog op de uit Engeland geïmporteerde boeken van Arthur, die in een display naast de foto van Laurie stonden. Hij had haar gezicht al eens eerder gezien: hij had een artikel gelezen over haar succes bij de dagtelevisie. Ze was bij een plaatselijke televisiezender in San Francisco weggeplukt en naar Los Angeles verhuisd om een talkshow te presenteren, die een van de grote successen van het seizoen was geworden.

Wij leerden David Sloane goed kennen. Als hij in Engeland was, nam hij Graham en ons altijd mee uit eten in een chic hotel dat het Connaught heette, en dan vertelde hij ons vaak weer zijn verhaal, waarbij Graham zich uiterst ongemakkelijk voelde: de onuitgesproken suggestie was dat David de enige echte goochelaar in de *Hayseed*-familiekroniek was, degene die met honderd procent zekerheid kon zeggen welke kaart de hartenvrouw was.

Na zijn reis naar het westen las David de boeken, en hij merkte tot zijn verbazing dat hij ze heel boeiend vond. Ze weerklonken in zijn hoofd, vooral het bijzonder indrukwekkende personage Mr. Toppit. Hij gaf een van de jongere redacteurs de taak om wat research naar ze te doen, en zij kwam met *Hayseed Bespiegelingen* op de proppen.

Het was meer een vlugschrift dan een boek, met nietjes erin, zo'n veertig pagina's dik. Hoewel het in naam was uitgebracht door een uitgeverij in Modesto die landkaarten en reisgidsen van de regio maakte, hadden Laurie en Borden Masters de uitgave hoofdzakelijk zelf betaald. Ze hadden duizend exemplaren laten drukken, die bijna allemaal opgestapeld in Lauries garage lagen. Het was voortgekomen uit de discussies die ze dinsdags in hun leesgroep voerden, als Borden te veel wijn op had, extra spraakzaam werd en college gaf alsof hij nog steeds docent Engels was.

Zonder enige omhaal, voor een appel en een ei, wist David de Amerikaanse rechten voor de vijf boeken van de Carter Press op de kop te tikken, en daarna bedacht hij een plan voor *Hayseed Bespiegelingen*. Hij vloog naar Los Angeles voor een gesprek met Laurie. Het boekje was samengesteld door Borden Masters, maar hij wilde Lauries foto op de kaft en hij wilde dat Laurie achter hem stond – haar talkshow was aan een aantal zenders verkocht en was een van de snelst groeiende televisieprogramma's. Hij gaf het boekje de nieuwe titel *Hayseed Karma*, door dr. Borden Masters, PhD, met een inleiding door Laurie Clow. Hij veranderde de opmaak om er een pocket van te maken en bewerkte Bordens tekst tot hapklare stukjes, maar hij handhaafde de centrale stelling dat bijna alle gebeurtenissen in *De Hayseed Kronieken* op een religieuze of filosofische manier geïnterpreteerd konden worden. Zo was de dood van de kraaien in *Gedijende Gaarde* de elfde plaag van Egypte, waren de opdrachten die Mr. Toppit aan Luke gaf variaties op de mythe van Sisyphus, enzovoort. De centrale figuur was natuurlijk meestal Mr. Toppit, die niet alleen de onverzoenlijke God van het christelijke geloof, de joodse Jahweh, de hindoeïstische Visjnoe, de sjamaan van de Noord-Amerikaanse indianen en diverse godheden in de Chinese religie symboliseerde, maar ook Lucifer, de Prins der Duisternis en verschillende variaties op de oude vertrouwde Boeman.

David Sloane vernieuwde het boekje dusdanig dat het op verschillende manieren gelezen kon worden. Het weelderige proza van Borden Masters – 'Onze bronteksten zijn doordringend diepzinnig en welhaast oneindig betekenisvol; het zijn dankbare onderwerpen voor een analyse met de meest uiteenlopende en vaak meest tegenstrijdige technieken die de moderne kritiek en theorie ons kunnen bieden. Hoe breed opgezet deze benaderingen ook zijn, ze kunnen niet voorkomen dat het *Hayseed*-corpus – ten onrechte – kwetsbaar blijft voor de beschuldiging van etnocentrisme' – kon worden gelezen als een pedante academische parodie, maar kon ook serieus worden genomen. In het boek stonden hier en daar bijdragen van bekendheden, die gebeurtenissen uit hun leven beschreven die gebeurtenissen in de boeken weerspiegelden – Bob Woodwards 'En uit het Witte Huis doemt Mr. President op' werd de bekendste.

Bijna anderhalf jaar na Arthurs dood bracht Segal-Klein *Hayseed Karma* en de eerste drie *Hayseed*-boeken uit. In de week voordat ze uitkwamen, praatte Laurie in haar programma met mensen die aan het boek hadden bijgedragen. Segal-Klein richtte de marketing vooral op *Hayseed Karma*, dat, zoals David Sloane terecht had gedacht, de mensen naar de eigenlijke boeken leidde. Door mond-tot-mondreclame werden ze bestsellers, en toen de laatste twee negen maanden later werden uitgebracht, was *Hayseed* al een fenomeen in de uitgeverswereld.

En Lila: wie weet wat er was gebeurd als ze Graham niet had gebeld, als Graham niet opeens de geest had gekregen omdat hij nieuwe, ontluikende mogelijkheden had gezien. Misschien zouden die exemplaren van *Hayseed Bespiegelingen* in Lauries garage zijn blijven liggen, waar ze bruin en vaal van ouderdom zouden zijn geworden in de droge Californische hitte. Misschien zouden Arthurs boeken nooit in Amerika zijn uitgebracht en zouden ze in Groot-Brittannië aan het einde van hun kortstondige bestaan zijn gekomen, het literaire equivalent van het efemere leven van de fruitvlieg, en zouden ze alleen nog maar af en toe met beschadigde kaften in tweedehandsboekhandels en rommelmarkten opduiken, met een potloodkrabbel 'iop' op de achterkant.

Het was wel duidelijk dat David Sloane een gewiekste uitgever was. Hij had een voorgevoel gehad dat de boeken wel eens zouden kunnen aanslaan in Amerika: hij was ervan overtuigd dat ze zowel kinderen als volwassenen konden aanspreken. En net zoals hij *Hayseed Bespiegelingen* een nieuwe look had gegeven als *Hayseed Karma*, veranderde hij één cruciaal aspect aan de boeken om zijn doel te bereiken: hij haalde alle illustraties eruit. In de Amerikaanse uitgave van Segal-Klein waren de boeken Lila-loos.

De meeste mensen kunnen wel een manier vinden om hun leed te verbergen. Voor Lila was dat onmogelijk. Ze spreidde het tentoon, ze ademde het uit, ze rook ernaar. En toch, net zoals ze dat waarschijnlijk ook op andere momenten in haar leven had gedaan, in de tijd dat ze als oorlogswees in Engeland arriveerde nadat haar ouders en haar broer door Buchenwald waren opgeslokt, vocht ze op haar eigen manier terug. Ze bestelde van elk van de vijf delen vijftig exemplaren – waarbij ze met Graham over handelskorting onderhandelde – en liet deze in haar piepkleine flatje bezorgen, waar ze opgestapeld in de gang lagen. Ze had al gezorgd voor touw, luchtkussenenveloppen, postzegels, luchtpoststickers en gedrukte stickers waarop haar eigen naam en adres stonden, en ze stuurde zorgvuldig een Engelse editie van elk deel naar iedereen die ze in de Verenigde Staten kende, en niet kende: vrienden, familie, kennissen, familie van vrienden, vrienden van kennissen, en de boekenredacties van onder andere *The New York Times*, de *Boston Globe*, de *Los Angeles Times*, de *San Francisco Chronicle*, de *Washington Post* en de tijdschriften *Time* en *Newsweek*, met een begeleidend schrijven waarin ze uitlegde dat dit de goedgekeurde edities van de boeken waren, die niet verward moesten worden met inferieure versies.

Daarna kocht ze een dure, grote leren schoudertas, die ruim genoeg was om de uitgebreide inhoud van haar oudere, kleinere handtas en een paar exemplaren van elk boek te bevatten. Ondanks haar slechte heup, die nooit helemaal was hersteld van haar val op Arthurs begrafenis, en de wandelstok waarop ze met haar hele gewicht leunde, had ze de tas altijd bij zich, want ja, 'je kon nooit weten'.

De loop van Lila's leven werd voor een groot deel bepaald door 'stel nou' en 'voor het geval dat', niet echt op een vicariërende manier, maar meer met een opportunistisch oog voor detail – de tandenborstel en nachtjapon altijd in haar tas, de koekjes die ze bakte voor als er iemand onverwachts langskwam. Als ze nu hoorde dat een vriend een Amerikaans familielid op bezoek had, kwam ze langs met de Engelse editie als geschenk. In de trein, op straat en in winkels spitste ze als een dier haar oren en lag ze op de loer voor mensen met een Amerikaans accent. Vervolgens klampte ze hen aan en duwde ze hun één of – als ze hen aardig vond – meerdere exemplaren van de Engelse *Hayseed*-boeken in de hand. Ik denk niet dat ze ooit trotser op zichzelf is geweest dan op de dag dat ze een Amerikaanse toerist met de Amerikaanse editie op een bankje bij de kathedraal van Salisbury zag zitten en – een krankzinnige vrouw met een haarnetje vol kraaltjes – op hem af strompelde, met haar stok zwaaide en als strijdkreet '*Echt, kein Ersatz!*' schreeuwde terwijl ze het boek uit zijn hand graaide en uit alle macht weggooide.

De boeken waren in die tijd natuurlijk al beroemd in Groot-Brittannië. Hun succes was vanaf de andere kant van de Atlantische Oceaan teruggelekt. Er leek geen einde te komen aan de stroom nieuwsberichten over hoe deze onbekende kinderboeken een sensatie in Amerika waren geworden – 'De vijf dappere boekjes', schreef de *Daily Mail* – en artikelen met titels als 'Tragedie achter de bestsellerlijst', met daarin het verhaal over Arthurs dood en een foto van mij naast een van Lila's tekeningen.

Razendsnel leken de boeken, die uit het niets tevoorschijn waren gekomen, in een traditie te passen, en er kwamen voorlopers en imitaties, vurige fans en hevige afkrakers, brieven in kranten en vermeldingen op televisie. De elementen die juist zo in het verhaal verankerd leken te zijn, raakten los, begonnen een eigen leven te leiden, vlogen weg en dreven door de ether, waar ze elk moment geplukt konden worden en door anderen konden worden ingezet om hun eigen doel te bereiken. Toen Neil Kinnock naar aanleiding van Mrs. Thatchers onverzettelijke standpunt ten aanzien van de mijnwerkersstaking tijdens het vragenuurtje van de premier schreeuwde dat 'ze wel mocht oppassen dat ze niet de bijnaam Mrs. Toppit kreeg', en de *Daily Mirror* de volgende dag 'Thatcher transformeert tot Toppit!' kopte, wist ik dat we in een themapark waren beland waaruit we nooit meer zouden ontsnappen.

II

Luke

Voor mijn gevoel waren we mijlenver van de bewoonde wereld toen ik vanuit de grote, zilverkleurige auto opeens een pijlvormig bord met de geschilderde letters 'MT' zag, dat aan een boom was gespijkerd. Een paar honderd meter verder kwamen we bij een T-splitsing, waar een tweede bord naar rechts wees. Verderop zagen we een derde, dat ons naar links liet afslaan. Ik vroeg aan de chauffeur wat ze betekenden. 'Dat zijn locatieborden, die de crew de weg naar de set wijzen,' zei hij.

'Wat betekent "MT" dan?'

'Nou,' zei hij, 'aan het begin van de opnames hadden ze borden met "HS" voor *Hayseed*, maar ze kregen problemen met fotografen en pottenkijkers, en daarom hebben ze de letters veranderd in "MT", Mr. Toppit.'

'Hielp dat?' vroeg ik.

'Nee,' zei hij vrolijk, 'het maakte helemaal niets uit.' Goh, wat een verrassing – als je de *Hayseed*-fans wilde beetnemen, had je een code nodig die slechts door de Enigma-machine kon worden ontrafeld.

Ik was nog nooit eerder op een filmset geweest. Ik was geen hartstochtelijke filmliefhebber, zoals Rachel en Claude, die elkaar altijd en eeuwig overhoorden over oude Hollywoodfilms, maar wie wilde er nu geen kijkje nemen bij een film die in de maak was? Natuurlijk was dit een van de laatste films die ik zelf zou hebben uitgekozen, maar ik had geen ander aanbod gehad. Hoe dan ook, ze hadden een limo gestuurd om ons naar de set te brengen. Het was de laatste dag voordat ik wegging. Ik had examen gedaan, ik was klaar met school, was aangenomen op de universiteit en had genoeg geld gespaard om naar Los Angeles te gaan en een zomer bij Laurie door te brengen. Martha was het er helemaal niet mee eens.

Na al die jaren leek het vreemd dat de boeken op het witte doek zouden verschijnen. Arthur was nu vijf jaar dood, en in die tijd had Martha vele aanbiedingen voor verfilmingen afgeslagen. De ouvertures verliepen volgens een bepaald patroon: de Amerikaanse producers betrokken suites in dure hotels en stuurden auto's om haar naar chique restaurants te brengen. De Britse producers waren wat gematigder, en verwachtten dat ze op eigen gelegenheid naar minder chique restaurants zou komen. Waar ze hen ook ontmoette, meestal bestelde ze de ene wodka na de andere en een bordje gerookte zalm, waarna ze alleen het bijbehorende bruinbrood met boter opat.

De klassieke benaderingen vielen bij Martha niet altijd in goede aarde. Eerdere kassuccessen, ontwikkelingsdeals met grote studio's, toegang tot grote namen, verzekeringen dat die mensen ook echt grote namen waren, garanties dat Steven altijd *no problemo* terugbelde, beroemde sterren die al veel voor het project leken te voelen, en uitnodigingen in vakantiehuizen in Santa Barbara of de Hamptons leken in het restaurant boven de tafel te blijven hangen en nooit hun weg te vinden naar Martha's kant, alsof er langs de peper- en zoutvaatjes een onzichtbaar krachtveld liep.

In het gunstigste geval konden haar reacties als elliptisch worden uitgelegd, een perverse concentratie die zich niet op de agressieve verkoopargumenten van de producer richtte, maar op de piepkleine details die aan de zijkanten zweefden. Ze leek nauwelijks aandacht te hebben voor de lijst van sterren die op de bar mitswa van een zoon van een producer waren geweest, maar vroeg welke soort vis *gefilte* nu eigenlijk was. Als een producer haar vertelde hoe snel hij alles kon regelen en hoe gegarandeerd dit project doorgang kon vinden als ze hem de rechten gunde, hoorde Martha hem uit over de vraag of de term 'op het goede spoor zijn' door spoorzoekers was bedacht, of in de jaren zestig van de negentiende eeuw tijdens de aanleg van het spoorwegennet van Union Pacific was ontstaan.

Bij haar moedwillige misleiding werd ten onrechte aangenomen dat dit een typisch Britse manier was om het keihard te spelen, dat het een goed doordacht spel was om meer macht of betere voorwaarden te verwerven, maar wat het dan ook was, de hoop van elke filmproducer verwelkte net zo snel als de dure bloemen die op de dag na de lunch werden bezorgd.

Er waren mensen die dachten dat Martha de filmrechten niet wilde verkopen omdat de Carter Press door het originele boekcontract een onredelijk groot deel van de opbrengst zou opstrijken, maar deze mensen begrepen niet wat haar nu eigenlijk bewoog. Het ging nooit om geld. Toen ze een proces tegen de Carter Press besloot aan te spannen, hield ze geen rekening met de algemeen heersende opvatting dat bijna nooit iemand zo'n zaak won. Martha was van mening dat het originele contract gewoon 'onbillijk' was geweest, geen term die veel juridisch gewicht in de schaal legt.

De kern van de zaak was dat het niet overeenkwam met de contracten die in de bedrijfstak 'gangbaar' waren. Naar alle maatstaven was het een slecht contract: de royalty's waren uitzonderlijk laag, maar omdat de Carter Press in feite zowel uitgever als agent was, kregen zij bovendien een veel hoger percentage van andere rechten – vooral filmrechten – dan een agent ooit zou hebben gekregen, rechten waarmee ze eigenlijk helemaal geen ervaring hadden. Daar kwam nog eens bij dat de uitgevers in feite contractbreuk pleegden, omdat ze zich niet eens aan de normale boekhoudprocedures hielden die ze zelf hadden voorgesteld. Als Arthur een literair agent in dienst had genomen, zouden de voorwaarden voor hem veel gunstiger zijn geweest. Het probleem was dat hij dat niet had gedaan.

Er stond veel op het spel voor Martha. Er was al veel geld binnengekomen, maar als ze verloor, moest ze niet alleen haar eigen proceskosten betalen, maar hoogstwaarschijnlijk ook die van de Carter Press, en dan hadden we het nog niet eens over het feit dat het tamelijk gênant was om een rechtszaak te verliezen. Maar gelukkig kwam het woord gêne in Martha's woordenboek niet voor. Met name Rachel had haar gesmeekt om geen proces te beginnen, al was het niet duidelijk of dat uit haar eigen koker kwam of dat Graham haar ertoe had bewogen. In die tijd werkte Rachel voor de Carter Press, niemand wist precies in welke functie, maar of ze nu bezig was 'om de stand in Frankfurt voor te bereiden', 'de stapel met toegestuurde manuscripten door te werken' of 'een soort pr-ding te doen', volgens haar taakomschrijving hoefde ze duidelijk niet vroeg te beginnen of gebruikelijke kantoortijden aan te houden, want zoals gewoonlijk leek ze het merendeel van haar tijd bij Claude rond te hangen.

Voor Martha werd de zaak nooit persoonlijk. Ze sprak altijd heel hartelijk over Graham, sterker nog: ze deed alsof het buiten hem om ging. Ondanks de brieven van de advocaten hadden ze bijna dagelijks contact over diverse aspecten van het *Hayseed*-bedrijf, en als Graham over de ophanden zijnde rechtszaak begon, sneed ze gewoon een ander onderwerp aan.

Natuurlijk werd er in de media aandacht aan de zaak geschonken, en uiteindelijk werkte dat in Martha's voordeel. Onze omstandigheden waren veranderd, maar die van Graham ook. Vóór *Hayseed* stond de Carter Press nauwelijks op de uitgeverskaart. Berucht als ze waren om hun niet-bestaande voorschotten en hun late, slordige uitbetalingen, stonden ze onder aan de verlanglijst van elke auteur – zelfs Wally Carters autobiografie *Hoera voor Hollywood* was door een ander uitgebracht. Nu stonden ze als groot succes in het financiële katern, en gaven grafiekjes hun exponentiële groei weer. Ze hadden een pakhuis in Clerkenwell gekocht, dat ze voor veel geld hadden laten verbouwen – 'toezicht houden op de herinrichting' was ook een van Rachels wazige taken geweest – en ze hadden inmiddels veertig mensen in dienst. Hoewel hun fonds was gegroeid en ze een niche als thuisbasis voor eigenzinnigheid en excentriciteit hadden gevonden, werden ze altijd omschreven als de uitgeverij die *Hayseed* 'had binnengehaald', en die in de jaren tachtig 'het meesterbrein' achter een van de grootste klappers in de uitgeverswereld was geweest.

In de aanloop naar de rechtszaak werden er artikelen als 'Bonje in de boekenwereld' geschreven, en Graham werd daardoor veel meer in verlegenheid gebracht dan Martha. Per slot van rekening hoefde zij geen bedrijf te runnen. De hoorzitting was heel slim vlak na de publicatie van de jaarcijfers van de Carter Press gepland, en daaruit bleek dat de kinderboekenafdeling verantwoordelijk was voor bijna twee derde van de omzet. Je hoefde geen genie te zijn om te begrijpen dat de Carter Press helemaal geen kinderboekenafdeling had – ze hadden alleen de *Hayseed*-boeken.

Graham had een duidelijke keuze: wilde hij zijn succes – of hij de zaak nu won of niet – bezoedelen met de onuitgesproken suggestie dat het gebaseerd was op een uitgekookte streek, of misschien zelfs iets illegaals? Waar Graham volgens mij het meest tegen opzag, was Martha's getuigenis. Met haar elegante, maar afgedragen kleding, de bril die van het puntje van haar neus viel, haar verwarde haren en de vreemde manier waarop ze rechtstreekse vragen beantwoordde, zou Martha, de weduwe met haar vaderloze kinderen, er in alle opzichten beter uitkomen, met uitzondering misschien van de financiële kant. Een week voordat de zaak voor de rechter zou komen, krabbelde hij terug.

In de kranten werd het beschreven als een 'minnelijke schikking' – als je ruziënde advocaten rond een vergadertafel minnelijk kunt noemen – maar tegen die tijd begon de hele zaak Martha al te vervelen. Tijdens de moeizame onderhandelingen, die twee of drie dagen duurden, moesten er snel beslissingen worden genomen en moest elk overeengekomen punt worden afgetekend, maar Martha vergat consequent haar advocaten terug te bellen, negeerde de vellen papier die door de fax werden uitgespuugd, en belde Graham, die ze uit de verhitte onderhandelingen liet wegsleuren omdat ze wilde zeggen dat ze het lettertype op de nieuwe kaft van de Zweedse pocketeditie niet mooi vond. Er was een geheimhoudingsclausule om te voorkomen dat een van beide partijen over het akkoord zou praten, en er werd een hele reeks foto's gemaakt van Martha en Graham, die elkaar omarmden om te bewijzen dat ze niet rancuneus waren. Met veel tamtam werd gemeld dat Rachel als 'projectcoördinator' voor de Carter Press werkte en dat ze een 'onmisbaar lid van het team' was.

Nu de vraag wie welk deel van de verkooprechten kreeg was opgelost – het aandeel van de Carter Press was dramatisch geslonken – lag de weg naar een eventuele film voor Martha open. De aanbiedingen die ze had gekregen, en nog steeds kreeg, bevatten allemaal ongeveer dezelfde verwisselbare, maar consequente triggers – 'passie', 'visie', 'droom', 'toewijding' – en de brief die ze ontving van Jake Cotton, een jonge scripteditor van de BBC, was van hetzelfde laken een pak, maar hij had er een handgeschreven briefje bij gedaan dat niets met de zaak in kwestie te maken leek te hebben: hij schreef dat hij in de krant had gelezen dat Martha een afstudeerscriptie over de eerste kruistocht had geschreven, en dat zijn persoonlijke passie de bouw van de kruisvaarderskastelen was.

Tot zijn verbazing kreeg hij een telefoontje van Martha, en na een halfuur durend gesprek waarin de boeken niet één keer ter sprake kwamen, hoorde hij zichzelf vragen of ze met hem wilde lunchen, omdat iedereen dat nu eenmaal altijd vroeg – geen limo's en dure restaurants deze keer, maar een bodega in Shepherd's Bush. In tegenstelling tot de alcoholvrije Amerikanen die in het verleden met Martha hadden geluncht, probeerde Jake, die zelf nooit wodka, scheutje water, geen ijs dronk, Martha uit beleefdheid bij te houden. Toen hij om vier uur terug naar zijn werk strompelde, had hij het vreemde gevoel dat, hoewel hij zich geen enkel detail van hun gesprek over de boeken herinnerde, Martha ermee akkoord scheen te zijn gegaan dat de BBC de rechten kreeg.

Dat ze maar een fractie verdiende van het bedrag dat ze uit een Hollywooddeal had kunnen slepen – iets waar Graham haar op bleef attenderen – deed er niet toe. Ze maakte toch al een goede beurt: het nieuws dat de BBC de boeken zou verfilmen, werd door de pers begroet met het vaderlandslievende enthousiasme dat doorgaans werd gereserveerd voor een campagne om te voorkomen dat een meesterwerk van Gainsborough, dat ergens rottend op een zolder was gevonden, aan een Amerikaans museum werd verkocht. Iedereen was vergeten dat de boeken zonder de gebeurtenissen in Amerika waarschijnlijk allang niet meer in de boekhandel zouden liggen. Persoonlijk zou ik er geen bezwaar tegen hebben gehad als Luke werd gespeeld door zo'n knul uit een *brat-pack*-film, met een accent als dat van Dick van Dyke in *Mary Poppins*. Sterker nog, ik zou het hebben toegejuicht.

Rachel en Claude hadden er natuurlijk een mening over: zij wilden de jongen die de hoofdrol speelde in *Empire of the Sun*. Die film draaide nog niet in de bioscoop, maar ze hadden al een hele stapel foto's en artikelen over hem verzameld. Ze brachten veel tijd door met lijstjes maken, niet alleen van jongens die Luke konden spelen, maar ook van acteurs die hem in het verleden hadden kunnen spelen: Jackie Coogan, Freddie Bartholomew, Mark Lester, Roddy McDowell, Mickey Rooney en – hier gierden ze van het lachen – het jongetje met het onbegrijpelijke accent dat het broertje van Hayley Mills had gespeeld in *Whistle Down the Wind*. Het hield hen vrolijk, al werd Jake Cotton niet bepaald vrolijk van de eindeloze telefoontjes van Rachel, die zichzelf had benoemd tot projectadviseur met een mening over alle aspecten, van de casting en het script tot de locaties.

Toen puntje bij paaltje kwam, hadden zij en Claude geen inbreng in de verkiezing van Luke. Er werd een talentenjacht georganiseerd, die, zoals de kranten het tamelijk ambitieus omschreven, slechts was geëvenaard door de opwinding over de vraag wie Scarlett O'Hara zou spelen. Uiteindelijk viel de keuze op Toby Luttrell, een jongen die tot de vaste cast van *Grange Hill* behoorde en tien jaar eerder een rolletje in *Bugsy Malone* had gehad. De foto die we overal van hem zagen, met achterovergekamd haar, een slappe vilthoed en zijn duimen in zijn vestzakken, boezemde me niet veel vertrouwen in, maar hij had het grote voordeel dat hij totaal niet op me leek, dus ik was het er helemaal mee eens.

Arme Jake: hij werd niet alleen lastiggevallen door Rachel en Claude, maar ook door Lila. Ze was ervan uitgegaan dat haar illustraties in de titelrol zouden worden gebruikt en bood hem haar hulp aan. Ze belde hem, ze schreef hem, ze dreigde dat ze 'zomaar even zou binnenvallen'. Wilde hij misschien een paar speciale tekeningen voor de credits? Misschien was het een leuk idee om er een op de cover van de *Radio Times* te zetten als de serie werd uitgezonden. Was het misschien interessant om de illustraties als overgang tussen de scènes te gebruiken, bij wijze van een nieuw hoofdstuk, wat vond hij daarvan?

Hij vond het niets. Jake had bij de BBC lang genoeg zitten verkommeren. Hij was gepasseerd voor de echt interessante projecten en was de risee van zijn afdeling, waar zijn collega's hem *Joke* Cotton noemden. Als gevolg van zijn triomf in de strijd om de rechten, en zijn bewering dat 'de familie' erg gevoelig was en alleen maar zaken met hem wilde doen, had hij zich met de ellebogen opgewerkt tot producer van de serie, en hij was van plan om alles op zijn eigen manier te doen.

Het regende toen we de hoofdweg verlieten en een lange, halfverharde oprit op reden, die werd bewegwijzerd door de laatste MT-borden. In de verte zag ik het dak van een huis, maar voordat we het bereikten, sloegen we af en belandden we op een groot veld. Het zag eruit als een zigeunerkamp. Overal stonden caravans en vrachtwagens, en het veld was kapotgereden en bruin van de modder. Op sommige plaatsen waren loopplanken neergelegd om wandelpaden te maken, en daarop deden mensen met parka's en zware laarzen moeite om grote plassen water te ontwijken.

Onze chauffeur had gezegd dat we op tijd zouden arriveren voor de lunch, en er stonden al mensen in de rij voor een busje met een open zijkant, van waaruit eten werd geserveerd. Aan de andere kant van het veld stond een haveloze dubbeldeksbus, waar ze met hun borden naartoe liepen.

'Leuk zeg,' zei Rachel. 'Gaan we in de bus eten? Claude zou het geweldig vinden. Ik wíst dat we hem ook hadden moeten vragen. Vind je het hier niet fantastisch?'

Martha staarde somber uit het raam. 'Het is net Zagreb na de oorlog,' zei ze.

We werden opgehaald door een meisje dat Roxy heette. In een hand had ze een grote paraplu, en met haar andere hand hield ze het autoportier open en hielp ze Martha uit de auto. Blijkbaar gingen we niet in de bus eten: Jake had geregeld dat we in zijn caravan zouden lunchen. We liepen achter Martha aan, die onder Roxy's paraplu over de loopplanken wankelde.

Ik had Jake nog nooit ontmoet, maar hij stond ons met uitgestrekte armen in de deuropening van zijn caravan op te wachten. Hij was klein en rond, met de grimas van een nerveuze schooljongen, heel anders dan ik me had voorgesteld – of, beter gezegd, heel anders dan ik me een producer had voorgesteld. Hij droeg een honkbalpetje waarop HAYSEED – VASTE CREW was geborduurd.

'Martha!' zei hij, terwijl hij haar een onhandige kus gaf. 'En Rachel – iedereen vindt het reuzespannend. Vooral om jou te ontmoeten, Luke,' zei hij met een nerveus hinnikje. Hij stak zijn hand naar me uit. 'Jullie kennen Roxy al? Mijn secretaresse?' Er gleed een schaduw over Roxy's gezicht. 'We willen nu lunchen, Rox. En jij zou toch servetjes halen voor de tafel? Kom binnen. Dit is het zenuwcentrum.'

De caravan schommelde een beetje toen we binnenkwamen. Het rook er naar oude hond en natte sokken.

Roxy, die buiten op het trappetje stond, zei: 'Weet je zeker dat je niet in de bus wilt lunchen, Jake? Het wordt hier wel een beetje vol.'

Ze had gelijk. We moesten ons rond een tafeltje persen, Martha, Rachel en ik op een bekleed bankje bij het raam, en Jake tegenover ons. We hadden allemaal een in plastic verpakt *Hayseed*-honkbalpetje naast ons bord liggen. Jake stond met zijn rug naar ons toe met Roxy te praten, en in een zeldzaam moment van gezinsharmonie vingen we elkaars blikken op. Hij dacht toch niet dat we die zouden opzetten, alsof het van die papieren hoedjes uit kerstpistaches waren?

Roxy somde op wat er op het menu stond: 'Gebraden varkensvlees met groente, vegetarische chili, hamsalade, en als toetje schwarzwalderkirschtorte of aardbeienkwarktaart.'

'Ik wil een kop sterke zwarte koffie,' zei Martha. Rachel wilde ook niets eten.

Jake keek teleurgesteld, alsof alle kinderen op zijn verjaarspartijtje weigerden taart te eten. 'Weten jullie het zeker? Het is lekker, hoor. Luke?'

'Oké, geef mij maar het varkensvlees.'

'Kun je vragen of ze voor mij een kaasomelet bakken, Rox?' vroeg Jake. 'En frietjes, maar niet als ze slap zijn, en salade, maar kun je daar de bieten uit halen?'

'Jake, dat duurt eeuwen,' zei Roxy vermoeid. 'Ze maken niet graag dingen die niet op het menu staan.'

'Voor mij wel, Rox,' zei hij met een met-mij-valt-niet-te-spotten-lachje. 'En er staat wat wijn in de koelkast. Kun je die eerst halen? En ik wil niet van die plastic dingen. Zoek maar een paar echte glazen. Ik wil ook nog een cola light.'

Roxy keek op haar horloge. 'Ik had gezegd dat ik Paul zou helpen met de *callsheets*.'

'Dan kun je maar beter vlug onze lunch halen.' Jake draaide zich weer naar ons. 'Ze noemen me niet voor niets de Mr. Toppit van deze set.' Ik zag dat Roxy haar ogen ten hemel hief.

Naast het bord van Jake stond nog een leeg bord. Ik had er niet eerder bij stilgestaan, omdat ik aannam dat Roxy bij ons zou komen zitten, maar op het moment dat ze zich omdraaide om weg te gaan, zei Jake: 'Waar blijft Toby?'

'Ik heb het tegen hem gezegd, Jake.'

'Nou, wil je het dan nog een keer zeggen?'

Het kan zijn dat Roxy de deur dichtsmeet, maar het kan ook zijn dat hij dichtklapte door de wind.

'Toby Luttrell eet met ons mee. Hij kijkt ernaar uit om jullie allemaal te ontmoeten. Hij is me er eentje, onze Toby. Ik denk dat we een ster met allures hebben gekweekt.'

Roxy bracht het eten, en Jake stuurde haar terug omdat ze cola had meegenomen terwijl hij om cola light had gevraagd. Toby was nergens te bekennen. Ondertussen, nadat er een tweede fles wijn was opengetrokken, Rachel haar *Hayseed*-honkbalpetje had opgezet en Jake ons probeerde te vertellen hoe gesmeerd de opnames verliepen, hoe fantastisch de rushes waren, hoe goed iedereen het naar zijn zin had, ondanks het vreselijke weer en de paar dagen achterstand die ze hadden opgelopen, zat Martha op een heel andere koers. Ze had een cadeautje voor Jake meegenomen, een boekje over een beroemd kruisvaarderskasteel dat Krak de Chevaliers heette, en daar vertelde ze ons een verhaal over. Ze beschreef vrij gedetailleerd hoe het kasteel, dat van alle bouwwerken uit de Middeleeuwen het allerbest versterkt was geweest, niet door een beleg was verslagen, maar door een truc waarbij een of andere vijandige sultan een brief van een kruisvaardersaanvoerder had vervalst, waarin hij de leidinggevende persoon opdroeg om zich over te geven.

Jake begon er een beetje wanhopig uit te zien, en dat werd nog verergerd toen Rachel, die, anders dan hij, niet verplicht was om beleefd te blijven, Martha begon over te halen om naar Mr. Toppit te vragen. De zes afleveringen van dertig minuten die ze op dit moment filmden, gingen voornamelijk over de eerste twee boeken en wat kleine dingetjes uit het derde, maar als ze een tweede serie maakten, zou er een moment komen waarop ze de omstreden verschijning van Mr. Toppit aan het einde onder ogen moesten zien. Het publiek zou iemand moeten zien die nooit zichtbaar was.

'Je kunt niet zomaar een acteur gebruiken,' zei Rachel. 'Ik bedoel, het lijkt me wel duidelijk dat je zijn gezicht niet kunt laten zien.'

'De sultan heette Baibars. Hij behoorde tot de mammelukken,' zei Martha.

'Claude en ik hadden een idee...'

'De mammelukken waren oorspronkelijk slaven, afstammelingen van bevrijde Turkse slaven. Dat noem ik nog eens de sociale mobiliteit.'

'Heb je *Ben-Hur* gezien? Claude en ik vonden dat daar een heel slimme vondst in zat. Er is zo'n heel stuk waarin Ben-Hur zich bekeert tot het christendom omdat hij Jezus op weg naar het kruis heeft gezien...'

'Een betoverende plaats, Jake, echt waar. Heel bijzonder. Het licht,' zei Martha.

'...maar je krijgt het gezicht van Jezus nooit goed te zien. Hij draagt een soort monnikskap, een capuchon, zeg maar, waardoor zijn gezicht altijd in de schaduw blijft. Het enige wat je van hem ziet, zijn zijn voeten, omdat Charlton Heston op de grond valt en ze aflebbert. Op de plaats van zijn gezicht zie je alleen maar duisternis.'

'Ik ben verbijsterd dat je er nog nooit bent geweest,' zei Martha. 'Verbijsterd. Gingen jullie nooit op studiereis? Hoe geven ze tegenwoordig les op de universiteit?'

'Ik heb niet op de universiteit gezeten. Het is eigenlijk meer een hobby,' zei Jake.

Martha keek hem stomverbaasd aan. 'Maar je zei toch...'

'Kunnen we het misschien een andere keer over je marmeladesultan hebben?' onderbrak Rachel haar agressief.

'Zet dat belachelijke petje af,' siste Martha naar haar.

Er viel een korte stilte, tot de deur openvloog en tegen de wand van de caravan klapte.

Ik nam aan dat we Toby Luttrell in de deuropening zagen staan. Hij had een zakje chips in zijn ene hand, een blikje bier in de andere en een *Hayseed*-petje achterstevoren op zijn hoofd. Hij hief het blikje op om ons nonchalant te groeten. 'Da's dus mijn familie,' zei hij voordat hij op het bankje onder het raam tegenover ons ging liggen en een boer liet.

Jake, die ik in ons bijzijn al nerveus had gevonden, leek nu wel te stuiteren van de stress. Hij sprong overeind en ging tussen ons en Toby staan, ofwel als doorgeefluik, ofwel om ons tegen hem te beschermen.

Het eerste wat ik over Toby moet zeggen, was dat hij er heel bijzonder uitzag. In de boeken wordt Lukes leeftijd nooit genoemd. Het eerste was uitgebracht toen ik zeven was, en bij het laatste was ik twaalf, maar op Lila's illustraties veranderde Luke nauwelijks. Het was duidelijk dat hij een kind was, maar uit zijn gedrag sprak vaak een wijsheid die niet echt bij een kind hoorde, dus ik begreep waarom Jake een oudere jongen had gekozen om hem te spelen. Toby was pas zestien, maar je kon hem, net als bij een optische illusie, vanuit je ooghoek bekijken en dan leek hij opeens veel, veel jonger. Hij was nauwelijks groter dan een meter vijftig. Hij had een schorre stem, maar hij klonk niet als een volwassene, meer als een kind met keelpijn. Zijn gezicht had het formaat van dat van een kind, maar dan met uitgegroeide gelaatstrekken, als een plant die te groot was geworden voor zijn pot – enorme ogen, een stompneus en volle lippen. Zijn haren waren duidelijk voor de rol geverfd en hadden onder het honkbalpetje een vreemde, strogele tint.

'Toby heeft er erg naar uitgekeken om jullie te ontmoeten,' merkte Jake weinig overtuigend op.

'Iemand een vuurtje?' Toby stak een sigaret tussen zijn lippen.

'Tobieee!' zei Jake met een nerveus lachje. 'Het is niet de bedoeling dat je rookt.'

'Mrs. Hayseed doet het ook,' zei hij met de onweerlegbare logica van een kind.

Rachel pakte Martha's aansteker van de tafel, liep naar hem toe en hield het vuurtje onder zijn sigaret. 'Je zult wel uitgeput zijn,' zei ze. 'Zit je niet in elke scène? Geniet je ervan?'

'Ik heb een hekel aan de ochtenden.' Hij verschoof zijn benen, zodat Rachel naast hem kon gaan zitten.

'Hij gebruikt de chauffeur als wekker,' zei Jake, die een poging waagde om joviaal te lachen. 'Hij wacht tot hij toetert en staat dan pas op. We zijn een paar keer laat begonnen, hè, kleine Toby?'

'Ik vind je haar prachtig,' zei Rachel.

'Echt? Ze moeten de wortels steeds bijwerken om het zo te houden.'

Rachel had zijn *Hayseed*-honkbalpetje van zijn hoofd gehaald en tilde een paar plukjes haar op, alsof ze luizen zocht. 'Het is erg droog. Je moet conditioner gebruiken.'

Het bleef even stil, totdat Jake zei: 'Wil je misschien nog iets vragen, Toby? Over de boeken of het personage? Misschien is het nuttig om wat achtergrondinformatie te hebben. Dit zijn de mensen die er verstand van hebben.'

Toby haalde zijn schouders op. 'Nee hoor. Ik leer gewoon de scènes die we gaan opnemen. Mag ik wat van die wijn?'

Er lag een geërgerde blik op Jakes gezicht. 'Over een paar minuten staat de fotograaf voor jou en Luke klaar, Toby. Je moet zo naar Kostuums en Make-up.'

'Mag ik mee? Ik wil de kostuums dolgraag zien,' zei Rachel.

'Welke fotograaf?' vroeg ik.

Rachel keek naar Jake. 'Mag dat?'

'Welke fotograaf?' vroeg ik.

'Excuses voor het gedrag van Toby,' zei Jake tegen Martha, nadat Toby en Rachel waren weggegaan. 'Soms is hij een beetje ruw.'

'Het is leuk dat hij pit heeft,' zei Martha onverwachts, en ze schonk zichzelf nog wat wijn in.

'Welke fotograaf?' vroeg ik voor de derde keer.

Jake keek naar mij alsof het hem verbaasde dat ik er nog was.

'Het leek ons leuk om een paar stills te maken,' zei hij. 'Toby en jij.'

'Toby en ik? Wat moet ik dan doen?'

'Je weet wel, de twee Lukes.'

'Je moet wel rechtop staan,' zei Martha. 'Je laat je schouders altijd hangen.'

'Nee, bedankt, daar heb ik geen zin in.'

'Kijk nou eens naar je ronde schouders. Zorg dat hij rechtop staat, Jake.'

'Toby in kostuum naast jou. Het leek de mensen van de pers wel leuk. We krijgen al fantastische publiciteit. Vorige week heeft een Amerikaanse ploeg van het programma van Laurie Clow flink wat opnames gemaakt.'

'En kam je haren.'

'Ik heb er geen zin in,' zei ik.

'Het duurt niet lang,' zei Jake. 'Toby moet trouwens over een halfuur weer op de set zijn. We lopen vandaag uit. De regen – god, dat weer!'

'Ik doe het liever niet,' zei ik.

'We hebben alles al geregeld,' zei Jake, die verbaasd klonk. 'De fotograaf komt er speciaal voor langs. Hij doet werk voor *Vogue*.'

Er viel weer een stilte, en al had ik mijn hoofd afgewend, ik voelde dat Jake en Martha veelbetekenende blikken wisselden. 'Ik moet even iemand spreken,' zei hij. 'Ik ben zo terug.'

Martha pakte haar sigaretten en stak er eentje op. Ze keek uit het raampje. Het regende nog steeds.

'Ik doe het niet. Ik heb er geen zin in,' zei ik. 'Laat Rachel het maar doen.'

Martha veegde het haar uit mijn ogen. 'Je bent echt een knappe jongen,' zei ze. 'Je moet niet op je nagels bijten, schat. Geen enkel meisje wil door zulke handen worden aangeraakt. Vind je het niet ongelooflijk dat Jake de Krak des Chevaliers nog nooit heeft gezien? Het is absurd. Hij is helemaal niet geïnteresseerd. Wat is dat nu voor een wetenschapper?'

'Hij is producer. Hij heeft nooit gezegd dat hij wetenschapper was.'

'Zelfs als producer moet je een bepaalde intellectuele discipline hebben. Iemand zei dat je zo'n leuke jongen was. Wie ook alweer? Leuk en aardig en attent. Fatsoenlijk, maar...'

'Maar wat?'

Ze staarde naar het plafond, alsof ze daar het woord kon vinden dat ze zocht. 'Maar gewoontjes,' zei ze.

Ik keek de andere kant op.

'Je moet hard je best doen om bijzonder te zijn, schat,' zei ze. 'Dat moet iedereen. Bijzonder zijn is moeilijk. Wat zijn je passies? In de vakanties doe je niets beters dan van de ene bank naar de andere lopen.'

Ik concentreerde me uit alle macht op een vochtplek boven het raam. 'Wie zei dat?'

Ze slaakte een vermoeide zucht. 'Ach, schat, wat doet het ertoe? Ze proberen je alleen maar te helpen.'

'Ik heb geen hulp nodig.'

'We hebben allemaal hulp nodig.'

Eerst had de vochtplek eruitgezien als een kaart van Groot-Brittannië, maar nu was hij wazig en leek hij meer de vorm te hebben van dat standbeeld van een naakte man die met zijn hoofd op zijn vuist nadenkt. Ik hield mijn hoofd stil – schuin achterover en stil – zodat wat in mijn ogen zat niet over de rand zou lopen.

'Vergeleken met de meeste anderen ben je een bofferd,' zei Martha. 'Je vader heeft je iets gegeven, een soort geschenk. Door deze boekjes dénken andere mensen in elk geval dat je bijzonder bent.'

Eigenlijk wilde ik me hier niet mee inlaten, maar zonder dat ik het wilde, flapte ik eruit – harder dan mijn bedoeling was, meer als een kreet: 'Op die manier wil ik niet bijzonder zijn!'

'Je moet roeien met de riemen die je hebt, schat,' zei Martha. 'Je weet niet hoeveel kansen je krijgt.'

Hoeveel mensen heb je nodig om een foto te maken? Ik telde de fotograaf, een assistent, iemand van make-up, iemand van kostuums, een persoon die zichzelf stylist noemde, Jake, en natuurlijk Rachel, die, tegen de tijd dat ik arriveerde, als een moederkloek om Toby heen fladderde en de leiding over dit alles leek te hebben overgenomen.

'Wil je zijn haar niet een beetje verwarder hebben, een beetje wild, zeg maar? Als je nu...'

'Het is prima zo,' zei het meisje van de make-up kortaf, terwijl ze Rachel wegleidde van Toby.

'Dit wordt geweldig,' zei Jake, die in zijn handen klapte.

Volgens mij werd het grotesk. Niemand maakte zich druk over mijn haar en make-up. Het was net of ik er alleen maar bij was om een paar kleurtjes aan Toby's oogverblindende spectrum toe te voegen.

Ze hadden een achtergrond in een soort mosgroene tint klaargezet, gespikkeld en geschakeerd met modderig bruin. Aan de bovenkant waren slierten echte klimop vastgemaakt, als een soort gordijn. Ik denk dat het hun idee van het Donkerbos was. Terwijl iedereen door elkaar heen liep, stond Toby voor het achterdoek, met een sigaret, in zijn Luke-kostuum, en ik stond naast hem, verlegen en onhandig. Ik weet niet waarom – hij was degene die er als een idioot uitzag.

Nou ja, eigenlijk was zijn kostuum heel fraai bedacht. Hoewel hij in brede trekken gekleed was als de Luke uit de boeken, waren ze er op een of andere manier in geslaagd om hem eigentijdser te maken, of in elk geval tijdlozer. De gehavende strohoed die Luke soms droeg, was vervangen door een versleten, donkerbruin geval met een brede rand, een soort kruising tussen een cowboyhoed en een van die Australische dingen met kurken eraan. In plaats van de kuitlange broek droeg hij een slordige spijkerbroek met een omge-slagen zoom, zodat je zijn blote enkels boven zijn te grote schoe-nen kon zien. Wat ze er natuurlijk wel in hadden gehouden, was de riem waarmee hij zijn broek ophield – de ingewikkelde listen waar-mee Luke erin slaagt om de ceintuur van Mr. Toppits ochtendjas te stelen, vormden een belangrijk onderdeel van het derde boek – maar ze hadden hem veelkleurig gemaakt, waardoor hij er vreemd genoeg heel leuk en trendy uitzag, net als de felgekleurde dingen die kinderen soms gebruiken om hun schooluniform een persoon-lijk tintje te geven.

Op de eerste foto's staan Toby en ik naast elkaar, maar onze voe-ten zijn niet in beeld, omdat Toby op een kist was gezet om net zo groot te lijken als ik. Hoewel we zo dicht bij elkaar stonden dat we elkaar bijna raakten, voelde ik me op geen enkele manier met hem verbonden, en ik hield me stokstijf. Ik voelde dat mijn glimlach be-vroor tot een domme grijns. De fotograaf moet iets hebben ge-voeld, want na de eerste foto's zei hij: 'Leg een arm om elkaar heen, kom op, jullie zijn vrienden, jullie zijn oude vrienden, kom op, heel goed – prima! Prima!' Hij bleef schieten en de flits bleef flitsen. Ik keek halsreikend uit naar het moment dat het voorbij zou zijn: het was alsof ik bij de tandarts zat. Vervolgens zei hij met zijn afschu-welijke, jolige, intimiderende stem: 'Niet zo stijf, Luke, ontspan je. Jullie zijn maatjes, weet je nog, jullie zijn dezelfde persoon!' Mijn arm lag sloom als een dode slang om Toby's schouder.

Ik trok hem terug. 'Zijn we nu nog niet klaar?' vroeg ik wanho-pig.

Rachel fluisterde iets in het oor van de fotograaf. Hij zei: 'Ja, goed idee!' en trok het statief met de camera in onze richting. 'We moeten er ook een paar van dichtbij nemen,' zei hij. 'Dit wordt geweldig – maak je geen zorgen, dit wordt geweldig.' Het leek wel of het bandje met zijn gewauwel steeds opnieuw werd afgedraaid.

Hij liet zijn statief staan, kwam naar het achterdoek en pakte ons beet om ons te verplaatsen, alsof we reusachtige schaakstukken waren. Hij draaide ons aan onze schouders opzij, zodat we elkaar aankeken. 'Heel goed – heel goed! Blijf zo staan.' Toby en ik stonden zo dicht bij elkaar dat onze neuzen elkaar bijna raakten, en terwijl de fotograaf terugliep naar de camera trok ik me intuïtief terug. Binnen een tel was hij terug om ons weer naar elkaar toe te duwen. 'Dichterbij, Luke, dichterbij. Er past wel een vrachtwagen door dat gat.'

Nu raakten onze neuzen elkaar, en ik rook Toby's gistachtige adem. Zijn ogen keken recht in de mijne. Ik dwong mezelf om zijn blik vast te houden terwijl de flitsen elkaar in razend tempo opvolgden. Zijn pupillen waren speldenprikken, en hij kon staren zonder te knipperen. Na afloop zei hij met een knipoog: 'Je moet vaker naar de set komen. Kunnen we lachen.' Voordat ik kon reageren – niet dat ik iets wist te zeggen – werd hij omringd door het meisje van de make-up en de anderen, die een gewatteerde parka om zijn schouders hingen en hem overdreven veel aandacht gaven. Hij moest naar de opnames, en mensen praatten met walkietalkies over geschatte aankomsttijden alsof het een militaire operatie betrof: 'Vijf minuten, ja. Make-up op de set, oké?'

Terwijl Toby en zijn gevolg met Rachel in hun midden wegliepen, draaide hij zich naar me om. 'Je vindt het vast vreselijk dat ik jou ben,' zei hij.

Ik dacht er even over na. 'Nee hoor,' zei ik luchtig. 'Het bevalt me juist prima zo.'

Martha was verdwenen. Wat mij betrof was dat geen reden tot ongerustheid, maar Jake werd er zenuwachtig van. Rachel stuurde hem weg toen hij vroeg of ze wist waar Martha kon zijn: ze wilde niet gestoord worden. Ze had een koptelefoon bemachtigd en stond naast de regisseur in een kleine monitor te kijken, waarop je kon zien wat de cameralens zag terwijl ze een scène filmden waarin Toby met een grote hooivork het bos uit kwam rennen. Waarschijnlijk gaf ze hem een paar tips hoe hij moest regisseren, bijeengesprokkeld uit alle kennis die Claude en zij over het oeuvre van Douglas Sirk hadden vergaard.

Ik stond naast een tafel met een gigantisch warmwatervat en plastic bakken met koekjes, cake en kleffe broodjes. Jake was in paniek over Martha, maar werd afgeleid door het eten. 'Alle marsepeincake is op,' zei hij, grabbelend in de bakken. 'Jezus, het lijken wel sprinkhanen. Ze hebben net geluncht! Waar zou ze kunnen zijn? Ze was bij de regisseur – ze was erg onbeleefd tegen hem, ze zei dat het huis eruitzag alsof het in een randgemeente thuishoorde. Daarna verdween ze.' Er zat een bruine vlek in zijn mondhoek, afkomstig van het chocoladebroodje dat hij zojuist naar binnen had geprop. Ik vroeg me af wat nu zwaarder voor hem woog: zijn zorg dat ze een spoor van vernieling zou achterlaten, of de zorg om haar welzijn.

'Maak je maar niet druk,' zei ik. 'Ze redt zich wel, heus.'

Hij knipte met zijn vingers. 'Steve! Steve!,' riep hij tegen een potige man die onderweg naar de set was. 'Ik heb je walkietalkie nodig.'

De man draaide zich om. 'Ik heet Colin,' zei hij.

'Sorry,' zei Jake, het ding uit zijn handen graaiend. 'Roxy, hoor je me? Roxy? Waar zit je?' Er kwam een vreselijk gekraak uit het apparaat. 'Ik ben op de set. Je moet nu komen.' Weer gekraak. 'Nee, nu!' Hij duwde de walkietalkie weer in Colins handen.

Roxy kwam zenuwachtig aanlopen. 'Jake, ik ben bezig om...'

'Kun jij Mrs. Hayman gaan zoeken? Niemand weet waar ze is.'

'Wat is er met haar gebeurd?'

'Roxy, als ik dat wist, hoefde ik het niet aan jou te vragen!'

'Ik ga wel mee,' zei ik.

We lieten Jake grabbelend in de cake achter. Roxy was boos. 'Ik ben Jakes secretaresse helemaal niet, hoor,' zei ze voor de duidelijkheid. 'Ik ben runner.'

Ik had geen idee wat een runner was. 'We hoeven Martha niet te zoeken, als je niet wilt. Ze redt zich wel.'

'Ik kan het wel schudden als ik haar niet vind.'

We liepen terug naar de crewbasis, waar de vrachtwagens en caravans stonden. Achter in een van de camerawagens zat een groep mannen te kaarten. Achter de lunchbus werd een voetbalwedstrijdje gehouden, en een van de chauffeurs zette zijn zilverkleurige limo in de was. In de kostuumwagen draaide de wasmachine en zaten twee meisjes kleding te herstellen. Buiten de set leek een heel ander leven gaande te zijn, zoals het leven thuis doorging terwijl de mannen aan het front waren.

Iedereen leek het leuk te vinden om Roxy te zien. Als ze niet in de buurt van Jake was, lachte ze heel vaak. We kwamen niet veel verder met het Martha-mysterie: niemand had haar gezien. Op het moment dat we terug naar de set wilden lopen, riep iemand Roxy's naam.

'Was je op zoek naar Mrs. Hayman?' Het was een van de chauffeurs van de crew.

'Heb jij haar gezien, Lee?'

'Ze is met Kenny weggegaan. Ze vroeg of hij haar naar huis wilde brengen.'

Roxy keek naar mij, alsof ik het kon uitleggen. Ik haalde mijn schouders op.

'Ze leek een beetje van streek,' voegde Lee eraan toe.

'Van streek?'

'Nou, misschien huilde ze wel. Kenny had wat papieren zakdoeken in zijn auto.'

'Dat kan ik maar beter aan Jake gaan vertellen.' Roxy legde haar vingers op mijn arm. 'Gaat het, Luke?'

Ik knikte. 'Ja hoor,' zei ik, maar ik was een beetje gekwetst. Dit betekende dat ik Martha niet meer zou zien voordat ik de volgende dag naar Amerika zou vliegen. Nou ja, ze had altijd moeite gehad met afscheid nemen. 'Ik wacht hier wel,' zei ik. 'Ga jij maar.' Ik wilde niet dat de hele set me zou ondervragen over Martha. Ze was niet mijn verantwoordelijkheid.

Na Roxy's vertrek voelde ik me een beetje kwetsbaar in mijn een-

tje. Lee leunde met een sigaret tegen zijn auto, dus ik liep naar hem
toe.

'Vervelende toestand, man,' zei hij. 'Wil je 'n peuk?' Hij zwaaide
met het pakje. 'Neem maar.'

Het was zo'n opluchting dat hij me als een volwassene behandelde dat ik er een nam, al vond ik sigaretten eigenlijk helemaal
niet lekker. Maar ik had er genoeg met Adam gerookt om geen gênante hoestbui te krijgen.

'Vind je het leuk?'

'Het is heel interessant,' was mijn slappe antwoord.

'Je ziet er heel anders uit dan ik had verwacht.'

'O ja?'

'Ja, ik dacht dat je op Toby zou lijken. Kleine etterbak is dat, je
hebt er alleen maar last van. Heeft Mr. Toppit nodig om hem onder
de duim te houden. Aardige vrouw, je moeder.'

'Echt?'

'Ze vroeg waar ik vandaan kwam. Probeerde mijn accent te
plaatsen.'

'Waar kom je vandaan?'

'Wales.'

'Had ze het goed geraden?'

Hij bulderde van het lachen. 'Dacht dat ik een Turk was!'

'Waarom was ze volgens jou van streek?'

'Weet ik niet. Ze stond daar...' – hij wuifde naar een van de
vrachtwagens – '...een peuk te roken, met iemand te kletsen, en het
volgende moment zie ik haar met Kenny wegrijden.' Hij gebaarde
met zijn handen om aan te geven dat ze net zo goed in een rookwolk had kunnen verdwijnen.

Nadat we onze sigaretten hadden uitgedrukt, kuierde ik naar de
vrachtwagen die hij had aangewezen. Het leek wel een verhuiswagen, vol tuinbanken en tafels en een heleboel planten in potten en
kweekzakken. Achterin zag ik iemand in het donker lopen.

Ik riep: 'Hallo!', en uit de duisternis kwam een vrouw naar me
toe. Ze droeg een tuinbroek en vuile handschoenen. Haar haren
waren blond en kortgeknipt, en ze zou aantrekkelijk zijn geweest

als ze niet zo reusachtig was. Uit de korte mouwen van haar T-shirt staken dikke witte armen met roze vlekken. De laadklep van de vrachtwagen kreunde toen ze erop stapte.

Ze knipperde met haar ogen toen ze me zag. 'Nog meer koninklijk bezoek?' vroeg ze. Ze trok haar handschoenen uit, veegde haar handpalmen af aan haar tuinbroek en stak haar hand naar me uit. 'Ik dacht dat je bij de belangrijke mensen op de set zou zijn. Wij zijn hier maar de werkezels.'

'Waarom heb je al die spullen in je vrachtwagen?'

'We moeten voor morgen de tuin inrichten. De mensen die hier wonen, hebben allemaal patserige meubels en rare beelden. Wij zorgen dat het er straks uitziet als de tuin in de boeken: oude banken, mooi verweerd hout.' Ze wees naar de lading achterin. 'Heel veel lavendel. Die zetten we in de bloembedden voor de scènes met jou en de bijen.'

Ik nam niet de moeite om haar te verbeteren. 'Ben je hovenier?'

Ze lachte. 'Nee, ik doe rekwisieten. Ik help mijn vader. Hij is hoofdrekwisiteur.'

'Mijn moeder is verdwenen.'

Ze keek verbaasd. 'Echt waar?'

'De chauffeur – Lee – zei dat ze hier had gestaan.'

'Ze zag er een beetje verloren uit. Ik liet haar de spullen zien die we straks in de tuin zetten. Ze vond de urnen mooi. Ze zijn victoriaans. Ze wilde weten waar we die vandaan hadden. Ik zei dat ze dat maar aan Ray moest vragen als hij terug is.'

'Wie is Ray?'

'Ray Parsons, mijn vader. Hij heeft alle rekwisieten bij elkaar gezocht. Ik heet trouwens Dawn.'

'Wat gebeurde er toen?'

'Heel raar. Ze ging ervandoor.'

Rachels ogen glansden, en bij ons vertrek bruiste ze van opwinding. Ze leek zich totaal niet druk te maken over het feit dat Martha was weggegaan. Ze bleef Jake beloven dat ze zo snel mogelijk zou terugkomen. Misschien had ik niet meegekregen dat hij dat had gevraagd. Ik denk dat hij blij was dat we weggingen. Hij maakte zich nog steeds zorgen over Martha.

'Ik hoop dat ze niet ontevreden is over de opnames,' zei hij. 'Om je de waarheid te zeggen, is het nogal een nachtmerrie.' Hij trok een lelijk gezicht. 'De kosten zijn hoger dan begroot, maar dat komt wel vaker voor, zeker bij een ambitieuze serie als deze. Bij Television Centre zijn ze niet blij, geloof me. Natuurlijk zijn ze enthousiast over het materiaal, de opnames. De rushes zijn geweldig. Dat vindt iedereen. We moeten een paar dingen opnieuw opnemen, maar dat is heel normaal. Jullie denken toch niet dat ze een klacht gaat indienen, hè? Ze zal de bbc toch niet bellen om te zeggen dat ze ontevreden is?'

Zodra de auto wegreed, vervloog alle energie die Rachel op de set had gehad, en binnen een paar minuten lag ze op de achterbank te slapen, haaks op mijn schoot, met haar hoofd op mijn benen. In het kille middaglicht zag ze er bleek en ziek uit toen ik haar haren streelde.

Dit was het plan: omdat het de laatste avond voor mijn vertrek naar Amerika was, hadden Rachel en Claude, zo zeiden ze, een afscheidsdiner voor me georganiseerd bij Claude thuis. Hij woonde nog steeds in het huis van meneer Poesman. Zijn naam was een van de ingewikkelde grapjes van Rachel en Claude – zo ingewikkeld dat ik nooit heb geweten hoe hij echt heette. 'Op tv herken je hem wel,' zei Claude laatdunkend. 'Hij is degene die altijd zegt: "Dan verklaar ik u nu tot man en vrouw" of "Na een goede nachtrust voelt hij zich weer kiplekker." Niet echt wat je noemt een flitsende carrière. Daar is sinds zijn verblijf in de gevangenis de glans vanaf.'

Meneer Poesman bewoonde twee kamers op de begane grond en verhuurde de rest aan anderen. Op elke verdieping bevonden zich een gemeenschappelijke keuken en badkamer, maar Claudes kamer was iets bijzonders, omdat die een eigen keukentje achter een gordijn had. 'Je wilt niet weten wat ik heb moeten doen om hem te krijgen,' zei Claude. 'Of, liever gezegd, wat Damian heeft moeten doen.' Maar Damian woonde inmiddels ergens anders.

Hij was naar New York vertrokken en Claude deed heel vaag als zijn naam werd genoemd, wat eigenlijk niets voor hem was. Claude wilde dolgraag álles over de opnames weten. 'Ik heb een verrassing voor je. Dat merk je straks wel. Ik weet zeker dat je er blij mee bent,' zei Rachel, maar daarna sloeg ze dicht en wilde ze niets meer zeggen. Nadat ze zich had omgekleed, leek ze veel levendiger en hielp ze Claude met alle voorbereidingen. Ze droeg een soort kaftan met een sjaal om haar schouders, en ze had haar haren opgestoken, net als Martha. Claude droeg een groen fluwelen jasje met een vlinderdasje, en hij rookte zijn Turkse sigaretten door een sigarettenhouder. Ik droeg gewoon een spijkerbroek en een T-shirt, dus Claude vroeg of ik wat kleren wilde lenen. Hij zei dat hij graag formele etentjes gaf.

De andere gasten waren een priester, een rijinstructeur, iemand die in een theater in het West End achter de kassa zat, en een Roemeense student, Rani, die de kamer naast die van Claude huurde en in korte broek en een T-shirt kwam. Zijn tegemoetkoming aan de formaliteit bestond uit een hellebaardiershoed uit de souvenirwinkel van de Tower of London. Claude fluisterde in mijn oor: 'Schenk maar geen aandacht aan hem. Hij is vreselijk saai. Ik heb hem alleen maar uitgenodigd om aan het gewenste aantal personen te komen.'

Het was zomer en het was nog licht buiten, maar de gordijnen waren dichtgedaan en de kamer werd verlicht door kaarsen. Er hing een vreemde lucht. Claude vertelde dat het wierook uit een kerk was. 'De beste, de allerbeste,' zei hij. 'Ik heb hem gepikt uit All Saints, Margaret Street.' De priester moest zo hard lachen dat hij de kan omstootte waarin de door Claude bereide speciale cocktail met wodka en Blue Curaçao zat.

Terwijl Rani de rommel opdweilde, begon Claude aan de bereiding van een Thais maal, waarbij hij als een jongleur steeds andere pannen op zijn ene gaspitje zette. Hij kon zelf niets proeven, want hij werd behandeld aan zijn tanden, die al scheef en bruin waren sinds ik hem kende. Een tandartsbehandeling was de enige manier om geld van zijn grootvader los te krijgen. Gelukkig had

Claude hem kunnen overhalen om het geld niet rechtstreeks aan de tandarts te betalen, dus hij liet alleen zijn voortanden behandelen en hield de rest van het geld zelf.

Claude bleef maar aan Rachel vragen wat haar verrassing was, en uiteindelijk fluisterde ze het in zijn oor. Hij slaakte een kreetje van opwinding en omhelsde haar. 'Dit is geweldig!' herhaalde hij steeds. 'Geweldig! Poesie komt spontaan klaar!' Zij en Claude gingen ergens heen en bleven een halfuur weg. Iedereen zat te roken en te praten. Ik was misselijk.

Pas aan het einde van de avond – na een paar kannen van Claudes cocktail en een nauwelijks aangeroerde maaltijd – voegde meneer Poesman zich bij het gezelschap. Ik was in de veronderstelling dat het etentje een afscheidsfeest voor mij was, maar hij scheen te denken dat we vierden dat hij een rol in een sitcom had gekregen. Claude omringde hem met overdreven veel aandacht en was zo bot om Rani te bevelen van de bank naar de grond te verhuizen, zodat meneer Poesman ergens kon zitten. Hij droeg een ochtendjas en een wollen sjaal om zijn hals, omdat hij keelpijn had. Claude bleef op zijn horloge tikken en veelbetekenend naar Rachel kijken.

Meneer Poesman moest de volgende ochtend al vroeg naar de studio en wilde dat wij hem met zijn tekst hielpen. Hij speelde een arts die flauwvalt als hij de baby van de hoofdrolspeelster moet halen, en hij hoopte dat hij een vaste rol in de serie zou krijgen. We namen de scènes een paar keer door, waarbij meneer Poesman zijn tekst op verschillende manieren uitprobeerde. Rachel speelde de echtgenote en de priester speelde haar man, maar tegen de tijd dat we aan de vijfde of zesde keer wilden beginnen – nadat we nog wat van Claudes cocktail hadden gedronken en meneer Poesman ons om beurten naar onze mening had gevraagd – was de priester op Claudes bed in slaap gevallen. Rani bood aan om het over te nemen, omdat hij dacht dat het hem met zijn Engels zou helpen. Zodra we weer begonnen te lezen, zag ik dat Rachel huilde, en nadat zij en meneer Poesman hun laatste tekst hadden opgezegd – 'Hoe voelt het?' 'Hoe denkt u dat het voelt? Volgens mij komt er straks een olifant uit!' – smeet ze haar script op de grond en kwam ze wankel overeind. 'Dit is waardeloos,' zei ze. 'Echt waardeloos.'

Meneer Poesman was compleet van zijn stuk gebracht, en Claude en Rachel kregen ruzie. 'Nou, jij zei dat hij zou komen!' schreeuwde Claude.

'Hij zei dat hij zou komen als hij tijd had.'

'Als hij tijd had? Dat had je niet gezegd. Je zei dat hij zou komen!'

Eerlijk gezegd had ik wat moeite om alles te volgen, maar ik begreep dat Rachel Toby Luttrell had uitgenodigd. Op een of andere manier was de avond vreselijk in de soep gelopen. Hoewel ik al die tijd in de kamer had gezeten, had ik het gevoel dat ik het stuk had gemist waarin het begin van het feest was veranderd in de situatie zoals die nu was, alsof ik een boek las waaruit een paar bladzijden waren gescheurd. Toen ik opstond, liep ik naar de wc omdat ik voelde dat ik moest overgeven.

Bij mijn terugkomst in de kamer was de man in het smokingjasje ook in slaap gevallen. Rani en meneer Poesman namen samen het script door, waarbij Rani de tekst van de echtgenoot en die van zijn vrouw voorlas. Om het verschil tussen hen aan te geven, zette hij de hellebaardiershoed op als hij de vrouw was en haalde hij hem van zijn hoofd als hij haar man speelde.

Rachel was er niet. Ik vroeg aan Claude waar ze was. Hij antwoordde knorrig: 'Nou, ik hoop dat ze zichzelf eens hartig toespreekt. Ik weet niet wat haar bezielt. Ze heeft ons allemaal teleurgesteld.'

Volgens mij klopte dat niet helemaal, maar in mijn toestand was ik niet in staat om te redetwisten. Het was al na middernacht, en in het huis van meneer Poesman was het donker. In de gang zaten lichtknopjes die je kon indrukken, waarna de schemerige peertjes zo'n dertig seconden brandden voordat het weer donker werd. Op het plafond zaten bruine watervlekken, waardoor het donkerrode behang aan de bovenkant had losgelaten. Het was er muf, en het rook er naar schimmel en goedkope luchtverfrisser. Ik was bang dat ik de andere bewoners van het huis wakker zou maken als ik

Rachel riep, en daarom bleef ik haar naam fluisteren.

Ik vond haar op de begane grond. Ze zat in de ruimte onder de trap waar de munttelefoon hing, met haar armen om haar opgetrokken knieën, alsof ze zich zo klein mogelijk probeerde te maken. Ze zag er vreselijk uit. Haar opgestoken haar was losgeraakt en er zat een vlek aan de bovenkant van haar jurk.

'Gaat het?' vroeg ik. Ik knielde bij haar neer.

'Ik wou dat je hier bleef,' zei ze. 'Ik weet niet wat ik moet doen.' Ik wist dat ze het niet had over de vraag hoe ze haar dagen moest vullen als ik in Amerika was. 'Weet je dat Graham Carter vijf kinderen heeft?'

'Zo veel?'

'Zo verrekte vruchtbaar. Bettina, Olivia, Mary, Prudence, en weet je hoe het jongetje heet? Podge. Wie noemt zijn kind nu Podge? Zou jij "Propje" willen heten?'

'Dat is vast niet zijn echte naam.'

Er verscheen een vreemde blik op haar gezicht. 'Jij bekijkt alles, hè? Je observeert en neemt alles op. Wat doe je ermee als het in je hoofd zit? Straks ontploft het nog eens.'

'Net als de treinen in *The Addams Family*. Weet je nog?'

'Wie deed dat ook alweer? Ik vond hem geweldig. Die kale oom? O ja. Ik ga naar de wc. Wacht hier op me.'

Ik moest haar overeind trekken. Ze gaf me een fles met een heldere vloeistof. 'Wat is dat?'

'Grappa. Gemaakt van alle druiventroep die overblijft als ze de wijn hebben gemaakt. Claude is er gek op. Het is Italiaans. Niet de hele fles leegdrinken.'

De grappa leek mijn maag te vermijden en rechtstreeks naar mijn hoofd te stijgen, dus toen Rachel terugkwam, was ik een beetje duizelig.

Ze begon al te praten voordat ze helemaal van de trap af was. 'Ik begrijp niet dat Toby niet is geweest. Hij zei dat hij zou komen. Nou ja, hij zou komen als hij tijd had, maar hij zei het alsof hij het echt van plan was. Je vóelt het als mensen alleen maar iets zeggen om beleefd te zijn. Claude is razend, maar ik heb niet gezegd dat ik zeker wist dat hij zou komen.'

'Ik ben heel blij dat hij niet is geweest,' zei ik.

Haar neus drupte. 'Hij was aardig,' zei ze. 'Ik vond hem exotisch. Je bent gewoon jaloers.'

'Waarop? Op zijn lengte? Zijn geverfde haren?'

'Ik ben zwanger,' zei ze. 'Pff, alsof ik daarop zit te wachten.'

'Misschien moet je de alcohol dan laten staan.'

'Ik blijf niet lang zwanger. Ik heb een hekel aan baby's. Ze krijsen en ze lachen nooit om je grapjes. Wat zou Martha zeggen?'

We leken geen van beiden acht te slaan op het feit dat haar ogen vol tranen stonden. 'Maakt dat wat uit? Ze heeft vandaag niet eens afscheid genomen,' zei ik.

'Trouwens, ik heb haar nog steeds niet vergeven dat ze al dat materiaal heeft verbrand. Alle spullen van Arthur. Wat bezielde haar?'

'Je hebt een paar dingen gered,' zei ik.

'Nou, geweldig zeg. Een paar verkoolde flarden.'

Ik nam nog een slok grappa. 'Dit is lekker,' zei ik. Ze pakte de fles en nam ook een teug. Hij was inmiddels bijna leeg.

'Je hoeft niet weg. Moet je echt weg?' Ze kreunde. 'Oooo... Ik weet niet waarom alles zo...'

Ik had graag willen horen wat ze wilde zeggen, wat ze precies van alles vond, maar boven ons werd er gegild van het lachen, en we hoorden Claude en de anderen met veel kabaal van de trap af komen. Inmiddels was ik vergeten hoe het in Claudes kamer was geweest, dus het was een schok dat ze het schuilplaatsje binnendrongen dat Rachel en ik bij de munttelefoon onder de trap hadden gecreëerd.

Ze wilden dat we mee naar buiten gingen. God weet hoe laat het was. Meneer Poesman flapperde hevig met zijn armen, om hen te bedaren voordat iedereen in huis wakker werd. Claude negeerde hem. Hij greep Rachels arm en trok haar overeind. Mijn hoofd tolde. Misschien liepen ze wel te zingen.

Op straat was het rustig, en de lucht rook schoon en fris. De zuurstof stroomde mijn lijf binnen en ik kon het bloed in mijn aderen voelen racen. Rani droeg zijn hellebaardiershoed, maar zijn broek lag op zijn enkels en hij stootte het soort kreet uit dat je ook zou kunnen maken als je van een berg af skiede. Hoewel het gezelschap groter leek dan eerder die avond, kon ik me niet goed herinneren hoe groot het eerder was geweest. Ik probeerde het beeld van ons allen in Claudes kamer op te roepen, maar het leek te lang geleden.

Claude rammelde aan het hek naar de tuinen op het midden van het plein, maar daar hing waarschijnlijk een hangslot aan. Misschien was hij de eerste die over het hek probeerde te klimmen, of anders was het Rani. Het volgende moment waren we in de tuinen en lag Rani op de grond met zijn handen om zijn blote been, dat bloedde. Rachel en Claude probeerden in een boom te klimmen. Ik ging op de grond liggen en legde mijn wang op het vochtige gras. Het viel niet mee om de volgorde van de gebeurtenissen precies vast te stellen. Ik weet niet of de politie op dat moment arriveerde, of dat ik eerst in slaap viel en dat ze pas later kwamen. Daarna kwam het busje, vervolgens het politiebureau en daarna moesten er formulieren worden ingevuld. Misschien was Rani wel bij ons, of misschien was hij naar de Eerste Hulp gebracht. Iedereen leek het over zijn been te hebben. Blijkbaar hadden we de openbare orde verstoord, en hoewel de politieman die ik sprak bleef herhalen: 'Dit is een ernstig vergrijp, meneer', begreep ik niet wat er nu zo ernstig was aan wat we hadden gedaan. Misschien dacht Claude er ook zo over. Verderop in de gang hoorde ik hem tegen iemand schreeuwen.

Ik weet niet hoe laat ze ons lieten gaan, maar het begon al licht te worden tegen de tijd dat we met ons drietjes terug naar Claudes huis wandelden, Rachel, Claude en ik – de anderen waren verdwenen. Nou ja, ze interesseerden me ook niet. Ik sliep een paar uurtjes in een slaapzak op de grond. Het enige geluid dat ik hoorde toen ik wakker werd, was het gesnurk van Rachel en Claude. Ze hadden hun kleren nog aan en sliepen als rozen op Claudes bed. Het was een puinhoop in de kamer. Overal zag ik flessen en glazen, overvolle asbakken en borden met de restjes van Claudes Thaise maaltijd. Ik moest naar het vliegveld en probeerde zo zachtjes mogelijk mijn spullen bij elkaar te rapen, al denk ik dat ze niet eens wakker zouden zijn geworden van een kernbom. Ik had een briefje willen achterlaten, maar ik wist niet wat ik moest schrijven. Daarom trok ik de deur achter me dicht.

Zodra ik na het inchecken in de vertrekhal zat, had ik het vreemde gevoel dat ik zonder kleerscheuren was ontsnapt – al wist ik zelf niet precies waaraan. Ik voelde me vrij en van alles verlost: niets kon me raken. Maar tijdens het neuzen tussen de tijdschriften in de kiosk sloeg mijn hart een slag over. Naast de stapels kranten was een bord van de *Evening Standard* neergezet, waarop iemand met viltstift in grote, zwarte hoofdletters had geschreven: ZOON HAY-SEED BERISPT DOOR POLITIE.

Als ik dacht dat Martha het nog niet zou weten, vergiste ik me. Ik belde haar vlak voordat de vlucht werd omgeroepen, en ze was ijzig van woede. Op dat moment had ik al een halfuur de tijd gehad om het te laten zakken. Terwijl ik haar aan de telefoon had, de komende en gaande passagiers met hun bagage bekeek en naar de geluiden van het drukke vliegveld luisterde, leek de wereld weer normaal te zijn. Wat deed het ertoe? Het was gewoon een speldenprik, zo klein dat je hem in het grote geheel bijna niet opmerkte.

Martha, daarentegen, leek een heel andere schaalverdeling in haar grote geheel te hebben. Ik liet haar uitrazen, maar opeens was ik alles beu, ik was *Hayseed* beu, ik was het beu dat we tot elkaar veroordeeld waren. 'Ik had nooit gedacht dat je zo dom kon zijn,' schreeuwde ze. 'Waarom heb je dat in vredesnaam gedaan?'

Ik dacht even na, zei: 'Omdat ik bijzonder ben', en hing op.

Laurie

Ik moest terug naar Los Alamos om het programma op te nemen. Ik ging daar weg toen ik vijf of zes was en ben er daarna nooit meer geweest. Ik was vergeten welke kleur alles had in die bergen. Men zegt dat het rood is, maar dat komt niet eens in de buurt, het is niet eens roze. Het is een soort terracotta. Een vuile kleur, maar met de hemel en al die lucht ziet het er schoon uit. Ik weet niet wat jij ervan zou vinden, Luke. Voor iemand uit Engeland ziet het er waarschijnlijk uit als de maan.

Ik herkende Los Alamos totaal niet. Geen binding. Er kwam niets terug. Er is hier zelfs een Starbucks! Het lijkt nu op elke andere plaats. Ze hebben de wegen verhard, natuurlijk, en het zijn er ook meer geworden, maar ik herkende zelfs Fuller Lodge nauwelijks, het leek zo klein. Van oorsprong was Los Alamos een of andere school voor rijke kinderen, maar die hebben ze eruit geschopt toen het leger de boel in de oorlog overnam, en dat was het schoolgebouw. Naast Fuller Lodge ligt een meer dat Ashley Pond heet, en toen ik klein was, leek het onmetelijk en open, alsof het zich tot in de eeuwigheid uitstrekte. Iemand vertelde ons zelfs dat het bodemloos was, dat het gewoon doorliep tot het midden van de aarde. Nu wordt het omringd door gebouwen en lijkt het een lullig plasje dat hooguit tot je enkels komt als je erin springt.

In mijn hoofd is Los Alamos het terrein van mijn vader. Hij is zo'n beetje het enige wat ik me ervan kan herinneren. En ik weet nog een paar dingen van Paully – de jongen die naast ons woonde. En dan is Alma er nog, natuurlijk, maar ik probeer haar erbuiten te laten. Ze bederft het min of meer met haar stemmingen, haar drankgebruik, en haar gemopper over de warmte, de kou, de insecten en de joden. Joden! Het hele complex zat vol met joden, al die buitenlandse wetenschappers die uit Europa waren gekomen om de bom te bouwen. Zonder hen hadden we de oorlog niet kunnen winnen, al heb ik er nu geen goed gevoel meer over. De meeste mensen niet. Nu denken ze dat er sowieso een einde aan de oorlog zou zijn gekomen; ze wilden de bom gewoon op mensen uittesten. Toch was het een hele prestatie, de bom, een sterk staaltje onder die omstandigheden, en ik ben trots op wat mijn vader heeft gedaan, al was hij dan niet meer dan een technicus. Hij had geen belangrijke baan of zo, maar zonder mensen als hij hadden ze het niet voor elkaar gekregen.

Iedereen twijfelde in die tijd. Eerst waren de Russen onze bondgenoten, maar vervolgens niet meer. Wat moesten de mensen denken? En dat complex – Los Alamos – moet een broedplaats van geheimen en roddels zijn geweest. Ze moeten hebben gepraat over de vraag of ze de goede weg waren ingeslagen, of de bommentechnologie voor iedereen geheim moest worden gehouden. Ze deden niets anders dan werken. Je had geen footballwedstrijden of tv, en de mensen waren nog betrokken. Heel anders dan tegenwoordig, nu het niemand meer interesseert wat er gebeurt.

Ze wilden niet dat ik het programma in Los Alamos zou doen. Niemand heeft ervan gehoord, het interesseert niemand, de adverteerders zullen er niet blij mee zijn, blablabla. Dat zeiden ze, maar er was meer aan de hand – ze waren bang. Hoe dan ook, ik heb ze ertoe gedwongen. Ik kan niet alleen maar praten met filmsterren die over een nieuwe film oreren. Trouwens, het programma wordt er ook beter op als ik af en toe serieuze dingen kan doen. Dat weten zij zelfs.

In dit land bestaat het verleden niet. Het is alsof iedereen is geprogrammeerd om alles te vergeten. Wie kent het verhaal van de Rosenbergs? Ethels broer werkte in Los Alamos en gaf dingen door aan Julius, die ze doorgaf aan de Russen. Niet zulke belangrijke dingen, maar ze werden op de elektrische stoel gezet, lieten twee kinderen achter. Dat is toch niet te geloven? En de mensen lieten zich zo meeslepen dat ze applaudisseerden! 'De dag dat ze die joden hebben gebraden,' zo verwijst Alma ernaar, al is zij niet representatief voor de bevolking van dit land. Tenminste, dat hoop ik.

De hele burgerrechtenkwestie is nu nog net zo belangrijk als toen. Daar ging het programma over. Je betrouwbaarheidsverklaring wordt misschien niet meer ingetrokken, zoals bij Oppenheimer, de man die aan het hoofd van Los Alamos stond, maar de regering houdt je altijd in de gaten. Als ik in die tijd had geleefd – volwassen was geweest, bedoel ik – zou ik de regering of de FBI of iets dergelijks achter me aan hebben gekregen. Als student had ik tamelijk radicale ideeën. In '66 heb ik met César Chávez meegelopen in de mars naar Sacramento. Daar ben ik trots op. Mijn naam staat vast in een stoffig dossier van de FBI – 'Laurie Clows radicale verleden' zou er waarschijnlijk op de cover van National Enquirer komen te staan. Het kan me niet schelen. Ik heb geen betrouwbaarheidsverklaring die ze kunnen intrekken.

Het rare is, als ik foto's van Oppenheimer zie, verwar ik hem met mijn vader. Hij was ook lang en mager, benen als een ooievaar. Die genen heb ik beslist niet geërfd. Op foto's zie je Oppenheimer altijd met een hoed, en mijn vader droeg er ook een, dus ik denk aan hem als ik Oppenheimer zie. Ik weet dat dat idioot is, maar ik heb niets anders waaraan ik mijn herinneringen kan ophangen, daar heeft Alma wel voor gezorgd. Geen foto's van hem, geen papieren, niets. Ze heeft alles vernietigd. Toen we het huis in Modesto uitruimden, lag er niets. Voor zo'n waardeloze huisvrouw was ze beslist grondig te werk gegaan.

Daarom deed ik het alzheimerprogramma, en we kregen een van de hoogste kijkcijfers die we ooit hebben gehad. We kregen ontzettend veel brieven! Duizenden! We raakten een gevoelige snaar bij de mensen. Weet je, wat ouders aan hun kinderen doorgeven is heel belangrijk, en daar had ik het over, niet over het medische effect van alzheimer, al is dat ook heel verschrikkelijk, maar over de vernietiging van wat ik het 'erfenisgen' noem. Die term schoot me gewoon te binnen, en hij wordt al door anderen gebruikt. Mensen hebben iets in zich waardoor ze dingen aan de volgende generatie willen doorgeven – ervaring, wijsheid, levenslessen, het maakt niet uit hoe je het noemt. En dat neemt alzheimer van je af, niet alleen je eigen herinneringen, maar het vermogen om ze door te geven. Dat is het schadelijke effect. Dat is de moordenaar.

Vooraf vond ik het best eng, maar ik ben blij dat ik het heb gedaan. Alma erbij halen, bedoel ik. Je kon een speld horen vallen. Natuurlijk hadden we artsen en alzheimerdeskundigen in het programma, en er kwamen een paar families praten over wat ze allemaal hadden meegemaakt, maar ik moest het persoonlijk maken. Dat zien mensen graag. Daarom is het programma zo populair, denk ik, omdat ik mezelf erbij betrek.

Uiteindelijk kondigde ik Alma gewoon aan en duwde Erica de rolstoel naar binnen. We hadden haar flink wat kalmeringsmiddelen moeten geven – haar gedrag is erg onberekenbaar. Ik wilde niet dat ze een van haar tirades zou afsteken. Maar ze gedroeg zich voorbeeldig, ze zat gewoon met een wezenloze blik naar het publiek te staren. We hadden het ons niet beter kunnen wensen. Ik knielde bij de rolstoel en zei zachtjes: 'Alma, weet je waar je bent? Je bent op televisie.' Geen reactie. Ik pakte haar hand en zei: 'Kon je je verleden maar met me delen. Ik heb behoefte aan wat er in je hoofd zit.' Ik streelde over haar haren. Ik zei: 'Ik weet dat het er is, Alma, maar het is net of het in een van die Zwitserse bankkluizen zit, waarvan jij de combinatie kwijt bent.' Op dat moment was ik zeer geëmotioneerd. Dat kun je je wel voorstellen. Ik moest mijn hoofd van de camera's wegdraaien.

Tegen de tijd dat we Alma de studio uit reden, was de medicatie waarschijnlijk uitgewerkt, want ze begon te gillen en te schreeuwen. Erica was fantastisch. De beste thuiszorgster die we ooit hebben gehad. De eersten die we na onze verhuizing naar LA hadden, waren vreselijk en konden helemaal niet met Alma omgaan. Erica had vanaf de eerste dag alles onder controle. Geen flauwekul. Ze is lief voor haar, maar streng. Alma weet precies wat ze wel en niet mag. Het gaat beter nu we het hek op het pad naar het gastenverblijf op slot doen. Ze kan niet meer van de helling vallen. Je moet Erica leren kennen. Ik wist niet dat Nederlanders zo taai zijn. Erica zegt dat het komt doordat ze beneden de zeespiegel wonen, slechts beschermd door dijken die moeten voorkomen dat het water overal naartoe stroomt. Een heel sterke vrouw. Dat gezicht. Zou kunnen thuishoren op Mount Rushmore.

Voor jou ligt het anders. Jij hebt hem nog, je vader. Hij is er altijd. Daar zorgt Martha wel voor. Voor jou en Rachel houdt ze de herinnering aan hem levend. Zij zou nooit zomaar moedwillig dingen vernietigen. En je hebt de boeken. O, dat is zo'n fantastische erfenis voor jou,

Luke, een lichtend baken, als die olympische toortsen die hardlopers bij de oude Grieken aan elkaar doorgaven. En jij kunt ze weer doorgeven aan jouw kinderen. Je kunt de boeken omhooghouden en trots zeggen: 'Kijk, dit ben ik! Ik ben Luke Hayseed. Dit heeft mijn vader aan mij nagelaten en dit laat ik aan jullie na.'

Luke

Laurie praatte veel, maar ze braakte het voorgaande niet letterlijk in een keer uit. Als ze dat had gedaan, was ik binnen vijf minuten in slaap gevallen. Ik heb het samengesteld uit de gesprekken die ik tijdens mijn verblijf in Los Angeles met haar heb gevoerd. Andermans verleden is nooit zo interessant, dus ik heb er veel uitgehaald om de essentie weer te geven.

Als iemand vijf dagen per week een programma presenteert en nooit klaar is met de voorbereidingen voor de volgende uitzendingen, zou je denken dat je de oude programma's wilt vergeten zodra ze zijn uitgezonden, maar ze had het vaak over het programma in Los Alamos. Op een avond vroeg ze of ik het wilde zien. Ze had er een videoband van, maar ze kreeg haar videorecorder niet aan de praat en ik dacht dat ik de dans ontsprong. Uiteindelijk belde ze naar het huisje bij het zwembad om te regelen dat Travis, die daar de hele zomer zijn intrek had genomen om, zoals zij dat noemde, als haar 'krullenjongen' te werken, naar ons toe kwam om hem aan te zetten.

Het was vreemd om Laurie op televisie te zien. Het verrassende was dat ze het heel goed deed. Ze was min of meer zichzelf, maar tegelijkertijd anders. Ze zag er in elk geval een stuk beter uit, waarschijnlijk door de make-up, maar ze bewoog zich ook vloeiender. Thuis hinkte ze soms een beetje omdat ze problemen met haar knieën had, maar als ze een microfoon onder iemands neus hield en tegen de camera praatte, leek ze ondanks haar afmetingen moeiteloos over de set te zweven, alsof ze zwenkwieltjes had.

Het programma was trouwens verbazend interessant. In het eerste stuk lieten ze beelden van Hiroshima en Nagasaki na die bombardementen zien. Vervolgens zag je Laurie hotsebotsend met een stel oude kerels in een oude legertruck met open achterkant, onderweg naar Los Alamos, waar de eerste bommen waren gemaakt. Ze hadden daar allemaal gewerkt en Laurie vroeg wat ze zich herinnerden, en daarna kwam er een heel lang stuk waarin ze door Los Alamos wandelden, van tijd tot tijd afgewisseld met oude foto's van het complex.

Daarna voerden ze in de studio een discussie over de vraag of de bom eigenlijk wel gefabriceerd had moeten worden, en bespraken ze of het verkeerd was als je daaraan twijfelde, of je daardoor misschien subversief was. Het was allemaal nogal theoretisch. Ze had het over de macht van de FBI om andermans leven te verwoesten en noemde het instituut – natuurlijk – de 'Mr. Toppit van ons democratische systeem'. Een harde, nerveuze lach van alle aanwezigen. Daarna liep ze met haar microfoon het publiek in om met mensen te praten die een FBI-dossier hadden. Ze vroeg hun of ze dat hadden mogen inzien, omdat ze daar ze volgens de Freedom of Information Act recht op hadden. In een hoek, met zijn gezicht in de schaduw, zat een man die bij een of ander revolutionair studentengedoe betrokken was geweest en al twintig jaar een valse naam had, omdat de FBI nog steeds achter hem aan zat.

Daarna liep ze terug naar het podium en ging zitten. De lichten werden gedimd en ze praatte rechtstreeks tot de camera. 'De totstandkoming van dit programma is voor ons allemaal een reis geweest,' zei ze, gebarend naar de mannen met wie ze naar Los Alamos was gegaan, 'een reis naar een verleden dat veel mensen in dit land liever zouden vergeten. Ik wil er meer over weten, en ik wil alles onthouden. Mijn vader, Rudolph Laurence Clow, was een van de mannen die met Oppenheimer samenwerkten, en ik heb een deel van mijn jeugd in Los Alamos doorgebracht.' Ik besefte dat ze dit tot het laatst had bewaard: ze had het tijdens het programma niet één keer gezegd.

'Mijn vader was geen kopstuk, zoals Oppenheimer, hij was minder belangrijk, een technicus, een van de vele kerels in overall die in het lab werkten. Maar zonder mensen als hij hadden ze het nooit voor elkaar gekregen. Zal ik u eens wat vertellen? Hij twijfelde wel eens. Twijfel is niet verboden in dit land. Nooit geweest ook. Scepsis is in geen enkele Amerikaanse staat een misdaad. Ik weet niet wat voor problemen hij kreeg, het had iets te maken met veiligheid, maar ze gooiden hem eruit en trokken zijn betrouwbaarheidsverklaring in, wat ze na de oorlog ook met Oppenheimer deden. Ze ontnamen mijn vader het recht om het werk te doen waar hij goed in was. Het laatste wat ik me kan herinneren, was dat hij in een fotolab vakantiekiekjes van andere mensen ontwikkelde. Een man die een bijdrage leverde aan het beëindigen van de oorlog. Dat deugt niet. Kan ik erachter komen wat er destijds met hem is gebeurd? Kan ik de FBI zover krijgen dat ze me zijn dossier laten zien? De bureaucratische molen draait erg langzaam in Washington. Eén ding weet ik zeker: zijn leven was verwoest. Ik weet niet hoeveel druk er op hem werd uitgeoefend, hoe meedogenloos de FBI hem opjoeg. Ik weet alleen dat hij ons verliet en dat ik hem nooit meer heb gezien, een man die verloren ging in de tijd en de geschiedenis. Een van de velen, destijds en nu. Hartelijk dank dat u deze reis met mij wilde maken.' Ze staarde een paar tellen in de camera en boog haar hoofd, waarna de aftiteling werd gestart.

Ze zette de band af. 'Ik wou dat je mijn vader had gekend,' zei ze.

'Wat is er met hem gebeurd? Ik bedoel, daarna.'

Ze haalde haar schouders op. 'Verloren gegaan in de tijd en de geschiedenis,' herhaalde ze. Ik had het stiekeme vermoeden dat ze dat zinnetje niet helemaal zelf had verzonnen.

'Mensen kunnen niet zomaar verdwijnen.'

'Dit is een groot land.'

'Misschien moet je een privédetective inhuren,' zei ik.

Ze gooide haar hoofd in haar nek en lachte. 'Je hebt te veel films gezien.'

We schrokken allebei van het gezoem van de intercom. Er waren overal telefoons in huis en je kon naar alle kamers bellen, zelfs naar de garage. Het was Erica, vanuit het gastenverblijf aan de andere kant van de tuin, waar ze met Alma woonde.

Laurie nam de telefoon op. 'Zeg maar dat ik nu niet kan komen,' zei ze. 'Luke is hier. Zeg maar dat ik morgenochtend kom. Ze had trouwens allang moeten slapen.'

Ik wierp een steelse blik op mijn horloge. Het was pas negen uur, maar ik had in LA al eerder gemerkt dat mensen er een vreemde tijdsindeling op na hielden.

'Heb je haar de valium al gegeven? Als ze echt veel last van haar rug heeft, geef je haar maar Percodan... Twee, ja. Kom je hierheen?' Laurie glimlachte. 'Heel fijn. Kijk of je BJ en Marty ergens ziet.' Dat waren Lauries huisdieren, twee grote, dikke, langharige Perzische katten, die veel verzorging nodig hadden omdat ze anders in al dat haar konden verdrinken.

'Erica komt mijn knie behandelen,' zei Laurie. 'Ze is een soort genezer. Ze benadert alles op een holistische manier. Je hebt geen idee hoeveel gif we in ons lichaam hebben, hoeveel rotzooi artsen ons geven.'

Erica kwam binnen met een mand aan haar arm en BJ als een sjaal om haar schouders. Ze was heel lang en mager, met strak achterovergekamd haar dat in een strenge paardenstaart was gebonden. Haar gezicht was een en al bot – jukbeenderen en kaakbeenderen en vreemde beenderen aan de zijkant van haar hoofd, die als kogellagers onder haar huid heen en weer rolden als ze praatte. Er zat geen grammetje vet aan haar lijf: ik had haar zien tennissen en er stonden indrukwekkende spierstrengen op haar armen en benen, alsof haar lichaam werd aangestuurd door een katrollensysteem.

Zodra Erica binnen was, sprong BJ van haar schouders. 'Kijk!' zei ze. 'Ze wil naar haar moeder.' Ze sprak zulk nauwgezet Engels dat ze alleen maar uit het buitenland kon komen. In werkelijkheid kwam BJ niet eens in de buurt van Laurie, maar schoot ze onder de bank.

'Arme kleine meid,' zei Erica. 'Volgens mij is ze in de tuin een coyote tegengekomen. Stoute monsters! Marty is nog buiten, maar dat is een taai beestje.' Die gedachte was heel spannend: ik vond het onwaarschijnlijk exotisch om ergens te zijn waar geen doodgewone saaie eekhoorns of hazelmuizen zaten, maar échte wilde dieren, die op de loer lagen, klaar om aan te vallen.

'Is Alma onder zeil?' vroeg Laurie. Erica voerde een kleine pantomime op, waarbij ze haar hoofd op haar schouder legde, haar ogen dichtdeed en haar tong uit haar mond liet hangen. Laurie brulde van het lachen. Erica keek vergenoegd. 'Zo,' zei ze, terwijl ze het mandje op tafel zette, 'dan zullen we eens gaan kijken naar de patiënt. Uw knie alstublieft, mevrouw.'

Laurie legde haar been op een krukje voor haar stoel en Erica knielde bij haar neer. 'Ik heb die heerlijke lavendelolie die je zo lekker vindt, Laurie, of de bergamot. Kies zelf maar. Ik denk dat de huid de lavendel beter absorbeert. Die is een beetje lichter.' Ze draaide zich naar mij. 'Zo. Wat gaat Luke tijdens onze kleine procedure doen?'

Ik begreep het probleem. Erica had Lauries zwarte broekspijp opgerold, die verfrommeld tot stilstand was gekomen bij een obstakel: haar dij. De broek moest uit.

'Liefje, ga jij maar even kijken wat Travis aan het doen is,' zei Laurie. 'Misschien gaat hij wel een stukje met je rijden. Hij hoort voor je te zorgen.'

'Hoort voor je te zorgen' had een bepaalde ondertoon die me niet helemaal beviel, omdat het niet alleen suggereerde dat er voor mij gezorgd moest worden, maar ook dat er iemand aangewezen moest worden om het te doen -- maar Laurie had in huis overal mensen voor.

Als je echt heel erg chic was, kon je in Engeland butlers en chauffeurs en koks in dienst nemen, en tuinlieden om de randjes van je grasveld bij te knippen, maar de meeste mensen deden dat niet. Bij Laurie stond de oprit soms zo vol met auto's en vrachtwagens van mensen die dingen in en om het huis kwamen doen, dat de intercom voortdurend zoemde omdat iemands voertuig de weg versperde van iemand anders die net aankwam of wilde vertrekken.

Jesus en Ronnie kwamen elke dag om het zwembad te onderhouden. Ze spraken nauwelijks Engels. Lupe en haar dochter Consuela waren de huishoudsters. Ze maakten schoon en bereidden de maaltijden. Ze arriveerden rond zes uur 's ochtends, als Laurie door haar chauffeur, Stan, werd opgehaald om naar de studio te gaan, en bleven tot vroeg in de avond, een koelkast vol schalen voor het avondeten achterlatend. Vrijdags kwamen er altijd veel gasten voor wat Laurie 'het familie-etentje' noemde, ook al zat er geen enkel familielid bij, en dan bleven ze langer om het eten op te dienen. Zij spraken ook nauwelijks Engels. Het getrouwde tuiniersteam Ruthie en Bob zorgde elke ochtend voor het gras, de planten en de besproeiing, en maakte ruzie met Jesus en Ronnie omdat het gras rond het zwembad altijd bruin was op plekken waar ze chemicaliën voor in het water hadden gemorst.

Niet alle mensen kwamen met z'n tweeën. Angie, het kattenmens, slaagde erin om BJ en Marty in haar eentje te verzorgen. Ze kwam uit Engeland en probeerde naast haar kattenwerk actrice te worden. In het begin sloeg ik op de vlucht als ze kwam, want ze was een enorme fan van de boeken. De eerste keer dat ik haar zag, moest ik een stapel pockets signeren en dwong ze Lupe om een paar foto's van haar en mij te nemen, met BJ en Marty bij ons op schoot.

Kevin was supervisor van Lauries garderobe, wat betekende dat hij haar hielp om kleren uit te zoeken. Ik vond het een vreemde baan voor een man. Hij kwam op vrijdagochtend met een busje vol kledingrekken en een assistent, die de kleren met veel kabaal het huis in rolde. Kevin leek leeftijdloos, met een rimpelloos gezicht en blond geverfd haar, maar hij moest al flink op leeftijd zijn, want hij zei dat hij een van de dansers in de filmversie van *West Side Story* was geweest en dat hij ooit in een huis had gewoond met George Chakiris, een van de sterren. Ik begreep niet waarom Laurie zo veel kleren nodig had als ze altijd alleen maar zwart droeg, maar ik denk dat televisiesterren in Amerika net zoiets waren als de koninklijke familie bij ons. Je kon nooit twee keer hetzelfde aan, ook al zag je volgende outfit er precies hetzelfde uit. Mensen die regelmatig naar het programma keken, zagen zoiets waarschijnlijk meteen.

Travis was het enige personeelslid, met uitzondering van Erica natuurlijk, dat bij Laurie inwoonde. Hij verbleef in het huisje bij het zwembad, in de kleine, donkere ruimte achter de kleedkamer. Hij had Laurie geholpen toen ze in Modesto haar radioprogramma in het ziekenhuis presenteerde, en ze had hem voor de hele zomer naar haar huis gehaald. Hij deed klusjes voor haar en reed haar in het weekend rond als Stan, haar andere chauffeur, vrij had, maar ik vermoed dat hij eigenlijk was aangenomen om voor mij te zorgen – eigenlijk heel aardig, want Laurie was bijna nooit thuis en ik was voor mijn rijexamen gezakt, waardoor ik aan huis gekluisterd zou zijn geweest als hij er niet was om me mee te nemen.

En dan waren er nog de mensen van het programma, dat vijf dagen per week werd uitgezonden. Alle uitzendingen werden in de voorafgaande week gemaakt, en ze nam er tijdens de eerste drie dagen van de week vijf op. Vrijdags werd er de hele dag bij haar thuis vergaderd – dan werd de oprit pas echt een puinhoop – om nieuwe uitzendingen te plannen. Dan kwamen er wel zo'n vijftien mensen, producers, uitvoerende producers, researchers, assistenten, mensen die onderzoek deden naar de doelgroepen, publiciteitsagenten en een assortiment aantekeningenmakers en secretaresses. Het was een heel populair programma – in de auto zag ik op Sunset Boulevard een enorme reclameposter waarop Lauries gezicht, grondig geretoucheerd, op ons neerkeek. Ze was inmiddels zo bekend dat ze zelfs geen naam nodig had; het bijschrift luidde simpelweg: 'De enige echte!'

Natuurlijk was Rick Whitcomb er ook, maar hij was er altijd. Omdat hij haar manager was, denk ik dat hij in de personeelsequatie half programma en half privé was. Ik dacht dat alleen popsterren managers hadden, en Laurie moest lachen toen ik vroeg waarom ze er een nodig had. 'Zelfs managers hebben managers in deze stad. Dat hoort er nu eenmaal bij. Martha zal inmiddels ook

wel talloze agenten en geldmensen en advocaten hebben, of niet?'
Ze trok een lelijk gezicht. 'Ik hoop dat ze slimmer zijn dan Rick.'

Desondanks behandelde ze hem vreemd genoeg met veel respect. Ze leek het prettig te vinden dat hij de rol van de man in huis op zich nam. Hij zat tjokvol adviezen aan iedereen – adviezen die gevaarlijk op de ravijnrand van een eis balanceerden. 'Misschien is het een goed idee als je tabaksplanten onder die palmen zet, Ruthie, dat ruikt 's avonds zo lekker,' of: 'Net iets te veel chloor in het zwembad vandaag, Jesus. Mijn lijf ruikt naar een apotheek,' of, nadat hij Consuela tegen haar zin bij haar middel had gepakt en 'Hoe gaat het met mijn meisje?' in haar oor had gefluisterd: 'Je was wel wat uitgeschoten met de mayonaise in die kipsalade. De dames moeten een beetje om hun lijn denken!' Bij die woorden klopte hij met zijn hand op zijn buikje, dat ongemakkelijk over de rand van zijn te strakke spijkerbroek puilde.

Hij had altijd sterke verhalen over het succes van het managementbureau dat hij had opgericht nadat hij met Laurie naar LA was verhuisd, maar zij vertelde me dat ze tot een jaar geleden zijn enige cliënt was, en dat haar programma deuren voor hem had geopend. Hij had het bedrijf inderdaad uitgebreid en een paar nieuwe cliënten aangenomen, onder wie, vertelde ze lachend, een buikspreker met wie hij grote plannen had. Laurie had korte metten gemaakt met Ricks pogingen om hem een vaste plaats in haar programma te bezorgen.

Erica en Laurie hadden altijd wel iets op Rick aan te merken, en ze namen hem op de hak, vooral met zijn overgekamde haar. Hij had een kleine Mazda cabriolet, maar hun grapje was dat hij het dak nooit openklapte omdat zijn haar dan in de war raakte. 'Dak vandaag niet open, Rick? Het is nog wel zulk heerlijk zonnig weer,' zei Erica dan, terwijl ze vanuit haar ooghoek naar Laurie keek. Volgens Rick was Jerrilee bang voor huidkanker en wilde ze dat hij niet te veel in de zon zat. Jerrilee en Merry waren ook altijd bij Laurie thuis, al werden ze in tegenstelling tot de anderen niet betaald voor hun aanwezigheid. Volgens mij wilde Jerrilee daar graag verandering in aanbrengen. Misschien had ze Lauries stiliste kunnen worden: 'Net iets te veel blusher in het programma van gisteren. Ik weet ook niet of ze je ogen helemaal goed laten uitkomen. Iets geprononceerder, zou ik zeggen. Ik wil best een keer langskomen om met de meisjes van de make-up te praten, als je wilt.' Of haar huishoudster: 'Mijn oog viel toevallig op je werkkamer, Laurie. De mijne is precies hetzelfde. Rommel, rommel en nog eens rommel. Als je wilt, kan ik dit weekend wel langskomen om je te helpen alles op te ruimen. Geen enkel probleem.' Of misschien haar kledingadviseuse: 'Die vriend van jou, die Kevin! Nooit begrepen waarom homo's denken dat ze zo veel verstand hebben van onze kleren. Ik heb bij Barney's een paar geweldige dingetjes voor de herfst gezien. Ik weet zeker dat ik wat voor je mag meebrengen als ik zeg dat het voor jou is.' Als Laurie niet in de buurt was, liet ze dat beleefde geslijm achterwege. Op een avond hoorde ik haar in de keuken tegen Rick fluisteren: 'Spreek de producer in godsnaam eens aan over haar kleren! Laatst zag ze eruit als een travo die overdag in een vrachtwagen rijdt.'

Tegen de ijzeren greep van de combinatie Rick en Jerrilee viel tijdens het vrijdagse 'familie-etentje' moeilijk op te boksen. Terwijl hij aan het hoofd van de tafel plaatsnam, regelde Jerrilee waar alle anderen moesten zitten. Terwijl hij de wijn openmaakte, regelde Jerrilee in nauwe samenwerking met Consuela en Lupe dat de maaltijd werd geserveerd. Hij sprak een dankgebed uit, of delegeerde die taak alsof het een bijzondere beloning was. Ik was nog nooit in een huis geweest waar voor de maaltijd een dankgebed werd uitgesproken – thuis deden we dat in elk geval nooit. Tijdens mijn eerste vrijdagse etentje zat ik al aan tafel voordat ik Rick zachtjes hoorde kuchen en besefte dat ik als enige was gaan zitten.

'Dank je, Luke. Erica, misschien wil jij het dankgebed uitspreken,' zei hij. Ze keken allemaal heel plechtig.

Erica schraapte haar keel en vouwde haar handen samen. 'Schepper, Aardmoeder, we danken u voor ons leven en voor deze prachtige dag. Dank u voor de heldere zon die we vandaag mochten ontvangen en voor de warme regen die we gisteren hebben gekregen. Dank u voor de gelegenheid om onder uw toeziend oog samen te komen, en dank u voor het geschenk van Lukes komst.' Iedereen keek naar mij en applaudisseerde. Laurie boog zich naar me toe en gaf me een kus op mijn wang.

'Heel mooi, Erica,' zei Jerrilee. 'Was dat typisch Nederlands? Luthers?'

'Hopi-indianen,' zei Erica kortaf.

'Ik weet niet wat ik van dat "Aardmoeder" moet vinden,' zei Rick. 'Nederlandse-vrouw-praat-met-gespleten-tong.'

Jerrilee liet een tinkelend lachje horen om aan te geven dat hij een snoezig zuurpruimpje was. 'Ricky toch!'

'Ik vind het wel gaaf,' zei Merry.

'Heeft het gisteravond geregend?' vroeg Travis dromerig.

'Het is een gebed, Travis, geen weerbericht,' zei Laurie.

Waar hadden we het over tijdens die etentjes op vrijdagavond? Natuurlijk werd er veel over het programma gepraat. Er kwamen eindeloze analyses van Laurie en Rick uit voort – het aandeel van het publiek, hoeveel zenders het hadden aangekocht, ideeën voor komende uitzendingen. Rick oreerde over Lauries toekomst. 'Je moet endorsing niet afwijzen. Wat je goed moet beseffen, is dat je een merk bent. Dat is natuurlijk mooi, begrijp me goed, maar een merk moet zich ontwikkelen. Het is een levend wezen, het is een beest, het is net een haai. Blijf in beweging, ontwijk de kogels. Dat is bladzijde één, regel één.'

'Volgens mij is een haai geen beest, Rick,' zei Travis. 'Is het geen, zeg maar, zoogdier?'

Ik was ook niet gevrijwaard van zijn carrièreadviezen. 'Luister, ik weet dat er miljoenen exemplaren van die boeken zijn verkocht. Ik bedoel, je staat in de recordboeken, jongen. Je bent een fenomeen. Maar wat volgt er dan? Dat heb ik in elk geval geleerd – er moet altijd een vervolg komen. Jullie merk kan wel een slimme manager gebruiken. Je zou me in contact moeten brengen met je moeder. Ze klinkt als een intelligente vrouw. Ken je *Gejaagd door de wind*? De erven van Margaret Mitchell gaan iemand opdracht geven een vervolg te schrijven. Misschien moeten jullie dat ook doen.

Er zijn heel veel mensen die zich afvragen wat er gebeurt als Mr. Toppit uit dat bos komt. Dat aantal groeit als de serie op tv komt. Dat zijn heel veel mensen die geld willen uitgeven. Laat ze niet in de steek.'

Gelukkig zat er iemand aan tafel die dacht dat ze opgewassen was tegen de taak om het merk *Hayseed* uit te breiden, of zelfs te verbeteren. Merry klapte in haar handen als een kind dat het cadeau kreeg waarop ze haar hele leven had gewacht. 'O, dat kan ik wel doen! Ik weet ontzettend veel van de boeken.'

'Iedereen weet ontzettend veel van de boeken, Merry,' zei Laurie scherp.

'Merry's hoofdvak op school is Engels,' vertelde Jerrilee met een trots lachje aan ons.

'Merry, de boeken zijn zoals ze zijn,' zei Laurie ferm. 'Lukes vader was een heel bijzondere man. Niemand zou in zijn voetsporen kunnen treden.'

'Begrijp me niet verkeerd. Ik bedoel, ik heb onwijs veel respect voor zijn genialiteit. Maar dat wil ik juist graag doen – zijn genialiteit naar voren brengen.'

'Die kun je al in de boeken vinden,' zei Laurie koeltjes.

'Maar hij is doodgegaan! Misschien had hij anders nog wel meer geschreven. Wilde hij nog meer schrijven, Luke?'

'Dat weet ik niet,' antwoordde ik naar waarheid.

'Wil jij niet weten hoe het verdergaat?'

'Er moet altijd een vervolg komen,' zei Rick. Hij zat wijs te knikken, alsof zijn verklaring van vijf minuten geleden in de tussentijd een beroemde zinsnede of uitdrukking was geworden.

'En hoe zou jij zijn genialiteit naar voren willen brengen, Merry?' Laurie kon de minachting in haar stem nauwelijks verbergen.

'Ik heb dingen in de boeken ontdekt, verborgen dingen.'

'Zoals?'

Merry richtte zich tot mij. 'In het vierde boek, *Gegroeide Gaarde*, denk je dat Mr. Toppit je door het Donkerbos achtervolgt. Weet je nog? Als je thuiskomt, zie je dat je over je hele lijf schrammen hebt van de doorns en het vallen en zo. Die wondjes zitten toch allemaal aan de voorkant?'

'Ik zit niet in dat boek, Merry.'

'Denk je dat je vader wel eens aan chakra-healing heeft gedaan?'

'Ik weet niet wat dat is.'

'Nou, ik maak er een studie van met een man uit Topanga. Het is een soort healende energie. Je gebruikt kristallen en stenen.'

Laurie gniffelde. 'Ik geloof niet dat chakra-healing Engeland al heeft bereikt.'

Merry deed net of ze haar niet hoorde. 'Die wondjes corresponderen min of meer met de zeven chakra's – eh, de kruin, het hoofd, de keel, het hart, de navel... de andere twee ben ik even kwijt. Ik dacht, misschien is Mr. Toppit een soort healer, met een gespleten persoonlijkheid die hem soms slechte dingen laat doen. Net zoals Lucifer een engel was voordat hij Satan werd. Je zou heel veel naar voren kunnen brengen als er meer boeken waren.'

Travis schraapte zijn keel. 'Nou, die mevrouw die *Gejaagd door de wind* heeft geschreven, eindigde het boek met Scarlett O'Hara die iets in de trant van "het-wordt-altijd-weer-morgen" zegt. Misschien heeft ze het expres zo geschreven, omdat ze wilde dat iedereen zich zou afvragen wat er de volgende dag gebeurde. Daarom maken ze een vervolg.'

'Dat is een heel ander boek, Travis,' zei Laurie humeurig. '*De Hayseed Kronieken* eindigde niet met Mr. Toppit die zegt: "Morgen komt er weer een nieuwe dag."'

'Ik ben dol op *Gejaagd door de wind*,' zei Jerrilee tegen niemand in het bijzonder. 'Ik moet er altijd om huilen.'

'Maar zou dat niet gaaf zijn?' vroeg Travis. 'Om te weten wat er met Mr. Toppit gebeurt? Wauw! Moet je je hem eens in het echte leven voorstellen. Misschien heeft hij wel superkrachten.'

Op dat moment deed Laurie iets heel gemeens: ze liet de woede die ze voor Merry voelde afbuigen naar de ongelukkige Travis. Haar stem trilde. 'Travis, denk nu eens één keer na voordat je je mond opendoet. Dit is heel vervelend voor Luke. Het is nog niet zo lang geleden dat zijn vader is gestorven. Probeer je eens voor te stellen hoe hij zich voelt als jullie dit aan tafel bespreken!' Waarschijnlijk dacht ze dat ze onbeleefd tegen hem kon zijn omdat hij voor haar werkte, maar vijf jaar was in mijn ogen heel wat langer dan 'niet zo lang geleden', en bovendien hadden we het niet echt over Arthurs dood. Toch stak Laurie met tranen in haar ogen haar hand naar me uit om me een kneepje in mijn arm te geven. Iedereen keek naar mij.

'Het is vast nog heel vers,' zei Erica.

Rick knikte. 'Een zware dobber.'

'Moeilijk, om hem overal in de boekhandel te zien,' voegde Jerrilee eraan toe.

Fijn, Laurie. Nu wachtte de hele tafel tot ik iets zou zeggen.

'Is er nog wat gehaktbrood?' was het beste wat ik kon verzinnen. Op slag kregen ze allemaal een misselijkmakende hoe-kan-hij-het-opbrengen-om-zo-dapper-te-zijn-blik op hun gezicht.

'Ja, het leven gaat door, hè jongen? Dat valt ook niet mee,' zei Rick.

Door de jetlag werd ik vroeg wakker, soms zo vroeg dat ik Laurie kon uitzwaaien als haar chauffeur haar om zes uur 's ochtends kwam halen. Ze blendde dan een of andere energierijk drankje waarvoor Consuela de ingrediënten in de koelkast had klaargezet, en ik nam een kom cornflakes. BJ en Marty maakten sluipend bochtjes rond onze benen als we aan de ontbijtbar in de keuken zaten. Soms, als Alma ook vroeg wakker was geworden, hoorden we haar boze geroep om Laurie als een snerp door de intercom, en dan zette Laurie met een elegant tikje, alsof ze een pluisje wegveegde, het knopje van de speaker af en vervolgde ze haar verhaal.

's Ochtends was Laurie zachter, voordat ze de taaie tv-persoonlijkheid werd die ze tot laat op de avond bleef. Als ze net uit bed kwam, was ze nogal sentimenteel en zei ze dingen die als country-songs klonken, van die liedjes met haakjes in de titel: 'Zonder jou (had mijn leven er heel anders uitgezien)', of 'Als ik had geweten dat dit mijn thuis was (was ik al veel eerder gekomen)'.

Vaak hield ze mijn hand vast, waardoor het een beetje onhandig werd om mijn cornflakes te eten – tegen de tijd dat ik mijn kom leeg kon lepelen, waren ze vaak al slap geworden. Dan werd er aangebeld door Stan, haar chauffeur, werd er zenuwachtig rondgerend om vellen papier en achtergrondmateriaal bijeen te rapen en haar leesbril te zoeken, en dan ging ze weg, in het zwart gekleed, in haar glanzende zwarte limo met Stan, die toevallig ook zwart was.

Voordat de dag voor de anderen begon, was ik een poosje alleen. Ik genoot van de stilte, of, beter gezegd, van de geluiden die haar verbraken: de sproeiers in de tuin, die op tijdklokken waren aangesloten, het gezang van de tropische vogels en het gezoem van de reusachtige koelkast in de keuken. Het zou nog een paar uur duren voordat Travis opstond. Ik kon horen wanneer hij wakker werd, want dan begon hij gitaar te spelen – meestal de akkoorden van 'Layla', galmend en vervormd door het primitieve speakersysteem dat hij had geïnstalleerd. Als ik in zijn huisje kwam, trof ik Merry daar soms aan – ze kon er door de tuin naartoe zonder eerst naar het grote huis te komen – en dan volgde er een ritueel van omhelzingen en high fives, alsof we elkaar tientallen jaren niet hadden gezien.

Merry had bijna haar hele leven in Modesto gewoond, dus Los Angeles was voor haar bijna net zo nieuw als voor mij. Travis had er als kind gewoond, voordat zijn vader in het ziekenhuis in Modesto ging werken, en daarom was hij de expert, al leek hij niet in staat te zijn om ergens naartoe te rijden zonder te verdwalen. Hij bleef zeggen dat hij ons wilde laten kennismaken met wat hij 'het geheime LA' noemde. Eerlijk gezegd had ik het best leuk gevonden om een paar toeristische dingen te doen, zoals de rondleiding door de Universal Studios of een bezoek aan Disneyland, maar die leken niet op Travis' agenda te staan. Eén keer probeerden we bijna een hele middag bij het Hollywood Sign te komen – niet bepaald een plaats die ik geheim zou noemen, want er was in LA bijna geen plek te vinden waar je het niet kon zien – maar dat bleek onvindbaar te zijn: vermeende toegangswegen liepen dood in zandpaden, op andere kronkelende en krommende wegen zagen we de letters boven ons verdwijnen en weer achter de heuvels vandaan komen, en we kwamen steeds te ver naar rechts of naar links uit, alsof niet wij ons hadden verplaatst, maar het bord.

Eigenlijk bleken heel veel plaatsen voor Travis onvindbaar te zijn. Het huis waar Charles Manson zijn moorden had gepleegd, aan het uiteinde van een straat die Cielo Drive heette, ging ook aan ons voorbij: Travis wist het nummer niet meer, maar hij dacht dat hij het huis wel zou herkennen van een foto die hij ooit had gezien. Dat was niet de enige verwarring: tot Merry het hem vertelde, wist hij niet meer of Sharon Tate of Sharon Stone nu een van de slachtoffers was geweest. Nadat we een paar uur boven in de heuvels hadden rondgereden en vruchteloze blikken op een aantal opritten hadden geworpen, besloot hij dat het waarschijnlijk was afgebroken, uit respect voor de mensen die waren omgekomen.

Een paar keer in de week ging Merry naar haar lessen chakrahealing. Travis ging mee, maar ik wist niet zeker of hij haar alleen maar bracht of dat hij ook lessen volgde. Haar leraar heette Wade en hij woonde boven aan Topanga Canyon. Wade wilde me blijkbaar heel graag ontmoeten, vond de boeken de 'waanzinnigste' die hij ooit had gelezen en had 'totaal respect voor hun filosofie', maar hij was ook heel verlegen, dus mijn bezoek aan hem werd altijd tot de volgende keer uitgesteld.

Als ze terugkwamen, bruisten ze altijd van opwinding en reden we soms – na de gebruikelijke omhelzingen en high fives – langs de kust naar een plaats die Paradise Cove heette, waar een ouderwets restaurant stond dat op een schuur leek. Daar bestelden we bier en hamburgers, en daarna liepen we het strand op om te gaan zwemmen. Als je maar ver genoeg doorliep, was er bijna niemand meer, en als er niemand op het strand was, zwommen Travis en Merry naakt. Ik deed mijn uiterste best om dat niet te hoeven. De douches op school waren al vreselijk, maar daar was het minder erg omdat iedereen zich geneerde. Een strand in Californië, tja, dat was iets heel anders.

Merry en Travis hadden er helemaal geen moeite mee en hadden bruine, ontspannen lijven, alsof ze uit een massief stuk hout waren gehouwen dat was bewerkt, geschuurd en geolied tot het een gladde perfectie had bereikt. Ik moest veinzen dat ik niet van zwemmen hield – ik kon niet in mijn zwembroek het water in als zij helemaal niets droegen. Ik had buikpijn, ik hield niet van zwemmen na het eten, ik was bang voor kramp, ik wilde niet verbranden. Hoeveel smoesjes kun je bedenken? Nadat we drie of vier keer in Paradise Cove waren geweest, zei Travis uiteindelijk: 'Hé man, je schaamt je toch niet, hè? Je hoeft nergens bang voor te zijn.' Merry giechelde, dus alsof er geen vuiltje aan de lucht was, trok ik mijn zwembroek uit en rende ik met mijn witte, niet-ontspannen lichaam, dat uit een paar vastgeboute, schriele stukken wrakhout bestond, zo hard mogelijk de branding in, in de hoop dat er in het koude water niets zou krimpen.

Wat we overdag en 's avonds deden als Laurie niet thuis was, bleef onder ons, en werd eigenlijk alleen maar een geheim omdat dat misschien gewoon leuker was. Als Laurie vroeg wat ik had gedaan, traden de ontwijkende antwoorden die je in gesprekken met je ouders verzint automatisch in werking: 'O, je weet wel, we zijn naar het strand geweest en daarna naar Century City, waar we in een van de eettentjes Thais hebben gegeten.' Als ze het in het bijzijn van Travis vroeg, hadden hij en ik soms heel even oogcontact, een telepathische afspraak om niets te zeggen over het naaktzwemmen, de margarita's die Travis in zijn huisje had gemaakt met de limoenen en tequila die we uit de voorraadkast hadden gehaald, of het ding dat tijdens de voorstelling van *Big* in het Grauman's Chinese Theater in de spijkerbroek van Travis had rondgewroet en dat ofwel het babymonstertje uit *Alien* moest zijn geweest, ofwel de hand van Merry.

Op vrijdagavond kwam er een heel andere Merry met haar ouders mee, meer een cheerleader van de middelbare school, met een klein beetje make-up, een ingetogen, lange blonde paardenstaart en een korte, kobaltblauwe jurk waarin ze eruitzag alsof ze een jaar of veertien was. Ze gaf Travis en mij gekunstelde kusjes op beide wangen en zat met jeugdig enthousiasme klaar voor gesprekken over Lauries programma's van die week, of de vraag hoe het stond met de amateurmusical waarvoor Rick en Jerrilee net de repetities hadden gestart.

'Je komt toch wel naar de première, hè Laurie?' vroeg Rick. 'Je weet hoeveel dat voor ons betekent.'

Blijkbaar hadden ze het hier al vaker over gehad. 'O, Rick, je hebt er alleen maar last van als ik kom,' zei ze schijnheilig. 'Dat leidt vast tot allerlei lawaaierige toestanden. Het gaat om jullie tweeën, jij en Jerrilee, en de musical.'

'Je moet je buikspreker voor de première uitnodigen,' zei Erica. 'Dat zou je wat publiciteit opleveren. Waar komt hij vandaan – Puerto Rico?' Vanuit hun ooghoeken keken Erica en Laurie heel even naar elkaar.

'Je steekt de draak met me, Erica. In Europa hebben jullie misschien geen buiksprekers, maar hier horen ze bij onze vaudeville-traditie. Hij heet Johnny Del Guardo, en hij wordt een ster. Let op mijn woorden.'

'Welk stuk spelen jullie?' vroeg ik.

'Vorig jaar hebben we *Hello Dolly* gedaan,' zei Jerrilee. 'Toen we nog in Modesto woonden, deden we alles – *Finian's Rainbow, Oliver, Man van La Mancha, Grease*...'

'Noem maar op,' zei Rick.

'Je was echt geweldig als Sandy,' zei Merry.

'Maar Sandy is toch, zeg maar, een tiener?' vroeg Travis.

'Wij casten doorgaans op stem,' zei Jerrilee nuffig. 'Het gaat om de muziek. Dit jaar doen we *Camelot*.'

'Maar dat kost toch ontzettend veel tijd?' vroeg Erica. 'Hoe combineer je dat allemaal met het managementbureau, de cliënten?'

'Je kunt altijd wel tijd vrijmaken voor je passies, Erica. Net als jij met je tennis,' zei Jerrilee. 'Al moet ik zeggen dat het dit jaar niet meevalt. In Modesto stonden de mensen in de rij om mee te mogen doen. Hier lijken ze het niet begrijpen. Sommige rollen zijn nog steeds niet verdeeld.'

'Ik denk dat mensen die hard werken gewoon geen tijd hebben,' zei Erica.

Rick liet een stoer gegrinnik horen. 'Konden we Mr. Jerry Herman maar zover krijgen dat hij een muzikale versie van *Het dagboek van Anne Frank* voor ons maakte. Dan kregen we jou misschien zelfs op het toneel, Erica.'

Erica negeerde de opmerking. 'Dat vind ik nou zo fijn aan LA,' zei ze. 'De mensen hebben een zeer professionele mentaliteit. Het doet me denken aan thuis.'

Jerrilee lachte haar tinkelende lach en legde haar hand op Erica's arm. 'O Erica, alleen jij zou de overeenkomst zien tussen LA en – waar kom je vandaan? Utrecht?'

'Waar gaat het stuk over?' vroeg Travis.

'Het is het liefdesverhaal van koning Arthur en koningin Guinevere.'

De blik van Travis bleef wezenloos. 'Zoiets als Charles en Diana?'

'Nou nee, Travis,' zei Jerrilee. 'Het speelt zich af in een duistere, donkere tijd, de Middeleeuwen, zeg maar.'

'En wie speel jij, Jerrilee?' vroeg Erica onschuldig.

'Kijk nu eens naar haar!' zei Rick. 'Ziet zij er niet uit als een koningin?'

'Krijg je dan ook een kaper?' vroeg Erica.

Even was Jerrilee geschokt. 'Een wát?' Ze scheen te denken dat het een vies woord was.

'Je weet wel, een soort kap of sluier. Dat droegen de vrouwen in die tijd op hun hoofd,' zei Erica.

'Nou, we houden de kostuums heel eenvoudig,' zei Rick. 'Iedereen draagt een lang canvas hemd met een leren riem om zijn middel. In die tijd hadden ze nog geen sjieke kleren. Jerrilee en ik krijgen kronen op ons hoofd om ons van de rest te onderscheiden, omdat wij het koningspaar zijn.'

Jerrilee ruimde met Consuela de tafel af en schreeuwde vanuit de keuken: 'Heb jij wel eens op het toneel gestaan, Luke?'

'Alleen op school. Ik was een van de heksen in *Macbeth* en ik was dominee Parris in *The Crucible*.'

'Je was vast heel goed,' zei Laurie. 'Je bent zo lang.'

Opeens stond Jerrilee met een vaatdoekje in haar hand weer in de kamer. Haar ogen glansden. 'Rick! Hij moet in het stuk meespelen!'

Rick leek haar niet te begrijpen.

'Mordred!' gilde Jerrilee schril. 'Mordred!'

In stilte werd deze opmerking verwerkt. 'Je kunt zingen, hè?' vroeg Rick.

'Nou, nee,' zei ik. 'Ik kan niet...'

'Dat maakt niet uit,' bemoeide Jerrilee zich ermee. Ze wendde zich tot Rick. 'Hij heeft maar één liedje. Hij kan het opzeggen, zoals Rex Harrison.'

'Wacht even, Luke wil helemaal niet meedoen aan een musical. Hij heeft vakantie,' zei Laurie.

'Nee, nee, nee,' sneed Rick haar de pas af. 'Dit is geweldig. We hebben de rol van Mordred nog niet vergeven.'

'Wie is Mordred?' informeerde Travis.

'Het verhaal is nogal ingewikkeld,' zei Rick. 'Koning Arthur heeft een rare zus die Morgan Le Fay heet. Het kan zijn dat ze zijn halfzus of stiefzus is of zo, maar daar gaat het nu niet om. Ver voordat het verhaal begint, behekst ze hem en krijgen ze samen een baby, die Mordred heet.'

'Dat is absurd, Rick,' zei Laurie. 'Dat meen je niet.'

'Gaat hij met zijn zus naar bed?' vroeg Travis.

'Dat is incest,' zei Erica.

'Het gebeurde voordat er wetten bestonden,' zei Rick. 'Daarom heeft koning Arthur de ronde tafel uitgevonden. Maar goed, die Mordred loopt te stoken. Hij zorgt dat Morgan Le Fay koning Arthur achter een onzichtbare muur zet, zodat koningin Guinevere en Lancelot zich onbespied wanen en samen in bed worden betrapt.'

'Speel je dit stuk in Sherman Oaks?' vroeg Erica ongelovig.

'Het is een beroemd stuk. Het is een geweldige rol voor jou, Luke.'

'Ik wil dat je erover ophoudt,' zei Laurie.

'Het klinkt wel gaaf,' zei Travis.

'Hou jij nu maar je mond!' snauwde Laurie.

'Dit is een grote kans voor Luke,' zei Rick.

'Een grote kans? Hij is helemaal niet uit op een grote kans,' siste Laurie. 'Jezusmina! Een of ander amateurstuk in een armoedige tent aan Ventura Boulevard!'

'Het Whiteside Theater is een heel deftige schouwburg,' zei Rick gekwetst.

'Hij wil geen acteur worden,' grauwde Laurie. 'Hij wordt schrijver.'

Het was voor het eerst dat ik dat hoorde.

'Wat vind jij ervan, Luke?' vroeg Jerrilee.

'Dat moet je niet aan hem vragen.' Laurie schreeuwde nu bijna. 'Hij wil die rol niet.'

'Als we Jerrilees haarkleurstylist zover kunnen krijgen dat hij Lancelot speelt – hij zingt in een homokoor, geweldige stem – kunnen we misschien zelfs een televisieploeg op de première krijgen.'

'Het lijkt wel of het zo is voorbestemd,' zei Merry opgewonden. 'Je vader heette Arthur en jij zou de zoon van koning Arthur spelen.'

'Je bent van koninklijken bloede, je bent de zoon van de koning. Je zou ook een kroon mogen dragen. Alleen jij, Rick en ik. De anderen krijgen er geen,' zei Jerrilee.

'Ja, je zou mijn zoon spelen,' zei Rick.

Het gebeurde heel snel of heel langzaam, ik weet het niet meer. Ik denk dat het begon toen de fles omviel en de wijn over het tafelkleed klokte. Normaal gesproken zou iemand hem recht hebben gezet en de vlek met een servet hebben bedekt, of met zout, maar voordat dat kon gebeuren, was Laurie opgestaan. Haar gezicht was vlekkerig en haar ogen waren samengeknepen tot spleetjes. Ze zag eruit als een halloweenpompoen.

Rick zat aan de andere kant van de tafel, maar ze leek binnen een seconde bij hem te zijn. Het was alsof ze boven op hem probeerde te klimmen, alsof ze wilde paardjerijden. 'Waag het niet! Waag het niet!' bleef ze schreeuwen. Marty en BJ, die onder de tafel hadden gezeten, haastten zich de kamer uit.

'Laurie! Pas op je knie!' gilde Erica, die ook was opgestaan.

'Je weet niet waar je het over hebt,' schreeuwde Laurie tegen Rick. 'Luke heeft een vader – hij heeft een vader van wie jij je met je bekrompen provinciale brein nauwelijks een voorstelling kunt maken!'

Jerrilees mond hing open. Merry zat te huilen. Ik stond versteld van Erica's kracht. Laurie was ongeveer vier keer zo breed als zij, maar ze hield Lauries middel vast en sleepte haar naar achteren.

'Er zit iets in Luke wat jij nog niet eens kunt snappen als iemand het op Times Square voor je op een billboard zet! Jij zou net zomin zijn vader als een atoombombouwer kunnen zijn!'

Het laatste wat we van Laurie zagen, waren haar voeten, omdat Erica haar de hoek om naar de keuken sleepte. Daarna knalde er een deur dicht en werd het rustig.

'Ze is een beetje van streek,' zei Travis tegen niemand in het bijzonder.

'Die toon kan ze niet tegen je aanslaan, Rick,' zei Jerrilee. 'Dat pik ik niet. Daarvoor heb je te veel voor haar gedaan.'

Rick streek zijn haren weer in model. Hij zag er een beetje geschrokken uit, maar hij bleef filosofisch. 'Het is een zware week geweest. De kijkcijfers zijn niet zo best. Zware druk.'

'Het komt door háár,' zei Jerrilee. 'Door Erica. Ze heeft Laurie opgestookt. Sinds zij er is, is Laurie veranderd. Ze is maar een ingehuurde kracht. Ze zou niet eens met ons aan tafel moeten zitten.'

'Doe je nou mee aan de musical?' vroeg Travis aan mij.

'Ik denk het niet, Travis. Ik zou het trouwens toch verknallen.'

Travis wendde zich tot Rick. 'Misschien kan ik die rol spelen. Ik kan zingen. Je hebt me horen zingen.'

'Verkeerde soort stem, knul.'

Misschien hadden we allemaal wel veel gedronken. Mijn hoofd tolde tegen de tijd dat ik in bed kroop. Ik denk dat ik heel snel in slaap viel, maar ik leek binnen een paar minuten weer wakker te worden. Het was twee uur. Door het raam zag ik een schemerig licht in het huisje bij het zwembad branden. Ik liep op blote voeten door de tuin en klopte op de deur. 'Travis? Ben je nog wakker?'

Er klonk geschuifel achter de deur en het volgende moment tuurde Travis naar buiten. 'Hé man, wat is er?'

'Ik kan niet slapen.'

Vanuit de kamer klonk Merry's stem. 'Laat hem maar binnen, Travis.' Dat was verrassend, want ik had Rick, Jerrilee en Merry uren geleden al goedenacht gewenst. 'Ik ben teruggekomen,' zei ze. Ze trok me naar binnen, en zoals gewoonlijk moesten we elkaar omhelzen. Ik voelde me niet helemaal op mijn gemak. Ik droeg nog steeds de boxershort en het t-shirt waarin ik naar bed was gegaan.

Er brandde alleen een lamp op het bureau, dus de kamer was gevuld met schaduwen. Op tafel stond een fles tequila.

'Wat een avond,' zei Travis.

'We hadden het erover dat ze misschien wel gek begint te worden, net als die enge moeder van haar. Dat het in haar genen zit of zo. Tequila?'

'Waarom niet,' zei ik. Het was zo'n rare avond geweest dat het me wel een goed idee leek.

Ze liet me zien hoe zij tequila hadden gedronken. Je deed wat zout op de rug van je hand, likte het eraf, nam een flinke teug en zoog dan op een kwart limoen. Door de zure smaak ging er een sidderering door me heen op het moment dat de tequila naar beneden gleed.

'Ze deed ontzettend lelijk tegen mijn vader,' zei Merry. 'Zonder hem had ze niet eens een carrière gehad. Zonder ons ook niet, denk ik. Toen ze je vaders werk op de ziekenhuiszender voorlas, werd mijn moeder geopereerd en raakten we verzot op de boeken. Wij hebben papa zover gekregen dat ze ze op KCIF mocht voorlezen. Ze zou ons dankbaar moeten zijn.'

'Ik was haar assistent in het Holy Spirit. De eerste keer dat ze ze voorlas, was ik degene die haar vertelde dat ze geweldig waren,' zei Travis.

'In het ziekenhuis heeft niemand ze gehoord, Trav.'

'Je moeder wel. En jij ook.'

'Ja, maar dat ging maar om een handjevol mensen. De helft is waarschijnlijk al dood. Het is een ziekenhuis. Er was iemand nodig die voor een écht publiek zorgde, iets als een landelijk publiek. Daar heeft papa voor gezorgd.'

'KCIF is niet landelijk. Het is een plaatselijke zender.'

'Nou, ik heb die *Hayseed*-praalwagen op Onafhankelijkheidsdag geregeld. Die heeft iedereen gezien.'

'Iedereen in Modesto. Dat is ook niet landelijk.'

Zo gingen Travis en Merry nog een poosje door, waarbij ze geen van beiden naar de ander luisterden. Opeens, zonder dat ik een adempauze had gehoord, ging het gesprek over wat het beste liedje van The Beatles was.

'"A Day In the Life",' zei Travis. 'Dat lijkt me wel duidelijk.'

'Je kletst uit je nek.'

'Technisch, bedoel ik. Die veranderende akkoorden.'

'Wat weet jij nu van techniek?'

'Oké – welk nummer is dan beter? "Octopus's Garden"?' zei Travis minachtend. 'Dat geloof je zelf niet.'

'"Hey Jude".'

'Alsjeblieft, zeg!'

'Ik heb op school een wake bij kaarslicht georganiseerd toen John Lennon werd doodgeschoten. We hebben dat nummer gezongen.'

'Lennon heeft het niet eens geschreven! Hij had er niets mee te maken! Dat was McCartney. Dat weet iedereen. Er is een of andere contractclausule... Hun namen staan er allebei onder, maar...'

'Hij heeft het wel geschreven!'

'Op dat moment praatten ze niet eens met elkaar. Hij had een relatie met Yoko.'

'Vraag maar aan Luke.' Ze keken naar mij.

'Ik vind "Norwegian Wood" mooi.'

'Cool,' zei Travis. 'Ik bedoel, het is wel een van de oudere nummers, maar het is best goed.'

'We hebben nog wat chakra nodig,' zei Merry, en ze barstten in lachen uit.

'Je hebt wat healing nodig, man,' zei Travis.

'Heb je dit wel eens gedaan?' vroeg Merry, terwijl Travis het pakje openmaakte en het witte poeder met een scheermesje begon fijn te hakken.

'Ja,' loog ik zonder enige aarzeling. 'Mijn zus en ik doen het heel vaak.'

Het puntje van Travis' tong krulde zich om zijn lip, alsof hij een kind was dat zich concentreerde. 'Dames gaan voor,' zei hij zodra hij klaar was en er drie lijntjes op tafel lagen. Ik was blij dat ik niet als eerste hoefde, want nu kon ik de kunst afkijken, maar ik had al snel door dat al die filmgrapjes over niezende mensen nergens op sloegen. Het was helemaal niet moeilijk.

'Ik weet zeker dat je Wade geweldig vindt,' zei Merry, zo'n beetje voor de honderdste keer sinds ik in Los Angeles was. 'Hij is heel spiritueel. Dealen is gewoon een bijbaantje. Hij is zelf helemaal niet zo gek op drugs, maar hij heeft het geld nodig. Hij geeft maar aan een paar mensen les, mensen bij wie hij naar binnen kan kijken. Hij zou een heel beroemde leraar kunnen zijn, maar hij houdt gewoon niet erg van beroemd zijn en zo.'

Ik luisterde niet naar haar. Ik probeerde me te concentreren. Natuurlijk voelde ik het effect niet meteen. Ik had tijdens het eten flink wat wijn op en daarna tequila gedronken, dus ik wist dat ik aangeschoten was, maar het vreemde was dat mijn hoofd geleidelijk aan steeds helderder werd. Als je dronken bent, word je een beetje sloom, maar opeens pompte het bloed efficiënter door mijn lichaam. Na een poosje voelde ik het harmonieuze ritme van elke hartslag in mijn lijf, net als in die olievelden waar de pompen als een dolle op en neer gaan.

De tweede keer combineerden we het met tequila. Teug drank, likje zout, hapje limoen, lijntje coke. Merry kon het sneller dan wij. Ik weet niet wie daarna voorstelde om te gaan zwemmen, maar het leek erg voor de hand te liggen om het zwembad in te gaan. Het was buiten behoorlijk donker en het leek ons beter om geen lampen aan te doen, want het huis was niet zo ver weg. Er kwam een dunne damp van het water, niet omdat het koud was, maar juist omdat het warmer was dan de lucht. Het water voelde ongelooflijk aan op mijn huid. Het zat me geen moment dwars dat ik geen zwembroek had. Zonder erbij na te denken had ik mijn boxershort uitgetrokken, alsof dat de gewoonste zaak van de wereld was. Het was trouwens donker en we konden geen van allen veel zien.

Merry en Travis zwommen geluidloos onder water, en omdat het donker was, kon ik niet zien waar ze waren. Ze passeerden me en streken langs mijn benen en lichaam, wat ruw aanvoelde in vergelijking met het gladde water. Ik draaide me op mijn rug en keek naar de sterren. Ik wist dat ze onder me zwommen, al hoorde ik helemaal niets totdat een van hen door het wateroppervlak heen brak. Een buitenstaander zou ons niet hebben opgemerkt. Het was weer een van onze geheimen. Pas op het moment dat ik uit het zwembad kwam, zag ik dat we niet helemaal onopgemerkt waren gebleven. Marty en BJ zaten bij de deur van het huisje naar ons te kijken. Waarschijnlijk zaten ze daar al de hele tijd.

Het kan zijn dat Merry al huilde toen ze uit het water kwam, maar het kan ook zijn dat het binnen pas begon, waar Travis weer voor een paar lijntjes zorgde en nog een limoen doorsneed voor de tequila, maar ze hield vol dat ze alleen maar huilde omdat ze zo blij was. Natuurlijk was het kouder tegen de tijd dat we uit het zwembad kwamen, maar we wikkelden handdoeken om ons heen en gingen op het bed van Travis zitten. Waar ze zo blij om was, bleef ze tijdens het huilen maar herhalen, was dat ze de boeken had gelezen en tot het besef was gekomen dat ze niet alleen over mij gingen, maar ook over haar. Travis was er tijdens een deel van haar verhaal bij, maar opeens leek hij verdwenen te zijn. Ze wist wie Mr. Toppit was, zei ze, niet in de zin dat hij een persoon was die ze op straat zou herkennen, maar ze wist wie hij was als hij bij je familie hoorde. Ik concentreerde me niet echt, omdat ik nadacht over alles wat ik haar moest vertellen. Eerlijk gezegd was mijn hoofd nu niet zo helder meer. De harde, harmonieuze hartslagen leken nu uit hun ritme te zijn, alsof ze op verschillende niveaus en frequenties pompten.

Waar ze over huilde, was dat ze wist dat Rick Mr. Toppit was. Het lezen van de boeken had herinneringen opgeroepen aan haar kindertijd en hoe hij destijds met haar was omgegaan. Ze schonk hem vergiffenis, zei ze steeds. Ze hield van hem, ze zou altijd van hem houden, maar hij was echt over de schreef gegaan. Het was verkeerd dat hij zo kwaad was geworden. Het deugde niet dat hij altijd schreeuwde. Voor Jerrilee was het nog erger geweest. In gedachten zag ze Jerrilee met bloed op haar gezicht gillend in een hoek zitten. Nu kon ze hem vergiffenis schenken. Daarom was ze blij, ook al stroomden de tranen haar over de wangen. Wade had haar geholpen. Door de chakra-healing was het allemaal naar boven gekomen. Daarom was de behandeling ook zo cool: er kwamen dingen door naar buiten, maar ze werden er ook door geheald.

Ze hield op met huilen en daar was ik heel blij om, al was die verschrikkelijk belangrijke mededeling aan haar me inmiddels ontschoten. Inmiddels had ze mijn ballen in haar hand genomen en likte ze aan het uiteinde van mijn pik, en toen ik hem bij haar naar binnen schoof, was het net of ik me weer in het zwembad liet glijden, niet door haar nattigheid, maar door de ongelooflijke warmte, niet alleen van haar vagina maar van haar hele lichaam. De hartslagen leken weer in het ritme te zijn gekomen en pompten weer in harmonie. Alles deed het. Het was helemaal niet moeilijk.

'Ga door,' bleef ze zeggen, 'ga door,' en er was een moment waarop ik dacht dat ze het niet tegen mij had, maar tegen Travis, die in de andere uithoek van de kamer op de grond zat en zijn hand om zijn pik heen en weer liet glijden, het puntje van zijn tong om zijn lip gekruld, met dezelfde grimmige, geconcentreerde blik op zijn gezicht als toen hij de drug had fijngesneden. Misschien zat hij er al de hele tijd, of misschien was hij net naar binnen geslopen. Nou ja, wat maakte het uit tegen wie ze het had. Ik was degene die diep binnenin haar zat.

'Ga door, ga door, ga door,' herhaalde ze steeds maar weer opnieuw, maar ze fluisterde nu, met haar gezicht vlak bij het mijne, haar mond bij mijn oor, en ik dacht dat ze het in dit stadium wel tegen zichzelf zou hebben, maar ik wist dat ze het tegen mij had toen ze me kuste en zei: 'Ga door, ga door, ga door, vul me met je *Hayseed*.'

Rachel

Lieve Luke,

Ik mis je. Claude ook. In gedachten zien we je naast het zwembad (ik neem aan dat ze er een heeft) van Lauries poenerige huis zitten, nippend aan neonkleurige cocktails met parasolletjes erin. Claude zegt dat de martini Amerika's laatste grote bijdrage aan de beschaving is geweest, en dat het sindsdien bergafwaarts is gegaan. Ik hoop dat je geen hawaïhemd draagt, maar mocht dat wel het geval zijn, trek dan geen turkooizen aan. Geen goede tint voor onze papkleurige Hayman-huid.

Je hebt een enorme chaos achtergelaten toen je wegvloog! Laten we het maar niet eens over de katers hebben. Er stond een afschuwelijke (sorry!) foto van je in de Daily Mail. *Waar halen ze die dingen toch vandaan? Maak je maar geen zorgen, hij stond pas op pagina vijf. Je zag eruit als iemand die een dag proefverlof uit het gekkenhuis had. Precies wat Martha over jou zegt: 'Nek als een kip, armen als een gorilla.' Waarom zijn wij niet fotogeniek? Je ziet er in het echt veel beter uit nu je geen puistjes meer hebt. Ha ha.*

We waren allemaal behoorlijk jaloers. Jij was niet de enige die door de politie was berispt! Claude had dolgraag een foto van zichzelf in de krant willen zien, ondanks zijn lelijke tanden. Meneer Poesman ook. Acteurs zijn blij met elke vorm van publiciteit. Enfin, het goede nieuws is dat Martha razend is, dus dat is een overwinning. Wat een drukte

om niets! Het is maar een berisping. We worden echt niet voor een strenge rechter gesleept of in het openbaar gegeseld, wat Martha natuurlijk graag zou willen. Ik heb haar niet gesproken, hoor, om de eenvoudige reden dat ze mij niet wil spreken. Tant pis. Ik heb – en ik denk dat hij wel op je ligt te wachten als je terugkomt – een brief gehad van Fräulein Löwenstein. Apoplectisch, of wat dat dan ook is in het Duits. Apoplechtische? Ouwe zeur. Waarom bemoeit ze zich niet met haar eigen zaken? 'Ik hoop dat ik eerlijk tegen je mag zijn, li
verd, maar ik beschouw jou en Luke als familie... blablabla.' We hebben Martha diep teleurgesteld. Degene die altijd zo liefhebbend en aardig is. Degene die zo trots het boegbeeld van het hoogstaande Hayseed-schip is. Degene die ons de normen heeft bijgebracht die we zomaar naast ons hebben neergelegd. Godsamme! Ik heb zin om terug te schrijven en haar te vertellen dat we praten over degene die Arthurs spullen heeft opgeruimd en ze verdomme allemaal in de fik heeft gestoken, waarbij ze waarschijnlijk vele originele Lilagrafieën heeft vernield, die hun weg hadden kunnen vinden naar de muren van wat de moffen een Kunstmuseum noemen, met de nadruk op Kunst.

Ik mis je. Had ik dat al gezegd? Met Claude valt op dit moment niet veel lol te beleven. Eindeloze ruzies met zijn grootvader, altijd over geld. De oude man had door dat hij alleen maar zijn voortanden had laten behandelen en het geld niet gebruikte om zijn hele gebit te herstellen, en daarom heeft hij Claudes toelage stopgezet. Blijkbaar stak hij bijna letterlijk zijn hand in Claudes mond om zijn gebit te inspecteren, alsof hij een paard was! Ik ben ook blut. Het heeft geen zin om Martha om geld te vragen. Ik heb tegen Graham gezegd dat ik wel een biografie van Arthur wil schrijven, en hij zei dat hij erover zou nadenken. Vervolgens zei hij dat hij het een goed idee vond, maar dat hij het misschien moest laten doen door iemand die 'academischer' was! We hebben er ruzie over gehad, omdat ik zei dat hij mijn idee pikte. Enfin, ik bewerk hem nog wel en zorg dat hij zich straks zo schaamt dat ik het mag doen (en er een royaal voorschot voor krijg).

Claude en ik hebben vanavond een afspraak met Toby Luttrell, na de opnames. Claude kwijlt van opwinding. Die producer, Jake, belde om te vragen of hij ook meemocht, maar Toby wilde hem onder geen beding mee hebben. Blijkbaar hebben ze allemaal een hekel aan hem en vinden ze hem een waardeloze producer. Moet me nu gaan omkleden, al duurt het straks veel langer om Claude te helpen een outfit te kiezen. Ik schrijf straks verder.

Ik heb er niet veel vertrouwen in dat het vandaag een productieve filmdag op de Hayseed-set wordt. Toby is net weg, hij belde zijn chauffeur en zei dat hij hier opgehaald wilde worden in plaats van thuis. Het is erg laat geworden. Claude is net naar bed en snurkt als een houtzagerij. Toby kwam hier met alle make-up nog op zijn gezicht, wat natuurlijk ook een manier is om je puistjes te verbergen. Claude maakte (weer) een van zijn Thaise gerechten klaar en had vervolgens de pest in omdat niemand veel trek had. Nu kan ik niet slapen. Ik verwacht dat Jake ons ervan beschuldigt dat we Toby op het slechte pad brengen. Nou, Toby heeft niet veel aansporing nodig, geloof me. Zijn adem stinkt verschrikkelijk. Het verschil tussen ons en hen is dat wij onze tanden verzorgen. O god! Dat zei ik niet, dat was Martha! Heb jij dat ook? Ze zit zo diep in me geworteld dat ik haar gedachten denk, ook al weet ik dat ze helemaal nergens op slaan. Al die belachelijke levenslessen van haar blijven mijn hoofd maar binnendringen. Alleen intellectueel inferieure mensen hebben 'grappige' boeken op de wc. Het is ordinair om na het avondeten verschillende desserts te serveren. 'Stille Nacht' is geen hymne en hoort met Kerstmis nooit gezongen te worden. Alleen luie mensen hebben tijd om naar de radio te luisteren. En de allerergste – dat citaat van Goethe of Rilke of wie het dan ook was: 'Alles wat belangrijk is, is moeilijk...' en dan laat ze die afschuwelijke pauze vallen en dan zegt ze, alsof het de clou van een mop is: '...en bijna alles is belangrijk.' Jezus! Geen wonder dat we zo verknipt zijn.

Ik wou dat je hier was, al weet ik dat ik niet veel uit je zou krijgen. Ik wou dat je hier nu was, zodat ik met je kon praten en niet naar het gesnurk van Claude hoefde te luisteren. Ik had gehoopt dat Toby net als jij zou zijn, een soort betere versie van jou. Sorry, niet beter, maar levensgetrouwer, net als een van die superlevensechte olieverfschilderijen – maar hij lijkt totaal niet op jou. Dat haar. Dat geel – net een kleur die in de natuur niet bestaat. Geef mij jouw melkboerenhondenhaar maar. En hij heeft natuurlijk het formaat van een tandenstoker. Hij bleef maar wegglippen naar wat hij 'het toilet' noemde (sorry! Martha weer), alsof wij niet in de gaten hadden wat hij deed. Trouwens, wat kon het ons schelen? Claude had een feestzakje voor ons gekocht (ik weet dat jij dat afkeurt, maar echt, we moesten onszelf opvrolijken) dus wij namen ook wat als hij weer naar de wc ging, zo'n beetje de hele avond, dus. Maar gastvrij als we zijn, lieten we hem uiteindelijk zien wat we hadden en deelden we met hem. Vervolgens zette Claude zichzelf een beetje voor gek. Waarom kan hij toch nooit zijn mond houden? Al is Toby duidelijk voor van alles in, dit ging hem zelfs een beetje te ver. Wie het kleine niet eert – en gelukkig is hij klein.

Waarom dringt Arthur ons hoofd niet binnen? Waarom doet alleen Martha dat? Waar zijn zijn levenslessen gebleven? Ik kan er niet eentje bedenken. Jij wel? Breng zo weinig mogelijk tijd met je familie door? Sluit je op in je werkkamer? Was hij zo ongelukkig? Maakten wij hem ongelukkig? Weet je nog dat we tijdens een zomer lang geleden eens met Martha en Arthur in hun slaapkamer zaten en dat we door het openstaande raam een luide knal hoorden, een of ander geluid uit het bos, en dat Martha zei: 'Wat was dat?' en dat Arthur somber antwoordde: 'Misschien heeft iemand zich door zijn hoofd geschoten?' Zelfs Martha was stomverbaasd.

Soms denk ik dat hij zich voor die betonwagen heeft gegooid, net als Anna Karenina. Dat hij dacht dat hij niet meer verder kon. Misschien is dat sombere, teruggetrokkene zijn levensles. Misschien zit dat in ons, en drammen we door over Martha's belachelijke lessen omdat dat makkelijker is. Lijkt het je niet heerlijk om een kat of hond te zijn en niet veel te voelen, alleen maar te reageren op eenvoudige lichamelijke prikkels als de vraag of het warm of koud is, en of je honger hebt? Ik begrijp jou niet. Ik weet nooit waarop je reageert, wat er in je hoofd omgaat. Je bent net als Arthur. Je bent een binnenvetter. Ik neem aan dat dat een afweermiddel is, maar ik weet niet waartegen. Wat gebeurt er met mensen? Er zijn geen sigaretten meer. Ik ga kijken of er ergens

zo'n kranten- en tabakszaak voor vroege vogels open is. Ik wou dat je hier was. Misschien ga ik dit posten. Of niet.
Liefs, Rachel xxxx

Luke

Travis had niet veel zin om te gaan. Ik eerlijk gezegd ook niet, maar Laurie had het georganiseerd en bood het ons aan alsof het een heel bijzonder uitje was, dus we moesten wel doen alsof we enthousiast waren. Ik kon er alleen naartoe als Travis me bracht, dus hij moest wel mee. Nou ja, we hadden toch niets beters te doen. Merry kwam niet meer langs, dus Travis zat vaak in zijn huisje aan zijn liedjes te werken of gewoon te mokken.

Laurie had er een stuk over gelezen op de uit-pagina van de LA *Times* en had kaartjes voor ons gekocht: 'Vijfenzeventigste verjaardag filmlegende – eerbetoon van BAFTA.' BAFTA was een of andere Britse filmorganisatie, en ze zouden een film uit 1946 laten zien die *Het huis op de heuvel* heette. De film was geregisseerd door Wally Carter, die na afloop vragen zou beantwoorden. In het artikel noemden ze hem natuurlijk Wallace Carter. Rachel en Claude zouden het geweldig hebben gevonden, maar waarschijnlijk hadden ze de film al gezien. 'Hij is in zwart-wit,' zei Travis onderweg in de auto mistroostig. 'Daar heb ik een hekel aan. Waarom zijn er eigenlijk zwart-witfilms gemaakt? Het is niet geloofwaardig als het niet in kleur is.'

Je zou denken dat er op zondagavond niet veel mensen kwamen kijken naar een onbekende film die Wally jaren geleden had gemaakt, ook al was hij een heel beroemde regisseur – hij had een paar Oscars gewonnen – maar de zaal bleek behoorlijk vol te zitten. Terwijl we naar de bar liepen, verbaasde het me niet om te zien dat veel aanwezigen Britten waren en dat de meesten al flink op leeftijd waren. Soms voelde ik me in LA niet op mijn plaats, en het was vreemd om nu te zien dat Travis er met zijn roze T-shirt met de tekst IK WEET DAT JE HET WILT – JE WEET ALLEEN NIET HOE JE HET MOET VRAGEN, korte cargobroek en lange, blonde paardenstaart uitzag alsof hij van een andere planeet kwam. Alle aanwezigen waren waarschijnlijk minstens twintig jaar ouder dan wij. Terwijl we op een drankje wachtten, luisterde ik naar het gesprek van twee mannen naast ons.

'Het verschijnt meteen op video. Grote markt tegenwoordig. Enorm. Wat is er met jouw project gebeurd?'

'Amblin zei dat ze veel interesse hadden. Sindsdien heb ik niets meer gehoord.'

'Had jij niet iets bij Disney?'

'Bij Disney zitten alleen maar klootzakken.'

'Weet je dat Puttnam voor Wally een deal bij Columbia heeft geregeld?'

'Ongelooflijk. Hij krijgt ruzie met Ray Stark, maar wil wel een film van Wally?'

'De laatste was zo slecht dat het me echt verbaasde dat ze hem uitbrachten.'

'Was dat na zijn beroerte?'

'Hij krijgt een beroerte en blijft nóg aan het werk.'

'Heeft zijn vriendin het niet geschreven?'

'Het schijnt dat ze heel veel kan met die handen.' Ze brulden van het lachen.

'Waar is zijn vrouw gebleven?'

'Welke vrouw?'

'Ze was toch een pot?'

'Hoe heet die vreselijke oceaanstomerfilm van hem ook weer? Over zinken gesproken.'

'*Neptunus.*'

'Heeft-ie een fortuin mee verdiend, natuurlijk.'

'Mazzelpik. Ik heb hem nooit aardig gevonden.'

Travis en ik liepen naar de zaal, omdat we een plaats vooraan wilden hebben. De ruimte stroomde heel snel vol en daarna werd het licht een beetje gedimd. Er stond een microfoon op het toneel, en onder daverend applaus liep een vrouw van middelbare leeftijd het trapje op. Ze was nogal nerveus en zou zich met haar geaffecteerde Engelse accent waarschijnlijk prettiger hebben gevoeld als ze op het dorpsfeest de winnaar van de beste chutney mocht aankondigen.

'De man die wij vanavond eren, kan oprecht als een legende worden omschreven. Soms zegt hij voor de grap dat hij de oudste nog werkende regisseur in Hollywood is, en nu hij aan zijn zesde decennium in de branche begint, heeft hij vele projecten op stapel staan. Vandaag vieren we zijn vijfenzeventigste verjaardag. We zijn er trots op dat we u zijn eerste speelfilm kunnen laten zien, *Het huis op de heuvel*, gemaakt in 1946. De film is gebaseerd op de roman *Bleak House* van Charles Dickens, maar de distributeur, Rank, stond erop dat de titel werd veranderd omdat het woord *bleak* 'somber' betekent. Voor het neerslachtige naoorlogse Groot-Brittannië vond men die originele titel gewoon, nou ja, te somber.' Ze was zelf erg tevreden met haar grapje en er ging gegiechel door de zaal.

'Acteurs stonden altijd in de rij om met Wally samen te werken. In de hoofdrol ziet u Margaret Lockwood als Lady Dedlock, naast de jonge Jean Simmons als Esther Summerson en de buitengewone Alastair Sim als John Jarndyce. Een interessante kanttekening: misschien ziet u op de titelrol bij de dialoogbijdragen heel klein de naam Arthur Hayman staan, de man die vele jaren later beroemd werd als de auteur van de *Hayseed*-boeken.'

Travis liet een luide indianenkreet horen. 'Dat heb je me helemaal niet verteld, man!'

Iedereen draaide zich om om te kijken waar het lawaai vandaan kwam.

'Ik wist het niet,' fluisterde ik, en liet me onderuitzakken op mijn stoel. Gelukkig was dat het einde van haar speech, waarna de film werd gestart. Ik kende het verhaal tamelijk goed omdat ik de roman voor mijn Engelse boekenlijst had gelezen, maar ze hadden grote stukken weggelaten en heel veel dingen veranderd. Travis had moeite om het verhaal te volgen en zat praktisch vanaf de eerste scène te kletsen.

'Wat ziet dat er nep uit,' fluisterde hij bij de eerste aanblik van Bleak House. 'Dat moet wel een maquette zijn.' Vervolgens: 'Waarom heeft zij zo'n lelijke huid?' zodra Esther Summerson in beeld kwam.

'Ze heeft pokken gehad,' fluisterde ik.

'Wat is dat? Iets als acne?'

'Het is een ziekte.'

'Waarom heeft die mevrouw een grote zwarte stip op haar gezicht?'

'Dat is een schoonheidsvlekje.'

Travis bleef maar kletsen. 'De oude man met dat slechte gebit is, zeg maar, advocaat, hè?' en 'Ik snap niet van wie zij een dochter is' en 'Gaan ze die mensen nu, zeg maar, aanklagen? Waarom proberen ze niet tot een schikking te komen?'

Uiteindelijk draaide de man vóór ons zich om: 'Wil je nu alsjeblieft je mond houden?' vroeg hij hardop. Het laatste halfuur zei Travis niets meer, maar hij verschoof wel heel vaak op zijn stoel.

Na afloop gingen de lichten aan en werd er luid geapplaudisseerd.

Travis zei: 'Jezus, dat was de slechtste film die ik ooit heb gezien,' maar hij voegde er haastig aan toe: 'Ik bedoel, ik weet zeker dat je vader heel goed werk heeft geleverd.'

De vrouw stond inmiddels weer op het podium en iemand bracht een paar stoelen naar haar toe. 'Wally, waar zit je?' riep ze.

Er flitste een spotlight over het publiek, die tot stilstand kwam op de voorste rij. Er ging gejuich op zodra een kleine, kalende oude man aarzelend opstond. Hij leek helemaal niet op Graham. Met zijn tweedjasje, Viyella-overhemd en gebreide das leek hij meer op een gepensioneerde bankmanager dan op een beroemde Hollywoodregisseur, al viel de gigantische vierkante zwarte bril waaronder zijn gezicht verloren ging daarbij wel uit de toon. Het publiek begon weer te juichen toen hij met zijn armen boven zijn hoofd een stram, *Rocky*-achtig overwinningsgebaar maakte.

Een jong Japans meisje, dat naast hem zat, liep gearmd met hem naar het podium. Zijn andere hand leude op een wandelstok. De wandeling leek heel lang te duren. Er stonden inmiddels drie stoelen op het podium, en de vrouw die hem had geïntroduceerd, omhelsde hem hartelijk voordat ze hem op zijn stoel hielp en de microfoon voor zijn neus in de juiste stand zette. Het Japanse meisje ging naast hem zitten en hield zijn hand vast.

De vrouw zei: 'Hartelijk gefeliciteerd, Wally. Vertel ons eens hoe je erbij kwam om *Het huis op de heuvel* te maken.'

Hij zei iets onverstaanbaars, waarop de vrouw de microfoon wat dichter naar hem toe schoof. Hij schraapte zijn keel en begon opnieuw, waarbij hij klanken inslikte en nogal aarzelend klonk. 'Ze zeiden: "De Britten komen eraan", maar ik was hier als eerste.' Applaus van iedereen.

De vrouw keek een beetje beduusd, maar besloot door te gaan. 'Wat wordt het volgende project, Wally?'

Ik denk dat hij een zware beroerte moet hebben gehad, want hij leek te zijn afgedwaald en de vrouw moest de vraag nog een keer stellen.

'Een *Candide*-achtig verhaal, waarin Ryoko en ik schrijven over...' Hij maakte zijn zin niet af. Hij leek buiten adem te zijn. Het meisje naast hem – Ryoko, waarschijnlijk – fluisterde iets in zijn oor.

'Vis op het droge,' zei hij, waarna hij ophield met praten. Het bleef heel lang stil.

De vrouw wachtte. Vervolgens deed ze een poging om een grapje te maken. 'Weer een verhaal dat zich op zee afspeelt, net als *Neptunus*?' vroeg ze iets te opgewekt.

'Nee, niet als *Neptunus*, dat was een film over een oceaanstomer,' zei Wally. 'Heb ik meer geld aan verdiend dan aan welk ander project ook.' Hij grinnikte. 'Geld waarmee ik naar iedereen een lange neus kon maken.'

'Maar je nieuwe film?'

'Een *Candide*-achtig verhaaltje,' zei hij. 'Geen vuurwapens.'

Ryoko stond op, fluisterde iets in het oor van de vrouw en ging weer zitten.

'Aha,' zei ze, blij dat ze weer op het rechte spoor zat. 'Ryoko zegt net dat het over de avonturen van een Japans meisje gaat, dat zonder geld en zonder kennis van de Engelse taal in Beverly Hills arriveert. Klinkt leuk!'

'Geen vuurwapens,' herhaalde Wally. Hij zette zijn bril af en begon hem met het uiteinde van zijn das schoon te wrijven.

'Zullen we wat vragen van het publiek behandelen?' vroeg de vrouw wanhopig.

Er ging een hand omhoog. 'Mr. Carter, ik studeer filmwetenschappen aan UCLA en ik vroeg me af of u vindt dat er thematische verbanden tussen uw vroege Britse werk en uw latere films in Hollywood zijn.'

'Er wordt tegenwoordig te veel gecut. Alles is cut-cut-cut.' Hij maakte een hakkend gebaar met zijn hand.

'Ja, maar vindt u dat...'

'Waar zijn de personages? Dat vraag ik altijd.'

'De volgende,' zei de vrouw net iets te haastig. 'We moeten zo afronden. Derde rij, die mevrouw in het midden.'

'Ik vond het fascinerend om te horen dat Arthur Hayman aan uw film heeft meegewerkt. Wat herinnert u zich nog van de samenwerking met hem? Zag u toen al dat hij zo veel talent had? Dacht u destijds al dat hij heel beroemd zou worden?'

'Arthur,' zei Wally. 'Arthur. Arthur. Arthur.' Misschien probeerde hij zijn geheugen op te frissen. Ik wist niet dat je een woord zo veel verschillende inflexies kon meegeven. Hij keek naar zijn schoenen en maakte zachtjes een opmerking die door de microfoon niet werd opgepikt. Ik dacht dat ik hem had verstaan, maar ik hoopte dat ik me vergiste. Dat was niet het geval. Hij herhaalde zijn woorden, nu dichter bij de microfoon zodat iedereen het kon horen: 'Treurig geval,' zei hij.

Ik hoopte dat de volgende vraag heel, heel snel zou komen.

'Wat bedoelt hij?' fluisterde Travis.

Ik had al heel lang niet meer gehuild, maar op dat moment zaten de tranen me wel heel hoog.

Nadat er nog een paar vragen waren gesteld, bedankte de vrouw – duidelijk opgelucht dat de avond eindelijk was afgelopen – Wally nog een keer, en iedereen applaudisseerde. Nog voordat de lichten aangingen, stond ik haastig op. Ik duwde andere mensen opzij om de zaal uit te komen. Achter me hoorde ik Travis zeggen: 'Hé, Luke! Wacht!'

Ik wachtte hem buiten op. Binnen was het airconditioned, en het was heerlijk om weer buiten in de zwoele avondlucht naast de voorbijrazende auto's te staan. Het was net als dat moment waarop ik me in het zwembad had laten zakken.

Travis keek een beetje beledigd toen hij me vond. 'Hé, man, wat was dat nou?'

'Sorry,' zei ik, 'ik was een beetje misselijk. Nu gaat het wel weer.'

'Laten we Merry bellen. We kunnen naar die bar aan Melrose gaan. Daar komt ze heel graag.'

Hij liep in de richting van een telefooncel aan de andere kant van de straat. De meeste mensen waren inmiddels naar buiten gekomen en gingen op straat weer hun eigen weg. Ik leunde tegen de muur naast de deur, kijkend naar Travis, die aan het bellen was, toen ik de onmiskenbare Engelse stem van de vrouw op het podium hoorde. Ze stond een paar meter van me af, naast Wally Carter, die aan de zijde van Ryoko op zijn wandelstok leunde.

'De auto kan hier elk moment zijn,' zei ze. 'Het spijt me vreselijk. Doorgaans zijn ze zeer betrouwbaar. Je hebt geen idee hoe dankbaar we je zijn, Wally. Echt een fantastische avond. En jou natuurlijk ook, Ryoko.'

Wally leek naar een plek op een kilometer afstand te staren. 'Wil je dat ik een stoel voor je haal?' vroeg de vrouw.

'Ik denk dat het wel gaat,' zei Ryoko. 'Misschien een glaasje water.'

Waarschijnlijk is het beter om eerst na te denken voor je iets doet. Terwijl de vrouw naar binnen ging, liep ik naar Wally en Ryoko. Het leek wel of ik wieltjes onder mijn voeten had. Ik wist niet helemaal zeker waar ik mee bezig was.

'Neem me niet kwalijk,' zei ik. Ik wist niet hoe ik hem moest noemen, dus daarom koos ik voor 'Mr. Carter'. 'Ik heb erg genoten van de film.'

Ik leek boven hen uit te torenen. Ze waren allebei heel klein. Hij hield zijn hoofd stil, maar zijn ogen draaiden omhoog om naar me te kijken. 'Aardig werkje,' zei hij. 'Tegenwoordig zijn het allemaal vuurwapens.'

Ik stak mijn hand uit. 'Ik ben de zoon van Arthur Hayman.'

'Mmm?' zei hij. Mijn arm bleef tussen ons in hangen – hij kon me geen hand geven omdat hij op zijn stok leunde en met zijn andere hand Ryoko beethield.

'Ik ben de zoon van Arthur,' zei ik nog een keer.

'De zoon van Martha?'

'Ook van haar, ja. Ik bedoel, ik ben een kind van hen samen.'

'Martha. Dat was nog eens een bijzondere vrouw,' zei hij.

'Ze is mijn moeder.'

'Heel bijzonder. Ja.'

Dat leek alles te zijn wat hij wilde zeggen. Zijn ogen draaiden weer naar beneden, net als die koplampen die je op sportwagens ziet.

'Ik ken Graham,' zei ik. 'Uw zoon.'

'Graham,' zei hij minachtend. 'Al die malle boeken.'

Zijn ogen draaiden weer naar boven en leken deze keer veel helderder te zijn. Het was alsof hij me nu pas goed zag staan.

'Ben jij die jongen?' vroeg hij. 'Ben jij Jordan?'

Ik wist niet wat ik moest zeggen. Als ik ertoe in staat was geweest, had ik me omgedraaid en de benen genomen, maar hij stak zijn hand uit en greep mijn arm beet. 'Het spijt me,' zei hij, 'het spijt me vreselijk,' en daarna begon hij te vertellen.

Eenmaal thuis zei Travis dat hij naar bed ging. Op de terugweg had hij geen woord gezegd, wat helemaal niets voor hem was. Kennelijk kon of wilde Merry niet naar ons toe komen. 'Tot morgen, man.' Hij omhelsde me nogal treurig en gaf me een hand.

Laurie was in de werkkamer aan het bellen toen ik binnenkwam. Ze zwaaide naar me en gebaarde dat ik bij haar moest blijven.

'Een of andere kerel,' zei ze. 'Hij heet Paul Schiller. Nee, ik ken hem niet. Ik vroeg me af of hij uit Modesto kwam. Ik dacht dat jij hem misschien kende. Ik heb geen zin in een herhaling van vorige keer. Oké, Rick. Bedankt.'

Ik weet niet of er achter de schermen excuses waren aangeboden, maar zij en Rick leken weer met elkaar te praten. Sinds die avond was hij een paar keer bij haar thuis geweest, maar bij het laatste familie-etentje hadden alleen Laurie, Erica, Travis en ik aan tafel gezeten.

'Er is iemand die ons voortdurend belt,' zei Laurie nadat ze had opgehangen. 'De studio krijgt al wekenlang wel twintig telefoontjes per dag van hem, waarin hij zegt dat hij mij kent. Hij wil geen boodschap achterlaten. Hij zegt dat hij alleen met mij wil praten. Je moet op je hoede zijn. Deze stad is Stalker City. Vorig jaar hadden we grote problemen met een vrouw. Ze hing hier rond en probeerde een keer binnen te dringen. Politie erbij, er moest voor de veiligheid gepatrouilleerd worden. Uiteindelijk werd het een rechtszaak, en ze kreeg een straatverbod. Hé, hoe vond je de film?'

'Er is iets heel vreemds gebeurd,' zei ik. 'Na de film...'

'Wil je iets fris?'

'Nee, dank je. Na de film sprak ik Wally Carter en...'

Ze veegde kattenharen van de bank, stond op en gooide een grote pluk in de prullenbak. Ik wachtte tot ze terugkwam. Ik zag aan haar dat ze iets met me wilde bespreken.

'Het is zo heerlijk dat je hier bent,' zei ze. 'Het was fijn geweest als ik meer met je had kunnen doen, maar het programma bepaalt mijn dagindeling.'

'Ik heb het heel erg naar mijn zin gehad,' zei ik, wat min of meer waar was.

'Wanneer ga je naar huis? Over twee weken?'

'Dinsdag over een week.'

'Ik wil dat je iets voor me doet.' Ik wachtte af. 'Weet je dat we een cameraploeg naar Engeland hebben gestuurd? Om verslag te doen van de verfilming?'

'Ja. Dat zeiden ze toen we op de set waren.'

'We hebben fantastisch materiaal. Die jongen. Hoe heet hij?'

'Toby Luttrell.'

'Hij is goed. Ziet er vreemd uit.'

'Gelukkig lijkt hij totaal niet op mij.'

Ze lachte. 'Jij bent veel knapper. We hebben het gemonteerd. Het ziet er echt heel goed uit. Fantastische interviews. Ik heb het programma voorbereid. We kunnen het op de maandag vóór je vertrek opnemen. We zenden het nog niet uit. Ik wil het bewaren tot september, als de kijkcijfers weer omhooggaan.' Ze bekeek me van top tot teen. 'Ik zal zorgen dat Kevin met je gaat winkelen en wat leuke kleren voor je uitzoekt. Wil je ook nog naar de kapper?'

'Laurie...' zei ik.

'Ik probeer zo eens in het halfjaar *Hayseed* in mijn programma op te nemen, soms alleen maar als onderdeeltje. Het publiek vindt het geweldig. We hebben al een paar fantastische gasten gehad. Larry Hagman, Sally Field – Robin Williams heeft er ook een gedaan. Om je te bescheuren. Deed een schitterende improvisatie over hoe de stem van Mr. Toppit volgens hem moest klinken. Ik zou je wat fragmenten moeten laten zien.'

Ik voelde me helemaal niet op mijn gemak. 'Wil je dat ik aan je programma meedoe?'

Ze gaf me een kneepje in mijn hand. 'We repeteren het wel, we nemen de vragen door. Geen kunst aan.'

'Ik doe het liever niet, Laurie.'

'Luister, je hoeft echt niet nerveus te zijn. Ik weet dat het heel eng lijkt, met al dat publiek erbij en zo, maar ik pak het heel anders aan dan andere mensen. Ik maak het heel intiem. Het wordt net als dit gesprek tussen ons tweetjes. Dat is toch niet moeilijk?'

Ik vond van wel. 'Ik wil het niet.'

'Toe nou, het wordt vast leuk. Je kunt een videoband mee naar huis nemen om het programma aan iedereen te laten zien. Nationale televisie, vergeet dat niet. Ik denk dat Martha er met plezier naar kijkt.'

Dat betwijfelde ik. 'Ik wil het echt niet.'

Haar stem werd harder. 'Luister, ik heb de opnames die we in Engeland hebben gemaakt. Die moet ik ergens omheen bouwen.'

'Dan vraag je Robin Williams toch nog een keer?'

'Hoor eens, mensen als hij hebben een overvolle agenda. Het is niet zo dat je maar met je vingers hoeft te knippen om ze in je programma te krijgen. Ze vinden het leuk om te komen als ze tegelijkertijd reclame voor een film kunnen maken.'

'Is er dan niet iemand anders die binnenkort een film uitbrengt?'

'Luke, ik sta met deze boeken op en ik ga ermee naar bed. Al vijf jaar lang. Jij bent de boeken. Dit is waarschijnlijk de belangrijkste uitzending die ik ooit heb gedaan. Je moet dit voor me doen. Iedereen is de uitzending al aan het voorbereiden, ze zijn er al bijna de hele zomer mee bezig. Doe het dan voor je vader. Wil je niet dat hij trots op je is? Wat zou hij zeggen als jij te zenuwachtig was om het te doen?'

Ik vond het zo belachelijk om me af te vragen wat Arthur zou zeggen als ik aan een televisieprogramma meedeed dat ik in de lach schoot, ik kon er niets aan doen. Dat vond Laurie niet leuk. Ze probeerde een beetje honing aan haar stem te smeren. 'Het is een nachtmerrie om zo oud te zijn als jij. Dat weet ik nog heel goed. Je voelt je door iedereen bekeken. Dit zou de stap naar de volwassenheid kunnen zijn.'

Nou, volgens mij had ik die stap al gezet met Merry. Ik had zin om als een klein kind te zeggen: 'Moet dat echt?' In plaats daarvan schudde ik mijn hoofd.

'O, Luke, het komt allemaal goed. Dat garandeer ik je. Mijn vriendin Marge heeft me een boek gegeven: *Vriendschap sluiten met je angsten*. Vind je dat geen geweldige titel?'

'Ik ben niet bang, Laurie. Ik wil het gewoon niet.'

'Waarom niet? Zo veel moeite is het toch niet?'

Het is erg moeilijk om een ander iets te weigeren, en dit was een dubbele weigering omdat ik ook niet wilde uitleggen waarom ik het niet wilde doen.

'Waarom keer je je af van alles wat je vader heeft gedaan?' vroeg ze.

Je hoort het als alles van een stem wordt afgekrabd: de toegevoegde lagen, de warme kleuren. We waren nu aangeland op de kale muren. 'Je hebt het hier toch naar je zin gehad, Luke? Heel veel tieners zouden het geweldig vinden om een zomer in LA door te brengen. Zwembad, zon, mensen die je overal naartoe brengen, iedereen die zijn best voor je doet. Is dat het? Wil je nog meer? Jij hebt een heel goed leven, Luke. Ik heb heel mijn leven gewerkt, ik moest wel. Jij wordt een rijke jongeman. Je moet iets teruggeven. Iedereen droomt van wat jouw vader voor jou heeft gedaan. Je moet er zelf ook iets voor doen. Heb respect voor hem.'

'Het spijt me,' zei ik.

'Meer vraag ik niet van je.'

'Ik kan het niet. Ik doe het niet. Ik wil nog liever...' Ik probeerde alle vreselijke dingen te bedenken die ik liever zou doen. Martha zou hebben gezegd: 'Ik wil nog liever mijn keel doorsnijden en mijn eigen bloed opdrinken,' maar ik wilde haar niet na-apen. In plaats daarvan glipte er uit mijn mond: 'Ik wil nog liever in *Camelot* meespelen.' Ik wenste dat ik het niet had gezegd, maar ze dreef me ertoe.

Ze beefde van boosheid. Ik had gezien wat er gebeurde als ze een woedeaanval kreeg. Marty en BJ ook. Ze sprongen van de bank en haastten zich de kamer uit. Terwijl ze zich overeind hees, slaagde ze erin om zich te beheersen. Haar gezicht veranderde weer in die pompoen. 'Jij kunt de zoon van een koning niet spelen, Luke. Je zou niet weten waar je moest beginnen. Je hebt het gewoon niet in je,' siste ze voordat ze de kamer verliet.

Misschien had de zomer te lang geduurd. Zo voelde het de volgende ochtend in elk geval wel. Het was alsof alles was verpest. Tegen de tijd dat ik opstond, was Laurie al weg. Daar had ik wel voor gezorgd. Ik had gewacht tot ik Stans auto over de oprit naar de studio hoorde vertrekken. Als ik op dat moment naar huis had kunnen vliegen, had ik het gedaan, maar ik kon geen kant op, ik zat vast in Los Angeles en in dat huis. Laurie woonde in het gedeelte dat *the flats* heette, het gebied net ten zuiden van Beverly Hills voordat de *hills* echt heuvels werden. Je kon zelfs nergens naartoe wandelen, tenzij je van heel lange wandelingen hield.

Travis leek al net zo neerslachtig te zijn als ik. Ik vertelde wat er met Laurie was voorgevallen, en natuurlijk vond hij het heel vreemd dat ik niet op televisie wilde. Hij bestempelde het als Engelse excentriciteit. Ik nam niet de moeite om hem te verbeteren.

'Had ze mij maar gevraagd,' zei hij. 'Ik zou een paar van mijn liedjes kunnen spelen. Een mooie gelegenheid om ze onder de aandacht te brengen. Misschien zou ik wel een platencontract krijgen. Wat vind jij? Zal ik het aan haar vragen? Ik bedoel, nu is er een gat gevallen.'

Ik lachte. 'Ze zal moeten kiezen tussen jou of die buikspreker van Rick.'

'Meen je dat?' vroeg hij ernstig.

'Nee, Travis, dat meen ik niet.'

'Denk je dat Merry vandaag komt?'

Ik kon geen enkele reden bedenken waarom ze zou komen, want ze was al ruim een week niet meer geweest. 'Ik weet het niet, Travis.'

'Ik weet dat ze het hartstikke zwaar heeft, maar we zouden haar kunnen helpen,' zei hij.

'Misschien moet ze er in haar eentje uit komen. Ik weet niet of het helpt dat ze al die... chakra neemt.'

Het was bij Travis nooit verstandig om beeldspraak te gebruiken. 'Nee,' zei hij hoofdschuddend. 'Dat gaat echt om healen. Het is een heel healingsysteem. Ik bedoel, voor je hele lichaam. Wade is fantastisch. Hij is zelfs naar India geweest en zo. Hij is een soort goeroe. Je moet een keer met hem kennismaken, ik weet zeker dat je hem aardig vindt.'

Dat moest ik dan maar aannemen. 'Kom, we gaan ergens naartoe,' zei ik. 'Ik heb last van claustrofobie.'

Hij keek zijn huisje rond. 'Ja, dit is wel een klein kamertje.'

'In het algemeen, Travis, niet alleen hier.'

'Oké, waar wil je naartoe?'

We gingen naar Paradise Cove. We slopen naar de voorraadkamer achter de keuken en pikten een sixpack bier om de dag door te komen, wat we meestal deden als we gingen zwemmen. Travis had zijn surfplank meegenomen, al had ik hem bij het surfen alleen nog maar van dat ding af zien vallen. We namen allebei onze zwembroek mee, alsof het een onuitgesproken afspraak was: net als de hoogtepunten van de zomer waren de dagen van naaktzwemmen voorbij.

Toen we terugkwamen, hoorde ik het regelmatige geluid van tennisballen die werden weggeslagen. Het was net een metronoom. Erica had een raar apparaat dat automatisch ballen op haar afvuurde, zodat ze in haar eentje kon trainen. Tot mijn verbazing zag ik haar in de richting van het huis lopen. Ze kwam niet vaak binnen als Laurie er niet was.

'Ha, Luke,' zei ze. 'Ik vroeg me al af wanneer je terugkwam.'

'Hallo, Erica. We hebben gezwommen. Ik wilde me net gaan omkleden.'

Ze deed net of ze dat niet hoorde en kwam meteen ter zake. 'Je hebt Laurie van streek gemaakt,' zei ze.

Ze was zo lang dat ze altijd een beetje voorovergebogen stond. Met haar lange, dunne benen deed ze me aan een reiger denken.

Ik wist niet wat ik moest zeggen, dus ik probeerde: 'Het spijt me.'

'Ja,' zei ze, 'dat neem ik aan. Het is nog niet te laat om je excuses aan te bieden.'

'Excuses? Waarvoor?'

'Dat weet ik niet, Luke. Jij zei dat het je speet.'

'Het was niet mijn bedoeling om Laurie van streek te maken.'

Erica kende geen mededogen. 'Maar je hebt het wel gedaan. Het is al gebeurd.'

'Nou, dat spijt me.'

'Je moet het rechtzetten. Zo moeilijk is dat niet.'

'Bedoel je dat ik aan het programma moet meedoen?'

'Dat is aan jou, Luke. Je hebt dit probleem aan jezelf te danken, dus nu moet je zorgen dat je het oplost.'

'Ik heb dit probleem niet aan mezelf te danken, Erica. Ik heb niet gevraagd of ik in het programma mocht.'

'Hoe oud ben je? Achttien?'

'Ja.'

'Nou, dan zou je je wel eens wat volwassener mogen gedragen. Vind je het eng om op televisie te komen? Waarom? Ben je net als de indianen bang dat je ziel wordt gestolen?'

De waarheid was dat ik had getwijfeld. Ik dacht dat het misschien makkelijker was om gewoon aan het programma mee te werken. Het was me allemaal veel te pijnlijk, maar door die opmerking van Erica sloeg ik honderdtachtig graden om. Het was zo bespottelijk dat ik er eigenlijk alleen maar om wilde lachen.

Ik probeerde rustig en beheerst te klinken. 'Het zou prettig zijn als iedereen ophield te suggereren dat ik bang ben. Dat ben ik niet. Ik wil gewoon niet in dat programma. Ik zou dit echt liever met Laurie bespreken, Erica. Uiteindelijk is het iets tussen haar en mij.'

'Zeg je dat omdat ik slechts de verzorgster ben? Iemand van het personeel? Ik weet hoe jullie Engelsen zijn, allemaal rangen en standen.'

Dit begon een nachtmerrie te worden. 'Dat bedoel ik helemaal niet.'

'Ik begrijp best dat het leuk zou zijn geweest om het tussen jou en Laurie te houden, maar zij heeft ervoor gekozen om het met mij te bespreken, Luke. Zij heeft besloten om het strijdperk te vergroten, niet ik.'

'Ik moet me gaan omkleden,' zei ik, terwijl ik mijn natte handdoek als bewijsmateriaal naar haar uitstak.

Vol minachting keek ze ernaar. 'Had Laurie soms nog meer voor je moeten doen? Je doet net of je hier thuis bent.'

'Mag dat niet? Laurie heeft me uitgenodigd. Ze heeft bij ons gelogeerd toen ze in Engeland was.'

'Ik ga er niet van uit dat zij dingen stal.'

'Wat?'

'Het is een ongebruikelijke manier om gastvrijheid te beantwoorden.'

'Ik heb niets gestolen.' Dit was zo'n belediging dat mijn stem piepte.

'Consuela had het erover. Ze schaamde zich dood, het arme kind.'

'Waar had ze het over?'

'O, Luke, andere mensen zijn niet blind, al zijn ze slechts bedienden. Het bier, Luke, er lijkt in de voorraadkamer een tekort aan bier te zijn. Ik weet dat het op zulke warme dagen erg verfrissend kan zijn, maar om het nu te stelen...'

De volgende zin kwam er hakkelend uit. Dit was afschuwelijk. Ik wist dat mijn gezicht knalrood was geworden. 'Ik heb het niet gestolen.'

'Kijk aan. Je hebt gevraagd of je het mocht pakken. Prima. Aan wie heb je het gevraagd?'

'Laurie zei dat ik mocht doen alsof ik thuis was,' zei ik zwakjes.

'Juist, en dan denk jij dat je alles mag pakken. Zijn er misschien nog een paar boeken die je wilt hebben? Een paar sieraden? Misschien wat geluidsapparatuur?'

'Ik heb alleen maar een paar biertjes gepakt.'

'O, prima. En hoe zit het met de tequila? Drink je vaak sterkedrank? Hoe oud was je ook alweer?'

Ik was misselijk. Om me tot de clichés te beperken: ik kon wel door de grond zakken. 'Dat heb ik je al verteld.'

'Ja, dat is waar, Luke. Je weet hoe puriteins dit land is. In Californië mag je wettelijk niet drinken tot je eenentwintig bent. Wist je dat?'

'Bij het eten biedt Laurie me wijn aan.'

'Wat Laurie in haar eigen huis doet, moet ze zelf weten, Luke.' Ik wenste dat ze mijn naam achterwege liet. 'En natuurlijk heb je geen alcohol meegenomen als je wegging, hè? In een auto, bijvoorbeeld.'

'Ik ben nergens naartoe gereden. Ik heb nog geen rijbewijs.'

'Maar je vriend Travis – die is toch benoemd tot jouw chauffeur? Hoe oud is hij?'

Ik gaf geen antwoord.

'Mmm?'

'Twintig.' Het rolde fluisterend uit mijn mond.

'Van Travis kun je verwachten dat hij domme dingen doet. Hij is nu eenmaal geen licht. Maar jij, Luke, met die dure Engelse opleiding! Dit land holt bij het minste of geringste naar de rechter. Jij en Travis, samen aan het joyrijden. Jullie rijden een kind aan. Jullie zijn allebei minderjarig. O, de advocaten zouden zich in hun handen wrijven. Ze willen hier graag bloed zien. Wie wordt er aangeklaagd? Niet jullie tweeën, nee. De persoon die jullie de alcohol heeft verstrekt, de persoon die niets anders op haar kerfstok heeft dan dat ze jou in haar huis heeft uitgenodigd en je heeft gevraagd om te doen of je thuis bent. En dat heb je gedaan, Luke, dat heb je heel stijlvol gedaan, als ik het zeggen mag.'

Ik kon haar wel wurgen. Ik had nog nooit iemand ontmoet aan wie ik een ergere hekel had. Niemand uitgezonderd.

'Ik vertel dit verhaal niet aan Laurie. Ze heeft al genoeg aan haar hoofd. Ze zou zo teleurgesteld zijn. Je hebt veel goed te maken, Luke. Ik zou maar zo snel mogelijk beginnen. Je weet wat je te doen staat, hè?'

'Ja,' fluisterde ik.

Ze keek op haar horloge. 'Ik moet nu weg. Het is mijn vrije avond en ik ga naar de film.' Ze draaide zich om en liep de kamer uit.

Ik voelde me alsof de huid heel langzaam van mijn lichaam was gestroopt. Ik liep met mijn ziel onder mijn arm. Ik dacht erover om met Travis te gaan praten, maar ik wilde hem er niet mee belasten. Het was zijn schuld niet. Ik liep naar de tuin. Het was schemerig en het licht viel schuin door de bomen heen – prachtig, maar ik had liever gehad dat het regende. Het was fijner geweest als het weer op mijn stemming had geleken.

Ik was nog nooit naar het uiteinde van het terrein gelopen, het stuk dat achter de keurig bijgehouden tuin lag. Je kon het vanuit het huis niet zien, omdat het terrein achter de palmbomen schuin afliep. Het leek me prettig om daarnaartoe te gaan, omdat niemand me daar zou vinden en omdat ik er kon nadenken, al was dat eigenlijk het laatste waar ik zin in had.

Ruthie en Bob namen niet de moeite om hier veel te sproeien. Het was er droog en warm en windstil, en alles kraakte onder mijn voeten. Aan het einde van het pad kwam ik bij een schutting, en toen ik dichterbij kwam, zag ik er een laag houten huisje achter staan. Het was in slechte staat en lag zo goed verstopt dat het wel het huis uit Hans en Grietje leek. Ik tuurde tussen de planken door, en kon nog net een overwoekerd tuintje met een paar gammele stoelen en een oude houten tafel zien. Aan het einde van de schutting zag ik een hoge metalen toegangspoort, waar ik naartoe liep om het huis beter te kunnen bekijken, maar voordat ik daar was, blafte een stem: 'Hé! Jij! Wat doe je daar?' Ik schrok. Achter de poort zag ik een heel oude vrouw staan. Ik weet niet of je agressief op een looprek kunt leunen, maar zo zag het er wel uit.

'Ik heb een geweer, dus kijk maar uit,' schreeuwde ze.

Ik kon het me haast niet voorstellen, maar in Los Angeles wist je het maar nooit. Ik nam aan dat dit Alma was. Laurie had me vaak beloofd dat ik met haar mocht kennismaken, maar net als bij de kennismaking met Wade was er van die beloftes niet veel terechtgekomen. Laurie zei steeds dat Alma te zwak was om het gastenverblijf te verlaten. Ik vroeg maar niet hoe ze er dan in was geslaagd om naar de studio te komen om het alzheimerprogramma te doen.

Ik weet dat het belachelijk is, maar ik deed mijn handen omhoog – ik was doodsbang dat ik weer iets fout deed. Als Alma me neerschoot, zou Erica het op een of andere manier wel zo draaien dat het mijn schuld werd. 'Ik ben Luke Hayman,' babbelde ik. 'Ik logeer bij Laurie. Ik ben een vriend van haar, ik maak gewoon een wandelingetje door de tuin. Vind je dat goed?'

'Jij bent die jongen uit Engeland.'

'Ja.'

'Ik heb over je gehoord.' Ze slaagde erin om de woorden een beetje sinister te laten klinken.

'Hallo,' zei ik.

'Insgelijks. Kom je binnen?'

'Het lijkt me beter van niet.'

'Ik wil je beter bekijken.'

'Weet je het zeker?' Omdat ik Erica niet tegen de haren in wilde strijken, had ik graag gezien dat ze een wettelijk document ondertekende, waarin ze verklaarde dat ze me uit vrije wil had uitgenodigd om binnen te komen.

Ze wenkte me. 'Je moet de poort van het slot halen.'

'Heb je echt een geweer?'

'Dat zou je wel willen weten, hè?'

Er zat een grote metalen grendel aan mijn kant, die ik naar me toe trok. De poort kraakte open. Ik liep naar binnen.

'Nu moet je hem weer op slot doen,' zei ze. 'Ik vertrouw die jongens van het zwembad niet.'

Je moest met je hand door de spijlen van de poort wriemelen en je pols in een rare bocht wringen om de grendel dicht te schuiven.

'Bedoel je Jesus en Ronnie?'

'Ik hoor ze 's nachts over de schutting klimmen, samen met hun tacovretende vriendjes. Die lui doen alles om dit land binnen te komen.'

De moed zonk me in de schoenen. Ik zat opgescheept met een getikte vrouw die dacht dat haar tuinschutting de Mexicaanse grens was.

'Ga zitten,' zei ze. 'Ik wil je bekijken.'

Ik ging aan de tafel zitten en ze draaide zich met haar looprek langzaam om voordat ze zich op de stoel tegenover me liet zakken.

'Ik kan niet goed zien. Ze noemen het maculadegeneratie.'

Ik was diep onder de indruk. Ze was dan misschien gek, maar ze was zich wel bewust van details. Daarna vroeg ze iets wat me volledig van de wijs bracht: 'Ben je een jood?'

Ik had geen idee wat ik daarop moest zeggen.

'Ik zeg niet dat je het wel bent en ik zeg ook niet dat je het niet bent. Ik vraag het gewoon,' zei ze.

'Ik denk het niet. Ik zou het niet erg vinden als ik er een was,' reageerde ik nogal nuffig.

Er kwam een geluid uit haar keel dat nog het meest op 'hmpf' leek. 'Mijn man zei dat hij niet joods was, maar volgens mij was hij het wel. Hij zei wel meer. Zijn familie kwam uit Polen. Daar zaten veel joden. Ze dreven ze bijeen en stopten ze in een getto in War-schau.'

'Ik moet weer eens gaan,' zei ik, met een nadrukkelijke blik op mijn horloge.

'Je bent er net,' zei ze agressief. 'Maak je je zorgen om de prut?'

Ik keek om me heen. Lag er viezigheid in de tuin?

'Die Nederlandse. Erica,' zei ze. Ze rekte de naam uit, ze sprak elke lettergreep heel langzaam uit alsof ik heel dom was. 'De pol-dertrut. Snap je?'

Ik snapte hem. Ik moest erom lachen. Het volgende moment bedacht ik iets wat ik gewoon móest mompelen om te horen hoe het klonk, ik kon er niets aan doen.

'Wat? Ik kan je niet verstaan.'

Ik schudde mijn hoofd. 'Niets.'

'Geen ge-niets, jongeman,' zei ze boos.

'Ik kan het niet zeggen.'

'Ik ben oud. Tegen mij kun je alles zeggen.'

Oké, ze had erom gevraagd. 'Pecreet,' zei ik.

Het bleef even stil, maar toen gooide ze haar hoofd in haar nek en brulde ze van het lachen. De lachbui had misschien nog langer geduurd als hij niet was overgegaan in een schrapende hoest. 'Jou mag ik wel,' zei ze, met de nadruk op 'jou' alsof ze mij uit een groep mensen had uitgekozen. 'Wil je iets drinken? Je moet het wel zelf pakken.'

'Nee, dank je,' antwoordde ik heel vlug, al bedoelde ze waar-schijnlijk gewoon water. Ik nam geen enkel risico.

'Waarom praat Laurie over jou alsof jij het jongetje in die boeken bent?'

'Dat doet iedereen.'

'Waarom?' vroeg ze. 'Je lijkt totaal niet op hem. Van haar moest ik ze op band beluisteren. Ik viel erbij in slaap.' Ik begon haar aar-dig te vinden. 'Wie is die kerel trouwens, die Mr. Tiptop? Ik snap het niet.'

Het was niet zo dat ik het niet met haar eens was, maar uit loya-liteit aan mijn familie vond ik dat ik de boeken enigszins moest verdedigen. 'Ze zijn erg populair. Talloze mensen hebben ze ge-kocht.'

'Talloze mensen kopen maandverband,' reageerde ze gering-schattend, en ze voegde eraan toe: 'Ik ben drieëntachtig, wat dacht je daarvan?'

'Dat is nogal wat.'

'Ik wil hier niet doodgaan,' zei ze.

'Waar wil je dan doodgaan?' Het klonk als een harteloze vraag, maar zij was begonnen en ze had gelijk: ik had het idee dat ik tegen haar alles kon zeggen.

'New Mexico. De bergen.'

'Los Alamos?' vroeg ik. Ze keek verbaasd. 'Laurie heeft me er-over verteld. Ik heb dat programma van haar gezien.'

'Ik vond er niet veel aan toen ik daar was, maar ik droom erover. Ik droom heel vaak. Te veel slaap. Door alle pillen die ze me geven.'

'Waarom vond je er destijds niets aan? Het ziet er prachtig uit.'

'Te veel joden,' zei ze. 'Nou ja, toch moet je ze een veer in de kont steken en juichen. Ze hebben die bom gebouwd en gezorgd dat de oorlog ophield. Niemand zei dat ze niet slim waren. Mijn man was communist, tenminste, dat dacht hij. Daarvan hebben ze er ook een heleboel.'

'Wat is er met hem gebeurd?'

'Ik hoop dat hij dood is, na wat hij ons heeft aangedaan. Je had Laurie in die tijd moeten zien. Zo mooi. Lekker dik ding. Ik vlocht haar haren. Het viel haar erg zwaar. Ze was dol op die plek. Zij wil-de niet weg. Weet je dat ik alcoholiste ben?' Ik schudde mijn hoofd. 'Tenminste, zo hoor je het te noemen. In dat oord waar ik heb ge-zeten, zeiden ze dat het een ziekte was. Ik vond het gewoon lekker om te drinken. Dat is geen ziekte. Als je perziken lekker vindt, is dat geen ziekte.'

'Mijn vader is dood,' zei ik.

'Sommige mensen hebben hun ouders nodig. Jij niet, jij redt je wel. Laurie komt hier nooit. Ze vindt me niet zo aardig.'

'Ze heeft het vaak over je.'

'Nou, daar heb ik wat aan. Waarom komt ze niet hier over me

praten? Van haar moest ik mijn huis verkopen. Het was van mij, niet van haar. We hadden in Modesto moeten blijven. Van dat programma van haar wordt ze niet gelukkig. Ze deed het beter op de radio. Ze heeft geen gezicht voor tv. Ze zijn allemaal zo mager.'

'Is dat niet de reden dat de mensen haar leuk vinden? Zij is anders.'

Er kwam weer een 'hmpf' uit Alma's keel. 'Als je iets anders wilt, moet je Erica op tv zetten. En ze is mager genoeg. Net een frietje.' Ze lachte. 'Dat Pecreet.'

Nu begon ik nerveus te worden. 'Niet zeggen dat ik dat heb gezegd, hoor.'

'Ik ben goed met geheimen. Je moet geheimen kunnen bewaren. De joden van hiernaast, die kunnen geen geheim bewaren. Ik heb het ze gesmeekt, maar ze hebben hem verraden. Ik zei dat ik het zo snel mogelijk zou terugbetalen.'

'Wat?'

'Het geld. Niet meer dan een paar honderd dollar, maar dat was in die tijd heel veel. Weet je wat Los Alamos in het Spaans betekent?'

Ik begon de draad kwijt te raken. 'Nou?'

'Populieren. Bomen. Ik heb er daar trouwens nooit eentje gezien.'

'Waar?'

'In Los Alamos. Mijn man – Rudy – had het geld van hen gestolen. De joden in het appartement naast ons. Laurie speelde met hun zoontje. Paully. Misselijk ventje met varkensoogjes. Paully had hem in hun appartement gezien en toen was het geld weg. Dat moet ik hem nageven, hij bekende meteen. Had geld verloren met kaarten. We hadden ze kunnen terugbetalen, maar ze deden opeens heel hooghartig. Dat heb je met joden. Altijd beter dan jij. Ze zeiden dat we een erecode hadden geschonden. Nou, ik heb nooit ergens voor getekend. Toen zeiden ze dat ik dronken was, dat ik niet in staat was om voor een kind te zorgen. Goed, ik had niet tegen hen moeten schreeuwen, maar zij hadden niet naar de MP moeten gaan.'

'Naar wie?'

'De Militaire Politie. Die schopten ons eruit. De joden keken ons na toen we weggingen. Ik zag ze lachen. Die kleine Paully. Misselijk mannetje.'

'Waar gingen jullie naartoe?'

'Terug naar Californië. Hij vond een baan. Weet ik veel, een van die stadjes. Bleef nergens lang hangen. Het was niet moeilijk om een baan te krijgen – alle mannen waren in het buitenland om te vechten. Hij was afgekeurd, iets met zijn voeten. Hij was altijd lui. Zat altijd te kaarten – poker, blackjack, alles waarbij hij een paar dollar kon inzetten. In die tijd stelden we niet veel meer voor. Misschien hebben we dat wel nooit gedaan. Laurie huilde toen we uit Los Alamos weggingen. Mijn hart brak.'

Het was inmiddels donker. Achter de palmen boven aan de helling zag ik de lichten van het grote huis. Ik was er nog steeds niet aan gewend dat de temperatuur 's avonds nauwelijks omlaagging. Het was zwoel en windstil. Het enige wat ik kon zien, was Alma's profiel en het licht dat door haar kraaloogjes werd gereflecteerd als ze haar hoofd naar me toe boog.

'Hij deugde niet, dat wist ik, maar zij was gek op hem, Laurie. Chic gekleed, zag er ook nog eens goed uit, maar dat word je allemaal spuugzat. Wacht maar af. We hadden wel kunnen doormodderen, denk ik, maar toen kreeg hij die baan als leraar. Toen kwam dat meisje.' Ze hield op met praten. 'Waarom wil je dit allemaal weten?' vroeg ze agressief.

Dat vond ik een beetje unfair. Ik had haar niet gevraagd om me iets te vertellen. Ze was uit zichzelf begonnen. 'Dat weet ik niet,' zei ik. 'Het is net een legpuzzel.'

Ze maakte het hmpf-geluid. 'Je hebt wel iets beters te doen dan legpuzzels maken.'

'Misschien moet ik maar eens gaan.'

'Ga maar. Maakt mij het uit. Je bent een vreemde jongen. Je zegt niet veel. Wat heb je te verbergen?'

'Ik had een broer die is doodgegaan.'

Het bleef even stil. 'Dat is naar,' zei ze. Ze wachtte tot ik verder zou gaan.

Het duurde een paar tellen voordat ik weer op gang kwam. 'Hij heette Jordan. Hij is ver voor mijn geboorte gestorven. Mijn ouders hadden het nooit over hem. Mijn moeder nog steeds niet. Nooit. Mijn zus en ik weten helemaal niets over hem, alleen hoe hij heette. Niets houdt ons tegen om naar hem te informeren, maar dat doen we niet. Het is alsof we behekst zijn.'

Ze knikte. 'Soms is het beter om geen vragen te stellen,' zei ze. 'Soms moet je je verdraaid goed afvragen of je het antwoord wel wilt weten.'

'Ik heb nooit geweten wat er met hem is gebeurd, en ik ben er net achter gekomen. Een paar avonden geleden heb ik hier een man ontmoet, een vriend van mijn ouders. Hij is al stokoud. Hij was in de war, zijn geheugen werkt niet meer zo best. Hij dacht dat ik Jordan was. Hij wist dat Jordan dood was, maar toch dacht hij een paar tellen lang dat ik mijn broer was. Een soort geest. Hij schaamde zich ervoor. Hij vertelde me wat er met Jordan is gebeurd. Ik denk dat ik het in mijn gedachten had opgebouwd tot iets heel ingewikkelds, maar het was heel eenvoudig. Mijn ouders hadden een of andere kinderjuf, een au pair, en mijn moeder kwam een keer laat thuis en de kinderjuf deed mijn broertje in bad en liep heel even de kamer uit of zoiets, en toen ze terugkwam, was hij dood. Mijn broertje was verdronken. Dat was het hele verhaal.'

Ik zat inmiddels te huilen. Ik zat tegenover een oude vrouw te huilen. Ze was dan misschien wel gek, maar ze was ook tactvol. Ze sloeg gelukkig geen arm om me heen, want dat had ik vreselijk gevonden. Dat had ik van niemand kunnen verdragen.

'Beter om het te weten,' zei ze. 'Niet altijd, maar als het je broer is, wil je het weten. Voor je ouders is het moeilijk om daaroverheen te komen. Je wilt niet tekortschieten als ouder. Je wilt je kinderen beschermen. Dat heb ik ook geprobeerd met Miss Laurie. Stank voor dank heb ik gehad.'

'Ik moet weer eens terug.'

'Je hoeft niet weg,' zei ze.

'Het is al laat.'

Ze stak haar arm uit, broos als een kippenvleugel, om te voorkomen dat ik opstond. 'Dat meisje,' zei ze. 'Dat meisje. Negen of tien, schat ik. Ze zat bij hem in de klas. Ze was wat "achter", zoals je dat destijds noemde. Erg lief. Mooi. Haar ouders staken altijd bloemen in haar haren. Leuk gekleed, klein blond ding. Keek je niet aan als je tegen haar praatte. De ouders waren ook niet zo slim, anders hadden ze het wel eerder gemerkt. Hij was pompbediende, de vader. Twaalf ambachten, dertien ongelukken, daar had je er veel van in die tijd. Mensen die nooit lang op dezelfde plaats bleven. Rudy dwong haar om zijn ding in haar mond te stoppen.'

Ik wist niet wat ik moest zeggen, en omdat ik haar geen vragen wilde stellen, hield ik mijn mond. Dat beviel haar niet. 'Ben je er nog? Ben je in slaap gevallen?'

'Nee, ik dacht erover na.'

'Van te veel denken ga je dood. Pas maar op. De ouders wilden geld, anders zouden ze naar de politie stappen. Ik wist dat ze dat niet zouden doen, zulke mensen gingen nooit naar de politie, want waarschijnlijk waren ze daar zelf al mee in aanraking geweest. Rudy wist dat; ik denk dat hij erop rekende. Maar ik zou het wél doen. Daar had hij niet op gerekend.' Ze lachte grimmig. 'Ik zei tegen hem: "Als ik je ooit nog eens zie, is de politie sneller hier dan ik je ballen kan afhakken." Ik had Laurie. Ze was acht of negen, ze was dol op hem. Ze had nooit veel aandacht voor mij, maar ze was dol op hem. Ik gaf hem al ons spaargeld mee, niet veel, maar genoeg om hem de stad uit te krijgen. Nooit meer teruggezien. Misschien is hij wel naar Oregon gegaan. Hij stuurde een poosje ansichtkaarten daarvandaan, maar die heb ik nooit aan Laurie gegeven. Leek me het beste. Daarna verhuisden we naar Modesto, zodat hij ons niet kon vinden. Ik hoop dat hij in de gevangenis is doodgegaan terwijl hij door een stinkende Mexicaan in zijn kont werd geneukt.'

'Het spijt me,' zei ik.

'Waarom moet jou dat spijten? Jij kunt er niets aan doen.'

'Maar je hebt haar beschermd.'

Er klonk weer een hmpf. Ik boog me voorover om haar een afscheidskus te geven. Haar wang trilde een beetje. Ze rook muf en poederig. 'Zal ik nog eens terugkomen? Als het Pecreet niet in de buurt is?'

Ze haalde haar schouders op. 'Kun je doen,' zei ze. 'Ik vind het niet erg als je het doet en ik vind het ook niet erg als je het laat.' Ze legde haar hand op de plaats waar ik haar een kus had gegeven.

Op het moment dat ik de grendel van de poort probeerde te schuiven zei ze: 'Heel gek, dat kind bewaarde het geheim. Het meisje. Ze had hem niet willen verraden.'

Ik draaide me naar haar om. 'Hoe kwamen de ouders er dan achter?'

'Ze dacht dat het een spelletje was. Hij had er een spelletje van gemaakt. Zo kwamen ze erachter. Het meisje probeerde het met haar vader te doen, ze probeerde het spelletje met hem te spelen. Nou, fraai spelletje.'

Ik had de poort opengemaakt en schoof de grendel aan de andere kant weer dicht. 'Tot ziens, Alma. Welterusten.'

'Het was iets indiaans,' zei ze, 'dat spelletje dat Rudy met het meisje speelde. Zij was een prinses en hij was Hiawatha. Ik droom nooit over hem. Ik droom over de bergen.'

Tegen de tijd dat het ochtend werd, had ik besloten dat ik aan het programma zou meewerken. Ik voelde me rot over een aantal dingen, over Laurie, over wat Alma me had verteld, en ik wilde zoveel mogelijk goedmaken. Ik vond het wel verschrikkelijk dat het nu leek of Erica daar iets mee te maken had, want al was mijn kijk op Laurie en het programma veranderd, die op Erica was nog precies hetzelfde.

Dit was waar ik over had nagedacht: misschien had Laurie voor een deel wel gelijk – haar opmerkingen over iets teruggeven en Arthurs erfenis eren. Per slot van rekening was mijn leven geen aaneenschakeling van nare gebeurtenissen geweest, en ik was bijna bereid om te erkennen dat ik heel misschien wel een beetje een genotzoeker was. Ik begon zelfs te denken dat het leuk kon zijn om aan het programma mee te werken.

Maar voor het avondeten die dag, de eerste keer dat Laurie en ik elkaar sinds dat vreselijke gesprek zagen, leek het gek genoeg wel of zij mij excuses aanbood.

'Ik moet met je praten,' zei ze, maar ze klonk niet streng. Sterker nog, ze sloeg haar arm om me heen toen ze me meenam naar de werkkamer. 'Het leek me leuk om vanavond uit eten te gaan. We gaan naar Dan Tana's. Dat is echt LA oude stijl. Je vindt het er vast leuk.' Daarna legde ze haar hand op de mijne. 'Ik vind het heel naar dat ik die dingen heb gezegd. Het programma vraagt erg veel van me, waardoor ik soms een beetje chagrijnig ben.' Ze zuchtte. 'Iedereen heeft een mening. De kijkcijfers zouden hoger kunnen zijn, de adverteerders maken zich zorgen, we vonden de uitzending van dinsdag niet zo goed, we hebben de verkeerde gasten. Het gáát maar door en soms ben ik het allemaal vreselijk beu. Je zou me echt helpen als je aan het programma meewerkt. Natuurlijk kan ik ook wel een andere oplossing zoeken, als je dat wilt.' Ze klonk niet helemaal overtuigend.

Ik wilde net zeggen: 'Ja, ik kom wel. Ik vind het echt niet erg' toen ze vervolgde: 'Wat Erica betreft, maak je maar geen zorgen over haar. Ik vind echt dat je moet doen of je thuis bent. Als ik bedenk hoe aardig jullie allemaal voor me waren in Engeland – als je een biertje wilt, mag je het pakken. Je mag pakken wat je wilt.' Ze lachte zachtjes. 'Maar ik zou wel oppassen met de tequila. Weet je dat ze daar wormen in oplossen?'

Mijn brein kwam ter plekke tot stilstand. Er konden twee dingen zijn gebeurd: ofwel Erica had tegen me gelogen – ze had gezegd dat ze Laurie niet over de drank zou vertellen tot ik het met haar had bijgelegd – of, erger nog, Laurie was vanaf het begin op de hoogte geweest en ze hadden dit samen bedacht om me uit schaamtegevoel aan het programma te laten meewerken. Mijn intuïtie dacht aan het laatste. Hoe dan ook, hierdoor gooide ik de kont tegen de krib en zei ik niet wat ik had willen zeggen. In plaats daarvan zei ik: 'Ik ben blij dat je een andere oplossing voor het programma hebt. Echt geweldig, Laurie. Dank je.'

Die reactie had ze duidelijk niet verwacht, en er viel een korte stilte. 'Prima,' zei ze, 'prima. De keuze is aan jou,' maar de luchtige toon was uit haar stem verdwenen. 'Dan regel ik wel iets anders. Nu wordt het tijd om te gaan.'

We waren maar met ons vieren, Laurie en Erica, Travis en ik. Travis moest rijden. Erica en ik zaten achterin. In de auto werd geen woord gewisseld. Ik vermoedde dat Laurie en Erica het etentje hadden gepland als feestelijk bedankje voor het feit dat ik aan het programma wilde meewerken, dus nu waren we om een schijnreden onderweg. Ik bleef zo dicht mogelijk bij het raampje zitten. Ik wilde niet in de buurt van Erica komen.

Het restaurant zag er nogal ouderwets uit, met rood leer en aparte nisjes en geruite tafelkleden. Bij binnenkomst kreeg Laurie overdreven veel aandacht, ze werd gezoend door de ober en wij kregen allemaal een hartelijke handdruk. Ze was heel hoffelijk en zei dingen als: 'Je weet dat ik ontwenningsverschijnselen krijg als ik niet minstens één keer per week jouw Aubergine Parmigiana eet, Jimmy.' Terwijl we naar ons tafeltje wandelden, staarden er mensen naar ons. 'Dit is zo gaaf,' bleef Travis maar zeggen. 'Dit is echt een restaurant voor beroemdheden.'

Erica's glimlach leek wel op haar gezicht vastgeplakt. Ze zat tegenover me, dus ik had volop gelegenheid om hem te zien. Voordat we zelfs maar de kans kregen om iets te bestellen, bracht een kelner ons een fles champagne op kosten van het huis. Hij schonk eerst een glas voor Laurie en Erica in, en draaide zich daarna naar mij.

Ik had net mijn mond opengedaan en zei: 'Nee, dank u w...' toen Erica haar hand uitstak en zei: 'Geef hem maar niet. Hij is pas achttien.'

Ik voelde dat ik knalrood werd. 'Je mag je wel gevleid voelen, Luke. Ze denken dat je volwassen bent,' zei ze met een lichte, maar hoorbare nadruk op 'denken'.

Ik wist niet hoe ik de maaltijd moest doorkomen. Goddank was Travis erbij, die geen idee had wat er speelde. 'Ik ben niet zo gek op champagne,' zei hij. 'Ik krijg er een opgeblazen gevoel van.'

'Alsjeblieft, Travis, bespaar ons de details,' zei Erica plagerig. 'Dat willen we echt niet weten. Hou je gastrische voorzorgsmaatregelen maar voor je.' Zij en Laurie lieten een vreselijk gemaakte lach horen, en Travis straalde van genoegen over de onverwachte aandacht.

Tijdens het eten zei Laurie niet veel. Ik wierp vluchtige blikken in haar richting, maar ze ontweek mijn blik en keek naar Travis, die ons vertelde over de liedjes die hij schreef. Erica bekeek hem met grote ogen, alsof hij de boeiendste persoon op aarde was. Hij was bezig aan een liedje over Merry, vertelde hij.

'Moet je niet heel bijzonder zijn om onsterfelijk gemaakt te worden in een liedje? Zoals "Lili Marlene"?' vroeg Erica.

Travis keek beduusd. 'Wie?'

'O, Travis, ver voor jouw tijd. Een van de allerbeste liedjes. Of "Eleanor Rigby". Ik neem aan dat je die wel kent.'

'Of "Ruby",' zei hij, omdat hij nu de smaak te pakken kreeg.

'Ruby?'

'Ja, je weet wel, van "Ruby, Don't Take Your Love to Town".'

Laurie snoof minachtend, en Erica's ogen flitsten in haar richting. 'Volgens mij ken ik die niet,' zei ze.

'Of "Mrs. Robinson".'

'Ja, allemaal heel bijzondere mensen.'

'Merry is ook bijzonder,' zei hij.

'Ze is in elk geval erg aantrekkelijk.'

'Nee, ze heeft, zeg maar, een aura.'

'Een aura. Toe maar.'

'Nee, echt waar. Ze is bijzonder.'

'Ik neem het aan. Knap hoor, dat je in haar iets hebt ontdekt wat de rest van ons is ontgaan.'

Travis vatte dat als een compliment op. 'Het liedje is nog niet klaar,' zei hij. 'Ik heb het refrein en een paar woorden.'

'Hoe gaat het? Je liedje?'

'Nou, het refrein is '"Ik bekijk je door mijn ogen, tot..."'

'"Ik bekijk je door mijn ogen,"' herhaalde Erica spottend.

'Ja.'

'Door wiens ogen had je haar anders kunnen bekijken?'

'Nou, ik zie haar door mijn ogen, zeg maar.'

'Ja, dat begrijp ik. Maar je kunt haar ook niet door de ogen van

iemand anders zien. Tenzij je over bijzondere krachten beschikt.'
Ze lachte opgewekt.

'Maar...'

'Nee, ga door. Het spijt me, ik heb eigenlijk geen verstand van liedjes schrijven.'

Hij schraapte zijn keel en begon opnieuw. '"Ik bekijk je door mijn ogen / tot de zomer weer verdwijnt / en ik zie dat je moet vechten / om te winnen van de pijn."'

'O, een verdrietig liedje,' zei ze. 'Dat is mooi. Verdwijnt/pijn – dat zijn fraaie rijmwoorden, Travis, goed gekozen. Cole Porter mag wel uitkijken.'

'Ik vind dat rijmen hartstikke moeilijk,' zei hij.

Ze lachte weer. 'Als het makkelijk was, zouden we het allemaal doen. Blijkbaar is het een bijzonder talent van jou.' Dat deed Travis zichtbaar genoegen. 'Maar het is zo verdrietig,' zei ze met een kleine hapering in haar stem. 'Vechten, pijn... Hoe kan een gouden engel als Merry nu pijn hebben?'

'Ze is heel raadselachtig,' zei Travis.

'Raadselachtig? Dat verrast me.'

'Ze is de raadselachtigste persoon die ik ken.'

'Echt waar? Op welke manier dan, Travis? Jij ziet zulke dingen zo goed.'

Het kon en zou alleen maar erger worden. 'Hou op,' zei ik. Ik had nog geen hap genomen. Mijn linguini met mosselen lag nog op mijn bord. Het scheen een van hun specialiteiten te zijn, maar het zag er niet lekker uit. Ik wist niet dat de mosselen nog in hun schelpen zouden zitten.

Erica draaide zich langzaam naar mij. 'Pardon, Luke?'

'Dit is nergens voor nodig.' Mijn stem trilde.

'Wat doe ik? Travis vertelt ons gewoon over zijn liedjes.'

'Ja man, wat is er aan de hand?'

Ze keken allemaal naar mij. Ik kon het niet uitleggen waar Travis bij was, en ik wilde hem niet kwetsen. Hij was de enige aan tafel die onschuldig was. Ik hield mijn mond.

'Volgens mij ben je van streek, Luke,' merkte Erica koeltjes op.

Ik wendde me tot Laurie. Op een bepaalde manier vervulde zij daar de ouderrol, en al weet ik dat het belachelijk was, ik wilde dat ze ons beschermde. Toch wist ik dat het daarvoor al te laat was. Ze staarde strak voor zich uit, alsof ze ergens anders was. Ik moest mezelf zien te redden.

'Het is gewoon gemeen,' zei ik, met een stem die zo helder klonk dat het zelfs mij verbaasde. 'Het is gemeen en wreed, Erica. Alsof je de vleugels van een vlinder af trekt.'

Ze veegde haar mond af en legde haar servet neer. Er viel een korte stilte. 'Ik ben erg blij dat je me goed genoeg denkt te kennen om zo openhartig tegen me te spreken,' zei ze. Ze stond op en liep weg van de tafel. De blik op Lauries gezicht: ik dacht dat ze me zou slaan, maar ze schoof haar stoel naar achteren en rende door het restaurant achter Erica aan.

Op de dag voordat ik naar huis zou vliegen, wilde ik Alma nog een keer zien om afscheid te nemen. Na de lunch hoorde ik Erica op de tennisbaan trainen met haar ballenkanon, en ik wist dat ze daar een poosje mee bezig zou zijn. Ik sloop door de tuin naar Alma's huisje. Ik moest haar naam een paar keer door de poort roepen voordat ze me hoorde.

'Wie is daar?' riep ze vanuit het huis.

'Ik ben het. Luke.'

De hordeur ging open en met haar looprek manoeuvreerde ze zichzelf naar de veranda.

'Hallo, Alma.'

'Ik heb een geweer,' zei ze.

'Rustig maar,' zei ik. 'Ik ben het. Mag ik binnenkomen?'

'Ik heb een geweer,' herhaalde ze. 'Zeg maar tegen die Mexicaanse vriendjes van je dat ik hun kop van hun romp knal als ze hier nog eens komen.'

'Ik ben Luke. Ik ben hier laatst geweest.'

'Welke Luke?'

'Ik kom uit Engeland. De jongen uit de boeken. De vriend van Laurie.'

'Wat heeft zij ermee te maken? Heeft Erica je gestuurd?'

'Het Pecreet. Weet je dat nog?'

'Het wat?'

'Het Pecreet!'

'Als je nu niet van mijn land af gaat, zit je diep in de problemen. En je vriendjes ook. Dacht je dat ik niet wist hoe ik een geweer moet gebruiken? Dat zou je vies tegenvallen, jochie.'

Op dat moment hoorde ik Travis roepen: 'Hé, Luke! Kom hier! Waar zit je?'

Ik draaide me om en zag dat hij bij de palmbomen boven aan de helling wild stond te zwaaien. Toen ik me weer naar het huisje draaide, was Alma naar binnen gegaan en zwaaide de hordeur aan zijn scharnieren dicht.

Tegen de tijd dat ik bij Travis kwam, was hij buiten adem van opwinding. 'Wat is er?' vroeg ik.

'Dit moet je zien! Het is een verrassing, zeg maar. Kom mee!'

Hij legde zijn arm om mijn schouder en sleepte me bijna letterlijk mee naar het huis. We liepen naar binnen en gingen door de voordeur weer naar buiten. Op de oprit maakte Stan het achterportier van zijn grote zwarte BMW open. De persoon die uitstapte, en haar ogen half dichtkneep tegen de felle zon, was Rachel.

'O, dit is echt ongelooflijk,' zei ze. 'Mijn handen jeukten om je te bellen, maar Laurie liet me beloven dat ik niets zou zeggen, zodat het een grote verrassing voor je zou zijn. Ze heeft me overgevlogen om aan haar programma mee te doen! First class! De hele reis gratis champagne! En nu sta jij op het punt om naar huis te gaan. Ik vind het onverdraaglijk.'

'Ik ben niet zo gek op champagne,' zei Travis. 'Ik krijg er een opgeblazen gevoel van.'

Laurie

Een paar huizen verderop, wat – omdat het Beverly Hills was – betekende dat je bijna een taxi nodig had om er te komen, was een heel gebouw in een enorm stuk blauw plastic gewikkeld: er was een termietenplaag, iets wat wel vaker voorkwam. Als eigenaar moest je dan je spullen pakken en vertrekken, en dan werd het huis afgedekt en werd er een of ander giftig gas naar binnen gepompt om de insecten te doden. In dit huis woonden een honkballer en zijn gezin, al had Laurie ze nog nooit ontmoet. Ze kende helemaal niemand in deze buurt. Het was er niet gemoedelijk, zoals in Modesto – als je als welkomstgeschenk een ovenschotel had klaargemaakt en ermee in de hitte voor iemands veiligheidshek stond terwijl er CCTV-camera's naar je toe draaiden om je in beeld te krijgen, nam dat toch iets van de spontaniteit weg.

Laurie had gedroomd: de termieten liepen in strijdformatie tamelijk doelbewust van het huis van de honkballer naar het hare. Maar omdat het een droom was, waren het soms termieten en soms mensen: de berooide stumpers die met hun verstelde kleren en sjofele koffers vermoeid weer op weg gingen. Het was de familie Joad uit *De druiven der gramschap*, of de mensen die je in krasserige oorlogsdocumentaires tussen de resten van hun gebombardeerde huis zag rondscharrelen, op zoek naar de overgebleven stukken van grootmoeders servies. Maar hoe hun buitenkant er ook uitzag, daaronder waren ze termieten, geen twijfel mogelijk, en ze kwamen niet naar haar huis: daar zou ze voor zorgen, al moest ze ze met kernwapens van het trottoir verwijderen.

Ze was moe. Het was inmiddels vier uur in de ochtend. Ze had de afgelopen week slecht geslapen, al sinds dat vreselijke etentje bij Dan Tana's. Ze wenste dat ze de blik op het gezicht van de jongen had kunnen zien op het moment dat zijn zuster arriveerde. Hij was niet onmisbaar. Dat was niemand. Natuurlijk wist ze best dat het beter zou zijn geweest om hém volgende week in de *Hayseed* uitzending te gebruiken, maar ze was niet van plan om zich door hem onder druk te laten zetten. Het meisje voldeed ook. Ze had trouwens veel meer belangstelling voor de boeken dan hij. Ze kende ze praktisch uit haar hoofd en ze praatte veel makkelijker.

De jongen bleef maar nuffig zeggen dat hij niet het jongetje uit de boeken was. Daar had hij gelijk in. Het was jammer dat Arthur de hoofdpersoon geen andere naam had gegeven. Dan was er geen verwarring ontstaan en had de jongen het obscure leven kunnen leiden waarnaar hij leek te verlangen. Hoe kon iemand het geschenk dat hij van Arthur had gekregen nu afwijzen? Hij verdiende het niet eens: hij was een heel saaie jongen. Hij sprankelde niet. Het enige wat hij deed, was alles met die koude blauwe ogen observeren. Ze had hem alles gegeven, maar hij trok er zijn neus voor op.

Ondankbaar: het was een van de irritante woorden die Alma sinds Lauries jeugd al naar haar hoofd slingerde, maar haar situatie was heel anders dan die van Luke. Waar had zij dankbaar voor moeten zijn? Een moeder als Alma? Een vader die zijn vrouw zo vreselijk had gevonden dat hij geen andere keuze had gehad dan weggaan en zijn enige kind in de steek laten? Niet dat ze hem iets kwalijk nam. Ze wist trouwens dat hij deel van haar uitmaakte. Hij had haar alles gegeven wat hij in zich had: zijn overtuigingen, zijn kennis van wat goed en fout was. En ze wist dat hij van haar hield, al viel het soms niet mee om dat idee vast te houden, om het net zo vanzelfsprekend te vinden als ze graag zou willen. Maar goed, door dit alles, door Arthur, had ze een kracht gevonden die helemaal van haar was, en daar was ze trots op.

En moest je haar nu eens zien! Dat was het bewijs. Vijf jaar geleden waren de vaste punten in haar leven KCIF, het ziekenhuis, het
Spring Crest en haar huis geweest, allemaal met elkaar verbonden
door een cirkel die de leegte in het midden omringde. Destijds
deed ze in feite niets anders dan problemen het hoofd bieden: in
haar omgang met haar baas Rick, met Alma, met Marge. Iedereen
tevreden houden was net een van die taken uit de Griekse mythen
waaraan nooit een einde kwam, hoe hard je ook je best deed, zo'n
taak waarbij je een steen een heuvel op duwde en hem weer naar
beneden zag rollen voordat je boven was. Nu was alles anders. Nu
had ze de leiding over haar leven weer opgeëist.

En toch... Waar ze behoefte aan had, was een betere nachtrust.
Misschien moest ze wat slaappillen gaan halen: deze ongewenste
gedachten arriveerden uitsluitend midden in de nacht. Ze zou er
een paar van Alma kunnen pakken. Haar medicijnkastje leek wel
een apotheek. Maar wat was er nu werkelijk veranderd? Dat was de
vraag die zich steeds opdrong. Ze bracht haar dagen nog steeds
door met problemen het hoofd bieden, maar nu werkte ze fulltime
aan het programma en was ze nog steeds uitgeput. Rick was er nog
steeds. Alma was er nog steeds. De enige die was vertrokken, was
Marge, maar nu moest Laurie het hoofd bieden aan Erica. Niet dat
ze haar werk niet fantastisch deed, maar ze had heel veel aandacht
nodig, ze vitte altijd op alle anderen, en ze dwong Laurie om ook
háár problemen het hoofd te bieden.

Natuurlijk had ze inmiddels geld, maar zelfs dat leverde problemen op waartegen ze opgewassen moest zijn. Rick regelde haar in-
vesteringen, en dat was een van de vele dingen waarop Erica vitte.
Als het aan haar had gelegen, had ze het gewoon op de bank laten
staan. 'Je bent inmiddels een bedrijf,' bleef Rick herhalen. 'Je moet
groeien, Laurie.' Ze was al meer dan genoeg gegroeid. Wilde ze investeren in een Olde English Tea Room in Carmel waar Clint East-
wood ook geld in had gestopt? Wilde ze een stuk van een of ander
bos in Oregon kopen? Wilde ze een appartementencomplex in
Maui ontwikkelen? Misschien wel, maar wat wist zij ervan? Het
probleem was, wat wist Rick ervan? Haar contract voor het pro-

gramma liep over een jaar af, en dan zou er opnieuw onderhandeld moeten worden. De originele salarisafspraken waren aan de lage kant geweest, maar destijds was ze nog maar net begonnen. Hoe dan ook, in haar ogen was het een fortuin geweest. 'Er komt een belangrijke betaaldag aan. Je moet zorgen dat je meer honorarium krijgt voor al die herhalingen. Tijd om ze te laten bloeden, schatje!' zei Rick nu al. Ze wilde helemaal niet dat hij namens haar op het oorlogspad ging. Ze wilde de mensen van het programma niet laten bloeden. Ze hadden haar goed behandeld.

Het werd tijd dat Rick vertrok. Hoorden managers geen pakken te dragen en in gebouwen te werken die door chique Europese architecten waren ontworpen, en hoorden ze geen secretaresses te hebben die regelden dat je met Kerstmis dure leren cadeaus kreeg? Hoorden ze niet dankbaar te zijn dat ze jou als cliënt hadden? Ze hoorden zich in elk geval niet te kleden in een spijkerbroek en veel te strakke t-shirts die nauwelijks hun buik bedekten, of zich voortdurend zorgen te maken over hun overgekamde haar. Ze hoorden ook geen echtgenotes te hebben die dachten dat ze slimmer waren dan jij.

Ze had hem trouwens nooit gevraagd om haar manager te worden, maar ze had hulp nodig gehad bij haar contract en hij had zich aangeboden. Ze had hem beslist nooit gevraagd om naar LA te verhuizen. Misschien kreeg die buikspreker van hem ooit succes, dan zou zij zich niet meer zo schuldig voelen. Jerrilee kon hém met zijn kleding en make-up helpen, in plaats van haar voortdurend lastig te vallen. Het was toch de bedoeling dat relaties met omstandigheden mee veranderden? Op de middelbare school had ze elke dag weer haar best gedaan om het Rick naar de zin te maken, of in elk geval door hem te worden opgemerkt. Bij KCIF had ze ook haar best gedaan om het hem naar de zin te maken, en dat deed ze nu nog. Maar hij had deze situatie niet gecreëerd, dat had ze zelf gedaan. Ze had het allemaal zelf zo geregeld. Ze had nog steeds het idee dat hij de volwassene achter het stuur van de auto was en zij het kind achterin, dat tussen de bagage en de hond was gepropt en haar mond moest houden.

Ze kon niet lang meer blijven liggen. Stan zou zo komen. Ze probeerde aan Rick te blijven denken en steeds dezelfde gedachten door haar hoofd te laten malen. Dat was prettiger dan dat andere wat soms gebeurde: dan ontdekte ze in de ononderbroken lijn van de cirkel een kerf en werd ze naar buiten getrokken, naar onbekend terrein. Op dat moment dacht ze aan de bron, het stroompje dat ooit puur en ongerept door het aardoppervlak naar boven was geborreld, zo helder als wat. Ze had er nooit bij stilgestaan wat er na dat moment zou gebeuren. Ze had nooit nagedacht over de vraag hoe het beekje tijdens de stroming heuvelafwaarts zou veranderen.

Wat was er gebeurd? Was het haar schuld, of was het gewoon een onontkoombaar feit dat niets ongerept bleef? Nog niet zo lang geleden had ze een programma over vervuiling gedaan: ze had milieudeskundigen met grimmige waarschuwingen en profetische statistieken geïnterviewd, en had opnames van rivieroevers in gebieden als Alaska laten zien, waaraan – zelfs daar, ver weg van de bewoonde wereld – van dat vergeelde, zeepschuimachtige spul kleefde. Alles werd vernield. Het kon niet alleen liggen aan het feit dat de mensen niet genoeg recycleden, het lag niet aan wat de mensen deden of lieten, het kwam door de mensen zélf, die een of ander giftig gas afscheidden dat overal binnendrong en het DNA veranderde.

Ze begon Arthur kwijt te raken: dat was waar ze niet aan wilde denken. Misschien moest ze het gewoon onder ogen zien, moest ze *Vriendschap sluiten met je angsten,* zoals het boek van Marge zei. Dan kon ze stappen ondernemen om hem terug te winnen, voordat hij verloren ging in de tijd en de geschiedenis, zoals haar vader.

Buiten hoorde ze een autoportier dichtslaan: Stan was er. Ze was al laat. Dan moesten ze haar haren en make-up maar wat sneller doen als ze in de studio arriveerde. Terwijl ze zichzelf uit bed hees, streek haar hand over de gladde muur, en ze dacht terug aan de hotelkamer in Londen. Anaglypta: ze liet het woord in haar hoofd rond rollen, bestudeerde het van alle kanten. Opeens werd ze overspoeld door een golf van hoop, als kristalhelder water. Misschien kon ze zorgen dat alles goed kwam. Nu Rachel er was, had ze daar de perfecte gelegenheid voor. Het meisje was dol op de boeken, ze was dol op haar vader, en samen konden ze de schade repareren die de jongen had aangericht, alsof ze een kamer opnieuw schilderden, alsof ze de saaie kleuren ophaalden zodat ze weer levendig en fel en helder werden. *Ik ben prinses Anaglypta en ik ben thuisgekomen.*

Op het moment dat ze in het licht van de zonsopgang naar buiten liep, hield Stan bij de auto het achterportier al voor haar open. Opeens was ze zo opgewekt dat ze hem een kus gaf voordat ze instapte. Terwijl ze wegreden, kon ze de rij termieten op de stoep voor haar huis bijna tot stilstand zien komen. Hun wriemelende voelsprieten bespeurden dat hier het een en ander ging veranderen, dat ze misschien wel gevaar liepen als ze probeerden aan te vallen. Het kon nooit lang meer duren voordat ze toegaven dat ze verslagen waren en vermoeid hun reis voortzetten naar een ander huis in de straat, waar het verdedigingssysteem niet onneembaar was, waar de mensen slordiger met hun bezit omgingen, een huis waar scheuren en barsten in de constructie van het gebouw niet werden gerepareerd, perfecte ingangetjes die het de termieten mogelijk maakten om aan hun vraatzuchtige vernieling te beginnen.

Luke

Ik was natuurlijk al weg uit LA toen al het gedoe begon, al dekt 'gedoe' nog nauwelijks de lading van wat er allemaal gebeurde. Er bestaat niet echt een coherent verhaal, maar door de jaren heen heb ik het gereconstrueerd met wat ik van Rachel – nooit de betrouwbaarste bron – te horen kreeg en wat Graham Carter me vertelde, en daarnaast heb ik zelf het een en ander ingevuld, wat niet moeilijk was als je naar de betrokken persoonlijkheden kijkt.

Net als bij de bom waaraan Lauries vader in Los Alamos wel of niet had meegewerkt, moesten er bepaalde dingen gebeuren voordat de vereiste explosie plaatsvond. In het geval van de bom moeten twee subkritische massa's splijtstof samenkomen om een superkritische massa te vormen. Daarnaast moeten ze ook nog eens op de juiste manier en op hoge snelheid bij elkaar komen. Dat heb ik in elk geval bij natuurkunde geleerd.

In het geval van Laurie verschenen er kort na mijn vertrek en Rachels aankomst twee verschillende nieuwsberichten, die geen verband met elkaar hielden – ik denk dat zelfs verstokte samenzweringstheoretici een complot tussen de *National Enquirer* en de *LA Times* erg onwaarschijnlijk zouden vinden. Graham nam de *Enquirer* mee naar Engeland, dus ik kreeg het artikel uiteindelijk onder ogen: op de voorpagina stond een grote foto van Laurie, met de reusachtige kop 'Lesbisch schandaal Laurie' erboven en het onderschrift 'Schokkende aanklacht van deze vrouw', vergezeld van een inzet van een kleine, dikke vrouw van middelbare leeftijd in een verpleegstersuniform.

Het artikel begon zo: 'Laurie Clow is verstrikt geraakt in een onverkwikkelijk lesbisch schandaal, dat op gang is gebracht door schokkende beschuldigingen dat ze haar vakantievriendin Marge Clancy (54), een ziekenverzorgster uit Lauries vroegere woonplaats Modesto, Californië, op het exclusieve Caraïbische eiland Saint-Barthélemy alcohol heeft gevoerd en vervolgens tot smerige seksuele handelingen heeft gedwongen.' Marge Clancy werd door haar patiënten omschreven als een 'engel', en er werd veel nadruk gelegd op de goede zorg die ze terminale kankerpatiënten bood, alsof dat op een of andere manier bewees dat zij de onschuldige partij was. Collega's meldden dat ze 'dikke maatjes' waren, anonieme vrienden hadden al 'iets raars' aan hun vriendschap opgemerkt en zeiden dat ze 'voortdurend' samen vakanties planden, alsof er een verband tussen seks en vakanties bestond. Marge Clancy, die had gedacht dat ze 'gewoon vrienden' waren, voelde zich 'verraden door Lauries verachtelijke handelingen'.

Maar er was nog meer: Lauries naam was recentelijk 'in verband gebracht met de Nederlandse ziekenverzorgster Erica Hauer (43), die door de ster in dienst was genomen om voor haar moeder te zorgen, Alma Clow (84), die aan alzheimer leed.' Er stond een wazige foto bij van een tennissende Erica. Niet nader genoemd personeel 'in haar ruime villa in Beverly Hills' had gezegd dat Laurie en Erica 'voortdurend samen' waren en dat Erica 'in huis de lakens leek uit te delen'. Aan het einde van het stuk kwamen ze met wat in hun ogen het belastendste bewijsmateriaal was, net zoals in de laatste minuten van *Kojak* de belangrijkste aanwijzing wordt gegeven, die bewijst dat degene die overduidelijk onschuldig is in werkelijkheid overduidelijk de schuldige is: Lauries 'dierbare, raszuivere Perzische katten, Marty en BJ, zijn genoemd naar de lesbische tennislegendes Martina Navratilova en Billie Jean King'.

Er was nog een coda: het tijdschrift suggereerde dat Lauries werk als voorvechtster van de 'zeer succesvolle *Hayseed*-boeken, waarin het gezin als hoeksteen van de samenleving wordt gepresenteerd' een soort rookgordijn was om haar 'onconventionele levensstijl' te maskeren. Dat was het enige stukje waarom ik moest lachen. De boeken konden op veel verschillende manieren worden geïnterpreteerd, maar ik vond het een schandalige verdachtmaking om ze in dezelfde categorie te plaatsen als, laten we zeggen, *Het kleine huis op de prairie* of *The Waltons*.

Ik weet niet precies wat er daarna gebeurde, wat de directe fallout voor Laurie was. In gedachten zag ik het huis als een mierennest waarin gepord was – opeens zwermden er mieren door het hele huis, vooral tijdens de vrijdagse programmavergadering. Ik stel me zo voor dat de oprit die dag wel een sardineblikje vol auto's leek, en dat er extra pr-mensen waren opgeroepen om de crisis te bezweren. Ik vermoed dat Laurie haar ware gevoelens achter een kalme façade verborg. Waarschijnlijk was het allemaal erger voor Erica. Ik hoop in elk geval van wel.

Waarschijnlijk probeerden ze er een zo positief mogelijke draai aan te geven: niemand geloofde de verhalen die in de *National Enquirer* verschenen – het artikel had net zo goed 'Talkshowpresentatrice ontvoerd door vliegende schotel' kunnen heten. Of het verhaal nu klopte of niet, het was niet verboden om homoseksueel te zijn. Het programma neigde naar de liberale kant, het sprak veel homoseksuele kijkers aan, enzovoort.

De dag eindigde waarschijnlijk kalmer dan hij was begonnen, en ik weet in elk geval zeker dat Laurie een paar dagen later in haar programma over het artikel begon. Ik was er niet bij, dus ik heb het niet gezien, maar ik denk dat ze zich aan het einde tot de camera richtte, net als bij het verhaal over haar vader in het programma over Los Alamos: gedimde lichten, rechtstreeks tot de kijker, direct maar intiem. Iets als: 'Net als alle andere mensen vind ik het leuk om roddels te lezen. Ik wist alleen niet dat de roddels ook een keer over mij zouden gaan. Als ik homoseksueel was, kon u erop rekenen dat ik mijn mond niet zou houden. Ik zou zo trots zijn dat ik het van de daken schreeuwde – trots op de strijd die homoseksuele mensen in dit land hebben gevoerd, trots dat ze hebben gevochten om wettelijke veranderingen door te voeren, en hebben geknokt voor de waardigheid om onbevreesd voor je geaardheid uit te komen. Maar soms besef je dat we nog een lange weg te gaan hebben. Tijdschriftcovers zijn een perfecte manier om de aandacht te trekken. Waarom moet je dan een cover verspillen aan een verzonnen verhaal dat volgens het blad 'schandalig' is? Wilt u een schandalige coverstory? Ik heb er een voor u: de medische zorg in dit land. Wilt u iets smerigs? De manier waarop gastarbeiders in dit land worden behandeld. Wilt u iets verachtelijks? Het bewapeningsprogramma van deze regering. Wilt u iets wat echt walgelijk is? De homohaat die nog in dit hele land voorkomt.' Enzovoort, enzovoort.

Thuis weerhielden Lauries liberale geloofsbrieven haar er niet van om een deel van haar personeel te ontslaan. Een insider moest dat verhaal over Erica hebben gelekt en die wazige foto van haar op de tennisbaan hebben gemaakt. Consuela en Lupe, Jesus en Ronnie gingen vrijuit omdat men ervan uitging dat ze niet genoeg Engels spraken om een verhaal te kunnen lekken. Daarnaast denk ik dat zelfs Laurie ervoor zou terugschrikken om Mexicaanse arbeiders te ontslaan. Uiteindelijk rolden de koppen van het tuiniersechtpaar, Ruthie en Bob, die werden afgekocht. Dat laatste gebeurde voor de zekerheid.

De algehele consensus was dat het lek waarschijnlijk afkomstig was van Angie, het kattenmens. Als je Engels was, was je geen echte gastarbeider, en Erica had haar nooit aardig gevonden. Angie was belast met de inspannende taak om het lange kattenhaar uit te kammen, en Erica vond dat ze er de kantjes afliep en te veel klitten liet zitten. Het bewijs tegen haar was indirect, maar wel bezwarend: zij wist hoe de katten voluit heetten, ze was in huis met een camera gesignaleerd op de dag dat ze Lupe had gevraagd om een foto van haar en mij te maken, en ze kon het geld dat het tijdschrift vermoedelijk had betaald heel goed gebruiken – er was geen betere definitie van 'wanhopig' dan een onbekende Engelse actrice die zonder werkvergunning in LA werk probeerde te krijgen. Zij vloog er ook uit, bezwerend dat ze onschuldig was, maar Rick gaf haar contant geld, liet haar zwart op wit beloven dat ze haar mond zou houden en dreigde bij de autoriteiten te melden dat ze illegaal werkte als ze ooit nog iets van haar hoorden.

Ik denk dat ze rustiger sliepen toen ze eenmaal dachten dat ze het verhaal in de *National Enquirer* onder controle hadden, maar, net als bij de tweede bom die een paar dagen na Hiroshima op Nagasaki viel, de ellende was nog niet voorbij. Het was niet eens zo'n heel groot artikel in de LA *Times*, slechts een verhaal zonder foto op pagina twee, maar het raakte hen op een heel gevoelige plek omdat het over het programma ging.

De Paul Schiller die Laurie na het zien van het programma over Los Alamos had gebeld, had er blijkbaar meer dan genoeg van dat hij nooit met haar werd doorverbonden en had contact met de *Times* opgenomen. In een vorig leven was hij Paully geweest, het jongetje dat met Laurie had gespeeld, de zoon van de 'joden van hiernaast', en in wezen vertelde hij de krant het verhaal dat Alma aan mij had verteld: in plaats van een sympathisant die vanwege zijn politieke overtuigingen veiligheidsproblemen in Los Alamos had gekregen, was Lauries vader een dief geweest, die was weggestuurd omdat hij geld had gestolen. Daarbij kwam nog, en dat had Alma me niet eens verteld, dat hij helemaal niet in het laboratorium had gewerkt, maar als facturist op de boekhouding had gezeten.

Laurie bofte dat het allemaal al zo lang geleden was, en dat het in vergelijking met alle andere gebeurtenissen in Los Alamos zo onbelangrijk was dat de documenten over haar vaders verblijf daar leken te zijn vernietigd, als ze al ooit hadden bestaan. De afwezigheid van de documenten kon echter ook een nadeel zijn: de FBI had geen dossier over hem – volgens de LA *Times* stond de FBI bekend om zijn zeer zorgvuldige documentatie – wat betekende dat er geen bewijs was dat hij ooit een betrouwbaarheidsverklaring had gehad of dat die was ingetrokken. Na Los Alamos liep het spoor dood. Niemand wist wat er met hem was gebeurd. Misschien had hij zijn naam wel veranderd en was hij overreden door een betonwagen. Zo lang ze niets zwart op wit hadden, was het in wezen het woord van Paul Schiller tegen dat van Laurie.

Omdat de LA *Times* de programmamakers op de dag vóór publicatie van het artikel om commentaar had gevraagd, hadden ze tijd om de wond met een categorische ontkenning te bedekken tot ze wisten wat ze hieraan moesten doen. Het televisiejournaal maakte er melding van en het vloeide naar andere kranten, niet als voorpaginanieuws, maar vervelend genoeg om hen in een bijzonder onaangename positie te brengen. Het was een verhaal met veel haken en ogen, en ik stel me zo voor dat het nog meer rondrennende mieren voortbracht. Verhalen over iemands privéleven waren één ding, maar dit drong de arena van de televisie-ethiek binnen: door het verhaal werd gesuggereerd dat Laurie had gelogen in een nationaal televisieprogramma dat het juist van zijn integriteit moest hebben.

Tijdens de verscheidene crisisvergaderingen die door het productieteam werden belegd, namen ze diverse ontkenningsscenario's door die ze konden gebruiken. Volgens Erica, die het later aan Graham vertelde, was zij degene die bedacht dat ze Alma konden inzetten om zich te verdedigen. Voor Laurie kwam er wel enig lateraal denken aan te pas om haar moeder als mogelijke troefkaart te zien, maar meer hadden ze niet.

De eerste fase van het uitspelen van de Alma-kaart was dat zij en Laurie een persconferentie zouden geven om Paul Schillers verhaal te ontkennen. Oude vrouw, rolstoel, misschien een paar tranen, dat kon toch niet misgaan? Alma was volwassen geweest toen de familie Clow uit Los Alamos vertrok; Paul Schiller was vijf of zes jaar geweest, net als Laurie. Hoe betrouwbaar kon zijn geheugen zijn?

Er zaten twee problematische kanten aan dit plan, waarvan er één alleen bij Laurie bekend was: Alma had gewoon haar gezicht naar de muur gedraaid en botweg geweigerd over haar vader te praten. Het andere probleem, dat door een jongere pr-assistente naar voren werd gebracht terwijl ze praktisch al bezig waren om de tijd en plaats van de persconferentie vast te leggen, was dat ze moesten kiezen: ofwel Alma had alzheimer, of ze had het niet. Het programma over alzheimer was zes maanden eerder uitgezonden en lag nog vers in ieders geheugen, vooral Lauries 'persoonlijke' einde met de zwijgende Alma die het podium op werd gereden. Als Alma nu als een konijn uit de hoge hoed werd getoverd, helder genoeg om Lauries verhaal te bevestigen, zou dat twijfels oproepen over de validiteit van het eerdere programma, en zouden mensen misschien denken dat Laurie er geen moeite mee had om haar programma sensationeler te maken door haar vader en moeder te gebruiken op manieren die gevaarlijk veel op misleiding leken. Zo ongezouten zei het meisje het niet, maar iedereen wist wat ze bedoelde en de persconferentie werd afgeblazen.

Uiteindelijk gebruikten ze Alma op een al even misleidende manier in een interview in het tijdschrift *People*, maar dat zou ze nooit te weten komen:

Talkshowpresentatrice Laurie Clow (54) schoot zichtbaar vol toen we spraken over het effect van recente verhalen op haar moeder, Mrs. Laurence Clow (84), die aan alzheimer lijdt. 'Mijn moeder is alles voor me. Sinds het vertrek van mijn vader is ze een alleenstaande ouder, en ze heeft me altijd bijgebracht dat ik trots op hem moest zijn. Met mijn beroep weet ik dat ik een makkelijk doelwit ben voor iedereen die me op de korrel wil nemen. Ik vind het niet erg als mensen leugens over mij verspreiden – maar mijn vader! Verdachtmakingen hebben altijd bij onze politieke traditie gehoord, maar het is treurig dat zijn reputatie nog steeds in twijfel wordt getrokken, net als die van veel andere mensen die in de naoorlogse heksenjachten verstrikt raakten. Omwille van mijn moeder wil ik er geen advocaten bij halen en haar nog meer verdriet doen. Door de voortschrijding van haar ziekte heeft ze nog maar verdraaid weinig herinneringen over, en die wil ik onaangetast laten. Ik kan me Paul Schiller niet eens herinneren. Ik ben blij dat hij nog zo precies weet wat er op zijn vijfde is gebeurd. Bofferd. Ik hoop dat hij trots is op wat hij een opmerkelijke, dappere vrouw heeft aangedaan.'

Arme Laurie. Het einde van mijn reis naar LA was afschuwelijk, maar op een bepaalde manier maakte ze deel van ons leven uit, en dit wenste ik haar allemaal niet toe. Ik weet niet hoe ze zich gevoeld moet hebben, hoe hoog de stresslevels in het huis waren. Ik weet niet hoe BJ en Marty werden verzorgd nu Angie er niet meer was – met al dit gedoe en de verplichting om vijf programma's per week te maken, zal de zoektocht naar een nieuw kattenmens waarschijnlijk niet hoog op Lauries prioriteitenlijstje hebben gestaan.

Er was nog iets waarover ik me zorgen maakte. In gedachten zag ik een bepaald scenario voor me: in het noorden van Californië, in Bakersfield of Fresno, 'een van die plaatsjes', woonde misschien een echtpaar dat ooit een benzinestation had gerund, of wellicht deden ze dat nog steeds. Ze hadden een dochter met bepaalde leermoeilijkheden gehad, die altijd een grote zorg voor hen was geweest. In haar tienertijd waren de problemen verergerd, misschien door drugs, misschien door drank, misschien door een tienerzwangerschap, misschien wel door allemaal. In gedachten zag ik haar achter op de motor van een of ander vriendje dodelijk verongelukken, en ik stelde me voor dat haar ouders jarenlang hadden gepiekerd over de vraag waar het allemaal fout was gegaan. Vervolgens zien ze in een krant een verwijzing naar iemand aan wie ze nooit meer hadden willen denken, Rudolph Laurence Clow, een of andere vervangende leerkracht die hun dochtertje extra rekenles gaf, een man die graag *Hiawatha*-spelletjes speelde, een man die een beroemde dochter blijkt te hebben die alle voordelen heeft die hun kind niet had gehad, en daarom bekijken ze wat hun opties zijn: advocaten, kranten, geld. Maar misschien had Laurie geluk: er waren in Los Alamos maar twee bommen gemaakt, en die waren allebei ontploft.

De verhaallijn die ik heb weggelaten om een kant van het relaas betrekkelijk helder te houden, is Rachel. Nu moet ze aan het geheel worden toegevoegd. Alle gebeurtenissen die ik heb beschreven, vonden plaats in de dagen na haar aankomst in Los Angeles, en hoewel ze er op een bepaalde manier niet bij betrokken was, wist ik dat ze niet in een huis, laat staan in een kamer kon verblijven zonder de ionenstroom te beïnvloeden. Het zat niet in haar aard om afstandelijk te blijven, gewoon te observeren. Die rol hoorde bij mij.

Het merendeel hiervan is speculatie – in elk geval tot Graham ten tonele verschijnt, wanneer we op feiten overgaan – maar vergeet niet dat ik zes weken in dat huis had doorgebracht: ik wist waar de lijken begraven waren. Tijdens de logeerpartij zag ik Laurie niet veel. Ze werkte heel hard, ging vroeg weg en kwam laat terug, maar we aten 's avonds vaak samen, en we gingen soms weekendjes weg tot alles fout liep. En dan hadden we natuurlijk nog de vrijdagse etentjes. Bovendien was ze niet bijzonder gestrest, of in elk geval niet erger dan gewoonlijk, wanneer ze haar programma moest doen. Vlak na Rachels komst hing er een heel andere sfeer. De mieren renden rond, het personeel vertrok, de telefoon rinkelde: de mensen die onder alle andere omstandigheden heel veel aandacht aan Rachel zouden hebben geschonken, hadden nu andere dingen aan hun hoofd. Daardoor kwam Rachel niet uit de verf.

De uitzending was gepland in de week na Rachels aankomst. Geen hoge prioriteit voor het programmateam: ze waren gewend om een paar keer per jaar een bijpraatprogramma over *Hayseed* te maken – het hoorde net zo bij Laurie als haar herkenningsmelodie – en deze keer hadden ze alle opnames die ze in Engeland op de filmset van de BBC-serie hadden gemaakt, dus ze hoefden maar een half programma te vullen. Rachel trok bijna een hele dag met de programmavoorbereiders op, nam de lijst met vragen door die Laurie haar tijdens het interview zou stellen, en ging langs bij de afdeling kleding en make-up, waar werd beslist wat ze zou dragen en welk kapsel ze zou krijgen. Dat was alles. Voor de rest kon ze haar eigen tijd indelen.

Iemand die haar niet kende, zou het misschien niet eens zien, maar Rachel was in een van haar eigen crises beland – dat was me wel duidelijk na de uren die ik bij haar en Claude had doorgebracht voordat ik naar Los Angeles vloog – en tijdens een crisis had Rachel de gewoonte om iedereen om zich heen erbij te betrekken. Ze moest in het middelpunt van de aandacht staan en met de ellebogen werken om daar te komen. Door alle gebeurtenissen kon ze het centrum van Lauries wereld niet bereiken, dus daarom moest ze haar heil elders zoeken – en elders, in deze context, was Travis.

Hij was vriendelijk tegen me en vond me aardig, maar ik was niet exotisch, zoals zij: sterker nog, omdat hij de boeken kende, stelde ik hem waarschijnlijk enigszins teleur. Maar Rachel, die – veel meer dan ik – van een andere planeet leek te komen, moet hem hebben gefascineerd. Daarnaast was ze een meisje. Al was ze van nature nieuwsgierig, ik kan me niet voorstellen dat zij hem ook zo fascinerend vond, maar ze had altijd goed kunnen roeien met de riemen die ze had.

Ik weet niet hoe vaak Merry langskwam, maar ze moet een aantal keren zijn geweest, want ze was beslist betrokken bij de fall-out, ze kreeg beslist een deel van de schuld toebedeeld. Ik weet dat zij en Rachel niet zo'n gelukkige combinatie vormden. Ik denk niet dat ze met hun drieën vaak naakt bij Paradise Cove hebben gezwommen.

Hoewel Rachel en ik op onze eigen manier een goede band hadden, waren we zeer verschillende persoonlijkheden, en niets onderstreept dat duidelijker dan het ene cruciale onderdeel van de gebeurtenissen in la: ze maakte kennis met Wade, en ik heb geen idee hoe ze dat voor elkaar kreeg. Ik vond de verhalen van Merry en Travis over hem best boeiend, maar de man zelf liet me koud, en gezien hun weerzin om met hem op de proppen te komen, zou ik wel een heel dringende reden moeten hebben gehad om hen op andere gedachten te brengen.

Als ze had geweten dat hij veel meer was dan degene die Merry toevallig lessen chakra-healing gaf, weet ik wel welke reden zij kon hebben gehad. Voor Rachel zou de kennismaking met een drugsdealer met helende krachten een dubbele jackpot zijn geweest, maar ik vermoed dat ze daar op dat moment nog niets van wist. Per slot van rekening waren de onthullingen over Wade me tijdens mijn zes weken in la stukje bij beetje ter ore gekomen. Ze was daar pas een paar dagen voordat hij ten tonele verscheen. Ofwel ze had vóór hun ontmoeting een bepaald voorgevoel over hem, of het was veel eenvoudiger: ze had er een hekel aan om een buitenstaander te zijn. Dat was ook nog een verschil tussen ons tweeën.

De drie of vier dagen voordat het *Hayseed*-programma zou worden opgenomen, waren Lauries vuurstorm. Tijdens die dagen werd het tweede verhaal – dat in de LA *Times* – gepubliceerd, dus waarschijnlijk had ze totaal niet in de gaten wat Rachel allemaal uitspookte. In die dagen kreeg Rachel het op een of andere manier voor elkaar dat ze mee naar Wade mocht. Misschien heeft Travis haar gebracht, misschien brachten Travis en Merry haar met z'n tweeën. De verhoudingen waren me niet duidelijk genoeg om te weten of toegang tot Wade via Merry moest plaatsvinden.

Maar ik ken Rachel. Tijdens die ontmoeting moet er iets tussen haar en Wade zijn gebeurd, een signaal, een of andere vrijmetselaarshanddruk, een besef dat ze iets deelden: een geheime afspraak die vanaf dat moment Travis en Merry buitensloot. Rachel had een creditcard en een rijbewijs, en op een bepaald moment na die eerste ontmoeting huurde ze een auto. Dat weet ik omdat er daarna eindeloze problemen met Hertz ontstonden, die we moesten oplossen toen de auto weken later verlaten, met ingeslagen ruiten en zonder banden in de San Fernando-vallei werd aangetroffen. Het was een komen en gaan bij Lauries huis, dus ik denk niet dat het iemand opviel, of interesseerde, of er een extra auto op de oprit stond. Nu werd Rachel op geen enkele manier meer in haar doen en laten belemmerd. Ze was vrij.

Hier wordt het onduidelijk. Ik denk dat Rachel niet vaak thuis was en dat niemand, behalve Travis, dat in de gaten had. Maar hij was haar oppasser niet, en hij had trouwens ook geen enkele reden om aan te nemen dat er iets ongewensts aan de hand was. Viel het iemand op dat haar bed onbeslapen was? Misschien hadden Consuela en Lupe het gezien – als ze wisten dat Travis en ik eerder die zomer drank hadden gepakt, hadden ze dat ook wel in de smiezen. Maar ze spraken nauwelijks Engels, en wisten zij veel? Misschien gebruikte ze Lauries huis wel als thuisbasis voor een rondreis. Uiteindelijk moet Travis hebben doorgehad dat ze niet alleen vaak afwezig was, maar helemaal niet meer thuiskwam. Wat moest hij daaraan doen? Misschien vermoedde hij dat ze bij Wade was. Misschien ook niet. Ik denk dat hij gewoon zijn mond hield.

Nu voegt Graham Carter zich bij het verhaal. Hij was voor zaken in New York en was van plan om tijdens Rachels verblijf naar LA te komen en bij Wally te logeren. Hij wilde ook graag bij Laurie langs. Hij kwam meestal naar haar toe als hij in de Verenigde Staten was, want per slot van rekening had hij veel aan haar te danken. Misschien belde hij wel en liet hij boodschappen achter wanneer hij langs wilde komen. Misschien kreeg hij Laurie aan de lijn omdat Rachel hem nooit terugbelde. Het kan trouwens ook zijn dat Laurie Rachel wilde spreken over het programma, omdat ze nog maar een dag of twee hadden voordat de opnames begonnen. Ik denk dat er een moment moet zijn geweest waarop iedereen samenkwam, waarop iedereen aantekeningen vergeleek en besefte dat Rachel al dagenlang niet meer was gezien.

Ik denk dat Travis tegen die tijd wel vermoedde dat Rachel bij Wade was, maar waarschijnlijk hield hij nog altijd zijn mond. Hij wilde zichzelf en Merry erbuiten houden. Ik weet dat hij op een bepaald moment naar Wades huis in Topanga is gereden, waar hij Rachels auto en een leeg huis aantrof – niet alleen leeg, maar ogenschijnlijk verlaten. Misschien biechtte hij daarna alles op aan Laurie, maar probeerde hij het verhaal over de drugs wat af te zwakken. Maar Erica was er natuurlijk ook nog. Zij kon het hele verhaal wel uit hem krijgen, geen probleem, met of zonder elektroden aan zijn geslachtsdelen.

In een normale situatie zou de politie zijn gebeld, maar dit was geen normale situatie. Stel je voor: in een week waarin de twee nieuwsartikelen worden gepubliceerd en iedereen druk bezig is om de aandacht daarvan af te leiden, verdwijnt een meisje dat bij Laurie logeert – zelf niet beroemd, maar wel zo verwant aan roem dat ze weer een geschenk voor journalisten is – onder omstandigheden die vrijwel zeker met drugs te maken hebben. Zou jij de politie hebben gebeld?

Dus: het is avond en ze zijn allemaal bij Laurie thuis – Laurie, Erica, een lijkbleke Travis, die met zijn lange haar speelt (wat hij altijd deed als hij nerveus was), een huilende Merry, Rick en Jerrilee, die op bevel van Erica hun gouden engel mee naar Laurie hadden genomen. Lauries publiciteitsagent en een paar pr-mensen van het programma zijn er ook. Ze lopen alle opties na: de politie blijft erbuiten, in elk geval voorlopig. Daar is iedereen het over eens. Ze besluiten Martha niet te bellen. Zij zit in Engeland – wat kan ze daar doen? Misschien overwegen ze zelfs om mij te bellen en te vragen of ik weer naar LA kan vliegen, maar ze zijn het met elkaar eens dat ik waarschijnlijk te jong ben om hiermee om te gaan. De enige oplossing is Graham, die in New York zit. Als hij de volgende ochtend een vroege vlucht pakt, kan hij tegen lunchtijd in LA zijn. Daarmee is meteen een ander probleem opgelost: het *Hayseed*-programma wordt overmorgen uitgezonden, maar hun gast is spoorloos verdwenen. Als zij niet komt opdagen, kan hij invallen. Niet 's werelds spannendste oplossing, maar uiteindelijk is hij de man die de boeken heeft ontdekt. Trouwens, ze kunnen Robin Williams op deze korte termijn nooit zover krijgen dat hij zijn hilarische geïmproviseerde kletspraatje over de stem van Mr. Toppit houdt.

En zo gebeurt het. Stan haalt Graham op van het vliegveld. Laurie presenteert in de studio haar programma, dus Erica brengt hem op de hoogte als hij bij Laurie thuis arriveert.

Hij vertelde me dat hij erin slaagde om Travis uit Erica's klauwen te bevrijden en onder vier ogen met hem te praten, en dat Travis tijdens dat gesprek veel opener was over de relatie die hij en Merry met Wade hadden. Ze probeerden hem nog een keer te bellen, maar net als de dagen daarvoor kregen ze meteen het antwoordapparaat. Daarna reed Travis met Graham naar Wades huis. Rachels auto stond er niet meer. Graham had altijd al een beetje padvindersenthousiasme uitgestraald en besloot dat het tijd werd voor drastische maatregelen: een inbraak in het huis. 'Huis' was een geflatteerde omschrijving, zei hij. Het lag helemaal achter aan een grindpad dat op Topanga Canyon Road uitkwam, en was in feite meer een gelijkvloerse keet, die op de rand van een heuvel balanceerde en bijna helemaal schuilging achter verwilderd gebladerte. 'Inbraak' leek mij ook een tamelijk geflatteerde omschrijving: er was niets afgesloten en ze konden gewoon naar binnen lopen.

Wade had duidelijk nooit veel huishoudelijk talent gehad, maar Travis vond dat het huis er in vergelijking met zijn vorige bezoek schokkend uitzag. Het leek wel of het geplunderd was. Ze wisten natuurlijk niet waar ze naar moesten zoeken, maar ze dachten dat ze misschien ergens een telefoonnummer van een vriend zouden vinden, een manier om Wade te bereiken. Misschien dachten ze wel dat ze de lijst zouden vinden van iedereen die een kerstkaart van hem kreeg. Dat gebeurde niet. Er lag niets. Maar Rachel was er geweest, en Travis herkende haar zonnebril, die kapot op de grond lag.

Net voordat ze weggingen, had Travis voor de verandering eens een heldere inval. Hij zag het licht van het antwoordapparaat knipperen en drukte op 'play'. De helft van de boodschappen bleek van hem te zijn en hij klonk bij elke volgende boodschap wanhopiger, maar er hadden ook andere mensen gebeld. Een paar bellers hadden opgehangen: dertig seconden ruis, achtergrondgeluid, een hoorbare ademhaling en vervolgens de klik. Eén boodschap was afkomstig van iemand die boven het geluid van muziek uit schreeuwde: 'Wade, en nou kom je goddomme meteen hiernaartoe', een andere was van een vrouw die klaagde dat Wade niet thuis was geweest toen ze langskwam voor haar chakra-les, en er was ook een boodschap van Rachel. Graham zei dat ze klonk alsof ze vanaf een andere planeet belde, niet alleen letterlijk ver van hen verwijderd, maar ook ver verwijderd van elke Rachel die hij dacht te kennen. 'Ik sta in een telefooncel,' zei ze. 'O, Wade – ben je thuis? Wade? Waar zit je? Ik dacht dat je hier om elf uur zou zijn. Ik sta op de parkeerplaats bij het café op de hoek. Daar hadden we toch afgesproken? Ik wil weer met je naar huis.' Graham zei dat ze inmiddels huilde. 'Alsjeblieft. Alsjeblieft. Kom nu alsjeblieft. Ze zijn er nog niet, maar je moet komen. Ik probeer te doen wat je zei. Ik probeer me op de onderkant van mijn ruggengraat te concentreren. Hoe heet de energie? Ik weet het niet meer. Was dat niet *prana* of zoiets? Ik heb geen kleingeld meer, ik moet...' Het bericht werd afgebroken.

Graham zei dat hij en Travis zwijgend terug naar Lauries huis waren gereden. Hij zei dat hij daar bijna letterlijk met Erica op de vuist was gegaan toen hij de politie wilde bellen en zij de weg naar de telefoon versperde. Hij maakte zich inmiddels echt zorgen over Rachel, maar Erica was niet te vermurwen. Daar kon ik me wel iets bij voorstellen.

'Ze is een bijzonder dom meisje, Graham. Hoe oud is ze? Vierentwintig? Vijfentwintig? Denk je dat ze door die jongen is ontvoerd? Nee. Wordt ze tegen haar zin vastgehouden? Nee. Is ze achterlijk? Nee. Ze is gewoon onnadenkend en dom. Dat was haar broer ook al, en dan heb ik het nog niet eens over die idiote Travis en Merry, door wie dit allemaal is begonnen. Ik wil niet dat een van hen Laurie in gevaar brengt. Zij is de enige onschuldige in deze bizarre situatie. Ik wil niet dat er in de krant nog meer leugens over haar verschijnen. Die kinderen – kinderen! – hebben misbruik gemaakt van haar vrijgevigheid en gastvrijheid. Ze hebben haar meedogenloos gebruikt en ik zal niet, ik herhaal, níet toestaan dat Laurie daaronder moet lijden. Rachel heeft dit huis uit vrije wil verlaten. Ze heeft deze situatie aan zichzelf te danken, en ze moet er ook zelf uit zien te komen. Wat het dan ook moge zijn.'

Op dat moment kwam Laurie terug uit de studio, en ze barstte meteen in tranen uit toen ze Graham en Erica tegen elkaar zag schreeuwen. Ze moest door Erica worden weggevoerd en getroost. Nadat de gemoederen waren bedaard, ging Graham bij Laurie zitten en namen ze door hoe het *Hayseed*-programma er de volgende dag uit zou zien.

Zelfs als Graham de politie had gebeld, had het volgens mij niet veel uitgemaakt. Rachel was verdwenen, maar ze was niet bepaald wat in politietermen 'vermist' heette. Trouwens, hoe moesten ze haar en Wade in vredesnaam in een grote stad als Los Angeles zoeken? Ze wisten Wades achternaam niet eens. Uiteindelijk, op de dag nadat Laurie en Graham het programma hadden gemaakt, werden Rachel en Wade gevonden.

Die dag hoorde ik er voor het eerst iets over, en degene die het me vertelde, was tot mijn verbazing Martha. Ze belde om me te vertellen dat Rachel een auto-ongeluk had gehad. De politie had haar tas met haar rijbewijs en adres gevonden en had Martha gebeld. Waarschijnlijk had ze haar been gebroken, maar het ging redelijk met haar en ze lag in het ziekenhuis. Martha bleef uiterst kalm onder het nieuws, ze was zelfs enigszins geïrriteerd omdat het zo slecht uitkwam. Was ik bereid om Laurie te bellen en naar de details te informeren? Martha was er altijd goed in om andere mensen voor haar aan het werk te zetten.

Je leest wel eens dat het koude zweet iemand uitbreekt, maar tot dat moment had ik nooit geweten dat dat echt kon, of hoe het voelde. Martha, die nooit oog voor ironie had gehad, had voor mijn gevoel iets overduidelijks over het hoofd gezien. Het was weer net als bij Arthur: het telefoontje, het gebroken been, het ziekenhuis. Rachel ging dood, als ze al niet was overleden.

Erica nam op, en voordat ik iets meer had kunnen uitbrengen dan 'met Luke' zei ze heel rustig: 'O, Luke – ik zal je Graham even geven.' Ik wist niet eens dat hij daar was.

Het verhaal over Martha's telefoontje bracht hem hevig van zijn stuk, en ik hoorde zijn stem trillen. Ik gaf hem het nummer dat de politie had doorgegeven en liet hem zweren dat hij zou bellen zodra hij hen had gesproken. Binnen een kwartier belde hij terug. Hij zei dat hij de politie en het ziekenhuis had gesproken en dat het ernaar uitzag dat ze niet in levensgevaar was. Hij ging meteen naar haar toe. Ik dacht dat ik gek werd van het wachten, en tegen de tijd dat hij me een paar uur later vanuit het ziekenhuis belde, had ik al uitgezocht wanneer ik met het vliegtuig naar LA kon. 'Je hoeft je nergens zorgen over te maken,' zei hij. 'Het gaat goed met haar. Ze heeft alleen wat pijn.' Ik denk dat dat een definitie van het woord understatement is. Ik stamelde dat ik meteen naar het vliegveld zou gaan en in het vliegtuig zou stappen, maar Graham zei: 'Dat is echt niet nodig, Luke. Ik blijf hier tot ze uit het ziekenhuis komt, tot het weer helemaal goed met haar gaat, dat beloof ik je. En dan kan ze bij Laurie logeren, herstellen, in de zon zitten. Trouwens, Erica kan voor haar zorgen – ze is verpleegster.' Dat was het angstaanjagendste scenario dat ik kon bedenken. Waar hij nog het meest op hamerde, was dat Martha niet in het vliegtuig mocht stappen. Ik zei dat hij zich daar geen zorgen over hoefde te maken: dat was wel het laatste wat zou gebeuren.

Later heeft Rachel het er nooit over gehad, dus niemand weet precies wat er is gebeurd, maar nadat Wade haar had opgehaald, is zijn auto 's nachts halverwege Mulholland Drive van de weg geraakt. Het zou kunnen dat er sprake was van wat de politie een 'achtervolgingssituatie' noemde – dat had iets te maken met de bandensporen en de snelheid van de auto. Een andere automobilist, die niet op dat moment, maar tegen zonsopgang langskwam, zag de auto op zijn kop liggen en belde de politie. Rachel, keurig opgevoed als ze was, droeg een veiligheidsriem. Wade niet. Hij was op slag dood. Terwijl de auto over de kop vloog, was de motorkap bezweken en was Rachels linkerbeen verbrijzeld. Ze was 'stabiel', maar buiten bewustzijn, al kon dat meer te maken hebben met de hoeveelheid alcohol en drugs in haar lichaam dan met de verwonding zelf. In de kofferbak lagen diverse crackpijpen, een zak cocaïne en een grote hoeveelheid crystal meth, zakjes voor de verkoop, niet voor persoonlijk gebruik.

Meteen kwamen de fiksers in actie. Lauries advocaat en de persmensen van het programma verzamelden zich bij haar thuis om een plan uit te werken, niet zozeer om Rachel te helpen als wel om Laurie tegen mogelijke fall-out te beschermen. Graham was degene die aan Rachels kant stond, al denk ik dat hij ook niet ongevoelig was voor eigenbelang – als dit verhaal uitlekte, was dat niet bepaald reclame voor de boeken of de BBC-serie, die met Kerstmis zou worden uitgezonden.

Met geld kun je in Amerika alles gedaan krijgen, en er was geld genoeg, zowel van Laurie als van de uitpuilende geldkisten van de Carter Press. Het eerste wat geregeld moest worden, was de medische zorg. Graham belde zijn kantoor en zorgde dat Rachel op de verzekeringspolis van het bedrijf kwam te staan, die dekking gaf aan alle werknemers die op zakenreis gingen. Op advies van de advocaat werd ze vervolgens uit Glendale gehaald, het ziekenhuis in de vallei waar zij en Wade naartoe waren gebracht, en overgebracht naar het Cedars-Sinai in Beverly Hills. Het was van levensbelang om de afstand tussen haar en Wade en de drugs zo groot mogelijk te maken. Het Cedars-Sinai was trouwens ook veel dichter bij Lauries huis.

Het leek allemaal te draaien om afstand, om ervoor te zorgen dat Rachel gewichtloos als een ballon boven de aarde bleef drijven, zonder verbinding, zonder een koord dat ergens aan vastzat. Op de formulieren die door het ziekenhuis en de verzekeringsmaatschappij moesten worden ingevuld, moest een verblijfadres in Los Angeles staan. De advocaat verbood hun om Lauries huis in te vullen, en daarom noteerden ze dat Rachel in Wallace Carters huis in Brentwood logeerde. Bovendien mocht niemand die ook maar enige connectie met Laurie had het ziekenhuis bellen of bij Rachel op bezoek gaan. Er mochten geen bloemen, brieven of cadeautjes worden gestuurd. Haar spullen werden ingepakt, in haar koffer gestopt en in het ziekenhuis afgeleverd, zonder het bagagelabel waarop Lauries adres stond, maar met een nieuw label waarop Wally's adres was gezet. Alleen de trouwe Travis negeerde de instructies en bracht het merendeel van de dagen na het ongeluk in de wachtkamer van het Cedars-Sinai door, voor het geval hij naar haar toe mocht.

Ze lag tien dagen in het ziekenhuis en moest twee keer aan haar been worden geopereerd. Ze zou altijd met haar been blijven trekken. Na haar ontslag uit het ziekenhuis werd ze ondergebracht in het gastenverblijf van Wally en Ryoko, waar een verpleegster voor haar zorgde. De laatste afstandshindernis die moest worden genomen, was het onderzoek naar het ongeluk. Lauries advocaat haalde alle trucs uit de hoge hoed. Omdat Rachel 'zware en levensbedreigende verwondingen had opgelopen, die door de overledene zouden zijn veroorzaakt' hoefde ze niet persoonlijk te getuigen, maar was een schriftelijke verklaring voldoende. In deze verklaring, die door Lauries advocaat was opgesteld, zei ze dat ze als staflid van een uitgeverij op zakenreis was in Los Angeles, dat ze Wade die avond op een feestje voor het eerst had ontmoet en dat hij haar een lift had aangeboden. Door de jetlag was ze in de auto in slaap gevallen. Ze kon zich niets van het ongeluk herinneren en kon er ook niets over vertellen. Ze had ook niet geweten dat hij 'bekendstond als regelmatige drugsgebruiker' of dat de kofferbak verboden middelen bevatte.

Toen ze na twee weken in Wally's huis zonder hulp kon lopen, werd ze overgebracht naar Cottonwood, een afkickcentrum in Arizona, waar ze een maand bleef. Als reden voor haar verblijf daar werd 'depressie' aangevoerd. De rekening van vijfentwintigduizend dollar werd betaald door de Carter Press en van de *Hayseed*-royalty's afgetrokken, maar voor ons was dat maar een schijntje. Travis pakte stilletjes zijn gitaar, versterker en surfplank in, verliet Lauries huis zonder van iemand afscheid te nemen, reed naar Tucson, waar Cottonwood lag, en nam voor de duur van Rachels verblijf zijn intrek in een motelkamer.

Het enige detail van haar 'zware en levensbedreigende verwondingen' dat me pas jaren later ter ore kwam, was dat ze door het ongeluk haar baby had verloren, het kind waarover ze me had verteld, het kind dat ze had willen laten wegmaken.

Rick

Het is weer het seizoen om onze vrienden en dierbaren te schrijven. We doen het met enig schuldgevoel, omdat we er vorig jaar niet aan toe zijn gekomen. Op een of andere manier stond Kerstmis opeens voor de deur, en voordat we er erg in hadden, was het al te laat om de brief te versturen. Waar heb ik dat eerder gehoord???

Het gaat goed met ons tweeën, en met Merry ook. Dat is beslist een grote zegen, zeker als je hoort welke problemen oude vrienden en collega's hebben. In de afgelopen anderhalf jaar hebben we in ons leven veel veranderingen meegemaakt, voornamelijk goede dingen, en we hebben het erg druk en kijken uit naar het komende jaar.

1989 was geen geweldig jaar. Iemand zei ooit dat een man pas problemen krijgt als hij zijn dorp verlaat. Ik denk dat de familie Whitcomb daar het levende bewijs van is! Maar het mooie is dat je naar je dorp terug kunt gaan, en toen we in mei besloten om de zogenaamde Stad der Engelen te verlaten en naar Modesto terug te gaan, hebben we volgens mij de juiste beslissing genomen. Maak je geen zorgen – het feest dat ik heb beloofd vindt plaats zodra ik de tuin op orde heb en Merry weer een beetje de oude is.

Ik werk slechts parttime voor KCIF, maar ze lijken heel blij te zijn om me terug te hebben. De radio- en televisiewereld maakt moeilijke tijden door, en ik kan het weten! Mijn ervaringen als directeur van mijn managementkantoor, dat in LA veel succesvolle cliënten had, zal heel nuttig

344

zijn nu de reclame-inkomsten dalen en het moeilijker wordt om de luisteraars aan ons te binden.

Jerrilee werkt fulltime als officemanager in het Spring Crest Ouderentehuis. Ze is een geboren leider, populair bij haar ondergeschikten, altijd druk in de weer om goed voor haar personeel en patiënten te zorgen, en ze werkt met Ros Detweiler samen om alles soepel te laten verlopen. Dit is geen sinecure in de wereld van de zorgverlening en alle problemen die daarbij horen.

Haar enige grote spijt is dat ze geen tijd heeft gehad om haar veelgeprezen talenten op handwerk- en knutselgebied te benutten, haar grote hobby. Ze loopt helaas zelfs twee jaar achter met haar fantastische jaarlijkse fotoalbums. Ze klaagt dat ze overbelast is, en terecht.

De Chinezen vergissen zich: 1990 was niet het Jaar van het Paard, maar het Jaar van de Advocaat – in elk geval voor de familie Whitcomb! Gelukkig hadden we Greg Terpstra aan onze kant, een van de weinige gentlemen in dat vak, een man met manieren waar die advocaten in LA nog iets van kunnen leren! De zaak loopt nog, dus ik mag er niet over praten en ik ben ook beslist niet van plan om een bepaalde persoon nog meer publiciteit te geven dan ze – hè verdorie! Nu heb ik toch iets verklapt! – al krijgt, al is de berichtgeving niet altijd even positief, zoals jullie misschien in de National Enquirer hebben gelezen.

Ons geschil met die dame is zakelijk. Het enige wat ik erover kwijt wil, is dit: in mijn ogen is een managementcontract een wettelijk bindend document – daarom heet het een contract, suffie! – en kun je het niet zomaar verscheuren als het over drie jaar pas afloopt. Helaas denken bepaalde bekende mensen in de showbusiness dat ze alles kunnen doen wat ze willen, omdat ze er het geld voor hebben, maar de Whitcombs zijn vechters – vergis je niet! – en wat we in elk geval niet pikken, zijn de leugens die zijn verspreid over mijn bekwaamheid op managementgebied. De dame heeft al bewezen dat je er niet altijd op kunt vertrouwen dat ze de waarheid spreekt, als je de recente verhalen in de pers moet geloven.

Het enige wat ik erover kwijt wil, is dat ik in korte tijd een benijdenswaardig managementbedrijf heb opgebouwd in een stad waar je meer managementbedrijven vindt dan er wijnmakerijen in Napa Valley zijn! Veel beroemde mensen zijn persoonlijke vrienden van Jerrilee en mij ge worden, en als nieuwe loot aan de managementstam heb ik veel respect geoogst. Er was niemand met wie ik niet werd doorverbonden – en dan heb ik het over mensen als Les Moonves en David Geffen. Die jongens hebben het druk, hoor!

Ik ontken niet dat een bepaalde persoon mijn voornaamste cliënt was, maar het oog van de mensen in de business viel plotseling ook op een paar van mijn andere cliënten, zoals Johnny Del Guardo, een buikspreker/komiek die vaak optreedt in het comedycircuit. Onthoud die naam! Sinds ik mijn taak als zijn manager moest neerleggen, snuffelt CAA aan hem, een van de grootste talentenbureaus ter wereld, en het zou best kunnen dat ze hem binnenkort binnenhalen. Dat zegt wel iets over mijn 'bekwaamheid'.

Mijn theorie is dat Los Angeles een bijzonder corrumperende stad is, en ik ben dankbaar dat Jerrilee en ik zijn ontsnapt voordat we konden 'veranderen'. Bepaalde mensen hebben minder geluk gehad. Ons hart ligt in Modesto en we vinden het heerlijk om terug te zijn. Onze oude vrienden hebben ons met open armen verwelkomd.

Onze reis naar Yosemite deze zomer was een van de hoogtepunten van het jaar. Het landschap daar behoort tot de mooiste van het land, en we zijn er erg van opgeknapt. We hebben veel geluierd, gelezen en gewoon lekker onze levensbatterijen opgeladen. We vonden het alleen heel erg dat Merry niet met ons mee kon.

Het enige wat ik over die situatie kwijt wil, is dat Jerrilee voor de volle honderd procent achter me staat. Als je tussen twee vuren zit, kies dan voor het vuur van de liefde! Want dat heeft die dame me gegeven. Een van de dingen die we willen doen als al dit gedoe met Merry achter de rug is, is onze huwelijksbeloften vernieuwen. Ik weet dat dat een beetje afgezaagd is, maar je weet wat ze zeggen, je belooft elkaar trouw in goede en in slechte tijden, en 'de slechte tijden' duren al veel te lang. We willen de 'goede tijden' vieren als het beter gaat. Onze allerliefste wens is dat Merry bruidsmeisje wordt, en dat ze weer het meisje wordt dat wij als liefhebbende dochter kennen. Dat wordt me een feest!

Helaas is Merry enigszins door die 'duistere kant' van Los Angeles aangetast: ze ging met verkeerde mensen om, die niet het beste met haar voorhadden. Ik denk dat dat voor een deel mijn schuld is. Als je zo hard werkt als ik, kan het voorkomen dat je even niet goed oplet. Het was zo gebeurd, we zagen gewoon niet dat Merry in een neerwaartse spiraal belandde, en dat is een enorme bron van spijt, kan ik je vertellen. Je moet je kinderen beschermen, en misschien hebben we daar een steekje laten vallen.

Geloof me, het is echt niets voor mij om alle soorten 'psycho-' af te kraken – psychoanalyse, psychotherapie enzovoort. Ik denk alleen dat de gezinstherapeut die wij hebben bezocht niet de goede voor ons was. Weet je, kinderen zijn niet de enigen die reden hebben om te mopperen: hun oude vader en moeder hebben ook wel wat te klagen, en ik had het gevoel dat we aan de zijlijn werden gezet. Natuurlijk neem ik het de therapeut niet kwalijk dat ze sommige beschuldigingen heeft gemeld – ze heeft gedragsregels in haar vak, dat hebben we allemaal – maar Jerrilee en ik vonden dat ze het ook op een beheerste, vertrouwelijke manier had kunnen doen. Per slot van rekening weet een therapeut niet automatisch wat waar is en wat niet. We weten allemaal hoe verschrikkelijk huiselijk geweld is, maar het heeft in ons huis nooit plaatsgevonden. Ik heb misschien wel een kort lontje, maar zo kort is het nu ook weer niet! Ik zou nooit een lid van mijn gezin kwaad doen. Vraag maar aan Jerrilee. Ze zal het luid en duidelijk bevestigen.

Eén ding wil ik erover kwijt: de politie van Modesto was uiterst welgemanierd, vooral Walter Reinheimer, met wie ik op de middelbare school heb gezeten. En het verslag in de Bee was heel fair. Ik heb zelf in de verslaggeving gezeten, dus ik weet hoe belangrijk nauwkeurig journalisme is. Alles wat ik erover kwijt wil, is dat er nooit sprake is geweest, geen sprake is en waarschijnlijk ook nooit sprake zal zijn van officiële aanklachten. De zaak wordt eenvoudigweg 'onderzocht', en mijn advocaat, Greg Terpstra, zegt dat alles volgens plan verloopt.

Jullie hebben waarschijnlijk wel gelezen over dat zogeheten 'hervonden-herinneringsyndroom'. (Jerrilee vindt dat we al genoeg 'syndromen' in ons leven hebben en dat het echt niet nodig is om er nog een aan toe te voegen!) Alles wat ik erover kwijt wil, is dit: als je als kind aan het honkballen bent en de bal vliegt over de schutting naar de tuin van je buren op het moment dat de telefoon gaat en je naar binnen moet om op te nemen, ben je misschien vergeten wat er met de bal is gebeurd als je weer naar buiten loopt. Dan denk je, hé, waar is de bal gebleven? En dan weet je het weer. Natuurlijk! Hij is over de schutting gevlogen! Dat is een 'hervonden herinnering'. Waarom? OMDAT HET ECHT IS GEBEURD! Dat zou ik willen zeggen tegen de zogenaamde 'deskundigen' – hoe kun je een 'herinnering hervinden' als hij er helemaal nooit is geweest? Dat noem ik 'verzonnen-herinneringsyndroom'. Ik bedoel maar – weer een nieuw syndroom dat ze in hun studieboeken kunnen opnemen!

Dit is allemaal niet bedoeld als kritiek op Merry, die, zoals jullie weten, voor Jerrilee en mij de liefste schat op aarde is. We hebben haar laat gekregen en hebben haar altijd gezien als een wonder van God, omdat haar komst zo onverwacht was na al die jaren waarin de ooievaar maar niet langs-kwam. Ze heeft het ons nooit een moment moeilijk gemaakt – knap, altijd tienen op school, een grote hulp voor haar moeder en mij, en een van de po-pulairste meisjes van Downey High. Alle problemen vonden plaats toen we ons 'dorp' hadden verlaten en verhuisden naar wat ik de Stad der Duivelen noem. Die plaatsnaam vind je niet in de index van je toeristische gids!

Het leven is al verwarrend genoeg voor een meisje dat op het punt staat om een vrouw te worden. Herinneringen zijn ook verwarrend. Trouwens, dat geweld dat ze zich uit haar jeugd zegt te herinneren, wat betekent dat? Heet het huiselijk geweld als je een stout kind een tikje geeft? Hoeveel ouders kunnen met hun hand op hun hart zeggen dat ze hun kind nooit hebben aangeraakt?

Maar goed, dit is onze boodschap aan Merry: we geven je alle liefde in ons hart, we respecteren je als persoon en we willen het meisje terug dat voor Jerrilees veertigste verjaardag veertig afzonderlijke muffins bakte en in elke muffin een kaarsje stak. Wat een dag was dat! Velen van jullie zullen zich ons feest nog wel herinneren – en de kater van de dag erna! Mmm, ik moet het recept voor die punch goed onthouden!

Wat me erg verdrietig maakt, is dat Greg Terpstra me heeft geadvi-seerd om geen contact met Merry te hebben tot deze situatie is opgelost. Ze heeft een appartementje in het centrum, waar Jerrilee haar twee keer in de week bezoekt. Ze heeft haar studieplannen door dit alles moeten uitstellen, en om bezig te blijven werkt ze parttime bij Vogelaccessoires aan J Street. Ze heeft altijd goed met dieren kunnen omgaan, en Jerrilee vertelt dat de winkel in de vogelwereld bekendheid begint te verwerven als producent van op maat gemaakte kwaliteitszitstokken. Ze gaan zich steeds meer toeleggen op de vogelfokmarkt; lijkt me inderdaad een betere oplossing dan de verachtelijke praktijk van het illegaal en onder ontoelaatbare, dodelijke omstandigheden importeren van exotische vogels. Zeg even dag als je toevallig in de buurt bent. Ze heeft veel steun nodig.

Ik heb niet alleen maar slecht nieuws! Ons grote persbericht is dat we in maart Mame in de Townsend Opera gaan opvoeren. Ik zou maar snel kaartjes kopen – het is zo uitverkocht! Jerrilee en ik willen dit al doen sinds we Angela Lansbury jaren geleden in dit stuk op Broadway zagen. Wij vinden het veruit de beste musical van Mr. Jerry Herman, en we staan te popelen om weer het toneel op te stappen. Er vallen helaas geen prijzen te verdienen als je in één keer raadt welke rol Jerrilee gaat spelen! De rol van de malle, excentrieke Mame Dennis is haar op het lijf geschreven, en ik speel Beauregard Burnside, haar aanbidder uit het zuiden van ons land. Ik zal nog wel wat aan dat accent moeten schaven! Het titelnummer is een lofzang en liefdesverklaring aan het adres van Mame, en ik zal deze brief besluiten met een stukje daaruit. Het is een samenvatting van mijn gevoelens voor Jerrilee, mijn rots in de branding, mijn vrouw, mijn vriendin in woelige tijden. Op je gezondheid!

Je vleit de tonen uit de klarinet, Mame
Jouw glimlach lokt Doornroosje nog uit bed, Mame
De banjo hoeft jou maar te zien of
Hij tingt en tokkelt er lustig op los

Je brengt iedereen weer tot leven
We voelen ons nu weer gedreven
Om weer kracht aan 't Zuiden te geven, Mame
Mame! Mame! Mame! Mame!

We verheugen ons op een goed 1991, en bedenken hoe snel we al een nieuwe eeuw in zullen gaan. Een moment voor ons allen om na te denken over het verleden en de toekomst, die met diverse problemen en kansen op ons afkomt.

We hopen dat het jullie allemaal goed gaat, en wensen jullie en je dierbaren heel fijne feestdagen toe.

Liefs en het allerbeste,
Rick en Jerrilee Whitcomb

Luke

Het was een liedje dat je die zomer overal hoorde, een van die aanstekelijke deuntjes met tingelende akoestische gitaren en akkoorden, en een onderliggende reggaebeat. Je hoorde het op de achtergrond, op transistorradio's en gettoblasters in het park, en op een of andere manier zat het al in je hoofd zonder dat je wist hoe het erin was geslopen.

Op de universiteit had ik niet vaak naar muziek geluisterd. Ik hoorde ook niet bij de groep die platen ruilde, naar optredens ging en posters van uiterst coole zangers aan de muren hing, dus mijn receptoren reageerden traag, en het duurde een poosje voordat ik er zo geconcentreerd naar luisterde dat de woorden tot me doordrongen. Omdat ik zelfs toen maar half luisterde, legde ik niet meteen de link. Ik wist zelfs min of meer dat het een liedje van Travis Buckley was, maar het kwartje was nog steeds niet gevallen. Ten eerste weet ik niet zeker of ik zijn achternaam eigenlijk wel kende, en ten tweede lag LA ver achter me en had ik daar inmiddels wel genoeg over nagedacht.

Toch moet er een moment zijn geweest waarop ik het opeens duidelijk zag – hoorde –, net als die optische illusies die eruitzien als twee profielen in silhouet, tot je nog een keer kijkt en beseft dat ze in werkelijkheid een vaas zijn of zoiets. Wat ik me herinner, is dat ik na mijn werk bij HMV in Oxford Street naar binnen liep en bij

Rock/Pop onder de B keek. Er stonden twee elpees van hem. Voor beide covers was hetzelfde idee gebruikt: op de eerste stond een foto van een verkeersbord waaraan de elpee zijn naam ontleende, 'Vaart minderen – kinderen', en op de tweede een foto van een ander verkeersbord, 'Voetgangersoversteekplaats'. Waarschijnlijk zou zijn volgende elpee 'Pas op – rollend gesteente' gaan heten. Op de achterkant stonden foto's van Travis. Ze toverden een glimlach op mijn gezicht, gewoon omdat hij het overduidelijk was, ook al had ik hem vijf jaar niet meer gezien.

Toen ik terugkwam in de flat die ik met Adam deelde, en eens rustig ging zitten om de tweede elpee te beluisteren, het album waarop het liedje stond, besefte ik dat hij twee dingen had veranderd. Hij had gesleuteld aan het refrein. In plaats van 'Ik bekijk je door mijn ogen / tot de zomer weer verdwijnt' was het nu 'Ik word betoverd door je ogen / tot de zomer weer verdwijnt / en ik zie dat je moet vechten / om te winnen van de pijn.' Ik moest lachen bij de gedachte dat hij Erica's vraag door wiens ogen hij haar anders wilde bekijken in zijn tekst had meegenomen. Ik denk niet dat er veel andere hitsongs met een tekstbijdrage van Erica Hauer zijn. En ze had het natuurlijk bij het verkeerde eind: de eerste versie was beter.

De andere verandering was de titel: op die avond in Los Angeles had hij ons niet verteld hoe het liedje heette, maar hij had wel gezegd dat hij een liedje over Merry schreef. Nu heette het nummer 'Lied voor Rachel'. Misschien vond hij dat zij beter in Erica's 'bijzondere personen'-categorie paste. Of misschien probeerde hij gewoon een liedje te schrijven over een meisje dat ergens mee worstelde, en drong het na zijn ontmoeting met Rachel tot hem door dat Merry in vergelijking met haar maar een amateur was.

Na Los Angeles, na Wade, kwamen de jaren waarin ze op drift was. Veel mensen dachten dat er in die periode een draadje aan haar losraakte, maar zo zag ik het niet. Mensen zeiden dat ze 'anders' was, maar dan dacht ik: anders dan wat? Ik vond niet dat ze veranderde, maar het kan ook zijn dat ik wist dat het draadje al veel eerder was losgeraakt, en dat ik daar inmiddels aan gewend was. Ik wist, om

Lauries ongelooflijk irritante beekje-tot-rivieranalogie te gebruiken, waar en wanneer het eerste borrelende stroompje door het aardoppervlak heen was gebroken.

Ze had geld, en dat was het probleem, of juist niet, afhankelijk van hoe je het bekeek. Om een of andere belastingtechnische reden was de opbrengst van een deel van de copyrights aan Rachel en mij overgedragen, niet door Martha – ik denk eerder dat ze haar uiterste best heeft gedaan om het tegen te houden – maar door Toppit Holdings AG, het Zwitserse bedrijf dat was opgericht om het copyright op Arthurs boeken te beheren en te exploiteren om de vermogenswinstbelasting zo laag mogelijk te houden. Geen idee hoe het zit. Ik heb er nooit iets van gebruikt.

Zij gebruikte het geld om te reizen, eerst met Claude, later alleen. Toen hij stierf, toen de aids verwoestend toesloeg, zat ze in Nova Scotia. Ze ging vaak naar eilanden. Ze had het naar haar zin op Cozumel. Ze had het naar haar zin op Sri Lanka. Ze had het naar haar zin op Mount Desert Island, voor de kust van Maine. Ze had het heel goed naar haar zin op Menorca, maar alleen in de winter. Ze had een vervelende ervaring op de Florida Keys, dus daar ging ze maar één keer naartoe. Je hoeft geen dokter Freud te zijn om de aantrekkingskracht van eilanden te begrijpen: besloten, baarmoederachtig, eenvoudig, op een of andere manier veiliger. Misschien had ze het gevoel dat je op een eiland de toegangspoorten naar dreiging of gevaar makkelijker kon herkennen. Of misschien hield ze wel gewoon van de zee.

Natuurlijk was ze niet altijd weg. Natuurlijk kwam ze soms naar huis, naar Linton of naar de flat die Martha in Londen aanhield. Haar bezoekjes werden vaak voorafgegaan door een aantal variabele, maar samenhangende signalen, die voor mij net zo onmiskenbaar waren als de equivalente signalen (hond die niet meer eet, ongewone activiteit in het wespennest, een bepaalde wolkenformatie bij zonsondergang) zouden zijn voor een wichelaar die een aardbeving voorspelt. Er kwam een ansichtkaart uit een of andere gekke plaats. Hoewel die cryptisch en vaag was, zoals we van haar gewend waren, stond er één ondubbelzinnige opmerking op: hoe treurig het ook voor ons beiden was, een hereniging zat er in de nabij toe-komst niet in. 'Vanwege het gezanik over de boot ziet het er tot het nieuwe jaar niet naar uit dat ik me kan losscheuren. Verduiveld nog aan toe!' schreef ze op een van die kaarten uit Kreta. Of uit Cuba: 'Dat noem ik nog eens voodoo! Ik ben bij een kaartlegster ge-weest en dat oudje zei dat er thuis veel duistere krachten zaten, dus ik blijf voorlopig hier.'

Ze waren altijd meedogenloos opgewekt en bezaaid met uit-roeptekens. Omdat ze vanuit elke plaats maar één kaart stuurde, vermoed ik dat ze ze op de bus deed als het tijd werd om te gaan, als ze met de billen bloot moest, als het spel uit was of als er iets ramp-zaligs was gebeurd, en dat ze met het versturen van een kaart waar-op ze aangaf dat ze wilde blijven zelf het gevoel had dat haar vertrek een plotse inval was, in plaats van iets wat overduidelijk noodzaak was geworden.

Natuurlijk kwam ze niet altijd rechtstreeks naar huis. Alleen de ansichtkaarten die verband hielden met andere belangrijke voor-tekenen wezen erop dat ze snel naar huis zou komen.

Totdat Claude te ziek werd, kwam er meestal een berichtje van hem, alsof hij voelde dat ze dichter bij huis kwam. Het kon een te-lefoontje zijn dat helemaal niet over Rachel leek te gaan: 'Luke?' Hij was de enige die van 'Luke' een woord van twee lettergrepen kon maken. 'Dat restaurant waar we vorig jaar zomer met ons allen hebben gegeten, dat Thaise waar ze dat noedelspul hadden, weet jij toevallig nog hoe dat heette? Ik wil morgen ergens met Justin gaan eten. Hij is jarig.'

Uiteindelijk begon hij toch altijd over Rachel. Hij was nergens zonder haar. Ze was bezig om zich van hem los te maken, zoals ze zich van ons allemaal had losgemaakt. 'Heb je nog iets van Me-vrouw gehoord?'

'Ik heb een kaart gekregen.'

'Wanneer komt ze terug?'

'Dat weet ik niet precies, Claude.'

'Wil je vragen of ze me belt?'

Soms was hij 'gewoon in de buurt'. Soms kwam hij 'even langs

voor het geval dat'. De laatste keer dat ik hem zag, was in de koffie-
hoek van de supermarkt in Linton. Hij droeg een pilotenzonnebril
en deelde een donut met een jongen die zelfs voor Claudes doen
erg jong was. Hij zag er verschrikkelijk uit. Hij was altijd mager geweest, maar niet zo uitgemergeld als nu.

Terwijl ik naar hem toe liep, stond hij met een pauselijk armge-
baar op van de oranje plastic stoel. 'Wat een verrassing,' zei hij.

'Hoezo? Ik woon hier.'

'Ja, maar ík kom hier gewoon maar even langs. Vind je dat niet
bijzonder?' Hij wendde zich tot zijn vriend. 'Dit is degene over wie
ik het had,' zei hij op een goh-wat-toevalligtoon. 'Rachels broertje.
Luke! Je weet wel.' Ze wisselden een blik die een zeker samen-
zweerderig zweempje had. Hij wendde zich weer tot mij. 'We wor-
stelen ons een weg door Pevsner.' De gedachte dat zijn zwijgende
vriendje de middeleeuwse kerken van Dorset wilde bekijken, of
daar überhaupt aan dacht, vereiste toch wel een zekere bereidheid
om hem te geloven. 'Resideert je...' met zijn mond vormde hij geluidloos het woord 'moeder', '...in Linton? Het punt is, ik probeer
nog steeds al die kruisvaardersdingen te vinden die ik voor haar
moest opzoeken, dus ik voel me zo vreselijk ongemakkelijk dat ik
haar niet wil spreken.' En vervolgens, op nuchtere, zakelijke toon:
'Zo. Heb je iets van Rachel gehoord?'

Wat doorgaans ook gebeurde, was dat er een stroom van pakjes
voor Rachel arriveerde. Er zaten meestal maar een paar dagen tussen de komst van de eerste en de laatste, dus waarschijnlijk waren
ze allemaal tegelijk besteld met een of ander cumulatief doel voor
ogen. Dat doel was aan de hand van hun uiteenlopende inhoud
moeilijk te doorgronden.

Een catalogus van een groothandel in extra grote damesmaten
was al raar voor iemand die met anorexia had geflirt terwijl andere
meisjes door hun ponyfase gingen, maar toen die op dezelfde dag
arriveerde als de brochure van een bedrijf dat kunstledematen
maakte, trok zelfs Martha een wenkbrauw op. We kregen de Heet-
als-de-Hel Creoolse Specerijencatalogus, de kerstcadeaucatalogus
van het Hans Christian Andersen Museum in Kopenhagen, een

lijst van illegale Bob Dylan-platen die bij een postbusnummer in Duitsland besteld konden worden, het roomkaaskookboek van het merk Philadelphia, en een bibliografie van groteletterboeken en hun uitgevers, uitgebracht door een of andere blindenvereniging, met een speciaal katern voor luisterboeken.

Ik vermoed, maar ik weet het niet zeker, dat ze op wat haar laatste dag zou worden in waar ze dan ook was, als ze gedumpt was door met wie ze dan ook was, of als haar creditcard in tweeën was geknipt of ingeslikt door de automaat omdat ze niet de moeite had genomen om haar rekeningen te betalen, een zekere vastberadenheid over zich kreeg en telefoontjes ging plegen. 'Misschien kunt u me helpen,' zei ze, als ze verbinding kreeg, of 'Zou ik misschien degene kunnen spreken over...' Ze wilde in elk geval aan iemand de exacte reden voor haar verzoek uitleggen, zodat hij of zij begreep waarom ze de tamelijk ongewone behoefte had om zo snel mogelijk een extra zware vispan te laten bezorgen, waarom het van essentieel belang was dat de graskantsnijder uiterlijk vrijdag werd afgeleverd, of waarom ze zo dringend het handboek van geregistreerde kinderartiesten onder ogen moest hebben.

Omdat ze opeens aan kinderen had moeten denken, belde ze vervolgens bijvoorbeeld de firma die natuurlijke, ongeverfde stoffen gebruikte om kinderkleding te maken, en dan zag ze een massa mogelijkheden als een roulettewiel voor haar ogen ronddraaien. Misschien was het niet eens zo'n slecht idee om weg te gaan. Sterker nog, nu had ze werkelijk een reden om te vertrekken. Ze kon een kantoor beginnen of een winkel in tweedehandskleren of een adviesbureau en... En wat? Hier zou iets goeds uit voortkomen, al was Julian of Pascal of Pietro dan nog zo'n rotzak geweest. Ja, ze ging naar huis.

Een dag later, of een week later, draaide er dan een taxi de oprit op. Rachel was dan bleek en moe, maar ze bruiste van enthousiasme over haar nieuwe plan. Meestal bleef Martha zoveel mogelijk bij haar uit de buurt, en de eerste dagen bracht Rachel heel veel tijd aan de telefoon door en ging ze zachter praten als er iemand binnenkwam. Ze sprak alleen in heel algemene bewoordingen over haar project. Ze had een 'gat in de markt' ontdekt, of had gemerkt dat 'er een dienst bestond waarvan je met geen mogelijkheid gebruik kon maken als je niet in Londen woonde'. Ze had het idee gekregen 'in een *bateau-mouche* die onder de Pont Neuf door voer' of 'toen ik letterlijk in een of ander godvergeten gat op een heel bijzonder winkeltje stuitte'. Maar wat het idee precies inhield, kon pas worden onthuld als ze meer research had gepleegd.

Maar daarna kwamen de veranderingen: ze zat minder lang aan de telefoon, we zagen haar 's ochtends steeds later (tot ze soms helemaal niet meer tevoorschijn kwam), ze hoefde niet te lunchen, ze nam onderweg wel een broodje, Claude kon elk moment arriveren en ze moest nog zoveel doen voordat hij kwam. Vervolgens, en dat was nog het veelzeggendst, trok ze zich hele dagen terug in Arthurs werkkamer, met als enige gezelschap een espressoapparaat dat per expresse uit Rome was gekomen.

Als een kind dat van huis probeert weg te lopen, was ze tot het tuinhek gekomen en vervolgens – uit angst om verder te gaan – teruggekeerd naar alles wat ze wilde achterlaten: al haar plannen, die ooit zo vruchtbaar en veelbelovend hadden geleken, ontwikkelden zich uiteindelijk door een of ander vreemd darwinistisch proces, dat zij als enige begreep, tot *Hayseed*-projecten. Wat tijdens een van haar periodes in Engeland was begonnen als businessplan voor een keten broodjeswinkels, die gefinancierd zou moeten worden door iemand die ze op Long Island had ontmoet, transformeerde tot een catalogus van verwijzingen naar planten in de *Hayseed*-boeken, die ze in tuincentra wilde verkopen – en die trouwens maar half af was tegen de tijd dat Claude in zijn nieuwe gerestaureerde MG Sprite arriveerde om haar mee te voeren naar de villa's van de Veneto of een boot op de Marne. In Londen kwam ik mensen tegen die haar kenden, en ik beantwoordde beleefd hun vragen over de geannoteerde manuscripten die Rachel voor de universiteit van Texas voorbereidde, of de gelimiteerde uitgave van Lila's ongebruikte tekeningen die ze op de markt wilde brengen, of het *Hayseed*-gezelschapsspel dat ze bedacht 'met de mensen die Triviant hadden uitgevonden'.

Al die tijd bleef ze reizen, en zelfs toen het reizen ophield en ze voor de laatste keer thuiskwam, was er één ding dat ze nooit kwijt-raakte, één ding dat ze altijd bij zich wist te houden als ze op Cy-prus werd beroofd, op Costa Rica met een wapen werd bedreigd, of haar koffers verloor omdat de luchtvaartmaatschappij ze was kwijt-geraakt of omdat ze uit haar hotelkamer waren gestolen: een steen, die ze aan een zilveren ketting om haar hals droeg en waarop een rode chakra-mandala was geschilderd, het symbool dat contact met de aarde, lichamelijke balans en het wegnemen van angst betekende.

MR. TOPPIT IS GEKOMEN EN WEER WEGGEGAAN. Dat waren de raad-selachtige woorden die na Rachels vertrek in hanenpoten op de muur van haar kamer werden aangetroffen. Sommige kranten hadden het over haar 'ontsnapping', maar ik herinnerde me dokter Honeys schijnheilige verklaring dat Broadmeadow geen gevange-nis was, en ik wilde liever geloven dat ze zich gewoon had uitge-schreven.

Tijdens de dagen daarna vond ik het gek genoeg fascinerend om ons leven uitgebreid in de kranten te zien staan. In tegenstelling tot Laurie hadden wij geen schare advocaten en persmensen om het verhaal in de doofpot te stoppen. Er zaten trouwens wel vaker kinderen van bekende mensen in Broadmeadow, zoals dokter Ho-ney al zei, en waarschijnlijk waren er zo veel personeelsleden die smeergeld van kranten kregen en naar hartenlust verborgen came-ra's lieten klikken dat zelfs Lauries team van deskundigen moeite zou hebben gehad om de gaten te dichten.

Zonder het graffito was het verhaal misschien vrij vlug naar de achtergrond verdwenen, maar nu werd er een heel nieuw element bij betrokken. De mysterieuze woorden waren net genoeg om een schepje boven op de commentaren te doen en de kranten de gele-genheid te geven de oude verhalen over het fenomeen van de boeken weer op te dissen, maar nu zat er een eigenaardige, geheimzinnige wending aan. 'Cryptische boodschap *Hayseed*-meisje – aanwijzing in verdwijningszaak?' Het vraagteken in het artikel van de *Daily Mail* was terecht, want niemand wist eigenlijk precies of Rachels woorden iets betekenen of dat ze gewoon een van de vele onoplosbare – of elk geval onopgeloste – raadsels waren die zoveel aan het succes van de *Hayseed*-sage hadden bijgedragen.

Het andere verhaalelement dat iedereen intrigeerde, was dat Rachel niet in haar eentje was. Dat gaf het geheel een soort van *Bonnie and Clyde*-tintje: ze had de benen genomen met Matthew Sumner, de vreemde jongen die ik in Broadmeadow had ontmoet, degene die me had verteld dat hij wist wie Mr. Toppit was. Hij had met Merry moeten praten, dan hadden ze hun ideeën naast elkaar kunnen leggen. Ik denk dat hij degene was die het graffito had neergekalkt. Het handschrift leek bijvoorbeeld helemaal niet op dat van Rachel, al geef ik toe dat het niet meevalt om iemands handschrift te herkennen als het schrijfmateriaal een verfkwast is. Het gebaar was te lomp om van Rachel te zijn, goedkoop en doorzichtig, te voor de hand liggend, eigenlijk.

De verhalen gingen – voor de verandering – nu eens minder over mij dan over Martha en Rachel. Zoals gewoonlijk omschreven een paar van de chiquere kranten me natuurlijk als 'eponymisch', wat niet helemaal klopt omdat ik Luke Hayman heet in plaats van Luke Hayseed, en zoals gewoonlijk stond er bij veel van de artikelen een kinderfoto van mij naast een tekening die Lila van Luke had gemaakt. Maar gelukkig speelde mijn leven zich 'buiten de schijnwerpers af', zoals een krant het omschreef, en afgezien van het opgerakelde, vijf jaar oude verhaal over mijn 'arrestatie' op de avond voordat ik naar Los Angeles vertrok, konden ze er weinig informatie over mij aan toevoegen.

Er waren in het verleden wel vaker artikelen over ons verschenen, maar nu was de toon danig veranderd. Het *Hayseed*-verhaal was nu in dat hokje geperst van artikelen over loterijwinnaars wier leven door het geld was verpest, en filmsterren die aan lager wal waren geraakt: we waren het levende voorbeeld van de Prijs van Succes. Het probleem was dat Rachel wél aandacht had gehad voor alle schijnwerpers die het *Hayseed*-fenomeen op ons leven had gericht. Tot Martha's grote woede sprak ze altijd met journalisten, dus er waren veel oude citaten van haar die nu hun weg naar de krantenartikelen vonden. Ook werd er vaak verwezen naar een bijzonder rommelig tv-interview met haar uit de tijd dat de serie werd uitgezonden. Destijds had ze daar ook al kritiek op gekregen, al was het ongunstigste bijvoeglijk naamwoord daarbij 'onsamenhangend' geweest. Nu werden citaten van 'bronnen uit de directe omgeving van de familie' aangehaald, waarin werd 'beweerd' dat ze 'dronken' of 'onder invloed van drugs' was geweest. Het artikel meldde dat haar rampzalige interview ertoe had geleid dat ze onder druk van haar familie voor het eerst in een afkickcentrum was beland. Dat was niet waar: haar eerste verblijf was in Cottonwood geweest, na Wade.

In het stuk met de titel 'Problematische erfenis van kinderboekenfenomeen' werden Rachel en ik omschreven als 'erfgenamen van een literaire pot goud'. Van tijd tot tijd was Martha 'excentriek' genoemd, maar nu was de toon van de artikelen minder mild: ze was 'teruggetrokken en verbitterd' geworden, en in één stuk stond dat ze 'de nalatenschap van haar overleden echtgenoot als een pitbull beschermde'. Ze was 'vervreemd van haar kinderen' en 'lag overhoop met de uitgevers'. Hoewel de eerste opmerking betrekkelijk accuraat kon worden genoemd, in elk geval waar het Rachel betrof, was de tweede dat niet: voor de rechtszaak tegen de Carter Press was een paar jaar geleden al een oplossing gevonden, en haar relatie met Graham Carter was redelijk rustig.

Wat eerst een vrij onbelangrijk voorval in Rachels chaotische leven had geleken, kreeg een zorgwekkender karakter naarmate de dagen verstreken. Het was vaak voorgekomen dat we niet precies wisten waar ze was, maar dan nam ze opeens contact met iemand op: met mij, met Claude (toen hij nog leefde) en soms met Martha. Zelfs Lila kreeg af en toe een kaart. Deze keer waren er zo veel ongewone factoren dat alles anders was. Het graffito, bijvoorbeeld – zelfs als ze het niet zelf had geschreven, moest ze eraan hebben meegewerkt. En dan was er Matthew Sumner: niet haar type, zou ik denken na die ene keer dat ik hem had ontmoet – te jong, te behoeftig, te slap. Ik bleek me te vergissen. En dan was er nog het zorgwekkendste aspect, het aspect dat ik als enige kende: hoe ze eraan toe was geweest toen ik haar voor het laatst had gezien, bij mijn bezoek aan Broadmeadow.

Het was weer net als in LA: ze was verdwenen, maar ze werd niet echt vermist – ze was een volwassene en ze had Broadmeadow waarschijnlijk uit vrije wil verlaten. Hoewel de politie behulpzaam was, was men duidelijk niet van plan om een grootscheepse klopjacht te organiseren op een rijk, verwend meisje dat in het verleden onbetrouwbaar was gebleken en drugsproblemen had gehad.

Er was niet genoeg zuurstof om het verhaal lang brandende te houden, maar net toen het leek te zijn uitgeblust, dook Matthew Sumner op. 'Hayseed-jongen gevonden' was de ergerlijk onjuiste manier waarop erover werd geschreven. Ik was niet vaak bezitterig, maar ik was heel even razend dat hij mijn kroon had gestolen. Een paar kilometer van zijn huis in Weybridge werd hij 's ochtends vroeg opgemerkt door iemand die bij hem op school had gezeten. Het sneue was dat hij een Crunchie-reep kocht als ontbijt.

Er was hem 'niets overkomen' schreven de kranten, al had ik geen idee wat hem dan had moeten overkomen: hij en Rachel bleken in een vrij laag tempo van de ene kant van Surrey naar de andere te zijn gereisd, ik bedoel, ze waren de Gobiwoestijn niet overgestoken. Ze hadden gelogeerd in een bed & breakfast – ook alweer zo'n zorgwekkend onkarakteristiek element voor Rachel – buiten Weybridge, maar tegen de tijd dat de politie daar arriveerde, was zij vertrokken. Een paar dagen later werd Matthew weer naar Broadmeadow overgebracht, voor het vervolg van zijn behandeling wegens wat de kranten 'een zenuwaandoening' noemden.

Vervolgens verscheen er een interview met zijn ouders, dat 'De nachtmerrie van iedere ouder' heette. Bij het stuk stond zo'n schattige foto waarop een ongeveer twaalfjarige Matthew in schooluniform zijn uitstaande tanden bloot lachte, zo'n perfecte voorstelling van onschuld dat hij het lot wel móet tarten en op een dag in een krant moet belanden als voorbeeld van hoe de beschreven persoon in zijn goede jaren was, de jaren voordat God hem had opgedragen om zijn klasgenoten tijdens een bijeenkomst in de aula dood te steken, of in een Burger King een kalasjnikov tevoorschijn te halen of, in Matthews geval, voordat hij in Broadmeadow was opgesloten met een latente schizofrenie die, volgens zijn ouders, veroorzaakt was door het roken van marihuana.

Matthew was een perfect kind geweest – waren ze dat niet altijd? – een enthousiast voetballer, een fluitist die zes jaar lang les had gehad, populair op school, dapper maar zorgzaam, de beste van de klas. Het was een 'liefhebbend gezin', kerks, natuurlijk, dat Matthew en zijn jongere zus een aantal niet nader genoemde, maar vastomlijnde normen en waarden had bijgebracht. Tot zover was alles slaapverwekkend voorspelbaar: een overduidelijke set-up voor de val die onvermijdelijk zou komen.

En die kwam: slechte invloeden, drugsgebruik met leeftijdgenoten, last met de politie, gedrags- en beheersingsproblemen, eetstoornis, automutilatie, ongezonde obsessies. Op dat moment kroop er een bepaalde mate van kritiek het interview binnen. Er werd gezinspeeld op de 'kwaadaardige invloed' van de *Hayseed*-boeken, en er werd gezegd dat Matthew gefixeerd was door de 'angstaanjagende' Mr. Toppit. Ik was het meer dan beu dat iedereen deed alsof hij echt bestond: als Matthew aanleg voor obsessief gedrag had, had hij net zo goed gefixeerd kunnen zijn door Saruman uit *In de ban van de ring*, iemand uit *Der Struwwelpeter* of een van de zeer onplezierige personages uit de bijbel, over wie hij misschien wel had gehoord toen hij in het kerkkoor zong. God, bijvoorbeeld.

Het was een 'spijtig toeval' met 'jammerlijke gevolgen' dat Rachel met Matthew in Broadmeadow had gezeten: ze 'voedde zijn obsessie' en hij was 'in zichzelf gekeerd' geworden. Hier hadden de advocaten van de krant duidelijk hun pen tevoorschijn gehaald: 'naar het scheen' was er een seksuele relatie tussen hen ontstaan, die natuurlijk door haar was uitgelokt. Ik had de ouders graag willen vertellen dat hij dat mocht willen. Waarschijnlijk was hij homo. Per slot van rekening had hij me verteld dat hij Toby Luttrell had geneukt. Hoe dan ook, ze bleven voor hem bidden, ze bleven bidden voor een terugkeer naar de jongen die ooit de ambitie had gehad om brandweerman te worden, de jongen die het gelukkigst was als hij vliegerde, en die voor zijn moeders verjaardag misschien wel een keer veertig aparte muffins had gebakken en op elke muffin een kaarsje had gezet. Dat vond ik zo geweldig aan Rachel: dat zou ze nog in geen miljoen jaar hebben gedaan.

Inmiddels had de politie contact met ons opgenomen. Ze waren echt uiterst voorkomend: ze belden Martha om te zeggen dat ze Matthew Sumner hadden ondervraagd en dat hij een verklaring had afgelegd, die ze misschien wel wilde zien. Was ze misschien in staat om naar het hoofdbureau van politie in Guildford te komen? Nee, dat was ze niet. Waarom konden ze het niet opsturen? Ze legden beleefd uit dat het niet tot hun 'beleid' hoorde om vertrouwelijke verklaringen vrij te geven. Knorrig zei ze dat ik dan maar moest gaan.

Op het politiebureau waren ze erg aardig voor me. Ze gaven me thee en koekjes en zetten me in een kamertje met een tafel en een stoel. Er lag een dossiermap met de verklaring op me te wachten, klaar om gelezen te worden.

GESPREK TUSSEN AGENTE JANE CLARK EN MATTHEW SUMNER. EVENEENS AANWEZIG: DOKTER DAVID FORD (HUISARTS VAN PATIËNT)

GESPREK BEGONNEN OM 15.03 UUR OP 24 AUGUSTUS 1995

AGENTE JANE CLARK: *Met welke intentie heb je de Broadmeadowkliniek verlaten?*
MATTHEW SUMNER: [onhoorbaar]
CLARK: *Sorry, Matthew. Kun je alsjeblieft wat harder praten?*
SUMNER: *Ik wilde hem zoeken.*
CLARK: *Wie?*
SUMNER: *Waarom wilt u dat weten?*
CLARK: *We proberen vast te stellen onder welke omstandigheden jij en Miss Hayman uit de Broadmeadow-kliniek zijn weggegaan.*
SUMNER: *We wilden hem gaan zoeken.*
CLARK: *Wie wilden jullie gaan zoeken?*

SUMNER: *Iemand.*

CLARK: *Gebruikte je medicijnen?*

SUMNER: *Ik slikte de pillen niet meer. Ik werd er slaperig van.*

CLARK: *Gebruik je nu medicijnen?*

DOKTER DAVID FORD: [komt tussenbeide]: *Ja, hij krijgt medicijnen.*

CLARK: *Gebruikte Miss Hayman medicijnen?*

SUMNER: *Ze probeerde in Croydon te scoren.*

CLARK: *Is dat degene naar wie jullie op zoek waren? Een dealer?*

SUMNER: [lacht]

CLARK: *Wie dan wel?*

SUMNER: *Ik wil zijn naam niet noemen.*

CLARK: *Wil je hem opschrijven?*

OPNAME STOPGEZET OM 15.12 UUR

OPNAME HERVAT OM 15.15 UUR

CLARK: *Mag ik zijn naam hardop zeggen?*

SUMNER: *Als u dat wilt.*

CLARK: *Waarom wilden jullie Mr. Toppit zoeken?*

SUMNER: *Hij kwam naar Broadmeadow. Volgens mij heb ik hem gezien. Ik denk dat hij daar is geweest.*

CLARK: *Heeft Miss Hayman hem gezien?*

SUMNER: *Nee. Maar ik heb het haar verteld. Ik zei dat we hem moesten zoeken. Hij was verdwenen.*

CLARK: *Waar was hij naartoe?*

SUMNER: *Dat kan ik u niet vertellen. Dan wordt hij boos.*

CLARK: *Wilde Miss Hayman hem ook gaan zoeken?*

SUMNER: *Ze moest wel. Ik zei dat het moest.*

CLARK: *Was dat het moment waarop je besloot weg te gaan?*

SUMNER: *Op dat moment praatte ze niet. Ze praatte niet met andere mensen, maar wel met mij. Ze wist dat ze mee moest.*

CLARK: *Waarom wilde je dat ze meeging?*

SUMNER: *Ik wilde dat we een soort bloedbroeders werden. Ik wilde dat we onszelf sneden en ons bloed met elkaar vermengden. Ik heb mezelf al eerder gesneden. [Houdt armen omhoog en laat littekens zien.] Ze was mijn beste vriendin.*

CLARK: *Hadden jullie een seksuele relatie?*

SUMNER: [onhoorbaar]

CLARK: *Was ze jouw vriendin?*

SUMNER: *Dat wilde ze wel. Ik denk dat ze het wilde. Ze was erg emotioneel. Ze maakte me bang. Ik vond het niet leuk als ze niet wilde praten.*

CLARK: *Waar denk je dat Miss Hayman nu is?*

SUMNER: *Ik moet haar vinden.*

CLARK: *Weet je waar ze kan zijn?*

SUMNER: *Ze wilde naar Lindisfarne. Ze zei dat we veilig zouden zijn door het opgehoogde voetpad en de getijden.*

CLARK: *Denk je dat Mr. Toppit daar zit?*

SUMNER: [raakt zichtbaar van streek] *Nee. Nee. Ik zei dat we hem moesten vinden. Daar zou hij niet zitten. Ik probeerde het haar duidelijk te maken. Ze* [onhoorbaar]

FORD: *Ik denk dat we nu beter kunnen stoppen.*

GESPREK BEËINDIGD OM 15.34 UUR

Het was een lange rit voor zo'n kort stukje. Binnen vijf minuten was ik klaar. Ik had de thee nog niet eens aangeroerd. Op weg naar buiten sprak ik Jane Clark. Ze zei dat ze de politie van Northumbria hadden gewaarschuwd over Lindisfarne. Ik wist dat Rachel daar niet heen zou gaan, maar dat hield ik voor me. Het volgende moment dook ze in haar handtas en vroeg ze of ik een van de boeken voor haar kinderen wilde signeren. In de trein naar huis sloot ik mezelf op in de wc en liet ik mijn tranen de vrije loop. Het was iets eenmaligs. Het zou niet meer gebeuren.

Hoewel ze Matthew Sumner onder wat zij 'verhoogd toezicht' noemden hadden geplaatst, verdween hij twee dagen later weer uit Broadmeadow. Tja, het was geen gevangenis. Het scheen dat zijn ouders overwogen om wettelijke stappen te ondernemen.

Ik had nog wat vakantiedagen over. De uitgeverij waarvoor ik werkte – niet de Carter Press – bood aan om de dagen op te schrijven als verlof wegens familieomstandigheden, maar dat wilde ik niet.

Daarvoor was het nog te vroeg. Ik belde Martha en zei dat ik een paar dagen naar Linton zou komen.

'Weet je het zeker?' vroeg ze, alsof ik iets heel vreemds had voorgesteld.

'Misschien vind je het wel leuk om gezelschap te hebben.'

'Ik zou het niet doen als ik jou was. Het is hier zo warm. Je verveelt je dood.'

'Ik wil het graag.'

'Je zult voor jezelf moeten zorgen. Ik kan nu echt niet koken.'

Ze had gelijk. Het was warm. Het was de hele zomer al erg warm. De tuin was uitgedroogd en verpieterd en er zaten grote bruine plekken in het gras. De bossen erachter hadden een doffe groene tint, alsof ze bedekt waren met een dun laagje stof. In huis was het droog en muf. Alle ramen waren gesloten, en zoals gewoonlijk waren de meeste gordijnen dicht. Martha wilde niet dat de schilderijen zouden verbleken door de zon. Het was stil toen ik de deur opendeed. Ik riep Martha, maar er kwam geen reactie. Toen ik de zitkamer in liep, zag ik haar aan de andere kant van de kamer op handen en knieën zitten.

'Een van onze asbakken is weg,' zei ze. 'Je moet goed oppassen. Het is hier kurkdroog.'

Ik was niet degene die slaappillen gebruikte en in bed rookte. 'Daar staat er een,' zei ik, wijzend op de tafel.

'Ik weet dat die er staat. Er moet er nog een zijn. Misschien heb ik hem wel van een tafel gestoten. Help eens zoeken.'

Ik had Martha al een poosje niet meer gezien, maar door dat gedoe met Rachel had ik haar de laatste tijd vaak gesproken. Ze zag er ouder uit. Ze had haar haren opgestoken, maar er raakten steeds meer piekjes los.

'Ik heb nee gezegd tegen die mensen van de tv,' zei ze. 'Of had jij het willen doen?'

'Nou, nee.' Het plaatselijke nieuws had aandacht besteed aan Rachels vermissing, en ze hadden aan Martha gevraagd of ze een oproep wilde doen aan mensen die haar misschien ergens hadden gezien.

'Het zal wel aan augustus liggen,' zei ze, terwijl ze een sigaret opstak. 'Er gebeurt nooit iets in augustus. Je kleren, schat – hoef je je voor je werk niet netjes aan te kleden? Je haar is te kort.'

'Ik ben niet op mijn werk.'

'Ik begrijp niet waarom het ons probleem is dat ze zelf niet genoeg hebben om het journaal vol te krijgen.'

'Ik ben naar Guildford geweest.'

'O, die vreselijke voorsteden. Kilometers lintbebouwing achter elkaar.'

'Er stond niets interessants in de verklaring van die jongen.' Het leek geen zin te hebben om het haar te vertellen.

'Wie zijn die mensen, die familie Sumner? Waarom kunnen ze zich niet met hun eigen zaken bemoeien? Niet iedereen vindt het leuk om in de krant te staan. Heb je al gegeten?'

'Ik heb in de trein iets genomen.'

'Want ik heb niets in huis. Misschien moet je wel even naar het dorp. Neem de auto maar.'

'Ik denk dat ik een eindje ga wandelen.'

'Wandelen? Je verbrandt levend.'

'Ik blijf niet lang in de zon. In het bos loop ik in de schaduw.'

'Als je terugkomt, doe ik een dutje. Zorg je dat ik niet te lang slaap?'

Dat was dag één: een wandelingetje om weer even te wennen. Pas op dag twee begon ik de bossen intensief te verkennen. Ik nam een rugzak mee, wat eten en drinken. Ik wist niet hoe lang ik zou wegblijven – of ze er al waren of dat ze nog moesten arriveren. Hoewel het nog vrij vroeg was, kwam ik al heel wat mensen tegen die vrolijk 'Goedemorgen!' zeiden, alsof het een band schiep dat je toevallig op hetzelfde bospad liep en elkaar daarom hoorde te groeten.

In de boeken is het Donkerbos altijd verlaten. Onze bossen waren dat niet. De mensen uit het dorp lieten er hun honden uit, en er reden kinderen met mountainbikes over de paden. En dan had je natuurlijk nog de *Hayseed*-fans, niet zo veel als vroeger, maar in het weekend waren ze nog altijd overduidelijk aanwezig, alsof de bossen een gratis *Hayseed*-themapark waren.

Het verschil tussen ons – Rachel en ik – en de fans was dit: wij kenden de bossen als onze broekzak, zij niet. Zij bleven doorgaans op de paden. Ze waren amateurs. Ze wilden geen modder aan hun schoenen. Het bos was ruim honderd hectare groot en Martha hield de voornaamste paden vrij, maar de rest was nog meer op een overwoekerde jungle gaan lijken dan in onze kindertijd. Volgens mij was ik er al vijf jaar niet meer geweest. Het was nog veel langer geleden dat ik er langer dan een halfuur in had doorgebracht, maar alle herkenningspunten die ons als kinderen naar onze speciale plekjes hadden geleid, waren er nog, als je wist waar je moest kijken. Wij hadden de folklore van de bossen niet bedacht. Die had Arthur aan ons doorgegeven: hij was daar ook opgegroeid.

Als je een paar minuten over het hoofdpad had gelopen, kwam je bijvoorbeeld bij de gespleten steeneik, die tot een enorme v was uitgegroeid en een paadje verborg dat heuvelopwaarts leidde. Dat pad ging naar een plaats die wij Vossenhol noemden, een grot met een laag plafond waar je jezelf in kon wurmen en die, als hij niet met keien was afgesloten, volgens ons naar een geheime tunnel leidde die bij ons huis uitkwam. In de boeken was het een van de manieren waarop Mr. Toppit zich ongezien kon verplaatsen.

Verder was er het hutje dat in onze jeugd nog een houten dak had gehad. Nu was het volledig ingestort, maar het had nog steeds een vloer van ingegraven dennenappels. Ruim vijfentwintig meter daarboven, achter een kluwen van kreupelhout, bevond zich onze boomhut – eigenlijk een groot metalen hek dat met een lier in een boom was gehesen en op de bovenste takken op zijn kant was gelegd om een platte vloer te vormen.

Voorlopig ging ik niet naar een van die plaatsen. Ik had besloten om rechtstreeks door te lopen naar wat wij de Open Plek noemden: een vreemde groep eiken die in een onregelmatige cirkel waren aangeplant, met een ruw, omhoogstekend stuk kalksteen in het midden dat volgens ons een altaar was. Daar zou ik een poosje blijven wachten.

Rond lunchtijd besloot ik weer verder te trekken. De bossen waren aangeplant tegen een helling en ik liep heuvelopwaarts naar de top, waar het terrein weer vlak werd. Die plek noemden wij het Dorp. In de tijd dat de bossen waren aangeplant, misschien wel tweehonderd jaar geleden, waren daar op verschillende hoogtes een aantal sierpaadjes aangelegd, die elkaar kruisten. Er waren allerlei stenen bruggetjes die lagergelegen paadjes overspanden. De meeste bruggetjes waren ingestort, maar er waren er nog een paar begaanbaar. Het was inmiddels zo overwoekerd dat een paar van de lagergelegen paden door gebladerte werden bedekt en bijna tunnels leken. In de boeken dacht Luke Hayseed dat dit de overblijf- selen van een middeleeuws pestdorp waren, en dat er overal licha- men begraven lagen. Het was het epicentrum van Toppit-activiteit.

Ik sliep een poosje in de schaduw, met mijn hoofd op mijn rug- zak. Toen ik wakker werd, was de zon gezakt en viel het licht met schuine strepen tussen de bomen door. Via een andere route liep ik langzaam met een boog terug in de richting van het huis, maar ik kwam weer uit bij de Open Plek. Op het moment dat ik wegliep, werd mijn blik ergens naartoe getrokken – het zonlicht werd gere- flecteerd door een glanzend voorwerp onder een van de bomen. Het was een stapeltje van vijf chocoladewikkels. Dit kwam wel va- ker voor in het bos, maar ik was ver van het platgetreden pad, ver van de grote paden waarop je allerlei weggegooide rommel zag lig- gen. Ik bukte me en raapte ze op. Op zich was het niet zo'n bijzon- dere aanwijzing – Matthew was niet de enige die Crunchies at – maar ik vermoedde dat het de snack was waaraan hij zich graag te buiten ging. Ze waren gearriveerd. Het begon donker te worden, dus ik zou ze nu niet kunnen vinden, maar ik zou de volgende dag vroeg terugkomen.

Tegen de tijd dat ik thuiskwam, zat Martha al te eten en een siga- ret te roken. Doreen had een paar souffléschaaltjes met broccoli in kaassaus voor haar achtergelaten, en Martha had de met alumini- umfolie afgedekte bakjes uit de koelkast gehaald en opgewarmd. Ik maakte roereieren voor mezelf klaar en kwam bij haar zitten.

'Waar ben je geweest?' vroeg ze, slechts oppervlakkig geïnteres- seerd.

'In het bos. Wandelen.'

'Daar kun je niet de hele tijd zijn geweest. Niet de hele dag.'

Ik haalde mijn schouders op. 'Een beetje lichaamsbeweging doet me goed. Ik zit elke dag op kantoor.' Met mijn tenenkrommende sportprestaties op school zou ik voor de overstap naar een liefhebber van lichaamsbeweging zo'n extreme persoonsverandering hebben moeten ondergaan dat het misschien zelfs Martha was opgevallen, maar ze had de neiging om dingen kritiekloos te accepteren.

'Wil je nog wat drinken voor me inschenken? Een half glaasje. Wodka, zonder ijs.' Ik weet niet waarom ze de moeite nam om dat te zeggen, want sinds mijn kindertijd was er nooit iets aan haar drankbestelling veranderd.

Tegen bedtijd liep ze rond om de lampen uit te doen – het kwam nooit bij haar op dat andere mensen misschien langer wilden opblijven dan zij – en ik zei: 'Weet je nog dat ik naar Amerika ben geweest?'

'Heb je de asbakken geteld?'

'Dat ik bij Laurie heb gelogeerd? En dat Rachel naar ons toe is gevlogen?'

'Stond er nog een in de keuken? Hoor je nog wel eens iets van Laurie?'

'Sinds mijn verblijf in LA niet meer.' Ik wist wel dat Laurie haar stormen had doorstaan. Haar programma werd nu 's ochtends op Channel 4 uitgezonden. Ik keek er wel eens naar.

'Ik mocht haar niet zo,' zei Martha.

'Ik heb Wally Carter daar ontmoet.'

'Wally,' zei ze met een blik van afschuw op haar gezicht. 'Die is toch dood?'

'Ja. Een paar jaar geleden. Ik hoorde het van Graham. Hij was al behoorlijk seniel toen ik hem ontmoette. Hij vertelde me iets. Hij vertelde me over Jordan, wat er met hem is gebeurd.' Ik was niet van plan om in detail te treden. Voor de goede orde wilde ik gewoon dat ze wist dat ik het wist.

Eigenlijk had ik het in de herhaling moeten zien. Als je de film langzaam afspeelde, had je misschien iets over haar gezicht kunnen zien glijden. Anders was het je niet opgevallen. Het was te vluchtig.

'Gooi geen peuken in de prullenbak,' zei ze. 'Daar zit veel papier in. Als je dat doet, moet je eerst water in de asbak gieten. Het is hier kurkdroog.' Ze raapte al haar spullen bij elkaar, haar boek, sigaretten en bril, keek voor de laatste keer de kamer rond en liep weg, waarbij ze één licht aanliet dat ik moest uitdoen. Ik hoorde de traptreden kraken toen ze naar haar slaapkamer liep.

Dag drie begon heel anders dan ik had gepland. Ten eerste versliep ik me. Ik had bij zonsopgang willen opstaan. Ten tweede gebeurde er iets wat ik niet had kunnen voorzien, en dat was dat Lila langskwam. Sterker nog, dat was waar ik wakker van werd: het geluid van dichtslaande autoportieren. Tegen de tijd dat ik beneden kwam, stond Martha bij de voordeur en werd Lila door de taxichauffeur in haar rolstoel naar binnen gemanoeuvreerd. Dit was wel het laatste waaraan ik behoefte had. Ik was al laat.

Martha keek hulpeloos naar mij. 'Lila, dit is krankzinnig!'

'Nee, Martha. Het is krankzinnig dat je mij nooit terugbelt. Ik laat de ene boodschap na de andere voor je achter. Ik weet dat je andere mensen niet met je zorgen wilt lastigvallen, maar je hoeft niet in je eentje te lijden. Wat jij allemaal moet doormaken, lieverd! O, arme Rachel. Ik weet zeker dat het goed komt. Ze komt wel weer terug, natuurlijk komt ze terug.'

'We redden ons prima, Lila. Trouwens, Luke is hier. Hij helpt me. Hij is geweldig,' zei Martha wanhopig.

'Ik ben blij dat je eindelijk je verantwoordelijkheid neemt, Luke. Martha vertelde dat je maar zelden bij haar langskomt. Heb je mijn verjaardagskaart gekregen? Misschien is hij in de post zoekgeraakt.'

'Nee, ik heb hem gekregen. Dankjewel.'

'Het is echt niet zo veel moeite om me een bedankje te sturen, hoor. Het kost alleen maar een postzegel. En een likje.'

'Lila, je moet echt weer gaan,' zei Martha ferm. Vervolgens haalde ze haar troefkaart tevoorschijn. 'Je kunt niet naar de wc. Je weet dat we op de begane grond geen wc hebben.'

'Nee, het is allemaal geregeld. Trevor komt me na de lunch weer halen. Ik heb bruine boterhammen met gerookte zalm voor ons gemaakt. Dat volkorenbrood dat je zo lekker vindt. En maak je maar geen zorgen over sanitaire probleempjes, liefje. Ik heb een zakje. Het is vanochtend verschoond, dus er is niets aan de hand. Het is heel discreet. Misschien kun jij me naar de zitkamer duwen, Luke. Ik moet die arme Trevor laten gaan.'

Ik voelde me net een dier dat in de val zit. De rolstoel was veel lichter dan ik had gedacht. Lila leek te zijn gekrompen sinds de laatste keer dat ik haar had gezien. Er paste bijna iemand naast haar: misschien had haar arts per ongeluk een stoel besteld die een paar maten te groot was. Terwijl ik haar duwde, klonk er ergens onder haar een afschuwelijk klaterend geluid.

'Ik heb het Grote Hayseed Boek niet meegenomen. Zo zwaar! We zijn al bij deel zes,' vertelde Lila trots. 'Ik heb net alle artikelen over Rachels vertrek uit de kliniek uitgeknipt. Wat een onplezierige toon slaan ze soms toch aan. Dat is nergens goed voor.'

'O, Lila,' zei Martha, die zich inmiddels begon te ergeren, 'je hoeft toch niet alles in te plakken?'

'Je kent mij, Martha. Ik ben een perfectionist.'

Ik zette hen af in de zitkamer. Ik moest naar buiten, de bossen in. 'Wil jij een kop koffie voor ons zetten?' vroeg Martha. Ze zag er zo hypernerveus uit dat ik niet kon weigeren. Koffiezetten duurde niet lang.

Vanuit de keuken kon ik Lila horen praten. 'We moeten weer eens met onze lessen Duits beginnen,' zei ze. 'Het is nu al járen geleden dat we het over onze dierbare familieleden hebben gehad. Veel te lang.'

Voor die lessen moesten we meer dan tien jaar terug in de tijd, naar de periode waarin ze de familie bespraken die Lila had bedacht om Martha te helpen bij haar conversatielessen Duits, de gegoede familie Untermeyer uit het Lübeck van 1900, met hun zieke familieleden en bloeiende rederij.

'O, dat kan ik echt niet,' zei Martha. 'Het is veel te diep weggezakt.'

'Het zal je ontspannen, een beetje afleiden.'

Tegen de tijd dat ik met het dienblad binnenkwam, was Lila al begonnen. Ik had op school genoeg Duits gehad om haar te verstaan.

'We maken ons allemaal erg veel zorgen over het been van oom Heinrich,' zei ze. 'Hij wordt gekweld door ziektes.' Ik schoot bijna in de lach. Ik herinnerde me dat Rachel en ik de wind van voren hadden gekregen omdat we Lila hadden gevraagd of de syfilisbehandeling van oom Heinrich al aansloeg. 'Nicht Liesl is vreselijk van streek, vooral nu de kerst met rasse schreden nadert.'

Martha staarde strak voor zich uit. Ze zei niets.

'Sinds zijn terugkeer uit Bremerhaven is het veel erger geworden. Dat is zo'n lange reis! Liesl zei dat de tweeling hem zo had gemist dat ze zichzelf elke avond in slaap huilden.' Stilte. 'Martha?' Lila sprak het op de Duitse manier uit, 'Marta'.

Omdat een reactie van Martha uitbleef, vervolgde ze: 'De lieve man! Hij is nog maar net genezen van de griep. En hun kleine Fritzi – ik hoop maar dat hij het niet krijgt. Hij ziet er zo keurig uit in zijn matrozenpak. Een wandelende brok energie, dat kind! Hij kijkt halsreikend uit naar Kerstmis. De versieringen die Mutti in Hamburg heeft besteld zijn net aangekomen. De boom wordt spectaculair!'

Er viel een lange stilte. Martha's hoofd was gebogen en er rolden tranen over haar wangen. Uiteindelijk fluisterde ze in haperend Duits: 'Dat arme jongetje. Ik hoop dat hem niets overkomt.'

Normaal zou ik zijn gebleven, echt waar. Ik wilde blijven, maar ik kon niet meer wachten. Ik moest naar het bos. Ik had uren geleden al weg moeten zijn. Ik zette het dienblad neer en sloop zo discreet mogelijk de kamer uit. Op het moment dat ik bij de buitendeur kwam, riep Martha mijn naam, maar toen was het al te laat. Ik was al buiten. Ik was vertrokken.

Mijn hart roffelde in mijn borstkas toen ik in het bos aankwam. De zon was al verder gestegen en kwam inmiddels boven de bomen uit. Er moest die nacht veel dauw zijn ontstaan, want alles rook heerlijk fris. Ik rende, geen hoog tempo, meer een drafje. Ik wist niet zeker waar ik naartoe rende, maar dat zou zich vanzelf wel wijzen, als een instinct. Er zou een teken komen. Er waren altijd tekenen als je wist hoe je ze moest herkennen.

Ik verliet het hoofdpad bij de grote v en liep heuvelopwaarts in de richting van de boomhut. Ik dacht dat ze daar misschien hadden geslapen. Ik klom naar boven – wat moeilijker was dan in mijn herinnering – maar trof er niets aan. Ik speelde met de gedachte om hen te roepen, maar bedacht me: ik wilde hen beslist niet bang maken en wegjagen.

Daarna wilde ik naar de steengroeve, maar die was moeilijker te vinden dan ik had gedacht omdat de strop leek te zijn weggehaald – een rafelig stuk touw dat altijd aan een enorme eik had gehangen, waarachter het pad naar de groeve lag. Zonder aanwijzing moest ik op gevoel verder, wat nog werd bemoeilijkt door het feit dat de bossen in vergelijking met vroeger zo verwilderd waren dat je niet kon zien wat nu een pad was en wat niet.

Toen ik eindelijk aankwam, ontdekte ik iets. De steengroeve was een grote, komvormige krater die uit de heuvels was gegraven. Arthur had ons verteld dat de bouwstenen voor ons huis daarvandaan waren gekomen. Eén kant was bijna loodrecht en te steil om te beklimmen, al hadden we dat vaak genoeg geprobeerd, en onderaan, waar het beschut was, vond ik de resten van een vuurtje, dat nog warm was. Uit de as piepten nog een paar chocoladewikkels. Ik was niet zo'n indiaanse spoorzoeker die je in films ziet, dus ik had geen idee hoe lang ze al weg waren, maar ik wist dat ik in de buurt kwam.

Uiteindelijk was het helemaal niet moeilijk. Ik vond hen op de Open Plek. Rachel lag op de grond en Matthew zat naast haar, leunend tegen een van de bomen. Hij zat te jammeren als een klein kind. Je zou denken dat hij van al die chocola puistjes had gekregen, maar zijn huid was uitzonderlijk gaaf: bleek, bijna blauw, vooral onder zijn ogen.

Volgens mij dacht hij dat ik hem wilde slaan, want hij maakte zich klein op het moment dat ik bij hen knielde.

'Ze wilde dat ik het deed,' zei hij. 'Ze vroeg me erom.'

Zijn armen zaten vol bloedende sneeën. Hij hield ze omhoog om ze aan me te laten zien, alsof dat iets bewees. Het bewees alleen maar dat hij het lef niet had om de stap zelf te wagen. Het bewees alleen maar dat hij nooit zoveel karakter zou hebben als zij. Hij had het gewoon niet in zich.

'Sodemieter op,' zei ik. Ik had geen tijd voor hem. Hij deed er niet toe.

Ik zou helemaal onder haar bloed komen te zitten, maar dat kon me niet schelen. Ik tilde haar hoofd op en legde het op mijn schoot. Ze was koud, maar vochtig; ik denk dat het juiste woord 'klam' is. Haar haren roken naar de aarde en de bladeren. Ik likte aan mijn vingers en probeerde wat van de viezigheid van haar gezicht te vegen. Ik haalde de chakra-hanger van haar hals en stopte hem in mijn zak. Ik wilde niet dat hij zoek zou raken.

Ik zei dat dit het enige voorwerp was dat Rachel altijd bij zich droeg in de jaren dat ze op drift was. Dat bleek niet helemaal waar te zijn, maar ik ontdekte het andere pas dagen later, toen het uitzoeken van haar spullen minder een inbreuk leek dan een poging om systematisch te zijn. Het zat in haar handtas, achter een flapje dat je makkelijk over het hoofd kon zien als je de tas vluchtig doorsnuffelde. Ze had altijd gezegd dat ze behalve de flard van het verhaal 'De reis naar Le Touquet' niets belangrijks had gered uit het vuur dat Martha na Arthurs dood had aangestoken, maar er was nog iets geweest. Vanaf het moment waarop ze het had gevonden, moet ze het plan hebben gehad om het te vernietigen, maar de weg daarnaartoe werd op een vreemde manier een uitgesponnen proces, een meerjarenplan, wat natuurlijk wel weer echt iets voor Rachel was. Ik betwijfel of ze het ooit echt zou hebben gedaan. Dat zou trouwens ook niet hebben uitgemaakt zolang ze erin slaagde om het voor mij verborgen te houden. Dat was haar doel – ze wilde me beschermen. Ze dacht dat ik geschokt zou zijn.

In haar handtas, achter het flapje dat je makkelijk over het hoofd kon zien als je de tas vluchtig doorsnuffelde, vond ik een paar gevlekte, verschroeide velletjes papier met Arthurs handschrift erop:

de eerste bladzijden van het eerste *Hayseed*-boek. Ik denk dat je het een eerste kladversie zou kunnen noemen:

> *Toen je nog jong was, of misschien nog niet zo lang geleden, niet zo ver van waar jij woont, of misschien iets dichterbij, woonde Jordan Hayseed in een groot oud huis. Het bos achter zijn huis heette het Donkerbos en Jordan dacht dat het van hem was, dat hij de eigenaar was, dat het in zijn bloed zat. Als bomen en bladeren en bruine aarde door bloedvaten konden reizen, reisden ze door die van Jordan. Maar als hij dacht dat hij de enige was bij wie ze in het bloed zaten, had hij het ernstig mis, zo mis als maar zijn kan.*

Ik moest het twee keer doorlezen om de vergissing op te merken: *woonde Jordan Hayseed in een groot oud huis*. Of geen vergissing, afhankelijk van hoe je ernaar keek. Misschien was ik de vergissing. Waarom had Arthur de hoofdpersoon veranderd? Hij was na Jordans dood aan het eerste boek begonnen en had geschreven over zijn oudste zoon, degene die in de tijd en geschiedenis verloren was gegaan. En hij had zich een voorstelling gemaakt van het soort kind dat hij misschien wel was geworden, een totaal ander kind dan ik. Jaren later, voordat het eerste boek uitkwam, misschien wel toen Lila aanbood om de illustraties te maken, had hij de naam 'Jordan' simpelweg veranderd in 'Luke', net zo'n eenvoudige handeling als op kerstochtend, als de kinderen nog slapen, op je tenen naar de kerstboom sluipen en de naam op een cadeau veranderen. En dat waren ze, de boeken – een cadeau, een geschenk, aan mij: ongewenst, iets waar ik misschien niet om had gevraagd, maar desondanks waardevol. Het enige wat ik Arthur moeilijk kon vergeven – en het is vreemd om de woorden 'vergeven' en 'Arthur' in dezelfde zin te gebruiken; hij was een man die niets goed hoefde te maken, de enige in dit hele verhaal die werkelijk waardigheid bezat – was dat hij het cadeau niet aan ons beiden had gegeven. Het zou zo eenvoudig zijn geweest: *Toen je nog jong was, of misschien nog niet zo lang geleden, niet zo ver van waar jij woont, of misschien iets dichterbij, woonden Rachel en Luke Hayseed in een groot oud huis...* Er was genoeg voor iedereen. Ik had het helemaal niet erg gevonden.

Maar zoals ik al zei, dat zou ik pas later ontdekken. Nu zit ik in het bos. Het begint warm te worden, niet zo warm als het straks rond de middag zal zijn, maar warm genoeg om hier te zitten en de zon op ons gezicht te voelen. Het gewicht van haar hoofd voelt prettig aan, als een zware deken. Ik weet niet hoe lang ik kan blijven zitten voordat ik alles moet gaan doen wat gedaan moet worden, maar ik laat me niet opjagen. Ik wil alleen maar aan Rachel denken, maar Martha en Lila blijven binnendwarrelen met hun verhalen over Kerstmis in Lübeck, kaarsjes die in de boom flakkeren, de wielen van de koets die sporen in de maagdelijke sneeuw achterlaten als ze hun cadeautjes naar de rechter brengen, de vader van oom Heinrich, terwijl de kleine tweelingzusjes, Anna-Elisabeth en Elisabeth-Anna, schreeuwen van opwinding als ze de boom hebben opgetuigd met de nieuwe versieringen die Mutti speciaal in Hamburg heeft besteld, en Fritzi, die wandelende brok energie, ziet eruit als een heertje in zijn nieuwe matrozenpak.